LOUP, Y ES-TU ?

M. J. Arlidge

LOUP, Y ES-TU ?

Traduit de l'anglais
par Séverine Quelet

LES ESCALES

Titre original : *Down to the Woods*

Première édition publiée par Penguin Books Ltd, Londres

Édition française publiée par :

92, avenue de France
75013 Paris – France
Courriel : contact@lesescales.fr

ISBN : 978-2-36569-551-0
Dépôt légal : février 2021
Imprimé en France

Couverture : Hokus Pokus créations
Mise en pages : Nord Compo

1

Elle tendit le bras, ne rencontra que le vide. Le tissu soyeux sous ses doigts était singulièrement frais. Là où aurait dû se trouver un corps chaud et vigoureux, il n'y avait que... le néant.

Troublée, Melanie Walton se redressa d'un bond. Et le regretta aussitôt. Un mal de tête fulgurant battit à ses tempes. C'était la même histoire chaque fois que Tom et elle campaient. Leurs projets d'une soirée de détente et de sobriété s'envolaient et laissaient place à un hédonisme débridé ; feu crépitant, musique à plein volume, excès de bourbon, une combinaison gagnante qui menait à une étreinte enfiévrée. En toute franchise, Melanie adorait ça : elle pouvait encore sentir le contact de la peau de Tom sur la sienne. Sensation qui rendait son absence encore plus déroutante.

Leur vieille tente deux places, que Tom avait dégotée en solde, était étroite et Melanie était habituée à sentir le corps massif de son fiancé à côté d'elle. D'accord, il ronflait, mais les brumes de l'alcool l'aidaient à en faire abstraction et elle aimait quand ils se pelotonnaient l'un contre l'autre sous les étoiles. Une pensée d'ordinaire agréable, mais pas ce soir. Alors qu'elle tendait le cou pour scruter l'obscurité autour d'elle, elle remarqua le sac de couchage vide à son côté et eut la confirmation de ce qu'elle savait déjà : elle était seule.

D'un regard sur la droite elle découvrit que le rabat de la tente était ouvert, il flottait légèrement sous la brise. Une bouffée d'irritation la gagna aussitôt : ça ressemblait bien à Tom d'aller aux toilettes sans penser à refermer derrière lui ! Elle lui en avait déjà fait le reproche, pourtant. Elle n'était pas trouillarde mais il y avait d'autres campeurs autour d'eux et n'importe qui pouvait entrer. Certes, une simple tente en toile ne protégeait de toute façon pas des intrus mais elle n'aimait pas l'idée qu'on puisse les espionner dans leur petit refuge, voilà tout.

Melanie resta assise quelques minutes de plus, l'oreille tendue, attendant un signe du retour de Tom et réfléchissant à une bonne pique à lui envoyer quand il reviendrait. Malheureusement, le calme continuait de régner dehors. Avec un juron, elle capitula. Elle enfila son jean et ses tongs et sortit à quatre pattes de la tente.

Si la journée avait été chaude et estivale, l'air frais de la nuit, qui caressait ses épaules et sa nuque, la fit frissonner lorsqu'elle émergea de son cocon. Elle avait la chair de poule. Elle croisa les bras sur sa poitrine et observa le camping. Plus tôt, l'endroit vibrait d'animation : le beau temps s'installait enfin et des dizaines de vacanciers avaient déserté Southampton pour venir camper dans le parc national de New Forest. Pour l'heure, cependant, un silence de mort enveloppait le site. Seul le murmure de la brise était perceptible, ponctué de temps en temps d'un ronflement bienheureux.

— Tom ?

Son appel à voix basse se perdit dans le vent. Où était-il ? Parfois, quand il était aux toilettes, Tom fredonnait ; ce soir, elle n'entendit rien. Et la lumière n'était pas non plus allumée dans le bloc sanitaire.

— Tom ? Tu es là ?

Elle appela plus fort cette fois, son angoisse l'emportant sur ses scrupules à réveiller les autres. Toujours pas de réponse. Est-ce qu'il lui jouait un tour ? Attendait-il tapi dans l'ombre pour la prendre par surprise ? Ce n'était pas son genre. Il avait plutôt le sommeil profond et n'avait pas l'habitude de se réveiller la nuit pour faire des blagues. Mais quelle autre explication pourrait-il y avoir ?

— Si tu cherches à être drôle...

Elle se fichait de crier maintenant. Elle voulait seulement le trouver, lui passer un savon et retourner se coucher. Leur soirée, si douce et agréable jusque-là, commençait à tourner au vinaigre.

— Je suis sérieuse, Tom. Si tu te caches, si c'est une plaisanterie...

Sa voix trembla, le désarroi et la peur s'emparèrent d'elle. Si ça avait été un jeu, Tom y aurait déjà mis un terme. Il n'était pas cruel. Il était attentionné et aimant...

— Tom, s'il te plaît. Tu me fais peur, poursuivit-elle, les larmes lui montant aux yeux. Où es-tu ?

Ses paroles s'envolèrent et moururent dans l'obscurité.

2

Elle avança dans le noir avec prudence, le plus silencieusement possible. Elle ne connaissait pas les lieux et il fallait poser les pieds avec précaution pour éviter le coin du lit, une chaise, des vêtements éparpillés. Elle se rendit compte qu'elle retenait même sa respiration. C'était idiot. Mais bon, si ça lui permettait de rester discrète… Elle comptait bien fuir en catimini.

Helen se pencha et ramassa ses dessous puis son pantalon et son blouson de moto. Ils étaient difficiles à enfiler sans bruit : le cuir, vieux et usé, craqua au contact de sa peau. Mais cela ne sembla pas réveiller l'homme bien bâti qui dormait d'un profond sommeil à deux mètres d'elle. Avec un soupir de soulagement, Helen parcourut les quelques pas qui la séparaient de la porte. Elle s'empara de la poignée avec assurance.

— Jane ?

Helen se figea, puis se retourna lentement.

— Je dois y aller. Désolée…

S'il perçut le mensonge, Daniel n'en fit rien paraître. Il se passa la main dans les cheveux en la couvant d'un regard bienheureux, le souvenir de leur plaisante rencontre encore frais dans son esprit.

— Alors… Est-ce qu'on pourrait remettre ça bientôt ?

— Bien sûr.

Elle avait répondu trop vite, sans conviction ; ce qui était stupide car une part d'elle-même aurait apprécié une autre nuit avec ce bel inconnu. Sa vie ces derniers temps était compliquée, notamment à cause de l'enquête sur le décès en service du capitaine Sanderson. Celle-ci avait conclu à l'innocence d'Helen dans le drame, alors qu'elle-même se sentait coupable. Lâcher prise l'espace d'une nuit avait été libérateur. Elle avait rencontré Daniel dans un nouveau club sur Lime Street ; il lui avait paru être le seul suffisamment fort et courageux pour lui infliger la douleur qu'elle désirait. Leur session avait été efficace et bénéfique, et sans surprise ils étaient allés chez lui ensuite. Malheureusement, il était aussi dans ses habitudes de vouloir s'échapper sitôt leur affaire terminée.

— Tu me laisses ton numéro alors... ?

Il avait prononcé ces mots d'un ton nonchalant mais Helen crut discerner une certaine fermeté dans sa demande, le souhait de ne pas être traité comme un coup d'un soir. Elle marqua un temps avant de répondre, elle n'était pas sûre de vouloir s'engager dans cette voie, d'autant que le revoir signifierait lui révéler qu'elle avait menti depuis le début, sur sa situation, son travail, son nom.

— Jane ?

La voix douce de Daniel la tira de ses réflexions, soulignant son mensonge. Peut-être que s'ils avaient eu cette conversation sur l'oreiller, nus et leurs corps entrelacés, elle aurait avoué, elle aurait pu se laisser convaincre de dire la vérité. Mais elle avait déjà renfilé sa tenue de combat, son armure, et elle était sur le départ.

— On se verra au club.

La tactique d'esquive n'échappa pas à Daniel qui, et c'était tout à son honneur, ne chercha pas à la retenir lorsqu'elle se faufila hors de la chambre. Furieuse contre elle-même, Helen s'éloigna d'un pas hâtif. Maintenant que c'était fait, elle voulait seulement enfourcher sa moto et rentrer chez elle. Pourtant, alors qu'elle arpentait le couloir, elle se retrouva assaillie de questions et de doutes familiers. Elle avait beau être très occupée, dévouée à son poste de commandant de la brigade criminelle de Southampton, elle ne pouvait nier qu'elle souffrait de sa solitude. Elle avait besoin d'un exutoire, de compagnie ; il lui fallait de la *vie* pour contrebalancer la noirceur qui la consumait, cette obscurité qui régnait au fond d'elle et qui l'enveloppait au quotidien. Pourquoi repoussait-elle les instants de répit quand ils se présentaient ? Qu'est-ce qui ne tournait pas rond chez elle ?

Pourquoi fuyait-elle sans cesse ?

3

Il s'enfonça bruyamment dans les broussailles, en écarta le branchage avec fièvre. Il persévéra, coûte que coûte, malgré les ronces qui griffaient douloureusement sa peau, et chargea à l'aveugle, tête la première. Il ne savait pas du tout dans quelle direction il avançait, ni d'où il venait. Il savait seulement qu'il devait continuer.

Il ne portait que son caleçon et son T-shirt, et le tissu s'accrochait aux buissons noueux qui le retenaient pour l'empêcher de fuir le danger. Ce soir, même la forêt semblait être contre lui. Éperonné par la peur, il rassembla son courage et s'élança. Il parvint à s'extirper de l'épais sous-bois et déboucha sur un sol compact. Le chemin parut alors s'ouvrir devant lui – était-ce bien un sentier qu'il devinait dans la pénombre ? Il tenta sa chance et piqua un sprint. Presque aussitôt, une violente douleur le transperça et le força à s'arrêter brusquement.

Paniqué, il comprit qu'il ne pouvait plus mettre aucun poids sur son pied gauche. Avec un regard anxieux autour de lui, Tom se pencha pour examiner la plante de son pied. Horreur ! Une énorme épine acérée de plus de deux centimètres était enfoncée dans la peau tendre qui gonflait déjà, rouge et à vif. Le sang suintait de la profonde blessure. Un gémissement angoissé monta à ses lèvres mais il le ravala. Il n'osait pas faire le moindre bruit.

Les dents serrées, il saisit l'épine du bout des doigts. Après avoir compté mentalement à rebours, il tira dessus de toutes ses forces et la retira. Il étouffa un autre cri puis poussa un bref soupir de soulagement. Alors une douleur sourde, lancinante, irradia en lui. Pouvait-il appuyer son pied par terre et marcher ? Pouvait-il courir ? Cela paraissait impossible, compte tenu du vif élancement dans sa plante, mais il devait essayer.

Tom rampa derrière un buisson d'ajoncs et scruta les alentours. Il était là, quelque part… Le tout était de savoir où. Tom fuyait depuis dix minutes, peut-être plus, et son poursuivant était resté sur ses talons tout du long, jamais très loin. De temps en temps, il l'entendait : le craquement d'une brindille, le bruissement du feuillage. Parfois, il l'apercevait – une grande silhouette floue – mais il sentait surtout sa présence autour de lui. Malveillante, menaçante, féroce.

Soudain, un mouvement sur sa gauche. Tom fit volte-face… mais ce n'était qu'un petit rongeur qui filait dans le sous-bois. Il fixa la nuit opaque devant lui, plissa les yeux, scruta l'obscurité en quête du moindre signe de son poursuivant. Il ne le voyait nulle part. La forêt était paisible.

Une part de Tom voulait encore croire que ce n'était qu'un mauvais rêve, qu'il allait bientôt se réveiller, agité et fébrile, auprès de Melanie. Mais tout était bien trop net et vif. Comment était-ce possible ? Comment avait-il atterri ici ? Il s'était couché, grisé par l'alcool, au côté de la femme qu'il aimait, et il s'était réveillé désorienté, à moitié nu, dans cette partie sauvage des bois, une silhouette encagoulée lui ordonnant de courir.

Tom prit une profonde inspiration pour tenter de se calmer. S'il voulait survivre, il devait être malin, faire les bons choix. Il balaya les alentours d'un regard rapide, espérant repérer son poursuivant mais aussi un chemin par où s'enfuir. Un signe qui lui indiquerait la voie à suivre. Il y avait une sorte de piste derrière lui, mais il lui semblait également discerner un sentier un peu plus loin sur la droite.

Quelle route choisir ? Comment être sûr qu'il y serait en sécurité alors qu'il ignorait où il se trouvait ? Il n'y avait aucune trace du camping, aucune habitation, aucun être humain à proximité. Comment même savoir s'il était encore dans le parc national de New Forest ?

Gagné par la panique, il observa l'une après l'autre les deux voies qui s'offraient à lui. Il était soudain frappé par l'indécision, conscient du prix à payer s'il se trompait. Il ignorait pourquoi on le pourchassait, quel chemin suivre, ou le genre d'atrocités qui l'attendait.

Il savait seulement qu'il avait la mort aux trousses.

4

Un cri déchira la nuit. Perçant, angoissé, terrifié. Il réveilla Charlie en sursaut. Elle se mit aussitôt en mouvement, malgré son corps endormi qui peinait à répondre aux commandes de son cerveau. Elle gagna la porte d'un pas chancelant, l'ouvrit, puis traversa le palier plongé dans l'obscurité pour entrer dans la chambre de Jessica.

Sa fille de quatre ans était assise toute droite dans son lit, les yeux écarquillés de peur. Charlie s'avança et la prit dans ses bras.

— Tout va bien ma puce. Maman est là.

En réponse, elle reçut un coup de coude dans le cou. Sonnée, le souffle coupé, elle laissa la petite ruer entre ses bras.

— Non, non, non..., gémit Jessica qui cherchait à échapper à sa mère.

— Jessie, c'est moi. Tout va bien...

Mais les larmes montaient aux yeux de Charlie, partagée entre le choc d'avoir été frappée et son profond sentiment d'impuissance. Tout n'allait pas bien du tout. Cela faisait cinq soirs de suite que Jessica se réveillait, prise de terreurs nocturnes.

— Elle va bien ?

Steve apparut sur le seuil de la chambre. Il s'approcha, l'air vaseux, dans son bas de pyjama. Incapable de parler, Charlie se contenta de secouer la tête. À son tour, Steve serra dans ses bras l'enfant agitée. Peu à peu, elle s'apaisa, ses paupières se refermèrent et au bout d'un moment, elle se laissa remettre au lit.

— Je veux dormir maintenant, annonça-t-elle d'une voix ensommeillée en se tournant sur le côté.

Encore ébranlée, Charlie remonta le drap sur sa fille et la borda. Chose incroyable, Jessica dormait déjà, sereine, comme si rien ne s'était passé. Pour sa part, Charlie avait encore les nerfs en pelote et elle resta un instant penchée au-dessus de son enfant, redoutant une nouvelle crise.

— Viens, allons nous coucher.

D'une légère pression sur l'épaule, Steve l'invita à se diriger vers la porte.

— Elle va bien, insista-t-il avec douceur. Allons dormir.

— J'arrive dans deux minutes.

Il s'éloigna d'un pas feutré, en ravalant un soupir, au grand soulagement de Charlie. Elle culpabilisait bien assez comme ça. Chaque soir, c'était la même chose. Un épisode de panique absolue puis des heures de sommeil paisible. Au matin, Jessica n'avait aucun souvenir des événements de la nuit, ni aucune explication sur ce qui l'avait effrayée.

Dans les brefs instants de répit qu'elle pouvait s'octroyer au travail, Charlie avait fait des recherches sur le site de la santé publique et dans d'autres guides de santé familiale pour essayer de trouver des informations sur les raisons des angoisses de Jessica. Mais les conseils étaient rares et peu rassurants : ces terreurs nocturnes semblaient ne pas avoir de cause spécifique et cesser d'elles-mêmes à un moment donné.

Charlie avait ses propres théories quant à l'origine de ces crises. Jessica terminait sa première année de maternelle, et si tout s'était très bien déroulé au début, ces derniers temps elle avait commencé à se plaindre et à rechigner à aller à l'école, prétextant être fatiguée ou malade. Peut-être qu'elle ne mentait pas : la première année de scolarité était épuisante. Cependant, Charlie ne pouvait s'empêcher de s'interroger sur une cause plus profonde. Y avait-il un problème avec la maîtresse, Mme Barnard, que tout le monde trouvait tellement stricte ? Ou bien avec un autre enfant de la classe ? Se pouvait-il que Jessica soit maltraitée, verbalement ou physiquement, à l'école ?

La pendule au mur marqua la minute avec bruit. Charlie y jeta un œil et constata avec étonnement qu'elle se tenait là depuis près d'un quart d'heure. Steve allait être agacé, c'était sûr. Il avait beau aimer et soutenir Charlie, il lui reprochait souvent de trop réfléchir. Il n'avait pas tort, ce qui était d'autant plus contrariant, mais elle n'y pouvait rien. Ils auraient pu décider de ne scolariser Jessica qu'à la rentrée suivante mais ils avaient préféré l'inscrire dès la première année. D'abord parce que Jessica était une petite fille éveillée et très mature, mais aussi, il fallait bien le reconnaître, pour faciliter leurs emplois du temps professionnels. Avaient-ils commis une erreur ? En voulant simplifier leur quotidien, l'avaient-ils empiré ?

Jessica ne leur avait fait part d'aucun problème à l'école, ce qui ouvrait le champ des possibles quant à la raison de son malaise. Pour la première fois depuis la naissance de sa fille, Charlie se sentait impuissante à l'aider. Ils devraient donc sans doute encore s'attendre à de nombreuses nuits perturbées. Le regard posé sur son enfant endormie, Charlie sentit soudain ses yeux s'emplir de larmes et l'angoisse l'envahir.

5

Il demeura figé, saisi par la peur. L'ombre qui le pourchassait se tenait à quelques mètres de lui seulement.

Dans le doute, il était resté à l'abri des ajoncs, ignorant les attaques répétées des épines du buisson. Il continuait de scruter l'obscurité alentour, à méditer sur le meilleur chemin par lequel fuir, quand soudain la silhouette avait jailli des ténèbres pour avancer droit dans sa direction. Par réflexe, Tom s'était recroquevillé, roulé en boule, dans l'espoir de passer inaperçu. Mais l'autre s'était approché inexorablement.

Malgré son envie irrésistible de fermer les yeux par peur, Tom devait rester vigilant. Il fallait qu'il sache s'il était repéré. Il suivit du regard l'homme qui apparaissait et disparaissait entre les arbres, plus menaçant chaque fois qu'il resurgissait, tel le monstre d'un cauchemar.

Arrivée près du buisson, la silhouette s'arrêta. Tom aurait voulu crier et hurler, exprimer son angoisse, mais il ravala sa terreur. Il retenait sa respiration depuis plus d'une minute ; ses poumons étaient sur le point d'exploser et il fallait qu'il relâche son souffle. Pourtant, il garda les lèvres fermement serrées, les narines bouchées, de crainte d'émettre un son, même infime. S'il était découvert maintenant, il n'aurait aucune chance, piégé dans les broussailles.

Dix secondes s'écoulèrent. Puis dix autres. Alors l'homme pivota et regarda droit vers lui. Tom s'attendait presque à l'entendre pousser un cri de triomphe, à le voir plonger sur lui mais, étonnamment, il se remit en marche et s'éloigna à pas feutrés, scrutant la forêt à la recherche de sa proie. Tom manqua s'évanouir de soulagement et retint son souffle quelques secondes de plus avant d'expirer lentement et sans bruit.

Il compta encore une minute avant de se redresser. Jetant des regards nerveux autour de lui, il s'appuya sur son pied gauche. La douleur irradia dans tout son corps. Tant pis. S'il voulait survivre, il devait bouger, et vite.

Il se dirigea vers le semblant de sentier qu'il avait repéré plus tôt. Que ce soit grâce à la lune sortie de derrière les nuages ou parce qu'il s'était accoutumé à l'obscurité, il discernait en tout cas mieux le sol maintenant. Soulagé, il vit que le sentier se précisait à mesure qu'il y progressait, entre la course et le boitillement. Sans savoir pourquoi, il eut envie de rire ; un brusque élan d'optimisme et d'euphorie ne demandait qu'à jaillir de lui. Il chassa cette idée absurde et s'élança, évitant les épines au sol et les terriers de lapins qui minaient le chemin.

Il avançait avec aisance, allongeant la distance entre son poursuivant et lui, pourtant il dut ralentir. Le sentier, qui jusqu'alors était bien visible, s'arrêtait net. En sueur, Tom regarda à droite, à gauche. Rien, il n'y avait rien.

Il battit des paupières, cherchant à chasser la panique qui le gagnait et observa de nouveau autour de lui. Cette fois, il remarqua quelque chose sur la gauche. Ce n'était pas vraiment un chemin, plutôt une sorte de prolongement. Les buissons avaient été écartés, les fleurs et les herbes piétinées...

Il avança, suivant cette piste du mieux qu'il pouvait, en perdit la trace, hésita, la retrouva. Plusieurs fois de suite. Alors qu'il aurait dû prendre ses jambes à son cou, il ralentissait de plus en plus ; puis une fois encore, il perdit le chemin de vue.

— Merde, merde, merde...

Il souffla les mots entre ses dents, espérant calmer son cœur qui tambourinait dans sa poitrine, mais la peur qui l'assaillait le faisait trembler de tous ses membres et lui enserrait la tête dans un étau. Il y avait forcément un moyen de sortir d'ici. Forcément.

De désespoir, il fouilla les alentours du regard. N'était-ce pas un autre chemin, là, sur la gauche ? Il n'avait pas très envie de s'engager dans cette direction mais quel autre choix avait-il ? Se réfugier dans les ronces et les broussailles, au risque de faire fuir la faune locale et d'attirer l'attention sur lui ? Au moment même où cette pensée lui venait, un faisan s'envola non loin en poussant un cri d'alerte éraillé.

Décidé, Tom s'enfonça dans le sentier. Maintenant il ne se souciait plus de la douleur dans son pied et courait aussi vite qu'il le pouvait. Oui, c'était le bon chemin, il le conduirait en sécurité, il le ramènerait à la vie normale, à sa Melanie adorée...

Il accélérait l'allure à chaque pas, poussé par l'adrénaline. Il allait s'en sortir, il allait quitter ces bois. Et il pourrait enfin donner un sens à ce cauchemar. Tout ce qu'il avait à faire, c'était continuer.

Au sortir d'un virage, il espéra voir le chemin s'élargir, repérer une lueur entre les arbres, quelque chose. Au lieu de quoi, il s'arrêta dans un dérapage près d'un énorme buisson d'ajoncs qu'il observa, abattu. Il lui semblait le reconnaître. Et la goutte de sang qui se trouvait en dessous le lui confirma. C'était le buisson dans lequel il s'était réfugié tout à l'heure. Il avait tourné en rond et était revenu sur ses pas.

Une brindille craqua dans son dos. Le cœur au bord des lèvres, Tom fit volte-face. Il savait ce qu'il allait découvrir mais le choc n'en fut pas moindre. La silhouette encagoulée se tenait six mètres devant lui et lui bloquait la route.

— Je vous en prie... Je n'ai rien fait.

L'homme fit un pas en avant, puis un autre. La lune surgit de derrière un nuage et éclaira le chasseur qui s'arrêta devant sa proie.

— Qui êtes-vous ? Qu'est-ce que vous me voulez ?

Il avait hurlé mais l'autre restait sans réagir. Les yeux plissés pour mieux y voir, Tom tenta de distinguer les traits de son visage afin de comprendre à quel monstre il avait affaire, mais il ne discerna rien d'humain sous la capuche.

Il n'y avait que l'obscurité.

6

Elle filait sur la route, le corps tout entier fouetté par le vent. La sensation était agréable, elle faisait battre son cœur plus vite, lui insufflait l'énergie nécessaire pour affronter la journée. Couchée sur sa Kawasaki, Helen sentit son moral remonter. La nuit avait été agitée mais un nouveau jour qui se levait était toujours porteur d'espoir.

Sur Southern Road, elle vira en douceur sur la gauche, mit son clignotant et pénétra dans le parking moto. Il était tôt, le commissariat central de Southampton ne bourdonnait pas encore d'activité, et elle n'avait que l'embarras du choix pour se garer. Elle arrêta sa moto avec classe, coupa le moteur et descendit la béquille. Une routine qu'elle appréciait toujours autant.

Elle ôta son casque et retira son blouson en cuir. Puis, après avoir récupéré son téléphone et son sac, elle se tourna vers l'imposant bâtiment en granit et calcaire. À cet instant, un autre deux-roues passa à côté d'elle pour se garer deux places plus loin. Curieuse, Helen attendit. Elle ne reconnaissait ni la moto ni le motard, ce qui éveilla sa méfiance. En ces temps de renforcement des mesures de sécurité, tout ce qui sortait de l'ordinaire demandait à être vérifié.

À sa grande surprise, l'homme, descendu de sa moto, la salua d'un geste enjoué de la main. Quelques secondes plus tard, il ôtait son casque et s'approchait d'elle, un sourire avenant mais respectueux aux lèvres.

— Bonjour, commandant.

— Capitaine Hudson, répondit Helen en dissimulant son étonnement. Vous êtes bien enthousiaste.

— Comme vous, non ?

Était-ce un compliment déguisé ou une question sincère ? Helen l'ignorait. Mais il était vrai qu'elle venait toujours travailler avec joie et motivation. Un trait de caractère qu'elle avait reconnu et qui lui avait plu lorsqu'elle avait reçu Joseph Hudson pour son entretien d'embauche. L'officier avait été en poste dans plusieurs zones difficiles au cours de sa carrière – le sud de Londres, le centre de Liverpool –, mais il conservait une énergie et un optimisme qui étaient rafraîchissants. Lorsqu'ils gravissaient les échelons, certains policiers se retrouvaient usés par leurs expériences. Pas lui.

— Eh bien, puisque vous êtes aussi matinal, que diriez-vous d'une visite guidée ? Je n'aimerais pas que le petit nouveau se perde dès le premier jour.

— Je pense pouvoir m'en sortir tout seul, répondit-il en retenant un sourire, mais si vous avez du temps à m'accorder...

Ils montèrent l'escalier d'un pas leste jusqu'au hall central. Premier arrêt obligatoire : Jerry Taylor, qui tenait le bureau d'accueil d'aussi loin qu'Helen s'en souvenait. Jerry initia avec méthode Hudson aux différents protocoles de sécurité, expliquant tout dans les moindres détails. Pendant ce temps, Helen en profita pour observer et jauger son nouveau capitaine.

Pendant longtemps, elle avait refusé de recevoir les candidats au poste de Sanderson. Le meurtre brutal de la jeune femme pesait encore lourd sur son cœur ; elle se reprochait d'en avoir trop demandé à Sanderson, de l'avoir contrainte à se mettre en danger. L'idée de la remplacer lui paraissait obscène. Il n'en restait pas moins un vide et une place vacante dans l'équipe ; un fait que la commissaire

Simmons, nouvellement nommée à la tête du commissariat central, n'avait eu de cesse de lui rappeler. Ils avaient donc fini par ouvrir le poste aux candidatures qui avaient, bien entendu, afflué malgré les risques inhérents au métier. La brigade d'Helen jouissait d'un certain prestige et d'une grande popularité. En tout cas, Hudson avait brillé et s'était détaché du lot dès le premier entretien. Doté d'un solide bagage universitaire, il était spécialisé dans le cybercrime, et fort de plusieurs années d'expérience sur le terrain à lutter contre le crime organisé, le trafic de drogues et la prostitution. Ce riche cocktail lui procurait d'emblée un sérieux avantage. Pourtant, ce furent son attitude, sa personnalité et sa façon d'être qui lui permirent de rafler la mise. C'était un bel homme, au physique sportif et sain, et à l'expression avenante. Il était perspicace, sensible et d'agréable compagnie. Tous les officiers des forces de l'ordre ne pouvaient pas se vanter d'avoir le sens de l'humour mais Hudson n'en était pas dépourvu ; il avait aussi un esprit un peu rebelle et ce qu'il fallait de culot. La gravité de son visage était atténuée par le sourire qui brillait dans ses yeux, une bienveillance qu'Helen appréciait. Il allait devoir travailler en étroite collaboration avec elle et Charlie pour diriger l'équipe, et elle avait su d'instinct qu'il serait un collègue aussi généreux que charmant.

— Bien, je pense qu'on a procédé à toutes les vérifications : ce n'est pas un espion russe, déclara Jerry en leur décochant un clin d'œil qui se voulait espiègle.

C'était un fossile, mais un gentil. Helen le remercia et se remit en marche, guidant Hudson vers le cœur du commissariat central. Quelques minutes plus tard, ils longeaient le couloir du septième étage, la deuxième maison d'Helen.

— Vous aurez le temps de faire le tour complet plus tard. Pour l'instant, je vais juste vous donner les grandes lignes. Le bureau des ressources humaines est au deuxième étage, la cantine au troisième, l'armurerie – si vous deviez en avoir besoin – au premier et le vestiaire des hommes est juste au-dessous de nous. C'est bon jusque-là ?

— Deux, trois, un et six, répliqua Hudson.

— Le septième étage abrite surtout la brigade criminelle mais il y a aussi ce bureau. Si vous en franchissez le seuil, c'est soit que vous avez merdé soit que vous avez accompli un acte remarquable.

Ils s'étaient arrêtés devant le bureau de la commissaire Simmons, dont le nom était gravé en dorure sur la vitre dépolie de la porte. Simmons était une vieille amie d'Helen – son mentor en réalité – et Helen avait la certitude qu'elle accueillerait à bras ouverts leur nouvelle recrue. Mais les présentations devraient attendre : Simmons était en conférence et Helen souhaitait mettre Hudson au parfum du fonctionnement interne de la brigade. Le plus tôt serait le mieux pour qu'il soit opérationnel.

Ils franchirent la porte sécurisée et pénétrèrent dans le saint des saints. Helen y avait passé plus d'heures qu'elle ne pouvait en compter – certaines agréables, d'autres très pénibles. Pourtant, c'était toujours bon d'y revenir. Les crimes ne s'arrêtaient jamais et ils étaient en constante évolution ; Helen ne manquait pas de travail.

— C'est ici que vous passerez le plus clair de votre temps. Les analystes sont installés là, le reste de l'équipe ici, poursuivit-elle en désignant plusieurs bureaux fatigués.

À l'un d'entre eux, le lieutenant Ellie McAndrew terminait un appel téléphonique.

— Mon bureau se trouve juste là, celui avec une porte. Vous vous installerez ici et partagerez le poste avec le capitaine Charlene Brooks. C'est une excellente enquêtrice et tout le monde l'appelle Charlie. Mais ne vous avisez pas de lui adresser la parole trop tôt le matin. Elle est maman d'une petite fille et il lui faut quelques cafés pour se réveiller.

— J'en prends bonne note.

— Bien, maintenant allons voir ce qu'on a sur le feu.

Elle s'apprêtait à conduire Hudson vers le tableau des affaires en cours quand elle remarqua McAndrew qui se précipitait vers elle. La relation entre les deux femmes avait connu des hauts et des bas mais McAndrew était un officier talentueux et professionnel qui ne s'en laissait pas conter. Voilà pourquoi son teint livide et son expression agitée inquiétèrent Helen.

— Pardon de vous interrompre, commandant, mais il est arrivé quelque chose.

À son ton, il était clair que le « quelque chose » en question sortait de l'ordinaire. Helen sut aussitôt que la journée qui avait si bien commencé était sur le point de s'assombrir.

7

Elle ne lui lâcha pas la main une seconde. D'abord parce qu'il y avait des rues à traverser mais surtout parce qu'elles étaient en retard. Charlie avait fini par s'endormir vers 2 heures du matin et bien évidemment elle n'avait pas entendu son réveil lorsqu'il avait sonné. Elle avait ouvert les yeux juste avant 8 heures, à temps pour un petit déjeuner pris dans la précipitation et au cours duquel Charlie s'était rappelé que c'était le dernier jour de la semaine consacrée à l'espace à l'école. Jessica devait porter une tenue intergalactique aujourd'hui.

Heureusement, la petite avait été convaincue par les arguments de sa mère qui lui avait juré que les deux tubes en carton accrochés sur ses hanches et un chapeau pointu suffisaient à la faire ressembler à une fusée. Elles avaient pu partir à l'école avec une chance d'arriver avant la sonnerie. Charlie avait beau être épuisée, elle maintenait une allure rapide et, très vite, elles arrivèrent à l'école primaire Skyswood. D'un coup d'œil à sa montre, Charlie s'aperçut qu'elles avaient même trois minutes d'avance.

Elle ralentit et observa sa fille qui marchait d'un pas tranquille. Jessica paraissait plutôt contente ce matin. Pourtant, à l'approche de l'école elle commença à traîner les pieds.

— Tu vas bien t'amuser aujourd'hui, affirma Charlie avec entrain. Je parie que vous allez faire plein de jeux toute la journée.

Jessica haussa les épaules, comme si ça lui était égal. Elle était plus intéressée par ses lacets arc-en-ciel.

— Qu'est-ce que vous allez faire à ton avis ? Un concours de costumes ? Un voyage dans l'espace ? Tu crois que vous irez sur la Lune ?

Jessica secoua la tête avec sérieux comme si l'idée était possible. Elles avaient atteint le portail et Charlie lui lâcha la main. La petite se figea, comme effrayée de franchir la grille. Charlie se tourna vers la cour envahie d'enfants déguisés en extraterrestres ou en astronautes. Ce spectacle aurait dû la réjouir mais elle n'était décidément pas d'humeur aujourd'hui. Jessica était petite pour son âge et les autres enfants paraissaient tellement grands à côté. De là, on aurait dit qu'ils allaient la dévorer.

Charlie s'accroupit pour être à hauteur de sa fille et lui caressa le dos d'un geste rassurant.

— Tu sais, mon cœur, s'il y a quoi que ce soit qui t'embête, tu peux me le dire.

Jessica ne répondit pas, toujours absorbée dans la contemplation de ses lacets.

— Si quelqu'un t'a dit quelque chose de méchant, ou s'il t'a fait peur ou s'il t'a fait du mal...

À cette pensée, Charlie eut un haut-le-cœur mais elle poursuivit.

— Tu peux me le dire pour que nous puissions trouver une solution. Maman peut tout arranger, tu le sais, n'est-ce pas ?

Sa fille hocha la tête et esquissa un bref sourire. Un instant, Charlie crut qu'elle allait parler mais la cloche retentit. Jessica ramassa son cartable et s'avança vers les autres enfants.

— Je t'aime fort, lui lança Charlie en se rendant compte trop tard qu'elle ne l'avait pas embrassée comme elle le faisait à chaque fois.

Elle la regarda s'éloigner, l'estomac noué. Si quelque chose n'allait pas, si quelque chose perturbait Jessica, cela resterait un secret.

La petite perdue au milieu de la foule, Charlie tendit le cou pour essayer de l'apercevoir, s'attardant inutilement. Alors, une sonnerie stridente détourna son attention de la cour de récréation. Avec énervement, elle sortit son téléphone et découvrit que c'était Helen. Aussitôt, elle sentit tout son corps se crisper. Helen n'appelait jamais si tôt.

Sauf en cas de problème.

8

Emilia Garanita examina l'écran et vit son portrait la regarder.

Assise à son bureau, elle étudiait la photo publicitaire qui devait accompagner un article sur elle à paraître dans un quotidien national. Comme d'habitude, elle se trouvait affreuse, avec cette ancienne cicatrice qui barrait le côté droit de son visage, même si en réalité, cette photo était une des plus flatteuses.

Et il y en avait eu un paquet ces derniers temps. Avoir été enlevée par Daisy Anderson, la meurtrière qui avait terrorisé Southampton pendant vingt-quatre heures, avait bien profité à la journaliste. Elle avait participé à de nombreuses interviews à la télévision, écrit d'innombrables articles sur le sujet et aujourd'hui, neuf mois plus tard, son livre retraçant son « moment avec Daisy » allait être publié. D'où la photo à l'écran.

Emilia pivota sur son fauteuil et quitta l'ordinateur des yeux pour observer la salle de rédaction. Ce décor lui plaisait encore beaucoup. En plus de la notoriété et de l'argent que sa brève rencontre avec Anderson lui avait apportés, elle en avait tiré avantage pour assurer son poste au *Southampton Evening News*. Ses menaces de démission et de départ pour des médias plus imposants avaient suffi à contraindre son rédacteur en chef de lui rendre son poste de journaliste d'investigation criminelle, au détriment de l'opportuniste incompétent qui avait pris sa place quelque temps. De l'avis d'Emilia, cette réhabilitation hiérarchique n'avait que trop tardé et pour être honnête, Martin Gardiner l'avait promue de bon cœur même si on lui avait un peu forcé la main. Tandis qu'Emilia observait ses collègues et ses subalternes, elle eut enfin l'impression que tout allait pour le mieux dans le meilleur des mondes.

La seule ombre au tableau était son incapacité à *créer* de bonnes histoires pour ses articles. Il n'y avait que des crimes aussi prévisibles que déplaisants ces derniers temps à Southampton. Une agression sexuelle par-ci, une attaque au couteau dans une discothèque par-là et une flopée de cambriolages avec violence qui inquiétaient les riches propriétaires à travers toute la ville. Rien de bien excitant. À côté du bain de sang tragique causé par Daisy Anderson, ces faits divers paraissaient ternes.

Emilia se réinstalla face à son bureau et attrapa un crayon dont elle mordilla l'extrémité tout en s'efforçant de trouver l'énergie de terminer son article dédié à des conseils pour sécuriser son domicile. Elle aurait dû le finir depuis une demi-heure déjà ; c'était le genre de papier sur la culture de la peur qu'elle pouvait rédiger en dormant. Mais elle s'était laissé distraire par ce qui se racontait sur la fréquence radio de la police qu'elle écoutait et avait été bercée par les disputes conjugales et les accidents de la voie publique.

Elle ne prêtait qu'une attention légère aux détails : les voix familières qui listaient les unités dépêchées sur les lieux offraient un fond sonore apaisant à ses réflexions. Quand soudain, elle se redressa sur son siège et tendit l'oreille. Cinq voitures de patrouille se dirigeaient vers le parc national de New Forest pour délimiter un périmètre autour d'une scène de crime. Plus intéressant encore, la brigade criminelle avait été appelée sur place, avec le commandant Helen Grace à la tête de l'investigation.

Un sourire s'épanouit sur le visage d'Emilia. Rien n'était terne quand Helen Grace était impliquée. Elle griffonna l'adresse sur un bout de papier, se leva et ôta ses écouteurs d'un coup sec. Après avoir attrapé son sac et sa veste, elle quitta la salle de rédaction sans un regard pour ses collègues qui, ignorant tout de cet étonnant retournement de situation, continuèrent de travailler d'arrache-pied. Pour Emilia, le travail d'équipe était surestimé.

Elle préférait toujours bosser en solo.

9

La cime des arbres ondoyait au-dessus de sa tête et projetait de longues ombres lugubres sous le soleil matinal. Helen avançait avec prudence dans la forêt, à la recherche d'indices : buissons aux branches cassées, empreintes ou fragments de tissu. Concentrée sur sa tâche et l'œil aux aguets, elle marchait d'un bon pas. Les premiers retours sur la scène de crime qu'on lui avait faits étaient des plus inquiétants. Elle voulait se rendre sur place au plus vite.

Une garde forestière avait découvert un cadavre dans le parc national de New Forest. L'appel aux secours avait été passé juste après 8 h 30 ; l'opératrice ayant réussi on ne sait comment à comprendre les propos alarmés du témoin. Helen avait aussitôt déployé son équipe. Le corps se trouvait dans un coin isolé du parc, une zone boisée encore vierge entre les hameaux de Blissford et de Fritham. Dès qu'Helen avait été informée, l'image d'un autre corps retrouvé dans les profondeurs de la forêt avait surgi dans son esprit – celui d'une des victimes lors de sa première grosse enquête – mais elle s'était dépêchée de chasser ce souvenir macabre pour se concentrer sur l'affaire en cours. Si le rapport préliminaire était correct, ils faisaient face à l'horreur.

Il n'y avait ni routes, ni habitations, ni campements près de la scène de crime – Helen avait dû laisser sa moto à huit cents mètres sur Abbots Well Road –, alors comment la victime avait-elle fini ici ? Et surtout, pourquoi ? Helen fouillait les alentours du regard tout en suivant le vague sentier devant elle, mais rien dans le paysage bucolique qui l'entourait ne suscitait l'inquiétude ni n'expliquait les étranges événements du matin. Le sol était sec et dur, aucune empreinte n'y serait relevée, et la végétation dans cette partie de la forêt n'avait pas été dérangée. En fait, les bois étaient aussi enchanteurs que d'habitude ce matin, rendant ce meurtre brutal encore plus irréel.

Le chemin s'élargit légèrement et Helen remarqua un peu d'animation plus loin : les vestes jaune fluo des agents de police. Elle accéléra le pas et déboucha sur une vaste clairière qui grouillait déjà de policiers et d'enquêteurs. Elle salua d'un hochement de tête Meredith Walker, la chef de la police scientifique du commissariat de Southampton, puis s'arrêta et se prépara mentalement avant de pivoter pour observer le cadavre.

Il en fallait beaucoup pour choquer Helen, et pourtant, jamais elle n'avait vu de spectacle aussi perturbant. Un jeune homme d'une vingtaine d'années, la petite trentaine tout au plus, était pendu à un chêne, au milieu de la clairière, le visage déformé par la terreur. Il avait les pieds liés, et la corde, fermement attachée au tronc, avait été passée par-dessus une solide branche. L'homme pendait, le corps nu et meurtri, tête en bas, les bras ballants, tendus inutilement vers le sol. Il ressemblait un peu à un fruit, sans vie et tacheté de sang, accroché aux branches.

C'était la cause de sa mort, le pire. Helen distinguait trois flèches enfoncées profondément dans le torse, le cou et le dos de la victime. Elle s'approcha, se plaça sous le corps, et se rendit compte qu'il s'agissait de carreaux d'arbalète. À en juger par la profondeur des blessures, cela ressemblait à une exécution à bout portant. Mais ça n'expliquait pas la curieuse mise en scène...

Les questions affluèrent dans l'esprit d'Helen. Pourquoi ici, dans cette partie isolée et peu connue de la forêt ? Pourquoi une arbalète ? Les agressions avec ce type d'arme n'étaient pas courantes. Et puis, pour quelle raison la victime avait-elle été ainsi abandonnée, exhibée, pour être découverte par un malheureux randonneur ou un employé du parc ?

Helen recula d'un pas et regarda à l'autre bout de la clairière la femme que le lieutenant McAndrew interrogeait. Janice Smith portait l'uniforme vert typique de l'Association de protection du parc national de New Forest, et c'était la seule couleur qu'elle arborait. Son teint livide prouvait l'état de choc dans lequel elle se trouvait. Ils glaneraient ce qu'ils pourraient d'elle : la raison de sa présence ici et les circonstances de sa sinistre découverte. Cependant Helen doutait de l'utilité de ces informations. La femme n'était pas assez forte pour avoir pendu toute seule un homme à un arbre, elle n'en paraissait pas susceptible non plus, et compte tenu de l'heure de son appel aux secours, il était peu probable qu'elle ait été témoin du meurtre. Smith avait pris contact avec le poste de police moins d'une heure auparavant et le sang des plaies de la victime s'était déjà coagulé et avait séché. Meredith Walker et Jim Grieves, leur truculent médecin légiste en chef, leur en apprendraient davantage plus tard mais pour Helen, cette mise à mort s'était déroulée pendant la nuit. Cette pensée lui fit froid dans le dos.

Elle reporta son attention sur le corps et découvrit Graham Ross, leur photographe de scène de crime le plus expérimenté, déjà à pied d'œuvre. Celui-ci haussa un sourcil amical en guise de salutation et s'écarta pour prendre des gros plans des pieds et des jambes de la victime. Helen l'en remercia intérieurement : il lui fallait une vue dégagée du cadavre pour tenter de donner un sens à cet abominable crime.

Le coupable n'avait pas cherché à dissimuler le corps, au contraire ! Il avait pris soin de l'exposer et de le mettre en scène. Visiblement, l'auteur voulait envoyer un message. Était-ce un avertissement ? Un acte de représailles ? S'agissait-il d'un crime occulte ? C'était une éventualité, si l'on s'en tenait à l'aspect théâtral et à l'heure de l'agression. Ou le meurtrier cherchait-il seulement à se faire remarquer en exhibant ses prouesses et son œuvre au monde entier ?

Helen continua à se torturer les méninges avec toutes ces inquiétantes possibilités, tandis qu'elle observait l'homme assassiné, le regard inexorablement attiré par la mare de sang qui entachait désormais le sol boisé sous le corps qui se balançait légèrement.

10

— Que lui est-il arrivé ? Où est-il ?

Melanie Walton dévisageait Charlie, les larmes aux yeux. Elle avait déclaré la disparition de son fiancé à la première heure mais la portée de cet événement n'était apparue qu'avec la découverte d'un corps dans les bois. Les photos de Tom Campbell qu'elle avait sur son téléphone portable ainsi que la description qu'elle avait faite de sa chevalière laissaient fortement penser que son fiancé était la malheureuse victime.

Helen avait envoyé Charlie et Hudson au camping de Woodland View, un impressionnant complexe récemment ouvert en lisière de forêt, tandis qu'elle-même se rendait sur la scène de crime. Charlie, qui n'avait pas encore pu échanger deux mots avec son nouveau collègue, le trouva d'agréable compagnie et plutôt dynamique. Il accepta volontiers de se charger d'organiser le recensement des témoins pendant qu'elle interrogeait la fiancée paniquée de Campbell.

— Un corps vient d'être retrouvé dans le parc, répondit Charlie d'un ton grave.

— Oh mon Dieu…

— Nous n'avons aucune certitude quant à son identité et rien ne sera confirmé avant l'identification officielle. Il se pourrait que nous vous demandions votre aide. Seriez-vous disposée, et capable, d'y procéder au besoin ?

Melanie acquiesça sans un mot avant de baisser les yeux sur ses mains. Elle les examina avec intensité comme si elle y cherchait une explication.

— Depuis combien de temps êtes-vous en couple ?

— Cinq ans, à peu près...

— Quel âge a Tom ?

— Vingt-neuf ans.

D'après Helen, la victime approchait la trentaine ; encore un détail qui confirmait qu'ils étaient sur la bonne piste.

— Vous campez souvent ?

— Oui.

— Ici ?

— Non, ce camping vient d'ouvrir.

— Pourquoi être venus ici ?

— Je ne sais pas. Nous avons reçu un prospectus et le site nous a plu. Tom adore camper...

La voix de Melanie s'éteignit. L'emploi du présent la désarçonna, révélant les sombres craintes qui l'assaillaient intérieurement.

— À quelle heure êtes-vous arrivés hier soir ?

— Vers 19 heures. Après le travail...

— Quand avez-vous vu Tom pour la dernière fois ?

Melanie réfléchit un instant, passa ses mains sur son visage.

— Aux alentours de minuit, je crois. Nous avons bu et fumé une cigarette avant d'aller nous coucher...

Elle tressaillit comme hantée par le souvenir.

— Et ensuite ?

— Eh bien... nous..., balbutia Melanie en rougissant. Nous avons fait l'amour puis nous nous sommes endormis. C'est ce que nous faisons à chaque fois.

— L'acte était-il consensuel ?

— Évidemment ! répliqua-t-elle avec colère.

— S'est-il passé quelque chose ? Vous êtes-vous disputés ?

— Non. Pas du tout. Nous sommes fiancés, nous allons nous marier. Nous sommes heureux...

Une larme roula sur sa joue. Charlie percevait l'angoisse de Melanie – la lente prise de conscience que son monde était sur le point de s'effondrer – et elle compatissait. Plus encore, elle la croyait. Les proches, famille ou conjoint, étaient toujours les premiers suspects, mais rien dans les paroles de la belle jeune femme ou du directeur du camping n'indiquait des troubles au cours de la nuit. En outre, son émotion comme sa stupeur étaient sincères.

— Bien, racontez-moi tout une nouvelle fois. Prenez votre temps...

La déclaration initiale de Melanie était confuse. Cette fois-ci, elle s'efforça d'être claire, consciente de l'importance de son témoignage.

— Je me suis réveillée au milieu de la nuit.

— Vous savez quelle heure il était ?

— Non, pas vraiment. 2 heures ? 3 heures peut-être. Désolée...

— Ce n'est pas grave. Poursuivez.

— Tom s'était endormi à côté de moi mais il n'était plus là. Je suis sortie le chercher. Je suis allée aux sanitaires, à notre voiture, mais...

— Vous avez essayé son portable ?

— Bien sûr, mais son téléphone était dans la tente. Alors j'ai attendu le matin et comme il n'y avait toujours aucune trace de lui, j'ai prévenu le directeur du camping.

— Vous ne l'avez pas entendu partir pendant la nuit ?

— Je dormais.

— Vous n'avez aucun souvenir, pas même la vague impression de l'avoir senti remuer, d'avoir entendu la fermeture Éclair de la tente ?

— Non, rien du tout. Il était à côté de moi et l'instant d'après...

Melanie releva les yeux vers Charlie ; la peur peignait ses traits.

— L'instant d'après il avait disparu.

11

— Personne n'a rien vu ni entendu.

De toute évidence, le capitaine Hudson avait espéré donner de meilleures nouvelles à Helen.

— J'ai interrogé les autres campeurs et franchement, mes questions les ont plutôt laissés perplexes. Deux d'entre eux ont croisé Tom Campbell hier. D'après eux, la soirée était tranquille, ils n'ont entendu aucun tapage.

— On lance quand même une enquête de routine sur eux, pour vérifier si l'un ou l'autre a un lien avec Tom Campbell ou Melanie Walton.

— Entendu. Je leur ai également demandé de nous confier leurs téléphones pour une heure ou deux. Avant de les laisser partir, je veux regarder s'ils ont des photos d'hier soir, quelque chose qui pourrait nous fournir une piste sur ce qu'il s'est passé.

— Excellente idée. Qu'en est-il de la voiture de Campbell ?

— Elle est toujours là où il l'a garée hier.

Hudson lui indiqua une Audi à l'autre bout du camping.

— Les clés sont toujours dans la tente, poursuivit-il.

— Y a-t-il des traces indiquant la présence d'un autre véhicule ? Près de la tente ou près de leur voiture ?

— À vrai dire, il y a plusieurs empreintes de pneus ; il faut passer en bordure du campement pour accéder au parking. Mais les témoins n'ont pas entendu de moteur, alors...

Helen considéra cette information. Tom Campbell avait-il volontairement quitté le camping pour s'enfoncer dans la forêt à pied ? C'était peu probable mais, au vu des éléments, c'était le plus plausible.

— Continuez de creuser et tenez-moi informée de ce que vous trouverez.

— À vos ordres.

Hudson rejoignit les campeurs inquiets rassemblés près des tables de pique-nique. Helen partit dans la direction opposée. Elle s'approcha d'un homme à la mine épuisée, vêtu d'un pantalon en velours élimé et d'une veste en polaire marron.

— Monsieur Robinson, je suis le commandant Helen Grace, annonça-t-elle en brandissant sa plaque. Je sais que vous vous êtes déjà entretenu avec mon capitaine mais j'aimerais vous poser quelques questions supplémentaires.

— Faites donc, bégaya Robinson.

— C'est vous qui dirigez ce camping ?

— J'en suis le directeur et le propriétaire.

— Depuis quand ?

— Je possède le terrain depuis plus d'un an. Mais nous n'avons ouvert qu'il y a quatre semaines. Ça a pris plus de temps que prévu de brancher les tuyaux d'évacuation, de construire le bloc sanitaire.

— Pourquoi ça ?

— Les travaux en bâtiment, vous savez..., répliqua-t-il tristement.

— Je vois.

Helen l'observa avec attention lorsqu'elle formula sa question suivante. Nigel Robinson s'efforçait de garder son calme mais il était mal à l'aise et nerveux, la sueur perlait à son front. Était-ce parce qu'il redoutait la mauvaise publicité que ce meurtre allait engendrer ou simplement parce qu'il n'avait pas l'habitude d'être interrogé par la police ?

— Est-ce que vous dormez sur place ?

— En ce moment, oui. Lorsque nous afficherons complet et que ça tournera bien, j'engagerai un gérant mais pour l'instant, je préfère m'occuper de tout.

— Vous n'avez entendu aucun tapage hier soir ?

— Rien du tout.

— Et avant ? Y a-t-il eu des problèmes ? Pendant la construction ? À l'ouverture ?

Robinson secoua la tête.

— Les campeurs qui viennent ici sont des gens bien. Tout comme les gars qui travaillent pour moi, malgré leur manque d'entrain. C'est un camping familial et tranquille ici, un endroit agréable pour…

— Ce sera tout pour l'instant, l'interrompit Helen qui préférait se passer du descriptif publicitaire. Je vous prierais de bien vouloir rester sur place, au cas où nous aurions d'autres questions.

Robinson hocha la tête avec vigueur. Il n'allait certainement pas quitter les lieux alors que les policiers grouillaient dans son camping. Helen s'éloigna pour faire le tour du propriétaire. C'était un vaste complexe, qui disposait de nombreuses cabanes en rondins toutes neuves et de sanitaires, d'une boutique et d'un bar flambant neufs. Robinson n'avait pas lésiné sur les moyens. La question était maintenant de savoir si son investissement était judicieux.

Helen s'avança vers la tente de Campbell, en examina l'extérieur avant de passer la tête à l'intérieur. C'était une canadienne assez banale, à la toile usée et abîmée et qui ne contenait pas grand-chose : quelques vêtements, deux sacs de couchage, un appareil photo hors de prix et une bouteille de bourbon presque vide. Dans quel état d'ébriété se trouvait Tom la veille ? Avait-il trop bu ? S'était-il perdu dans les bois ? Cela semblait plus probable qu'un enlèvement, même s'il aurait fallu qu'il soit sacrément ivre pour errer ainsi. L'avait-on attiré d'une manière ou d'une autre dans la forêt ? Cherchait-il quelque chose en particulier dans cette partie du parc ?

Helen se redressa et reprit son inspection du site. Le magasin regorgeait de produits et embaumait la peinture fraîche ; les bouteilles d'alcool au bar étaient quasiment toutes pleines, le rideau en fer descendu. Un peu plus loin, elle atteignit la lisière de la forêt, le point où la civilisation rencontrait la nature. Pourtant, là aussi le zèle de Robinson était visible. Une dizaine d'arbres avait été abattue pour créer un terrain de jeu, les parcours presque entièrement délimités par des rondins de bois ; et de nombreux autres avaient été sacrifiés pour offrir aux clients du bar une vue dégagée sur le lac. En fait, toute la zone semblait avoir été modifiée pour le seul plaisir des hôtes qui mettaient la main à la poche.

Tous les arbres avaient été coupés à part quelques-uns près du bloc sanitaire. Helen trouva cette exception très étrange. Tout avait été détruit au profit de la construction du complexe, mais ces arbres-ci formaient un bosquet isolé dans le campement. Leurs branches avaient été élaguées pour ne pas endommager la toiture des toilettes toutefois ils avaient eu le privilège de rester en place malgré la menace que leurs racines représentaient pour la stabilité du bâtiment contigu. Helen s'en approcha, piquée par la curiosité. Elle fit le tour des sanitaires et se retrouva au pied d'un arbre. Elle passa la main sur son tronc et y remarqua assez vite une protubérance qui n'avait rien de naturel.

Une pointe métallique y avait été enfoncée, si profondément que seule la tête était visible et qu'il était impossible de la retirer. Après une inspection plus poussée, elle découvrit cinq autres pointes plantées dans le tronc à des hauteurs différentes. Helen s'intéressa à l'arbre suivant. C'était la même chose, tout comme sur le troisième qu'elle examina.

L'esprit d'Helen était en ébullition, différentes explications se présentant à elle. Elle pivota pour observer le camping. Elle ne savait pas quel scénario était le bon mais tandis que son regard tombait sur le directeur du site, qui n'avait rien raté de son inspection, elle sut une chose avec certitude.

Nigel Robinson lui avait menti.

12

— Qu'est-ce que vous foutez ?

Emilia se figea et laissa échapper un juron entre ses dents. Elle pivota pour faire face à l'agent qui approchait et afficha une expression innocente tout en relâchant le cordon de police qu'elle était en train de soulever.

— Oh, désolée, répondit-elle d'un ton qu'elle s'efforça de rendre désinvolte et confus. J'étais en train de me promener et je suis tombée sur ce... ruban.

— Et moi je suis Brad Pitt.

— Pardon ?

— Je sais qui vous êtes et pourquoi vous êtes là. Alors, du balai ! Il vous faudra passer par la voie officielle pour avoir des informations.

Il la fixait d'un regard intransigeant, les bras croisés sur le torse avec suffisance. Emilia avait une forte envie de lui dire d'aller se faire voir mais au lieu de ça répondit :

— Très bien. Vous m'avez prise en flagrant délit.

Elle tourna les talons et examina les bois alentour en se demandant jusqu'où elle devrait aller pour être hors de vue et passer discrètement sous le cordon.

— Et si l'envie vous prenait de tenter votre chance plus loin, je vous préviens qu'il y a des agents postés tout le long du périmètre. Je vais les avertir par radio de votre présence.

Lui en coller une démangeait sérieusement Emilia maintenant. Mais elle se maîtrisa, fit volte-face et revint vers lui.

— J'ai dit, du vent…

— Je vous ai entendu mais je ne peux pas retourner au bureau les mains vides, alors laissez-moi vous poser quelques questions.

— Impossible.

— Je suppose qu'il y a un cadavre là-bas ? s'empressa de poursuivre Emilia.

— Je ne peux pas vous répondre…

— Et je suppose qu'il s'agit d'un meurtre ?

— Faites toutes les suppositions que vous voulez.

— On ne fait pas intervenir la brigade criminelle pour un suicide, si ?

Le policier marqua une hésitation, pris de court par les connaissances d'Emilia sur leur fonctionnement.

— C'est vraiment moche ? De quel genre d'homicide on parle ?

L'homme ne répondit pas, mal à l'aise.

— Le corps se trouve là depuis un moment ? C'est un endroit plutôt isolé de la forêt. Ou bien la victime vient-elle d'être tuée ?

— Vous n'obtiendrez rien de moi, rétorqua l'agent en jetant des regards furtifs autour de lui comme s'il cherchait, et espérait, des renforts.

— Je comprends que vous deviez suivre la procédure, officier… ?

— Vous n'avez pas besoin de connaître mon nom.

— Mais je vous ai dit que je ne pouvais pas partir sans rien, et c'est la vérité. Franchement, je peux continuer comme ça toute la matinée. Alors, à moins que vous ne m'arrêtiez parce que je fais perdre son temps à la police…

De toute évidence, ce n'était pas une perspective qui l'enchantait. Il n'y avait pas grand-chose à gagner à s'en prendre à un membre de la presse locale aussi célèbre et malveillant.

— Un corps a été découvert ce matin, ok ? C'est tout ce que je peux dire.

— C'est un campeur ou un randonneur qui l'a trouvé ?

— Eh bien...

— Au début de la saison touristique en plus. Ne me dites pas que c'était une famille, qu'il y avait des enfants...

— Non, il n'y avait pas d'enfant, répondit l'agent avec fermeté. Alors n'allez pas écrire le contraire. C'est un employé du parc qui l'a trouvé si vous voulez tout savoir. Rien de dramatique...

— Un homme ? Une femme ?

— Ça suffit ! cracha-t-il en avançant d'un pas vers elle. Vous avez eu ce que vous vouliez. Partez maintenant !

Il hurla presque ces derniers mots. Sa voix porterait-elle jusqu'au prochain policier en faction qui viendrait alors voir ce qu'il se passait ? Quoi qu'il en soit, le moment était venu de battre en retraite. Emilia n'avait pas obtenu tous les détails mais elle avait ce qu'elle voulait : la confirmation qu'un meurtre avait été commis et le moyen d'obtenir plus d'informations, sans avoir à passer par la voie officielle. Exactement le genre d'histoire pour lequel Emilia aimait avoir une longueur d'avance.

Elle remercia le policier et tourna les talons avant de disparaître de sa vue d'un pas pressé pour s'enfoncer dans les bois.

13

— La victime s'appelle Tom Campbell. Vingt-neuf ans. Il résidait à Winchester avec sa fiancée Melanie Walton.

Helen et son équipe, de retour au commissariat central de Southampton, étaient regroupées devant le tableau d'enquête. McAndrew se trouvait encore sur la scène de crime où elle supervisait la recherche d'empreintes mais, sur l'ordre d'Helen, tous les autres officiers avaient regagné le poste pour assister au briefing.

— Il travaillait comme biochimiste chez Nexus. Son métier pourrait être en rapport avec son meurtre.

— C'est quoi, Nexus ? demanda Bentham.

— Une entreprise spécialisée dans la pétrochimie et les produits pétroliers. C'est la quatrième plus grosse société de ce type au monde. Leur nouveau siège social à Lyndhurst a fait polémique lors de sa construction l'année dernière.

— Je m'en souviens, intervint Osbourne. Nous avons dû y envoyer des patrouilles pour calmer la situation.

— Des manifestations ont été organisées par les défenseurs de l'environnement et des groupes de pression locaux, confirma Helen. En raison de l'étendue de déboisement nécessaire au chantier de construction. Certaines manifestations étaient pacifiques, d'autres moins, mais au final Nexus a eu gain de cause grâce aux nombreux emplois que cela a créés dans la région.

— Le poids de l'argent, commenta Reid d'une voix traînante, à l'approbation générale.

— Le conseil de comté du Hampshire a accordé dernièrement plusieurs permis de construire prêtant à controverse, poursuivit Helen par-dessus le brouhaha. Des promoteurs et des entrepreneurs ont ainsi pu se développer dans le parc national de New Forest ou aux abords. Ils cherchent à sortir de la crise économique et dans l'ensemble, ils y arrivent plutôt bien, mais que ce soit au détriment d'espaces naturels autrefois protégés a provoqué une vive réaction.

— Et le camping de Robinson fait partie de ces nouveaux projets immobiliers ? demanda Charlie qui suivait l'idée d'Helen. Ils ont joué de la tronçonneuse assez librement, semble-t-il.

Helen acquiesça et se tourna pour épingler des photos sur le tableau.

— J'ai compté au moins deux douzaines d'arbres abattus, mais ces trois-là ont été « minés ».

Elle montra les gros plans des pointes métalliques enfoncées dans les troncs.

— C'est une technique de protection environnementale ou de terrorisme écologique, selon le point de vue. Il est impossible d'abattre l'arbre, au risque de casser son matériel et de mettre en danger la sécurité des bûcherons car les pointes éclatent au contact de la scie.

— On sait qui a fait ça ? demanda Hudson, allant droit au but.

Helen pivota de nouveau vers le tableau, y accrochant cette fois le portrait-robot d'un homme. Aussitôt, tous tendirent le cou pour l'observer de plus près : le regard perçant, la barbe peu soignée, le visage taillé à coups de serpe.

— Contrairement à ce qu'il a déclaré initialement, Nigel Robinson a bien connu quelques déboires sur le site dès le premier jour des travaux de construction. Ça a commencé par des lettres de menace, puis un renard mort a été pendu dans sa cabane de chantier.

— Beurk, grimaça Edwards.

— Puis les choses se sont aggravées. Les ouvriers ont reçu des menaces et un chalet a été incendié. Robinson aurait dû contacter la police à ce moment-là mais il a préféré engager des agents de sécurité pour protéger le site. Après quoi, les choses se sont calmées. Mais avant l'arrivée des premiers clients, Robinson a dû se séparer de ses vigiles.

— Et le site est redevenu vulnérable, conclut Charlie.

— Robinson dit avoir remarqué à plusieurs reprises ces derniers temps un homme qui rôdait aux alentours du camping, poursuivit Helen avec un geste en direction du portrait-robot. Il est convaincu qu'il s'agit du type qui a menacé ses ouvriers et laissé le renard.

— Tom Campbell aurait donc été visé par cet homme aussi ? intervint Bentham. Pris pour cible parce qu'il travaillait pour une entreprise responsable du carnage écologique ailleurs dans le parc ?

C'était une bonne question. À laquelle Helen ne pouvait répondre.

— C'est ce qu'il nous faut découvrir. Le capitaine Hudson va enquêter plus en profondeur sur la vie privée et professionnelle de la victime. Campbell ne semble pas avoir d'ennemis particuliers et, en dehors d'une inculpation mineure pour possession de drogues, son casier est vierge. Il est venu de Winchester pour camper dans le parc national. Il faut vérifier qui était au courant de sa venue, qui connaissait ses projets. Voyons aussi s'il était impliqué dans les conflits avec Nexus.

Hudson hocha la tête, Helen se tourna vers Reid.

— Le lieutenant Reid coordonnera une enquête plus large sur les passionnés d'armes locaux, les clubs de tir et assimilés. On recherche quiconque a proféré des menaces, a été exclu des stands de tir, arrêté pour comportement menaçant. Le reste de l'équipe m'assistera ainsi que le capitaine Brooks. Nous allons nous intéresser à ce type…

Une dernière fois, Helen se tourna vers le tableau pour y épingler une photo d'identité judiciaire juste à côté du portrait-robot. Une vague de murmures traversa l'assemblée : la ressemblance entre les deux était frappante.

— Nathaniel Martin. Cinquante-deux ans. Plusieurs condamnations pour possession et usage de drogues, crimes à caractère raciste et agressions aggravées : il a attaqué un officier de police avec une barre de fer lors d'une manifestation à la fin des années 1990. Il a fait de la prison pour ça, en est ressorti encore plus extrémiste. Il est passé de Greenpeace à des groupuscules plus agressifs qui prônent des actions plus directes, avant de couper les ponts avec eux il y a quelques années. Il opère en solo depuis, il envoie des courriers aux promoteurs immobiliers et aux membres du conseil en utilisant des phrases du genre…

Helen consulta son dossier avant de reprendre :

— « Ce que vous bâtirez, nous le brûlerons » et « Faites souffrir Mère Nature et ses enfants riposteront ». Il est actuellement recherché pour être interrogé sur l'agression d'un fonctionnaire de l'hôtel de ville, et le mandat date de plus de deux ans.

— Où est-ce qu'il peut bien se cacher ? s'enquit Reid, sincèrement perplexe. Il ne peut pas avoir disparu comme ça.

— Nous lui connaissons une adresse : celle d'une ancienne petite amie, mais rien d'autre. Il n'y a eu aucun retrait d'argent ces dix-huit derniers mois, aucune déclaration de revenus, aucun nouveau délit. On pourrait croire qu'il s'est assagi, ou qu'il est mort, ou encore qu'il a perdu l'esprit, mais je pense qu'il a disparu volontairement, qu'il a tourné le dos à son ancienne vie…

— Il y a des rumeurs sur la présence d'un ermite, un sauvage, qui vivrait dans la forêt, l'interrompit Charlie.

— Et s'il s'agit bien de Martin, nous devons l'appréhender. Cet homme est dangereux, potentiellement délirant, et il a une dent contre Robinson, Tom Campbell et les gens comme eux. Je veux qu'il soit en garde à vue avant que les choses n'empirent. Alors au boulot !

Tous bondirent sur leurs pieds et se précipitèrent à leur poste. Pendant ce temps, Helen observa le portrait-robot de Martin. En noir et blanc, le dessin était particulièrement saisissant. Les traits cireux, les yeux sans vie et l'expression menaçante glaçaient le sang.

C'était le genre de visage qui hantait les pires cauchemars.

14

McAndrew réprima un frisson à la vue des ambulanciers qui emmenaient le cadavre sur un brancard. Elle aurait préféré retourner au poste plutôt que de rester sur la scène de crime dans cette clairière lugubre, mais son sens du devoir très prononcé l'avait incitée à organiser les équipes de recherche et à collaborer avec Graham Ross, qui photographiait les lieux. Entourée de ses collègues, elle avait réussi à ignorer le sentiment de malaise grandissant qui l'habitait depuis qu'elle avait posé les yeux sur ce corps ravagé. Maintenant qu'elle se retrouvait seule, l'inquiétude la gagnait.

Était-ce le souvenir du visage de la victime déformé par la peur qui la rendait si nerveuse ? Ou bien le craquement des branches et le bruissement des feuilles ? Ce dernier rappelait un chœur de chuchotements, comme si des êtres invisibles étaient tapis dans les buissons et l'observaient. Elle n'était pas du genre à se laisser déborder par son imagination mais la forêt lui paraissait vivante aujourd'hui, habitée de mystère et de sinistres présages. McAndrew était une citadine et, en toute franchise, elle n'avait jamais beaucoup aimé les bois, qu'elle trouvait plus inquiétants que magnifiques. Elle se disait depuis toujours que personne ne s'en rendrait compte si un accident survenait ici. Alors que cette pensée lui traversait l'esprit, son regard se posa sur la tâche rouge cramoisi au sol.

— Allez, ma grande, ressaisis-toi !

McAndrew chassa sa nervosité d'un haussement d'épaules et consulta sa montre. Les équipes de recherche arpentaient la forêt depuis plus de deux heures maintenant. Elles étaient parties d'un périmètre de deux kilomètres autour de la scène de crime et progressaient dans sa direction. Elles reviendraient bientôt faire leur rapport sur les indices trouvés. Mais avant leur retour, McAndrew voulait faire une dernière inspection de la scène de crime. Le commandant Grace et Meredith Walker avaient procédé à un examen préliminaire dès leur arrivée mais il lui revenait de s'assurer que rien n'avait été laissé au hasard. Grace appréciait les contributions des techniciens de la police scientifique – les indices qu'ils relevaient s'étaient plus d'une fois révélés d'une importance capitale –, néanmoins elle aimait également avoir l'œil avisé d'un enquêteur aguerri. Voilà pourquoi McAndrew, l'un des plus anciens membres de son équipe, avait été laissée aux commandes.

Tout en restant près des chemins d'accès publics, McAndrew fit rapidement le tour de la clairière. Elle s'était d'abord concentrée sur le corps puis sur le sol à la recherche d'empreintes, d'armes abandonnées ou de fragments de tissus. Comme elle n'avait rien trouvé d'intéressant, elle avait laissé son regard errer plus en hauteur, vers les troncs, les branches, les oiseaux puis la cime des arbres qui continuait d'ondoyer sous le vent.

Elle avançait d'un pas sûr mais prudent, balayait du regard autour d'elle dans l'espoir de découvrir quelque chose, même infime, qui permettrait d'éclairer un peu ce crime obscur. Rien ne sortait de l'ordinaire dans ce décor bucolique paisible, et la forêt environnante devenait plus floue à mesure qu'elle l'observait. Elle comprenait désormais ce que l'expression « l'arbre qui cache la forêt » signifiait.

À mi-chemin, alors qu'elle pensait déjà à terminer sa ronde et à retrouver son équipe, son attention fut attirée sur sa gauche. La plupart des arbres dans ce coin étaient plusieurs fois centenaires et du lierre brun grimpait sur leur tronc. Sur l'un d'eux cependant, ce qui ressemblait à une plante grimpante était d'un vert plus vif, et paraissait artificiel. Sa curiosité piquée, McAndrew s'approcha.

C'était un câble. Le lieutenant de police se pencha et écarta le feuillage au pied de l'arbre. Elle y découvrit un petit boîtier en plastique duquel le câble sortait. De là, il montait sur environ six mètres le long du tronc et disparaissait dans un trou. McAndrew se redressa et suivit le tracé du fil de la main, sentant sous ses doigts les attaches. À en juger par l'aspect impeccable du câblage, l'ouvrage était récent, mais ce n'était pas l'œuvre du tueur qu'ils recherchaient. Il s'agissait d'une caméra ornithologique.

McAndrew fut traversée d'un brusque élan d'excitation. Il y avait plusieurs de ces caméras éparpillées dans la forêt ; celle-ci fonctionnait-elle la veille ? Avait-elle enregistré les événements de la nuit ? Elle recula d'un pas et examina l'arbre, réfléchissant à la façon de procéder.

Il y avait plusieurs branches basses : elle se mit en action et grimpa sur la plus grosse avant de se hisser dessus. La suivante était plus fine, aussi s'appuya-t-elle avec prudence pour s'assurer qu'elle supporterait son poids. Rassurée, elle poussa sur ses pieds et monta plus haut. Le creux dans l'arbre n'était plus qu'à un mètre cinquante mais les branches sur lesquelles prendre appui étaient plus éloignées et il fallait sauter sur la suivante. La moindre hésitation pourrait être fatale, d'autant que McAndrew avait un peu le vertige. Elle s'élança… et atterrit en toute sécurité sur la branche, les bras passés autour du tronc par précaution. Avec un soupir de soulagement, elle tendit le cou pour regarder dans le trou.

Ainsi qu'elle s'y attendait, elle y découvrit un petit nid avec deux œufs et, juste au-dessus, une minuscule caméra. En général, les caméras étaient placées derrière le nid, l'objectif tourné vers l'extérieur pour filmer l'arrivée de la mère ainsi que les œufs. Et cela aurait été le cas ici – et avec, la séduisante possibilité d'images de la forêt en arrière-plan – si l'articulation de l'appareil n'avait pas été endommagée. La caméra, braquée inutilement sur les profondeurs du creux, ne filmait que l'obscurité.

15

— Je suis Annie Brewster. J'appelle du *Southampton Evening News*...

Les mensonges franchissaient les lèvres d'Emilia sans difficulté.

— Je travaille au service des affaires sociales. Nous menons actuellement une enquête régionale sur les niveaux de productivité dans le milieu professionnel. Auriez-vous deux minutes à m'accorder pour répondre à quelques questions ?

La directrice des ressources humaines de l'Association du parc national de New Forest ne paraissait pas convaincue. Emilia se doutait qu'il y avait de l'animation chez eux aujourd'hui. Pourtant, sous le poids de l'enthousiasme de la journaliste, elle accepta.

— Puis-je savoir combien de vos employés sont actuellement en arrêt maladie ?

Un bref silence, le temps qu'elle consulte ses dossiers. Emilia écouta les doigts s'agiter sur les touches du clavier, emplie d'un sentiment de satisfaction intense. Une duperie réussie était toujours jubilatoire.

— Nous avons en ce moment sept employés en congé maladie, finit par répondre la directrice d'un ton monotone.

— Et combien parmi eux bénéficient d'arrêts de longue durée ?

— Cinq, répondit-elle aussitôt avec une pointe de mépris.

— Je vois, donc les deux autres…

— Arrêts de courte durée, le truc habituel, répliqua la directrice sans plus d'explication.

— Des hommes ? Des femmes ?

— Je ne vois pas en quoi c'est pertinent.

Le doute commençait à s'insinuer dans l'esprit de la directrice.

— Je cherche seulement à avoir l'idée la plus précise possible des tendances à long terme en matière de productivité.

— Deux femmes, mais je ne dirais pas que c'est une tendance.

— Et ces employées travaillent sur le terrain ou dans les bureaux ?

— Sur le terrain.

— J'imagine qu'elles ont des horaires décalés, sont dehors par tous les temps, sont plus sujettes aux maladies ?

Emilia continua de poser des questions mais n'écoutait guère les réponses. Elle était trop occupée à rayer les noms de sa liste du personnel de l'Association du parc. Il y avait bien plus d'employés masculins que féminins, surtout pour le travail sur le terrain, ce qui lui facilitait grandement la tâche. Seules cinq femmes travaillaient en extérieur et Emilia avait la conviction qu'il ne lui faudrait pas longtemps pour découvrir laquelle avait été renvoyée chez elle après sa désagréable mésaventure du matin. À l'heure des réseaux sociaux, des bases d'informations partagées et des utilisations, parfois frauduleuses, des données personnelles, fouiller dans la vie privée des gens était un jeu d'enfant.

C'était l'une des nombreuses raisons pour lesquelles Emilia adorait son métier de journaliste. Dans son monde, personne n'était à l'abri.

16

Eleanor Brown regardait avec nervosité Helen fouiller la pièce exiguë.

Les combles débordaient de livres, de traités, de pamphlets et de manifestes, empilés un peu partout, écornés et défigurés par une écriture en pattes de mouche. C'était comme une immersion dans le cerveau d'un illuminé. Le grenier était un trésor de radicalisme environnemental, il regorgeait d'ouvrages sur Gaïa, Mère Nature et les nouvelles utopies ainsi que de manuels sur l'anarcho-primitivisme, le réensauvagement et l'anarchie en action. Bien en vue sur une des piles se trouvait une biographie d'Unabomber, père de tous les éco-guerriers. En le feuilletant, Helen découvrit sans surprise que de nombreuses pages avaient été annotées, des passages entiers soulignés au stylobille bleu.

— Quand avez-vous vu Nathaniel pour la dernière fois ?

Elle ne leva pas la tête, elle savait qu'Eleanor Brown se tenait tout près. C'était à contrecœur que l'ex-petite amie de Nathaniel Martin avait fait entrer un officier de police dans sa maison délabrée et elle n'allait certainement pas le laisser errer à sa guise à l'intérieur.

— Ça doit remonter à un an et demi. Quand je l'ai mis à la porte.

— Comment se fait-il que vous ayez encore toutes ses affaires ?

— Il a dit qu'il reviendrait les chercher mais... il a été interné un mois après notre séparation, alors...

Eleanor haussa les épaules, comme s'il ne comptait pas du tout pour elle. Elle semblait pourtant perturbée. Sa fausse nonchalance était-elle ébranlée par la peur ou par la culpabilité ?

— Pourquoi a-t-il été interné ?

— Il a souffert de troubles mentaux toute sa vie ou presque. Son père était violent, il frappait sa mère. Je crois que c'est une des raisons pour lesquelles Nathaniel était aussi en colère.

Helen reposa le livre et remarqua une photo abandonnée sur le bureau branlant. Dessus, Martin et Brown à une époque plus heureuse. Helen s'en empara et se rendit compte à quel point Martin était massif : il mesurait un mètre quatre-vingt-treize au moins et était tout aussi large d'épaules. Il faisait paraître sa fiancée minuscule, pareille à un petit oisillon.

— Et le traitement médicamenteux n'a pas aidé. Il pouvait avoir un comportement paranoïaque, très agressif.

— A-t-il déjà été violent avec vous ?

— À votre avis ?

Le ton se voulait provocateur mais sa voix tremblait.

— Quand je lui ai demandé de partir, il est devenu agressif. Après quoi, il était triste, inconsolable en fait. Ça ne m'a pas étonnée qu'il soit hospitalisé.

— Vous êtes restés ensemble combien de temps ?

— Un an, plus ou moins. Mais il n'a habité ici que quelques semaines.

— La vie conjugale ne lui convenait pas ?

Brown laissa échapper un rire, long et amer, qui surprit Helen. Celle-ci se tourna pour observer la femme de quarante-huit ans, le foulard élégant peint à la main, le visage sans maquillage, la silhouette anguleuse.

— La domestication, c'est ça le problème. La source de tous les maux...

— Ce qui signifie ?

— Que ce n'était pas naturel. Selon lui. Tout cela..., poursuivit Brown avec un geste englobant la pièce. Les maisons, les bâtiments, les routes, les voies ferrées, la construction, la mécanisation, l'industrialisation… Tout cela ne sert qu'à pervertir la nature, à l'éloigner de son état originel.

— Il voulait vivre dans un paradis ?

— Il voulait remonter le temps, revenir en arrière. L'idée qu'il vive dans un pavillon était risible. C'était juste un endroit où entreposer ses affaires.

Elle montra le grenier encombré.

— Vous ne pensez pas comme lui ?

— Je crois à la protection de l'environnement, comme n'importe quel adulte intelligent, répliqua sèchement Brown. Mais je n'ai jamais été extrémiste.

— Lui, oui ?

— De quoi ça a l'air ? Il a quitté Greenpeace parce que c'étaient des mauviettes, il ne supportait pas tous ces branleurs qui se déguisaient en pingouins. Ensuite il a rejoint Earth First ! parce qu'ils encourageaient l'action directe. Mais même eux étaient trop doux pour lui, alors il a intégré l'Armée de libération de la terre, et c'est là qu'il a eu des problèmes.

— L'agression du policier ?

Brown haussa les épaules mais sans finir son mouvement. Helen devina que la violente agression d'un jeune agent de police la perturbait.

— Ils l'ont viré après ça. Mais il s'en fichait. Il avait fait une croix sur la résistance organisée, sur le travail d'équipe ; il préférait affronter le monde tout seul.

— Et vous l'avez accueilli ?

— Bien mal m'en a pris. Mais ce n'était pas fait pour durer. Nathaniel était un vrai de vrai. Un véritable anarcho-primitiviste, qui radotait sur le ré-ensauvagement…

— Pardon, mais vous allez devoir m'expliquer.

— Ça veut dire retourner à notre état originel. Pas d'agriculture organisée, pas d'industrie, pas de machines, un retour à la vie des chasseurs-cueilleurs. Survivre grâce à ce que Mère Nature nous fournit, ce qu'on peut tuer, trouver ou faire pousser.

— Selon vous, c'est toujours ce en quoi il croit ?

— Sans doute, mais qui sait ? Il paraîtrait qu'il a perdu la boule sur la fin. J'ai des amis qui l'ont vu vivre dans la rue ; il était ivre, sale et injurieux. Puis il a complètement disparu. Alors comment savoir ?

Sa voix vacilla légèrement. Éprouvait-elle toujours de l'affection pour lui malgré sa colère ?

— Quoi qu'il en soit, il n'est pas ici. Alors si c'est tout ce qu'il vous fallait…

— Je vais devoir emporter quelques affaires à lui. Je peux vous signer un reçu si vous voulez…

— Prenez tout ce qui vous chante. Ça ne représente rien pour moi.

Helen la remercia puis se mit à emballer certains effets personnels de Martin, notamment ses manifestes écrits à la main sur le réensauvagement. À la suite de ses récents troubles psychologiques, Martin s'était-il retranché dans les bois, dans l'espoir de vivre en ermite, loin de la propagation vorace de l'urbanisation moderne ? Dans ce cas, comment aurait-il perçu les agressions répétées sur la forêt par les promoteurs immobiliers, les propriétaires de campings et autres parcs d'attraction ? Comment y aurait-il réagi ?

Tant de questions, si peu de réponses, plusieurs pistes à suivre. Pourtant une image troublante commençait à prendre forme dans l'esprit d'Helen, une vision dont elle ne pouvait se débarrasser.

Nathaniel Martin en train de rôder sans bruit dans la forêt, traquant obstinément sa proie.

17

— Pas de numéro de série, pas de nom de fabricant, pas de certification de qualité… Rien.

Charlie considéra Meredith Walker qui tenait la flèche tendue pour la lui montrer.

— Les carreaux n'ont pas été achetés dans le commerce ni sur Internet, poursuivit Meredith. Je dirais qu'ils sont fabriqués maison, à partir de pièces de métal provenant d'autres objets. Il y en avait trois en tout, et tous présentent des différences subtiles dans la forme, le poids, la densité.

— Ils sont donc artisanaux ? répéta Charlie.

— On dirait bien.

Meredith tendit l'un des sacs de scellés à Charlie. Toutes deux se trouvaient dans le laboratoire de la police scientifique à Woolston, entourées de dizaines de techniciens, mais Charlie n'avait d'yeux que pour le carreau d'arbalète dans sa main. Son poids la déconcerta : elle eut soudain une idée de ce qu'on ressentait à être transpercée par un de ces missiles mortels.

— Des empreintes ? demanda-t-elle en se ressaisissant.

Meredith secoua la tête.

— Et le seul ADN prélevé dessus est celui de Campbell. Si vous trouvez où ont été conçus ces carreaux, nous pourrons peut-être établir une correspondance, mais je ne peux rien faire de plus.

Charlie acquiesça, s'efforçant de dissimuler sa déception. Elle avait espéré mieux mais n'était pas surprise. Rien dans cette affaire ne semblait facile.

— Et pour la corde ?

— Rien de spécial. Elle est vieille donc sans doute pas achetée récemment. Elle est très solide en tout cas.

Une autre image fusa dans l'esprit de Charlie : le corps sans vie de Campbell suspendu dans le vide.

— Nous n'avons pas encore tout vérifié ; peut-être qu'on aura de la chance et qu'on y trouvera des empreintes ou de l'ADN.

C'était une maigre consolation pour Charlie, de quoi éveiller un soupçon d'optimisme, mais qui ne trompait personne. Elles étaient confrontées à un assassin aussi calculateur qu'ingénieux ; quelqu'un qui pouvait fabriquer ses propres instruments de torture, qui savait passer inaperçu. Quoi qu'il en soit, les découvertes de Meredith étaient importantes, elles soulignaient la possibilité d'un tueur qui vivrait en marge de la société, qui connaîtrait la forêt comme sa poche et qui savait en tirer profit.

Charlie partit peu après ; elle laissa un bref message vocal à Helen pour lui faire part de ce qu'elle avait appris avant de se précipiter à sa voiture. Leur priorité désormais était de retrouver Nathaniel Martin, mais par où commencer ? Aucune des méthodes habituelles ne fonctionnerait dans le cas présent : suivre les opérations de cartes de crédit, interroger ses acolytes, lancer un appel à témoins. Tout ce qu'ils avaient en leur possession était le portrait-robot de Robinson et la certitude que dans les profondeurs du parc national de New Forest rôdait un esprit malin, un fantôme qui pouvait attirer un innocent vers une fin tragique. Charlie se sentait parfois débordée dans sa vie privée mais elle commençait à éprouver la même angoisse lancinante au travail. Elle devait diriger, aider Helen pour faire avancer l'équipe, guider le capitaine

Hudson pour lui permettre de s'intégrer au commissariat central de Southampton. Mais qu'étaient-ils censés faire maintenant ?

Comment retrouver quelqu'un qui avait disparu dans la nature ?

18

— Pourquoi quelqu'un ferait-il une chose pareille ? Je ne comprends pas...

Melanie Walton fixa Joseph Hudson droit dans les yeux, implorant son aide. Il comprenait son chagrin, sa stupeur, son besoin de réponses – il avait déjà vu ça – et il compatit de tout son cœur. Mais il n'avait rien de concret à lui offrir et il ne servait à rien de lui mentir.

— Franchement, nous n'en savons encore rien. C'est pourquoi nous avons besoin de vous

Melanie ne répondit pas. À la place, elle fit tourner sa bague de fiançailles autour de son doigt. Ce magnifique diamant la bouleversait de toute évidence, il était le dernier présent offert par son fiancé assassiné. Toutefois, le tic nerveux semblait l'aider à refouler les larmes. Hudson était persuadé qu'elle éclaterait en sanglots sitôt qu'elle cesserait de tripoter l'anneau.

— Melanie ?

— Je veux bien vous aider mais je ne sais pas comment.

Le premier choc passé, c'étaient le sentiment d'impuissance et le désespoir qui l'envahissaient. Après sa déclaration au camping, Melanie avait été conduite à la morgue. Là-bas, soutenue par un agent de liaison avec les familles, elle avait identifié officiellement la victime comme étant Tom Campbell. Après quoi, on l'avait raccompagnée à son appartement. Joseph avait considéré qu'il était préférable de l'interroger dans un environnement familier et confortable plutôt que dans une salle d'interrogatoire austère au poste.

Il se demandait à présent s'il avait pris la bonne décision. Tom Campbell était visiblement un passionné de photographie. Il y avait des clichés de Melanie en train de sourire avec bonheur à son fiancé accrochés sur tous les murs. Des photos joyeuses qui semblaient désormais narguer la malheureuse femme en deuil.

— Nous souhaitons juste quelques informations sur Tom. Son parcours, comment vous vous êtes rencontrés...

Des questions banales et insipides pour commencer. Il fallait mettre Melanie à l'aise.

— C'était un gars du Sud. Il l'a toujours été, finit-elle par répondre. Il est né et a grandi à Southampton. Je l'ai rencontré au club de voile. Nous en étions membres tous les deux et ça a collé tout de suite.

Elle fit de nouveau tourner sa bague de fiançailles.

— Que faisiez-vous ensemble comme loisirs ?

— De la randonnée, du vélo, du camping. Tom adorait la nature, et son appareil photo. Il l'emportait toujours en balade.

Joseph jeta un coup d'œil aux cadres accrochés aux murs.

— Il adorait tout photographier. Et j'adorais le regarder faire. Il était si enthousiaste, si heureux...

Son regard tomba au sol, des sanglots silencieux secouèrent ses épaules. Elle faisait de gros efforts pour ne pas craquer, mais la tension gagnait du terrain.

— Quand vous êtes-vous fiancés ? poursuivit Hudson avec douceur.

— Il y a six mois. On aurait dû le faire plus tôt en réalité mais nous avons préféré attendre que Tom soit confirmé à son poste.

— Ça lui plaisait de travailler chez Nexus ?

— Bien sûr. Il a toujours voulu être biochimiste. Moi, je n'y comprends rien, mais pour lui c'était comme de la poésie...

— Est-ce qu'il a eu des problèmes pendant les manifestations ?

— Il ne m'en a pas parlé en tout cas. Elles n'ont pas duré longtemps et la société a fait intervenir des agents de sécurité, alors...

Hudson songeait pour sa part que les choses avaient été beaucoup plus difficiles que Melanie ne le supposait, mais il se tut. Campbell lui avait peut-être caché la vérité pour ne pas l'inquiéter.

— Il n'a donc jamais été personnellement pris pour cible, au travail ou à son domicile ? Pas de lettres de menace ? Pas de vandalisme sur la voiture ou la maison ?

— Non. C'était un scientifique, pas un membre du comité directeur.

— Et dans sa vie privée, des problèmes ? Une ancienne petite amie ? Un de vos ex ?

— Non, nous étions ensemble depuis presque six ans. Nous n'avions eu personne de sérieux avant.

— Des soucis financiers ?

— Non, il gagnait très bien sa vie. Depuis toujours.

— Et pour la drogue ?

— Quoi, la drogue ?

— Est-ce qu'il lui arrivait d'en prendre ? Pour s'amuser ?

— Quand il était jeune, peut-être..., répondit Melanie avec hésitation.

— Nous savons qu'il a été inculpé pour possession.

— Il avait dix-huit ans. Il se trouvait au mauvais endroit au mauvais moment. Il avait trop de choses à gérer pour s'intéresser à ça aujourd'hui.

— Est-ce qu'il buvait ?

— Pas plus que vous.

Elle avait répondu avec provocation et colère, comme si Joseph calomniait son fiancé.

— Ce séjour au camping de Woodland View, l'aviez-vous prévu longtemps à l'avance ? demanda Joseph en changeant de sujet.

— Une semaine avant environ.

— Qui d'autre savait que vous alliez camper ?

— Mes parents. Personne d'autre.

— Vous l'avez mentionné sur les réseaux sociaux ?

— Oui, mais seulement une fois là-bas. Le site était vraiment beau et le coucher de soleil splendide.

Joseph savait que Tom et Melanie étaient de fervents utilisateurs de Facebook. Il avait consulté leurs dernières publications au poste et il était difficile de ne pas ressentir une pointe de tristesse. Presque tous les selfies et toutes les photos représentaient le jeune couple, heureux, libre et amoureux.

— C'était parfait, tout était juste parfait, continua Melanie, plongée dans les souvenirs. Nous avions même parlé d'un mariage dans New Forest, dans l'un des hôtels de Lyndhurst, avec une réception dans les environs. Nous faisions des projets… et maintenant, ça…

Elle balança le bras dans un geste d'impuissance désespéré en regardant de nouveau Joseph dans les yeux, l'expression confuse et affligée. Sa vie était lumineuse, optimiste ; elle avait des projets, des espoirs, des rêves, mais tout était parti en fumée. Elle avait perdu son fiancé ; non, on lui avait arraché son fiancé et elle était anéantie.

Accepter la réalité de la mort de Tom était une chose. Affronter le fait qu'il avait été brutalement assassiné, pendu à un arbre, la proie des charognards, en était une autre.

19

Helen contemplait le cadavre de Tom Campbell avec écœurement. La peau grisâtre, les plaies rougies aux bords plissés, le sillon à vif sur ses chevilles : tout cela donnait envie de vomir, mais c'était le visage du jeune homme qui la bouleversait le plus. Il avait la bouche ouverte, la lèvre supérieure retroussée, et il affichait une expression de pure terreur à glacer le sang. Qu'avait-il subi pour provoquer une telle réaction ?

— Ça ne laisse pas indifférent, hein ?

Helen releva les yeux et vit Jim Grieves qui approchait. Elle travaillait depuis plusieurs années avec le médecin légiste en chef de la police du Hampshire et l'homme s'étendait rarement sur ses sentiments. Ce cas-ci semblait pourtant l'affecter.

— On lit la douleur sur son visage, répondit Helen, songeuse. Mais autre chose aussi. De la peur ? De l'horreur ?

— C'est sûr que ce n'est pas beau à voir, mais je vais vous dire ce qu'on sait, répliqua Grieves d'un ton sérieux.

Helen ignorait s'il était occupé ou pressé d'en finir. Quoi qu'il en soit, elle lui était reconnaissante de son professionnalisme.

— Comme vous pouvez le constater, le corps comporte de nombreuses abrasions. Le peu de vêtements qu'il portait étaient déchirés en plusieurs endroits, on peut donc supposer qu'il est tombé dans les broussailles ou qu'il a couru à travers les bois. L'état de ses pieds tendrait à confirmer cette deuxième hypothèse.

D'un geste de la main, il montra à Helen le bout de la table.

— La plante de ses pieds est écorchée et on trouve une plaie profonde juste là...

Helen tendit le cou pour voir la méchante entaille au milieu du pied gauche.

— Compte tenu de la netteté, de la profondeur et de la forme de la blessure, je dirais que ça a été fait par une épine, mais on ne peut pas en être sûr.

Avec un frisson, Helen visualisa Campbell en train de courir pour sauver sa peau, une épine profondément plantée dans le pied.

— Une telle blessure aura ralenti sa progression et sans doute fait de lui une proie facile. Les plaies causées par les carreaux d'arbalète étaient nettes et précises et les trois impacts semblent être concomitants. Si bien que lorsqu'il s'est finalement arrêté, ça a été brutal.

— C'est ce qui l'a tué ? Les tirs d'arbalète ?

— C'est ce à quoi on pourrait s'attendre mais dans le cas présent, je dirais que non.

Helen le dévisagea d'un air surpris.

— Trois plaies majeures au torse. Hémorragie et importante perte de sang, mais les carreaux ont raté les organes vitaux. S'ils avaient touché le cœur, les poumons, ou même les reins, il en serait peut-être mort, mais en fait...

Helen médita cette information. Elle avait espéré une fin rapide, mais l'agonie de Campbell avait dû être longue et douloureuse.

— Regardez ce sang coagulé sur son torse, poursuivit Grieves en lui montrant les épaisses traînées qui partaient de chaque blessure et remontaient vers son cou et son visage. Et sur les bras. Apparemment, la victime a été pendue par les pieds alors qu'elle était toujours en vie.

— Vous en êtes sûr ? Du sang se serait quand même écoulé des plaies si elle était morte, non ?

— Pas en aussi grande quantité si le cœur ne battait plus. De plus, regardez ses chevilles : elles n'auraient pas été aussi enflées sur une victime décédée avant d'être suspendue.

Une vision de Campbell se tortillant désespérément au bout de la corde envahit l'esprit d'Helen, mais elle la repoussa.

— Alors, quelle est la cause de la mort ? L'heure du décès ?

— Difficile d'être exact en termes d'horaires. Après minuit mais avant l'aube, c'est le mieux que je puisse avancer. Quant à la cause, eh bien c'est simple, il s'est vidé de son sang.

Helen hocha la tête, peinant à intégrer cette information.

— L'exsanguination a été longue, lente et pénible. Comme une suffocation progressive.

Helen se demanda si c'était accidentel ou délibéré. Le meurtrier de Campbell l'avait-il regardé pendant que la vie le quittait ?

— Bref, voici mes conclusions préliminaires. Je peux vous donner le rapport toxicologique : le taux d'alcoolémie est très élevé mais on n'a retrouvé aucun narcotique, médicament ou stupéfiant.

Grieves déroula la liste de ses découvertes d'un ton vif ; le regard d'Helen restait rivé au corps étendu sur la table d'autopsie et suivait les lignes ensanglantées qui couraient de ses blessures jusqu'au bout de ses doigts. Qu'avait-il ressenti tandis que la vie l'abandonnait ? Et pourquoi lui avoir infligé une telle souffrance ? Était-ce uniquement pour le plaisir du tueur ? Le punissait-on pour des crimes qu'il aurait commis involontairement, quels qu'ils soient ? Ou y avait-il un sens caché plus profond ?

L'abondance de sang versé était-elle une offrande à la forêt ?

20

Emilia appuya avec force sur la sonnette, enfonçant le bouton pendant plusieurs secondes. Elle n'entendait pas un bruit dans la maison de banlieue modeste devant laquelle elle se tenait, mais elle y voyait de la lumière. Il y avait quelqu'un à l'intérieur, et ce quelqu'un aurait beau tout faire pour l'ignorer, elle comptait bien lui parler.

C'était la dernière adresse de sa liste. Jusqu'à présent, ses efforts n'avaient rien donné. Les trois premières femmes qu'elle avait approchées avaient été surprises qu'une journaliste veuille les interroger. Sur le terrain toute la journée, dans différentes parties du parc national, elles n'avaient pas encore eu vent de la découverte macabre de leur collègue. La police n'avait émis aucun communiqué de presse, aucun média n'avait relayé l'affaire. Et leurs collègues n'avaient pas non plus répandu la nouvelle. Emilia se demanda avec quel degré de fermeté les directeurs de l'Association du parc national de New Forest cherchaient à s'assurer que leur méchante déconvenue reste secrète. Ils ne voulaient certainement pas s'en vanter, encore moins au tout début de la saison touristique.

Emilia perçut du mouvement dans la maison et retira son doigt de la sonnette, s'écarta d'un pas pour paraître moins menaçante. La quatrième femme à qui elle avait rendu visite ne l'avait pas accueillie les bras ouverts. Elle souffrait d'un vilain rhume, et était en arrêt depuis trois jours. Emilia avait écourté l'entretien pour se rendre à la dernière adresse.

La porte s'ouvrit d'un coup et un homme d'une cinquantaine d'années apparut. Il détailla Emilia de la tête aux pieds sans cacher son agacement. Mais tandis qu'il la jaugeait, son attitude hostile vacilla, surpris et déconcerté peut-être par la grande cicatrice sur le côté droit du visage de la visiteuse.

— C'est pour quoi ? aboya-t-il pour lui faire comprendre qu'elle n'était pas la bienvenue.

— Pardon de vous déranger si tard. Je m'appelle Annie Brewster, je travaille pour le *Southampton Evening News*.

Elle lui montra sa carte professionnelle d'un geste furtif, prenant soin de dissimuler sa véritable identité. Mais le vigile revêche y accorda à peine un coup d'œil. Il ne paraissait pas du tout impressionné par la présence d'une journaliste.

— Vous devez être monsieur Smith ?

— Et alors ?

— J'aurais souhaité m'entretenir avec votre épouse.

— À quel sujet ?

— Nous menons une enquête sur la productivité et les causes de maladie dans le milieu du travail. Je crois savoir que votre femme est en arrêt maladie aujourd'hui.

L'homme plissa les yeux sans répondre. Comme pour essayer de deviner ce qu'on lui demandait exactement.

— Et ?

— Eh bien, je veux seulement savoir s'il s'agit d'un arrêt de courte durée, dû à un rhume par exemple, ou de quelque chose de plus grave…

— C'est pas vos oignons, lui répondit-il sèchement en reculant à l'intérieur.

Sentant que la porte allait lui être claquée au nez, Emilia fit un pas en avant et posa son pied sur le seuil.

— Hé ! Mais qu'est-ce que vous faites ?

— Ça ne prendra qu'une minute, et je vous promets qu'ensuite je m'en vais, insista Emilia en regardant par-dessus l'épaule de Smith pour scruter l'intérieur de la maison plongé dans la pénombre.

— Sûrement pas, répliqua-t-il en lui faisant face de toute sa carrure.

— Si elle est alitée, nous pouvons faire ça par téléphone.

— Ce n'est pas ça.

— Qu'est-ce qu'elle a, alors ?

Le ton d'Emilia était incisif, acéré, et il surprit son interlocuteur. Celui-ci hésitait sur l'attitude à adopter.

— Écoutez, elle a eu une grosse frayeur, c'est tout. Et elle ne veut parler à personne, encore moins à une journaliste. Alors faites-moi le plaisir de retourner d'où vous venez...

Il dégagea d'un coup le pied d'Emilia du seuil avant de conclure :

— Et de nous foutre la paix.

Emilia recula lorsque la porte claqua. Elle entendit le bruit des pas qui s'éloignaient puis la voix inquiète d'une femme. Un sourire s'épanouit doucement sur ses lèvres. On l'avait peut-être chassée mais elle avait obtenu ce pour quoi elle était venue. Elle connaissait l'identité du témoin clé et elle allait en faire bon usage.

Elle avait une liste de questions longue comme le bras pour la malheureuse Mme Smith.

21

— Elle t'a parlé ? Quelque chose la perturbe ?

Charlie et Steve étaient pelotonnés sur le canapé, une bouteille de vin ouverte devant eux. Après avoir fait le point avec l'équipe, Charlie avait décidé de rentrer chez elle. Une grosse journée les attendait le lendemain et elle était épuisée : le manque d'heures de sommeil accumulées cette semaine se faisait ressentir.

Steve, béni soit-il, l'avait attendue avec des lasagnes maison et une bouteille de barolo. Il avait mis Jessica au lit, Charlie ayant encore raté l'heure du coucher, et il paraissait bien déterminé à profiter au maximum de leur soirée. Ils avaient dîné, s'étaient raconté leur journée et maintenant Steve massait tranquillement les pieds de Charlie. C'était relaxant, réconfortant et pourtant, malgré tous ses efforts, elle ne parvenait pas à oublier son angoisse pour Jessica.

— Non, répondit Steve d'un ton prudent pour ne pas lancer une conversation interminable. Elle s'est bien amusée à l'école, elle a aimé la semaine consacrée à l'espace. Elle était de bonne humeur.

— Elle n'a rien dit sur ce qui pourrait l'inquiéter ?

— Tu sais comment elle est, répondit-il avec entrain. Elle te raconte ce qu'elle a mangé le midi et rien de plus. Mais elle semble bien dans ses baskets alors essaie de ne pas t'en faire.

Il avait raison, bien sûr : Jessica rentrait de l'école fatiguée mais contente, en général. Pourtant Charlie ne pouvait s'empêcher de penser qu'ils ne savaient pas tout, que quelque chose clochait.

— C'est juste que je ne comprends pas d'où ça sort. Ça se passait si bien à l'école.

— Et ça se passe toujours bien. Il n'y a peut-être pas de rapport entre ce qu'elle vit la journée et ses terreurs nocturnes.

— Peut-être…

— Tu as bien vu ce qu'en disent tous les sites spécialisés : ces choses-là ne s'expliquent pas.

Pour la énième fois, Charlie regretta de ne pas être dotée du même optimisme infaillible que Steve, ni de son énergie. Il semblait supporter bien mieux qu'elle le manque de sommeil.

— Mais s'il y avait une raison, quelque chose que nous ignorons…

— Alors on le saurait, avec le temps. S'il y a un problème, on découvrira ce que c'est et on le résoudra, ok ?

C'était dit avec douceur mais fermeté, une invitation à changer de sujet.

— J'imagine que oui.

— Bien ! Maintenant, si on finissait le vin ?

Charlie ne se fit pas prier, se doutant de ce qui suivrait. Et comme prévu, une fois la bouteille vidée, Steve la prit dans ses bras et la porta à l'étage en la couvrant de baisers. Ils passèrent sur la pointe des pieds devant la chambre de Jessica et gagnèrent la suite parentale ; quelques instants plus tard, ils étaient nus, leurs corps entrelacés sous les couvertures.

Steve écarta une mèche de cheveux du visage de Charlie et l'embrassa dans le cou, sur l'oreille, le bout du nez.

— Je me disais…

Charlie ouvrit les paupières, intriguée par son ton.

— Et si tu arrêtais la pilule ?
— Tu es sérieux ?
— Faisons un bébé, Charlie. Tu sais qu'on est doués pour ça...
— Tu plaisantes, j'espère.
— Jessie a besoin d'une petite sœur. Ou d'un petit frère.
— Pas maintenant.
— Et je te promets que ce sera amusant. Mais il faut que tu y mettes du tien.
— Désolée, impossible. Ceci est purement récréatif.

Un instant, Charlie crut qu'il allait argumenter mais à la place, il lui murmura :

— J'aime quand tu parles comme ça.

Il lui assena le coup de grâce, la tira vers lui puis roula sur le dos pour qu'elle se retrouve à califourchon sur lui. Charlie ferma les yeux et s'abandonna au plaisir du moment, savourant ses caresses, des frissons d'excitation secouant son corps. Plus tard, étendue à côté de Steve à écouter sa respiration paisible et bienheureuse, elle tenta de trouver le sommeil, en vain. Malgré l'agréable distraction de la soirée, elle ne parvenait pas à se détendre ni à étouffer son inquiétude concernant Jessica.

Ainsi, allongée dans l'obscurité, frustrée et angoissée, elle attendit les pleurs qu'elle ne manquerait pas d'entendre.

22

Un coup sec fut frappé à la porte et Helen leva la tête. Elle s'attendait à voir Joseph Hudson – il était le seul officier encore présent, preuve courageuse de son enthousiasme lors de sa première journée. Pourtant, à la surprise d'Helen, ce fut la commissaire Simmons qui entra dans son bureau et referma la porte derrière elle.

— Vous auriez une minute à accorder à une vieille dame ?

— Tout à fait. Je comptais vous appeler avant de partir de toute façon.

Simmons s'assit et étudia l'intérieur du bureau d'Helen ; son regard s'attarda sur les récompenses accrochées au mur, les dossiers qui jonchaient la table, les gobelets de café vides dans la poubelle pleine à ras bord.

— Je me suis dit que j'allais venir voir à quoi ressemblait la vie sur le front. Quand on est enfermé dans des salles de conférence depuis aussi longtemps que moi, ça fait du bien de revenir là où le vrai travail d'enquêteur s'effectue.

La commissaire Simmons avait pris la direction du commissariat central de Southampton six mois plus tôt. La petite soixantaine, elle aurait dû partir à la retraite mais au dernier moment, la hiérarchie, qui ne trouvait pas de remplaçant convenable à Jonathan Gardam, l'avait convaincue d'accepter le poste de chef par intérim. Helen, qui avait jusqu'alors tenu ce rôle en plus de celui de commandant de la brigade criminelle, était soulagée d'être déchargée des fonctions de chef. Encore plus au profit de Simmons qui lui était très chère.

Après le meurtre de ses parents, Helen avait été trimballée de foyer en foyer avant de finir dans un centre d'accueil à Basingstoke. Ce qu'elle y avait vu, ce qu'elle y avait subi, l'avait marquée à jamais. Et grâce à l'intervention de Simmons, alors simple agent de police, elle en avait réchappé. Par la suite, Simmons avait continué de veiller sur Helen ; elle l'avait guidée, soutenue, et même formée lorsqu'elle avait décidé de rejoindre les forces de l'ordre. D'ailleurs, l'influence qu'elle avait eue sur la vie d'Helen était si forte que cette dernière lui avait rendu hommage en choisissant son prénom – Grace – pour sa nouvelle identité.

Helen s'était donc réjouie que Simmons prenne la direction du commissariat central de Southampton. Alors que Gardam était obsessionnel, vindicatif et manipulateur, Simmons était honnête, bienveillante et d'un grand soutien. C'était la première fois qu'Helen travaillait avec un patron qu'elle appréciait et avec qui elle s'entendait. Sa porte lui était toujours ouverte.

— Vous êtes trop modeste. Vous en avez oublié plus sur le métier de policier que nous n'en saurons jamais, répliqua Helen, heureuse de terminer cette pénible journée sur une note agréable.

Simmons chassa le compliment d'un geste de la main ; elle avait son franc-parler et n'avait pas besoin d'être cajolée.

— Alors, comment ça avance ?

— Nous avons un premier suspect, Nathaniel Martin, que nous aimerions interroger ; mais aucun moyen de le retrouver. Il a disparu de la circulation depuis un an et demi.

— Personne ne l'a vu ? s'étonna Simmons.

— Rien de concret. Nous pensons qu'il se cache peut-être dans le parc national de New Forest. Toute la brigade y va demain. Je ne serais pas contre un peu de renforts d'ailleurs, car le périmètre à couvrir est plutôt vaste.

— Bien sûr, prenez avec vous tous les agents disponibles.

— Merci. Par ailleurs, une telle opération va inévitablement attirer l'attention : que souhaitez-vous faire par rapport aux médias ?

— Que savent-ils pour l'instant ?

— L'agent de liaison avec la presse a publié un communiqué sur la découverte d'un corps dans le parc ce matin. Mais aucun détail sur les causes ni les circonstances de la mort.

— N'en dévoilons pas plus pour l'instant, affirma Simmons. Je préfère savoir à quoi on a affaire avant d'alarmer tous les vacanciers.

— Bien sûr.

— C'est tout, alors, dit Simmons en se levant. Vous n'allez pas tarder à rentrer, j'espère ?

Helen jeta un œil à la pendule, il était 23 heures, puis elle regarda Simmons. Elle était prête à parier que c'était la véritable raison à sa visite impromptue.

— Encore dix minutes.

— Pas plus, je vous prie. Le poste sera toujours là demain matin.

Les gens s'émerveillaient de l'investissement et du rythme de travail d'Helen, mais Simmons n'était pas dupe. Elle savait que le commissariat central de Southampton, le rôle qu'elle y tenait, était un refuge pour Helen, un abri loin du monde qui l'avait traitée si durement.

— Je sais que vous aimez votre métier, Helen, poursuivit Simmons. Que ce que vous accomplissez est important mais vous devez vous accorder une pause de temps en temps.

— Je le fais. Mais il y a toujours tellement de travail…

— Il n'est pas de votre devoir de porter tout le poids du monde sur vos épaules. Je sais que vous culpabilisez à propos de Joanne, que vous pensez que travailler jour et nuit atténuera votre peine.

La mention du capitaine Sanderson crispa Helen.

— Il ne s'agit pas de ça.

— Ah non ? Vous avez tout fait lors de l'enquête pour être sanctionnée, voire renvoyée. Vous avez assumé l'entière responsabilité, vous vous êtes flagellée publiquement, vous avez remis en question vos décisions de manœuvre...

— Et c'était justifié...

— Non, pas du tout. Vous n'avez rien fait de mal, Helen. C'est pour cela que vous avez été lavée de toute responsabilité. Ce métier est dangereux, il y a des risques, vous le savez mieux que quiconque. Alors il est temps de vous pardonner et d'aller de l'avant.

Elle avait sans doute raison mais c'était plus facile à dire qu'à faire. Joanne Sanderson était morte dans les bras d'Helen et ce souvenir était difficile à oublier.

— Je suis sérieuse, Helen. Ne vous raccrochez pas au passé. Ou ça vous rongera.

Elle se leva et se dirigea vers la porte. Lorsqu'elle l'ouvrit, elle lança en guise de conclusion :

— Vous avez le droit de vivre aussi, vous savez.

Sur ces mots, Simmons s'en alla, laissant la porte entrouverte. Helen la regarda partir en méditant ses paroles. Elle avait en effet besoin de sortir à nouveau, de socialiser, mais à quelle fin ? Qu'est-ce qu'elle pouvait bien espérer ?

Elle rassembla ses dossiers et se leva avant de jeter un coup d'œil rapide dans le bureau des enquêteurs. Joseph Hudson était en train de la fixer. Elle ignorait depuis combien de temps il l'observait mais, gêné d'avoir été pris en flagrant délit, il se hâta de baisser les yeux et de se plonger dans le travail. Helen l'examina un instant à son tour, intriguée par sa curiosité, mais les paroles de Simmons résonnèrent à ses oreilles. Elle se détourna et éteignit la lumière, plongeant la pièce dans l'obscurité.

23

De lourds nuages surplombaient la forêt, obstruant le soleil. L'aube pointait mais le jour n'était pas encore levé et le camping de Woodland View était baigné d'une lumière fade et laiteuse. Un gobelet de *latte* à la main, Charlie dansait d'un pied sur l'autre en espérant que le café brûlant réveillerait son corps et son esprit. Après une nouvelle nuit blanche, elle se sentait au bout du rouleau.

L'équipe se rassemblait sur le terrain de camping et attendait l'arrivée d'Helen pour la grande offensive dans les bois. Bentham, McAndrew et Reid étaient sur place, ainsi que Joseph Hudson qui, au côté de Charlie, fumait une dernière cigarette avant la bataille. Le petit nouveau semblait bien s'intégrer à la brigade. Il prenait le temps de discuter autant avec les officiers de grade inférieur qu'avec les agents. Ce matin, en revanche, il restait près de Charlie, désireux de tâter le terrain auprès de l'une de ses collègues les plus aguerries.

— Alors, comment c'est de travailler pour elle ?

— Helen ?

Hudson acquiesça, comme si c'était l'évidence même.

— Bien. Plus que bien, en fait.

— Pourquoi ?

— Parce qu'elle prend les choses à cœur. Parce qu'elle travaille plus dur que n'importe qui. Parce qu'elle obtient des résultats. Et aussi parce qu'elle est loyale.

— Ça fait longtemps que vous travaillez ensemble toutes les deux ?

— Plusieurs années.

— Ça doit aider une carrière de travailler avec quelqu'un comme le commandant Grace.

— C'est sûr, sauf que ce n'est pas pour ça que je suis là, mais parce qu'elle fait de moi un meilleur officier de police. Si tu veux apprendre, tu es venu au bon endroit.

— Je confirme !

Il tira une dernière bouffée sur sa cigarette avant d'écraser le mégot qu'il jeta dans une poubelle.

— Elle n'a jamais voulu être mutée ? Promue dans un autre secteur ?

— Elle aime Southampton.

— Elle a de la famille ici ?

— Non.

— Un mari ?

— J'imagine que tu connais déjà la réponse, mais non, elle n'est pas mariée. Helen est une solitaire. Et toi, tu es marié ?

Hudson considéra Charlie avec un sourire, comme amusé par ses efforts pour détourner la conversation sur lui.

— Je l'étais. À l'époque où je travaillais à Londres. Mais ça n'a pas marché. Je ne me suis lié avec personne à Liverpool. Je n'avais pas l'accent du coin, tu vois.

Charlie hocha la tête avec un petit rire. D'après elle, le charmant capitaine ferait un beau parti n'importe où, mais avec son élégant accent du Sud, il avait en effet dû se distinguer.

— Tu auras peut-être plus de chance ici. On n'a rien contre les petits snobinards.

Charlie termina son café puis garda le gobelet entre ses mains pour tenter d'y puiser encore un peu de chaleur. Elle avait beau tout essayer, elle n'arrivait pas à se réchauffer ce matin.

— Est-ce que c'est vrai ?

Charlie se tourna vers Hudson et s'étonna de le voir pour une fois hésiter.

— Est-ce que c'est vrai ce qu'on a écrit sur elle ? Ce qu'elle a traversé en prison ? Toute cette histoire avec Robert Stonehill ?

Charlie plissa le regard, méfiante. Elle était par nature très protectrice envers Helen et elle n'aimait pas qu'on fouine dans les pans douloureux de sa vie. Les journaux avaient pris un malin plaisir à régurgiter tous les détails de sa relation avec le dominateur sadomasochiste assassiné Jake Elder et de son affrontement périlleux avec Stonehill, son neveu assoiffé de vengeance, qui l'avait conduite derrière les barreaux de la prison de Holloway. Pendant son incarcération, ils avaient publié toutes sortes de détails aussi salaces que mensongers, et tout le monde croyait savoir qui était Helen. Sauf que la véritable Helen était très différente de la caricature proposée par les médias. Mais Charlie se garderait bien de confier cela à quelqu'un qu'elle connaissait à peine.

— Il ne faut pas croire tout ce qu'on lit, répliqua-t-elle. Mais si tu es curieux, pose-lui la question.

D'un geste du menton, elle indiqua Helen qui venait de garer sa moto et avançait à grandes enjambées dans leur direction. Charlie vit avec amusement Hudson se redresser et effacer son sourire espiègle, tel un soldat en attente de l'inspection.

— Tout le monde est prêt ?

— Absolument, répondit Charlie en se tournant vers Helen. Je dirige l'équipe A au nord. Le capitaine Hudson prend la tête de la B au sud et il reste la C.

— Parfait. Tout le monde a bien sa carte et l'itinéraire à suivre ?

— Oui. Les radios ont été contrôlées et distribuées. On communique sur la fréquence numéro trois.

Charlie tendit un talkie-walkie à Helen qui s'en empara d'un geste vif avant de basculer sur la fréquence indiquée.

— Allons-y, alors.

Helen tourna les talons et se dirigea avec assurance vers la lisière de la forêt où les autres étaient maintenant rassemblés. Hudson suivait de près, Charlie aussi. D'ordinaire, elle aurait été enthousiaste à l'idée de mener une opération de cette envergure mais, aujourd'hui, elle ne parvenait pas à se défaire d'un sentiment de malaise. C'était peut-être à cause de l'importance de la mission, ou à cause des nuages menaçants dans le ciel, mais son humeur était affectée. Elle s'efforça de chasser ses angoisses mais alors qu'elle tentait de reprendre le dessus, il se mit à pleuvoir. Une pluie vive et drue. Comme si la météo elle-même conspirait contre eux et se moquait de leurs efforts.

Était-ce la vue peu engageante de la forêt qui la déprimait ? Ou le souvenir obsédant du visage de Martin ? Il était en tout cas hors de question de laisser ses sentiments transparaître. Ainsi, à la tête de son équipe, elle avança et s'enfonça dans les profondeurs des bois en priant pour que l'action étouffe ses craintes grandissantes.

24

Elle écarta le rideau d'un geste nerveux et regarda au-dehors. La journaliste qui s'était présentée à sa porte la veille n'était pas revenue mais Janice Smith était convaincue qu'elle se trouvait quelque part tout près. Son histoire d'étude sur les conditions de travail était de toute évidence bidon : ça n'avait rien d'une coïncidence qu'elle soit venue chez Janice le jour même où celle-ci avait découvert un cadavre. Elle courait après un scoop, tout simplement.

Cette pensée mit Janice mal à l'aise. Parce que c'était la preuve que c'était bien réel. Elle ne comprenait toujours pas, n'arrivait pas à saisir ce qui lui était arrivé. Elle était sortie au chant du coq pour sa ronde habituelle et l'inspection des nids. C'était la partie de son métier qu'elle préférait : parcourir les bois aux premières lueurs du jour, la rosée qui mouillait ses chaussures. Elle adorait l'atmosphère paisible de l'aube, cette impression que le monde se réveillait tout doucement. Ils n'étaient pas nombreux à s'aventurer dans les recoins les plus reculés de la forêt et elle se promenait souvent le long des sentiers, perdue dans ses pensées. La matinée de la veille n'avait pas dérogé à la règle… jusqu'à ce qu'elle soit brutalement arrachée à ses rêveries.

Au début, elle n'avait pas compris, elle s'était imaginé qu'il s'agissait d'une sorte de farce. Un bizutage d'étudiants. Un artiste au sens de l'humour décalé. Ou même une caméra cachée pour la télé. Pourtant, tout au fond d'elle-même, elle savait que ce spectacle était trop morbide pour être une plaisanterie. Elle s'était approchée avec prudence, le cœur tambourinant dans sa poitrine, et elle avait remarqué les flèches, le sang séché autour des plaies. Alors elle avait compris.

C'était la première fois que Janice voyait un cadavre. Elle avait vu ses parents dans leur cercueil, mais ils étaient sereins et leurs corps préparés pour les obsèques. Celui-ci était laid et choquant ; face à lui, Janice avait eu envie de vomir. Elle avait tourné les talons et quitté la clairière d'un pas trébuchant, cherchant désespérément son téléphone. Prise de panique et agitée, elle avait laissé échapper son portable et après l'avoir récupéré, elle avait quand même dû s'y reprendre à plusieurs fois avant de réussir à composer le numéro des secours.

Après quoi, elle avait eu de plus en plus l'impression d'évoluer dans une réalité parallèle. Sa déposition à la police, ses échanges téléphoniques avec son supérieur hiérarchique, la journaliste qui avait sonné chez elle... Heureusement, David avait été là pour la réconforter et la soutenir. Il avait quitté son travail pour venir la chercher. Il était resté à ses côtés tout au long de cette journée d'horreur et l'avait serrée fort dans ses bras le soir tandis qu'ils essayaient, en vain, de trouver le sommeil. Le matin, il avait insisté pour rester à la maison mais elle l'avait mis dehors. Elle aurait aimé le garder auprès d'elle mais il fallait qu'il aille travailler. De toute façon, il n'y avait rien de plus à faire. Elle avait fait sa déposition et espérait que c'en était fini de cette histoire. Elle avait droit à quelques jours pour se remettre de ses émotions – les consignes des ressources humaines – puis reprendrait le travail. C'était aussi simple que ça.

À cet instant cependant, elle regrettait que David ne soit pas là. Elle avait accompli les tâches ménagères, regardé la télé, cherché à s'occuper. Mais cette vision atroce continuait de s'immiscer dans son esprit : le corps à moitié dévêtu qui se balançait d'avant en arrière… Elle s'efforça de la chasser mais elle demeurait, implacable et effroyable. Janice avait soudain envie de compagnie, de distraction. Les murs paraissaient se resserrer autour elle. Cependant, elle ne voulait pas déranger David ; il passait déjà son temps à la soutenir. Elle refusait d'être faible. Non, il lui faudrait affronter cette situation toute seule, continuer comme si de rien n'était, avancer. Pour cela elle devrait sortir de la maison ; aller au supermarché, à la jardinerie, n'importe où.

D'un coup d'œil scrutateur, Janice fouilla les alentours à la recherche d'un élément inhabituel. Comme toujours, la rue était calme. Une Corsa rouge qu'elle ne connaissait pas était garée un peu plus haut mais la conductrice semblait concentrée sur sa conversation téléphonique et ne prêtait aucune attention à leur maison. Alors, après avoir rassemblé son courage, Janice attrapa son manteau et son sac de courses, puis sortit précipitamment dans l'espoir de se fondre dans le monde réel.

25

C'était un lieu unique au monde.

Helen s'était aventurée dans New Forest en de nombreuses occasions mais elle continuait de s'en émerveiller. Ce n'était pas seulement la vaste étendue du parc national, ni sa nature exceptionnelle, ni les milliers de chevaux sauvages et d'ânes qui peuplaient les hectares de bois auxquels ils conféraient une aura mystique. C'était l'atmosphère chargée d'histoire enveloppant ceux qui se promenaient sous ces arbres majestueux qui l'impressionnait le plus.

Elle progressait à l'est du camping, son équipe déployée autour d'elle, le regard aux aguets de la moindre trace de présence humaine. Ils s'étaient mis à pied d'œuvre à l'aube alors que les touristes, les randonneurs et les campeurs ne s'activeraient que plus tard ; pour l'heure, la forêt baignait dans un calme surnaturel. Tandis qu'elle avançait dans les bois silencieux, elle se mit à songer à ceux qui avaient foulé ce sol avant elle. Les sentiers qu'elle suivait avaient été empruntés par les Celtes, les Romains, les Vikings, les Normands et bien d'autres encore. Des milliers de personnes, des centaines de milliers peut-être, avaient cherché refuge dans cette forêt au fil des siècles, y étaient mortes et sans doute enterrées. Des pans entiers de l'histoire, des vies réelles se trouvaient sous ses pieds, dissimulées dans le sol ancestral de la forêt. Combien de secrets s'y cachaient, si proches et pourtant à jamais enfouis ? Comme souvent, la vérité reposait juste sous la surface.

L'esprit d'Helen se tourna vers un crime commis des siècles plus tôt. Guillaume le Roux, le fils du célèbre roi conquérant, tué d'une flèche dans cette même forêt. La coïncidence était pénible : la légende locale racontait que le fantôme de Guillaume le Roux hantait toujours les bois à la recherche de son meurtrier. Helen n'avait cependant pas partagé l'anecdote avec son équipe. Elle n'y voyait pas de rapport avec l'enquête actuelle : c'était trop tiré par les cheveux, n'est-ce pas ? Mais on ne pouvait nier les effets persistants de cette mort tragique sur ces paysages.

Meurtre ou accident de chasse ? Le débat était toujours virulent dans les cercles universitaires et aujourd'hui les touristes pouvaient venir admirer la plaque dédiée à Guillaume le Roux, érigée à l'endroit supposé où il avait reçu la flèche en plein cœur. Ils pouvaient aussi traverser Tyrell's Ford, le gué emprunté par Walter Tyrell, l'assassin royal infortuné, alors qu'il fuyait ses poursuivants. Ce crime marquait l'âme même de la forêt, écho dérangeant de la barbarie présente. Se pouvait-il que le tueur ait eu conscience de ce parallèle ? Ou avait-il choisi une arme aussi peu courante pour une autre raison ?

En vérité, ils n'en sauraient rien avant de trouver Nathaniel Martin et de mieux comprendre cette étrange affaire. Le mobile, l'opportunité, la nature même de ce crime, tous ces aspects demeuraient enveloppés de mystère, ce qui rendait la mission du jour d'autant plus importante. S'ils se trompaient, si Martin ne se cachait pas dans les confins isolés de la forêt, que leur restait-il ? La nouvelle de ce meurtre allait se répandre bientôt et Helen espérait pouvoir partager leurs progrès dans l'enquête à ce moment-là.

Mais ils ne semblaient pas près de faire une découverte capitale. Le panorama qui s'offrait à la vue d'Helen était serein, troublé seulement par le chant des oiseaux. Les trois équipes s'échinaient depuis une heure déjà, les officiers arpentant consciencieusement les bois tranquilles à la recherche d'une trace, d'un indice, de quelque chose. Un silence de mort régnait, comme toujours sans doute, dans cette forêt qui gardait précieusement ses secrets.

26

Charlie sauta par-dessus l'arbre mort et atterrit avec adresse de l'autre côté. Là, elle observa le chemin qui s'ouvrait devant elle. Avec son équipe, ils progressaient dans un silence total depuis plus d'une heure maintenant, fouillant chaque recoin et examinant chaque indice potentiel. Ils avaient exploré le feuillage dense et épais, inspecté chaque cavité et même levé les yeux vers la cime des arbres imposants qui les entouraient. Malgré cela, ils n'avaient rien découvert d'intéressant. Charlie leva le poing pour signifier aux autres de s'arrêter. Lentement, les policiers se rassemblèrent autour d'elle, se mettant temporairement à l'abri de la pluie de plus en plus drue.

— Pause de cinq minutes. Vous avez de l'eau et des barres de céréales. Si vous avez besoin d'aller au petit coin, il y a des buissons partout.

Deux ou trois agents s'éloignèrent aussitôt pendant que les autres reprenaient des forces. Charlie but une gorgée d'eau et attrapa sa radio accrochée à son ceinturon.

— Équipe C, ici l'équipe A, annonça-t-elle d'une voix claire et basse. Nous avons atteint notre premier point de repos. Rien à signaler pour l'instant. Terminé.

Après quelques secondes de silence, la voix d'Helen jaillit de l'appareil dans un grésillement.

— *Idem* ici. On reste en contact. Terminé.

Charlie baissa le volume pendant qu'Helen communiquait avec Hudson, qui lui non plus n'avait rien à signaler. Elle s'éloigna un peu et s'enfonça plus profondément dans la forêt, absorbée par les riches nuances de vert dont le feuillage se parait. Les autres appréciaient la pause, l'occasion de décompresser en échangeant des plaisanteries mais Charlie ne se sentait pas d'humeur légère. En vérité, une angoisse indescriptible l'étreignait.

Rien de plus normal, songea-t-elle. Après tout, ils quadrillaient les bois à la recherche d'un meurtrier présumé. Mais ce n'était pas tout. Charlie avait l'impression tenace qu'ils étaient en position de faiblesse ici, que leur proie avait l'avantage sur eux. Malgré leurs efforts pour avancer en silence, pour l'habitant averti de la forêt, ils avaient marché d'un pas lourd et bruyant. De fait, de nombreux oiseaux s'étaient envolés à leur passage, indiquant par là même leur présence à quiconque était tapi à proximité.

Charlie tenta de se rassurer en mettant son inquiétude sur le compte de la paranoïa, mais depuis le début elle avait la forte impression qu'on les observait. À plusieurs reprises, elle avait cru sentir une présence près d'elle – sur le côté, juste derrière, dans le buisson qu'elle venait de passer. Elle avait fait volte-face, dans l'espoir de surprendre le voyeur, mais elle n'avait affronté que les arbres. Perdait-elle la tête ? Ou quelqu'un – quelque chose – l'épiait-il en ce moment même ?

— Capitaine Brooks ?

Charlie sursauta, surprise par cette brusque intrusion. Elle se tourna vers l'agent en uniforme qui la dévisageait.

— Les hommes sont prêts à repartir si vous l'êtes.

— Bien sûr.

Elle tenta de conserver une attitude professionnelle mais le policier savait qu'il l'avait effrayée. Le cœur battant à tout rompre, Charlie fit signe à ses collègues de la brigade criminelle de suivre les agents en uniforme. L'heure était venue de reprendre la traque.

Charlie en tête, ils reprirent leur battue, se déployant pour quadriller la zone la plus vaste en le moins de temps possible. Peu à peu, les battements de son cœur s'apaisèrent, la sueur sur son front sécha. Pourtant, son sentiment d'être observée persista. Il la tenaillait, lui soufflait que son équipe et elle étaient en danger.

Il n'y avait rien à faire sinon continuer. Charlie avança donc à grandes enjambées courageuses, l'œil aux aguets, sous la pluie battante qui ne dissolvait pas son angoisse.

27

Elle attendait le bon moment pour passer à l'attaque.

Assise dans sa voiture, Emilia feignait d'être plongée dans une conversation téléphonique houleuse lorsque Janice Smith sortit timidement de sa maison et fonça dans la rue. Elle la laissa prendre un peu d'avance avant de jaillir de son véhicule pour la suivre à pied. Emilia aimait le jeu de la filature. Elle y excellait désormais et la partie qu'elle jouait ce matin ne présentait que peu de défis. La femme était nerveuse et avançait d'un pas rapide mais ne soupçonnait pas une seconde qu'elle était suivie. Cerise sur le gâteau, elle était seule.

Bientôt, elles se retrouvèrent sur la rue principale. Janice y marqua une pause pour discuter avec une connaissance avant de s'engouffrer dans le supermarché Sainsbury. Emilia était sur ses talons. Elle prétendit s'intéresser aux magazines pendant que Janice tergiversait au rayon fruits et légumes. Au bout d'un moment, toutefois, elle se décida et s'enfonça plus profondément dans les allées du magasin. Emilia se mit en route, traquant sa proie en toute discrétion jusqu'à une allée déserte où Janice Smith s'était arrêtée.

Elle se trouvait devant les surgelés, un rayon dans lequel les clients ne s'attardaient guère à cause de la température glaciale qui y régnait. Voilà qui convenait parfaitement à Emilia : elle ne souhaitait pas de public. Elle s'avança d'un pas résolu vers la femme, qui ne se doutait de rien.

— Janice ?

Celle-ci leva les yeux du paquet de petits pois surgelés qu'elle examinait, l'air perplexe.

— Je vous demande pardon ?

— Janice, je m'appelle Emilia Garanita. Je suis journaliste d'investigation criminelle au *Southampton Evening News*.

Elle tendit sa carte à la garde forestière éberluée.

— Je me demandais si vous aviez cinq minutes à m'accorder pour discuter ? Je crois savoir que vous avez subi un traumatisme effroyable au travail.

L'autre la dévisagea, stupéfaite.

— Il y a un café là-bas. Je peux vous offrir une tasse de thé, quelque chose à manger peut-être ?

Emilia prit avec douceur le paquet de petits pois des mains de Janice et le remit dans le frigo.

— Comment êtes-vous au courant pour... ? finit par bafouiller Janice.

— La police a fait un communiqué officiel, prétendit Emilia en baissant le ton pour poursuivre : Ils ont nommé la victime, décrit les circonstances du meurtre...

Emilia n'avait rien planifié de tout cela, les mensonges lui venaient naturellement, à son grand plaisir. Elle avait toujours été capable de mentir instantanément et avec conviction.

— Je ne sais pas... Je...

— Janice, je comprends que ce soit un sujet difficile à aborder. Vous avez subi un choc énorme hier, vécu une expérience abominable à laquelle vous n'étiez pas préparée. C'est normal que vous soyez encore perturbée. À votre place, je serais dans le même cas, croyez-moi.

Elle posa la main sur le bras de Janice dans un geste réconfortant.

— Mais il est toujours préférable d'en parler. Et, pour être honnête, mieux vaut le faire tout de suite. La nouvelle se répand, ce qui veut dire que les médias vont vouloir savoir qui a trouvé le corps, dans quelles circonstances. Je crains que vous ne deveniez la cible de leur intérêt.

Janice Smith parut horrifiée par cette perspective.

— ... Et la meilleure façon de vous préserver, vous et votre mari, c'est de raconter votre histoire le plus tôt possible. Une fois que ce sera fait, les journalistes n'auront plus rien à se mettre sous la dent et ils changeront de sujet. Ils ne sont pas idiots...

Janice hésitait, de toute évidence, surprise par l'approche atypique d'Emilia mais aussi en partie convaincue par ses arguments.

— Je ne sais pas si je peux...

Sa respiration se fit plus rapide, elle paraissait agitée et inquiète.

— Je ne sais pas si j'ai envie d'en parler. C'était horrible...

— Je sais. Mais croyez-moi, Janice, vous vous sentirez mieux après. Pour l'instant, laissez-moi porter ça..., fit-elle en prenant son panier lourd d'articles. Et allons boire une tasse de thé. Moi, j'en ai bien besoin.

C'était terminé, la bataille était gagnée. Janice, tremblant comme une feuille, se laissa guider le long de l'allée vers le café. Elle semblait à la fois nerveuse et reconnaissante du soutien qu'Emilia était ravie de lui apporter. Cette dernière était maintenant certaine que Janice Smith allait lui donner exactement ce qu'elle voulait.

28

Charlie jeta un coup d'œil à sa montre et constata avec stupéfaction que plusieurs heures s'étaient écoulées. Midi approchait et leurs efforts restaient toujours vains. Les trois équipes se trouvaient à présent au cœur de la forêt, éparpillées sur une vaste étendue boisée et sauvage, mais malgré leurs recherches obstinées ils n'avaient pas réussi à repérer le chemin emprunté par Campbell pour gagner la clairière, et n'avaient pas non plus relevé le moindre indice sur les déplacements de son meurtrier. À chaque pas qu'ils persistaient à faire, une once de leur optimisme s'envolait. Ils avaient froid, ils étaient découragés et surtout trempés jusqu'aux os, la pluie incessante s'abattant sur la malheureuse troupe.

En queue de cortège, on commençait à traîner des pieds et Charlie songea qu'il était peut-être temps de sonner l'heure du déjeuner, histoire d'octroyer à son équipe éreintée une pause bien méritée. Pourtant quelque chose l'en empêchait. Était-ce la frustration ? Son désir d'avoir un élément positif à signaler ? Ou cette petite voix au fond d'elle qui lui soufflait qu'un indice primordial se cachait peut-être au détour du chemin ? Elle avait déjà suivi son instinct auparavant, à raison, mais jamais dans des circonstances aussi tristes et désespérées que celles-ci.

Elle allongea légèrement sa foulée, la colère le disputant à la détermination. Encore dix minutes. Ils allaient poursuivre leurs recherches encore dix minutes puis...

Tout à coup, elle repéra quelque chose devant elle. Un mouvement. Elle était certaine d'avoir vu une forme bouger, dissimulée derrière l'épais feuillage. Une silhouette imposante, sombre, qui suivait leur progression. Par réflexe, elle changea brusquement de direction, courut vers les broussailles. Aussitôt, la forme réagit, fila en un éclair. Charlie contourna en vitesse les buissons et vit juste à temps une grande silhouette disparaître entre les arbres.

— Par ici ! cria-t-elle par-dessus son épaule, le regard rivé à la silhouette qui s'enfuyait. Suspect en vue à deux heures.

Elle s'élança à sa poursuite, zigzaguant entre les arbres, résolue à ne pas perdre sa trace. Saisie d'angoisse l'espace d'un instant, elle crut qu'il avait disparu mais elle le repéra du coin de l'œil sur la droite, le mouvement aussitôt suivi du cri rauque d'un faisan. Charlie avait désormais sa proie dans sa ligne de mire et elle fonça. Sa fatigue matinale envolée, elle était concentrée et pleine d'énergie.

Le fuyard connaissait bien les bois, il changeait de direction brusquement, disparaissait derrière les arbres, avant de réapparaître plus loin. Charlie tenait tout de même la distance, sa radio serrée dans une main, sa matraque dans l'autre, tandis qu'elle sautait par-dessus les branches qui jonchaient le sous-bois. Elle avait soudain la certitude que c'était Martin et qu'il se retrouverait sans tarder en garde à vue. Il avait beau avoir l'avantage, il ne leur échapperait pas.

Après avoir plongé sous une branche basse, elle se retrouva face à un petit ruisseau qu'elle enjamba sans difficulté d'un bond gracieux. De l'autre côté, elle fouilla les alentours à la recherche du fugitif. Elle ne le vit nulle part. Où était-il passé ?

Charlie se figea, sûre de percevoir quelque chose. Oui, quelque part dans le calme de la forêt, elle entendait des pas furtifs qui s'éloignaient. Elle se redressa, tendit l'oreille et s'efforça de localiser la provenance du bruit. Elle pivota lentement et remonta du regard le cours du ruisseau. Elle le vit. Ou son ombre en tout cas, qui longeait le cours d'eau. Avec prudence, elle fit un pas dans sa direction, puis un autre. Soudain, il s'élança à toute allure. Malgré ses précautions, elle avait été repérée.

Charlie partit au quart de tour, se précipita le long de la rive et réduisit la distance qui la séparait de sa proie. Était-il fatigué ou s'était-il blessé ? Quoi qu'il en soit, Charlie gagnait du terrain. Elle serra sa matraque, prête à en découdre.

La course-poursuite continua, chasseur et proie se livrant une bataille acharnée. Le fugitif trébucha sur une branche, permettant à Charlie de se rapprocher… jusqu'à ce qu'elle aussi perde l'équilibre : elle avait posé le pied dans un terrier et tomba à quatre pattes, genoux et paumes des mains égratignés. Avant même de s'étaler, elle se relevait. Elle fonça en avant, contourna un chêne majestueux et se retrouva face à un épais buisson d'ajoncs.

Aucune trace nulle part du fuyard mais Charlie était persuadée qu'il était passé par là. Elle avança et découvrit un trou dans la barrière végétale naturelle. Assez large pour qu'un adulte puisse s'y faufiler et idéal pour s'enfuir sans être vu. Charlie s'accroupit pour éviter les épines et s'y engouffra.

Le buisson était épais et dense, ses branches s'accrochaient à ses vêtements, la piquaient, mais elle parvint à le traverser et à s'en extirper. Elle se retrouva alors dans une petite clairière. Seule. Avec surprise, elle découvrit une habitation sur le côté, parfaitement camouflée mais visible de là où elle était.

Charlie fouilla la clairière d'un regard méfiant. C'était l'endroit parfait pour se cacher, entouré de toutes parts par la végétation dense. S'il existait des sentiers dans cette partie de la forêt, on pouvait les emprunter sans remarquer cette discrète habitation. Mais où était son occupant ? S'était-il réfugié à l'intérieur ? Ou se tapissait-il dans les buissons, prêt à frapper ?

Sa radio émit un léger grésillement. Charlie marqua une hésitation avant d'en baisser le volume. Elle ne voulait pas risquer d'annoncer sa présence et de plus, elle n'avait aucune idée de l'endroit où elle se trouvait pour peu qu'elle veuille demander des renforts. Sa matraque brandie, elle avança d'un pas prudent vers la hutte fabriquée entièrement avec ce que la forêt prodiguait. La structure et le toit étaient faits de branches, des peaux d'animaux pendaient devant la porte et les fenêtres, préservant l'intimité de l'intérieur. À l'extérieur, au-dessus d'un feu fumant, était suspendue une marmite qui contenait une sorte de bouillie d'avoine. Tout autour, dans un cercle parfait comme pour protéger le chaudron, se dressaient des pieux sur lesquels étaient plantés les prochains repas. Un lapin dépecé était accroché sur le plus proche, sa chair rose et luisante, ses yeux vitreux fixés sur Charlie. Deux oiseaux se trouvaient sur celui d'à côté, leurs pattes liées, leurs becs se touchant comme s'ils s'embrassaient. Et derrière, il y avait ce qui ressemblait à une belette, la gueule ouverte comme dans un éclat de rire.

Ce spectacle fit tressaillir Charlie, troublée par cette atmosphère morbide. Elle scruta avec vigilance la clairière et fit un pas de plus vers la cabane, l'œil aux aguets du fugitif, toujours invisible. Un autre pas et quelque chose l'attaqua, lui mordit le mollet. Un cri de douleur lui échappa et elle lâcha sa matraque, chancelant avant de retrouver l'équilibre. Horreur ! Elle avait marché sur un piège, en avait déclenché le mécanisme et les mâchoires métalliques, puissantes et acérées, s'enfonçaient à présent dans sa jambe.

Elle se pencha et tenta de glisser ses doigts entre sa peau et le métal. La douleur était insoutenable, la pression semblait s'accroître à chaque seconde. Le piège résista, rendant risibles ses tentatives de l'ouvrir. Elle persévéra, plongea les doigts dans sa chair, en vain.

Elle perçut alors un bruit. Des pas qui approchaient. Aussitôt, elle se pencha pour attraper sa matraque mais elle ne fut pas assez rapide. D'un coup de botte, son bâton fut projeté dans les buissons. Charlie se redressa d'un coup, prête à se défendre.

Elle se retrouva face à face avec Nathaniel Martin.

29

Joseph Hudson fit volte-face. Il avait cru entendre un bruit, comme un hurlement. Avait-il rêvé ? La forêt regorgeait d'oiseaux, de renards, de cerfs, dont les cris ou les brames étaient souvent tristes voire désespérés. Il était facile de se laisser berner dans cet environnement… Pourtant, son instinct lui soufflait qu'il s'agissait d'un authentique cri de frayeur.

— Équipe A, ici l'équipe B, dit-il d'une voix rauque en pressant le bouton de sa radio. Avez-vous un visuel sur le capitaine Brooks ? Terminé.

— Négatif, répondit aussitôt Bentham. Nous pensons qu'elle est partie vers le nord-est mais nous avons perdu sa trace près d'un cours d'eau. Terminé.

Hudson raccrocha et scruta les alentours. La forêt jouait avec ses nerfs aujourd'hui, elle obscurcissait son esprit avec des sons qu'il n'avait pas l'habitude d'entendre, des formes qu'il n'avait pas l'habitude de voir. Mais il devait rester concentré. Si Charlie était partie vers le nord à la poursuite d'un suspect, alors elle devrait se trouver sur son périmètre d'opération. Était-ce elle qui avait crié ? Était-elle attaquée en ce moment même ? D'un geste à son équipe pour lui indiquer de le suivre, Hudson prit la décision de partir vers le sud en direction de Bentham et de ses collègues, qui recherchaient maintenant activement leur chef d'équipe.

Pourquoi cette précipitation en solitaire ? Certes, la brigade criminelle avait la réputation d'agir de manière impulsive – sous l'influence de Grace, à n'en pas douter – mais c'était tout de même de la folie sur ce terrain inhospitalier. De son point de vue, il n'y avait qu'une seule explication à sa témérité : Charlie Brooks avait repéré Nathaniel Martin et refusait de le laisser s'échapper. Mais où sa traque désespérée l'avait-elle menée ?

Il continua son chemin d'un pas décidé, l'oreille tendue. Tout était calme. Il allait devoir suivre son instinct, deviner la provenance du cri et y guider son équipe.

— Tous aux aguets ! aboya-t-il. Et restez groupés.

Inutile de le leur dire deux fois. Les autres agents souhaitaient retrouver Brooks tout aussi ardemment que Hudson, mais aucun n'était prêt à faire preuve de la même impétuosité et à risquer de se perdre dans un coin reculé de la forêt.

Refoulant ses propres craintes, Hudson progressa en scrutant les bois devant lui. S'il avait peur, il était aussi envahi d'une étrange excitation. L'adrénaline courait dans ses veines, tous ses sens étaient démultipliés. Malgré son inquiétude, pour Brooks, pour son équipe, il se sentait survolté par la chasse. Il s'était lassé de la vie routinière de Liverpool – toujours les mêmes têtes, les mêmes crimes – et avait postulé à la brigade criminelle du commissariat central de Southampton dans l'espoir de vivre exactement ce genre de situation. C'était ça, être en première ligne. C'était ça, le maintien de l'ordre.

Depuis quelque temps, il avait perdu en motivation pour son métier et aujourd'hui, l'enthousiasme était revenu. Une collègue avait disparu, un suspect était en cavale, le danger était omniprésent. C'était une question de vie ou de mort, et Joseph Hudson comptait bien jouer son rôle.

30

— Charlie, c'est Helen... Est-ce que tu m'entends ? Terminé.

Faisant fi du protocole, Helen répétait le prénom de Charlie. Mais là encore, ses appels restaient sans réponse. Où était-elle ? Pourquoi ne répondait-elle pas ? Avait-elle perdu sa radio ? L'avait-elle éteinte pour ne pas signaler sa position ? L'alternative étant que quelque chose, ou quelqu'un, l'empêchait de contacter ses collègues. Charlie était un officier expérimenté, aguerri, tout à fait capable de prendre soin d'elle-même. Pourtant, tout à coup, Helen fut rongée par l'inquiétude.

Elle partit au pas de course, résolue à rejoindre Charlie et consciente en même temps qu'elle ne devait pas distancer son équipe. Quelles que soient ses craintes au sujet de son amie, aucun d'entre eux ne devait s'isoler, se retrouver seul et vulnérable. En tant que policier, il fallait gérer le danger immédiat, les éléments sur lesquels il était possible d'agir, et Helen savait qu'elle devait maintenir la cohésion de son équipe pendant cette traque.

Ils s'enfoncèrent encore davantage dans la forêt. Helen n'avait aucune idée de sa position : la carte qu'elle possédait s'était révélée inutile et son GPS peinait à trouver un signal, mais grâce à la boussole sur son téléphone, elle put se repérer et se dirigea vers le nord. Avec Hudson qui avançait en direction du sud, elle espérait qu'ils convergeraient sur Charlie, mais il était difficile d'avoir des certitudes dans cet environnement inconnu. Ils pouvaient se croiser, rater Charlie ; une erreur aux conséquences potentiellement fatales.

Où était-elle ? Helen avait le mauvais pressentiment qu'il était arrivé malheur à son amie. Sans prévenir, le visage de Jessica jaillit dans son esprit. La fille unique de Charlie, sa filleule. Elle repoussa cette image. Si son amie était en danger, elle devait rester concentrée et chasser ses inquiétudes. Inutile d'imaginer le pire avant d'y être confrontée.

Le sentier sembla s'arrêter et d'instinct, Helen tourna à gauche. La forêt y paraissait moins dense, ce qui leur permettrait de conserver une allure vive. Elle entendait dans son dos certains de ses officiers qui trébuchaient, fatigués, mais elle les pressa de continuer. À travers les buissons devant elle, elle distinguait un espace dégagé, une sorte de clairière, qu'elle n'avait pas remarquée jusque-là. Elle se baissa et s'enfonça dans le buisson épineux pour émerger à découvert. Là, elle se figea, stupéfiée par la vue qui s'offrait à elle.

La mort avait frappé dans cette partie isolée des bois : un cadavre gisait au milieu de la clairière. Mais ce n'était pas celui de son amie et collègue. Ni même celui d'un être humain d'ailleurs. Alors que le reste de son équipe la rejoignait, Helen observa le poney étendu raide mort sur le sol de la forêt. Comment croire que quelqu'un puisse volontairement massacrer une créature aussi majestueuse ? Le cheval était allongé sur le flanc et regardait d'un œil placide la canopée boisée, trois horribles flèches d'arbalète plantées dans sa croupe.

Helen se pencha, saisie d'un brusque élan de fureur mêlé de tristesse. La vue de cet animal à terre lui paraissait d'une injustice intolérable, aussi abominable que le meurtre d'un animal mystique. Les chevaux sauvages qui peuplaient le parc national faisaient partie intégrante de sa faune, ils aidaient à maintenir un équilibre naturel et à protéger la forêt. Ils ne faisaient de mal à personne et les visiteurs du parc venaient nombreux pour les admirer dans leur habitat. Pourtant, un monstre avait traqué celui-ci et l'avait massacré, il l'avait laissé pourrir au cœur de la forêt. Le corps de l'animal n'avait pas encore commencé à se décomposer, sa mort était donc récente, mais les premiers signes de putréfaction apparaissaient. Il manquait un gros morceau de chair à l'une des pattes de l'animal, sans doute arraché par un renard. Les asticots grouillaient dans les plaies et les mouches voletaient autour des yeux, des naseaux et de la bouche, à la recherche de nourriture.

Helen se redressa, se tourna vers Reid.

— Restez ici et appelez la base. Il faut que Meredith Walker vienne le plus vite possible.

Son lieutenant acquiesça et sortit son téléphone qu'il brandit en l'air, en quête de réseau. Pendant ce temps, Helen fit signe aux autres de continuer vers le nord. Charlie était en danger et chaque seconde perdue augmentait le risque qu'elle soit blessée, ou pire.

Le temps était compté.

31

Une goutte de sueur roula sur la joue de Charlie. Depuis sa soudaine apparition, son ravisseur ne lui avait pas décroché un mot et l'avait à peine regardée tandis qu'elle se débattait dans le piège. Qu'il s'amuse de sa souffrance ou qu'il cherche à deviner les raisons de son intrusion, elle l'ignorait. Son visage était dénué de toute émotion.

— Je suis le capitaine de police Charlie Brooks, cracha-t-elle sans tenir compte de la douleur lancinante dans sa jambe. Je suis ici avec des dizaines d'autres officiers de la police du Hampshire…

— Et où ils sont ? demanda-t-il avec calme.

— Dans la forêt, insista Charlie avec un geste de la main.

— Vaste endroit.

Il avait parlé d'un ton sarcastique, presque triomphal. Il se dirigea vers la cabane, passa devant Charlie et s'arrêta près d'un billot de bois. Charlie avait déjà repéré la hache, effrayée par sa large lame. Encore plus maintenant que Martin s'en emparait. Il la fit tourner entre ses mains avant de l'abattre et de la planter dans le bois. Charlie grimaça au bruit de l'impact et regarda avec effroi la bûche fendue en deux.

— On dirait qu'il n'y a que nous deux pour l'instant.

— C'est exact, Nathaniel. Et j'aimerais beaucoup vous parler.

L'homme se crispa, perplexe et un peu en colère.

— Il n'y a personne de ce nom ici. Ce type est mort il y a longtemps...

— D'accord, comment aimeriez-vous que je vous appelle ?

— Chut...

Il posa l'index sur ses lèvres et de l'autre main, retira la hache du rondin de bois. Il lui tournait le dos à présent et Charlie en profita pour glisser la main dans la poche de son blouson. Sa radio s'y trouvait et si elle parvenait à appuyer sur la touche de transmission...

— Je vais récupérer ça.

Charlie se figea. Il ne la regardait même pas et pourtant, il savait. Il pivota et s'avança vers elle. La hache dans une main, il tendit l'autre et lui fit signe de s'exécuter. Un œil sur la lame redoutable, elle sortit la radio de sa poche, la lui donna. Il la laissa tomber par terre et l'écrasa de deux coups de talon. L'appareil fut pulvérisé en un instant.

— Et le reste ?

Il lui fit un nouveau geste de la main.

Elle fouilla à l'intérieur de son blouson.

— Doucement, hein...

Avec une extrême lenteur, elle extirpa son spray au poivre puis sa plaque.

— Voilà.

Après avoir reniflé le spray, il le jeta sur le côté et s'intéressa à son badge de police. Il étudia sa photo, puis sortit une de ses cartes de visite de son portefeuille.

— Capitaine Charlene Brooks. Brigade criminelle...

Il fit rouler les deux derniers mots sur sa langue tout en glissant la carte dans sa poche. Aussitôt, Charlie se remémora la violente agression dont avait été victime un policier. Martin lui avait fracturé le crâne.

— Qu'est-ce que vous faites dans ce coin perdu, Charlene ?

La façon dont il prononçait son prénom était déroutante. Une part d'elle-même avait envie de hurler mais le piège autour de sa jambe la retenait et il était impossible que des renforts arrivent avant que la hache ne se soit abattue sur son crâne. Il fallait qu'elle le fasse parler.

— Je vous cherchais.

— Moi ? Et pourquoi ça ?

Il se tourna vers elle. Charlie sentit le feu de son regard sur elle, son désir de l'intimider, mais elle le fixa droit dans les yeux, sans flancher, refusant de se laisser impressionner.

— Parce qu'il y a eu un meurtre, dans la forêt.

Il ne servait à rien d'enrober les faits. Il devinerait le moindre mensonge.

— Et ça vous étonne ?

Sa question en tout cas surprenait Charlie, qui s'était attendue à des protestations farouches ou à un aveu à demi-mot de sa culpabilité.

— Oui.

— Pas moi.

— Je ne comprends pas...

— Regardez autour de vous, officier Brooks, la preuve est juste sous votre nez.

Le regard de Charlie passa de Martin à la hache, puis aux cadavres d'animaux embrochés sur les piques.

— Nous sommes assiégés. Mère Nature souffre...

— Vous parlez de la forêt ?

— La Terre souffre, ses enfants aussi. Ils nous entaillent, nous coupent, nous abattent...

La hache se balançait d'avant en arrière au rythme de sa colère.

— Ils tranchent, ils brûlent. La Terre était magnifique avant, maintenant elle est affreuse, défigurée. La pourriture s'est installée il y a longtemps...

Il fit un pas en avant. Charlie tenta de reculer mais les mâchoires métalliques la clouaient sur place.

— C'est de ça dont il s'agit ? Vous voulez vous protéger ? Protéger la forêt ?

Elle parlait autant pour étouffer sa peur que pour le garder concentré.

— Tout le monde a le droit de se défendre. Contre les intrus.

Il avait le regard rivé sur Charlie mais celle-ci ne voyait que la hache. Elle se trouvait à portée de sa lame maintenant et n'avait aucun moyen de se défendre.

— C'est pour cela que vous vous en êtes pris à Woodland View ? Parce qu'ils avaient envahi votre territoire ?

Une ombre traversa le visage de Martin, en réaction à la mention du camping. Il s'accroupit, se mit à hauteur d'yeux de Charlie. Il tendit la main vers elle et, par réflexe, elle se recula d'un mouvement sec, craignant qu'il ne l'attrape par les cheveux pour lui défoncer le crâne. Au lieu de quoi, il fit courir un doigt crasseux sur sa joue.

— C'est ce qu'on fait dans la nature, Charlene. Quand il y a de la vermine…

Son doigt se posa sur la bouche de Charlie et lui entrouvrit les lèvres de force.

— On l'extermine.

32

Les épines lui griffèrent le visage, déchiquetèrent sa peau. Helen s'arrêta brusquement, regrettant sa décision de plonger tête baissée dans l'églantier qui lui bloquait la route. Elle ravala sa douleur et se dégagea avec précaution, puis toucha son cou et ses joues du bout des doigts. Du sang écarlate et luisant les macula. Elle les essuya avec colère sur son pantalon avant de tirer sur le buisson et d'arracher les branches fautives pour ouvrir le chemin.

Ils avançaient vite mais à chaque recoin, la forêt mettait des obstacles sur leur route. D'abord, ils étaient tombés sur un plan d'eau trop profond pour être traversé à gué. Puis l'un des agents s'était foulé la cheville et un collègue avait dû rester avec lui. Le groupe diminué avait continué avec bravoure mais les broussailles et les ronces les attaquaient, entravaient leur progression, les défiaient d'abandonner leur traque. Hors de question. Mais le moral faiblissait.

Il n'y avait aucun signe de Charlie ni de son équipe. Ils n'avaient toujours pas croisé le groupe mené par Hudson non plus. Helen s'empara donc une nouvelle fois de sa radio.

— Équipe B, ici l'équipe C. Quelle est votre position ? Terminé.

Un long silence lui répondit puis la voix de Hudson s'éleva dans un grésillement.

— Indéterminée. Nous marchons en direction du sud-est depuis vingt ou vingt-cinq minutes. Aucune trace de l'officier Brooks, ni de son équipe. Terminé.

— Pouvez-vous donner des points de repère ? Quelque chose qui nous indiquerait où vous êtes ? le pressa Helen.

— Nous venons juste de contourner un étang. Ça nous a fait perdre du temps mais il était impossible de le traverser à pied. Selon la carte, il s'agirait de Florian's Cup, mais je n'ai aucune certitude. Terminé.

Helen maugréa entre ses dents. Elle était sûre qu'il s'agissait du même plan d'eau que son équipe venait de contourner, se dirigeant dans la direction opposée.

— Arrêtez-vous et dirigez-vous plein est. C'est la seule zone que nous n'avons pas encore quadrillée. Terminé.

— Entendu. Terminé.

Avec un signe à l'attention de son équipe, Helen tourna les talons et rebroussa chemin, sans se soucier des protestations étouffées de quelques-uns de ses hommes. Son incompétence faisait du tort à Charlie, perdue dans la nature et seule face à son sort. Il leur restait une chance de se rattraper, une dernière partie de la forêt à explorer et elle suerait sang et eau jusqu'à ce qu'ils la retrouvent.

C'était maintenant ou jamais.

33

Charlie se tortilla dans tous les sens pour tenter de suivre son ravisseur des yeux. Il lui tournait autour, lentement, se délectant de sa peur. La hache était posée négligemment sur son épaule, sa lame pointée vers le ciel.

— Je vous en prie, ne me faites pas de mal.

Martin ne répondit pas, il continua sa ronde nonchalante.

— J'ai un enfant. Une petite fille…

L'homme rejeta cette information d'un geste de la main. Sans importance. Charlie savait que Martin n'avait pas d'enfants et qu'il ne voyait plus ses parents.

— Je n'ai rien fait de mal…, gémit-elle en désespoir de cause.

— Vous êtes entrée illégalement, officier Brooks. C'est chez moi, ici, répondit-il en montrant la cabane camouflée d'un geste de la main. Vous êtes une intruse. Et d'après la loi, j'ai le droit de me défendre contre les intrus, n'est-ce pas ?

La peur s'empara de Charlie lorsque Martin s'arrêta devant elle.

— Je vous en prie, Nathaniel, regardez-moi…

Il secoua la tête avec vigueur, comme pour chasser son prénom.

— Je suis un être humain, une mère…

Elle accentua ce dernier mot, dans l'espoir de l'influencer.

— Et je suis sans défense. Il n'existe pas de loi, de la nature ou des hommes, qui puisse justifier de faire du mal à une personne à sa merci.

Ses paroles n'avaient ni queue ni tête mais il fallait qu'elle parvienne à le toucher, à percer sa carapace. Martin resta de marbre, haussa légèrement les épaules tout en faisant un pas vers elle.

— Quand bien même, il est temps de renverser les rôles...

Tout en parlant, il leva le pied droit et appuya avec force sur le tibia gauche de Charlie.

— Vous autres vous me rabaissez depuis des années.

La cheville de Charlie était prise au piège, immobile, la douleur de plus en plus féroce à mesure que Martin appuyait. Encore une pression et les os se briseraient. Charlie était à l'agonie, prise de vertiges et sur le point de s'évanouir.

— S'il vous plaît..., murmura-t-elle.

— Vous m'avez agressé, attaqué...

— Nathaniel, s'il vous plaît, ne faites pas ça...

— ... Torturé. Vous avez une idée de ce que j'ai subi ?

Charlie pouvait le deviner – quiconque attaquait un agent de police avec une barre en fer pouvait s'attendre à passer un sale quart d'heure en prison.

— Je suis désolée qu'on vous ait blessé, souffla Charlie. Mais ce n'était pas moi. Jamais je ne...

— Jamais vous ne quoi ? Vous êtes venue m'arrêter, non ?

— Oui, mais...

— Alors vous ne valez pas mieux que les autres.

Il appuya de tout son poids sur sa jambe. Elle tenta de résister mais la douleur, la pression, étaient insoutenables.

— Et vous allez payer pour ça, conclut-il d'un air féroce.

Charlie eut le souffle coupé par la douleur et la terreur. D'une seconde à l'autre, sa cheville allait casser et la hache s'abattre sur son crâne. Voilà, elle y était donc. À ce jour qu'elle redoutait tant.

Soudain, des cris. Les voix provenaient de tout près mais elle ne savait pas d'où exactement.

— Capitaine Brooks ?

Martin s'immobilisa, allégeant aussitôt la pression sur la jambe.

— Capitaine Brooks ? Est-ce que vous m'entendez ?

Charlie reconnut la voix de Hudson.

— Je suis là ! hurla-t-elle. Par ici !

Martin la dévisagea, furieux. Leur petit sanctuaire de l'horreur avait été envahi et elle était sauvée.

— Je suis ici ! Aidez-moi !

Plusieurs voix répondirent, de plus en plus fortes. On entendait à présent du bruit à travers les buissons. Martin la fusilla du regard, le visage déformé par la rage. Brusquement, il lui cracha à la figure. Puis il leva sa hache au-dessus de sa tête. À cet instant, Hudson jaillit dans la clairière, l'expression résolue. Aussitôt, Martin lâcha la hache et prit la fuite. Il traversa la clairière en un éclair, écartant les peaux d'animaux pour pénétrer dans la cabane et disparaître de leur vue. Charlie le regarda s'enfuir, le soulagement étouffant sa peur.

Elle avait survécu.

34

Une fraction de seconde d'hésitation et Joseph Hudson se précipita vers sa collègue. Les autres membres de son équipe continuaient de s'extirper des broussailles, perplexes et à bout de souffle, décontenancés par l'étrange spectacle devant eux. Comme s'ils venaient de pénétrer le cœur sombre de la forêt.

— Ça va ?

Charlie hocha la tête sans un mot. Il baissa les yeux pour examiner ses blessures et grimaça en voyant les mâchoires métalliques serrées autour de sa cheville gauche.

— Qu'on retire ça tout de suite ! rugit-il à deux agents qui se précipitèrent.

Hudson se redressa et fit signe au reste des officiers.

— Vous autres, avec moi.

Ils traversèrent rapidement la clairière. Hudson avait vu Martin abandonner la hache et s'engouffrer dans la cabane. Il était de son devoir de l'arrêter. À l'approche de son refuge, il ralentit le pas. Il n'avait aucune idée de ce qu'il y avait à l'intérieur et ne pouvait pas courir le risque de les mettre, lui et ses collègues, en danger. Martin devait les attendre de pied ferme, peut-être avec son arbalète bandée, prête à tirer, et il n'avait aucune envie de se trouver dans sa ligne de tir.

— Dispersez-vous, en cercle.

Reid, Osbourne et les autres obtempérèrent et se positionnèrent autour de l'habitation de fortune. Impossible pour Martin de s'échapper désormais. La seule question était de savoir si le sang coulerait avant sa garde à vue. Hudson attrapa sa radio accrochée à son ceinturon et pressa le bouton de transmission.

— Équipe C, ici l'équipe B. Le suspect est pris au piège mais nous n'avons pas de visuel. Quels sont les ordres ? Terminé.

Après un bref silence, Helen répondit.

— Si c'est sans danger, procédez à l'arrestation. Terminé.

— Entendu. Nous nous trouvons dans la clairière à cinq minutes de marche à l'est de l'étang. L'officier Brooks est blessée, mais sauve. Terminé.

Hudson raccrocha et reporta son attention sur la cabane.

— Nathaniel Martin, je suis le capitaine Hudson. Vous êtes cerné. Vous avez une minute pour sortir, les mains sur la tête.

Seul le silence lui répondit.

— Si vous ne sortez pas, nous n'aurons pas d'autre choix que de vous arrêter par la force. Est-ce que vous comprenez ?

Toujours rien. Martin était-il inquiet, intimidé et prêt à se rendre ? Ou armait-il son arbalète ? Hudson priait de toutes ses forces pour la première solution.

— Trente secondes, Nathaniel.

Il savait cependant que Martin ne sortirait pas et la minute s'écoula sans qu'il y ait le moindre mouvement à l'intérieur. Hudson prit son courage à deux mains et approcha avec prudence. Les autres officiers l'imitèrent, refermant leur cercle sur la cabane. Après leur avoir fait signe de rester sur les côtés, loin de la ligne de tir, Hudson fit un autre pas en avant vers l'entrée. Elle consistait en une grande peau animale suspendue devant un trou dans la structure en bois. Hudson s'empara du bord inférieur et le souleva d'un coup sec tout en se jetant sur la gauche pour se protéger de ce qui se trouvait de l'autre côté.

Pourtant, la contre-attaque à laquelle il s'attendait n'arriva pas. Qu'est-ce que Martin fabriquait là-dedans ? Se cachait-il, accroupi dans un coin ? S'était-il suicidé pour éviter la capture ? Hudson tendit le cou et passa prudemment la tête par l'ouverture, essayant de regarder à l'intérieur. La pénombre l'empêchait de distinguer autre chose que des ombres. Que faire ? Attendre ou foncer ? Patienter paraissait plus sûr mais il faudrait des heures à une unité d'intervention armée pour arriver, et encore fallait-il qu'elle trouve la clairière. De plus, son instinct lui soufflait que c'était pour lui un premier test qu'il ne devait pas rater.

Il se précipita de l'autre côté de la porte ouverte, indemne. Il ne voyait pas grand-chose non plus d'ici. Il se tourna vers Lucas et lui murmura :

— Suivez-moi et restez à couvert.

Il compta à rebours en silence puis plongea dans la cabane, tête baissée. Accroupi, prêt à bondir, la matraque brandie... mais l'endroit était vide.

Nathaniel Martin s'était envolé.

35

« Un fou en liberté dans la forêt. »

Ce n'était pas leur meilleure trouvaille mais elle ferait l'affaire. Que ce soit le randonneur du coin qui prévoyait un week-end dans le parc ou un touriste qui venait camper pour la semaine, personne ne pourrait rester indifférent au gros titre de l'*Evening News*.

Emilia s'était attendue à du croustillant mais le témoignage de Janice Smith l'avait estomaquée. Elle s'était précipitée au journal et avait envoyé un SMS à David Spivack, son indic à la morgue du commissariat central de Southampton, afin de confirmer l'identité de la victime. Puis elle avait contacté Gardiner pour le prévenir de lui réserver les dix premières pages. Il les lui avait accordées de bonne grâce, mettant tout le reste en suspens pour assurer à cette histoire un impact maximal. Grâce à Janice Smith, Emilia avait une connaissance détaillée des faits : le lieu, l'arme utilisée. Sans parler de la description toute personnelle, aussi horrible que poignante, du cadavre. Emilia avait insisté sur cet aspect, s'était attardée sur les détails : le corps déchiqueté par les flèches, pendu tête en bas dans cette clairière à l'atmosphère fantasmagorique. Elle avait dû faire preuve d'un peu de licence poétique bien sûr, n'ayant pas vu la scène de ses propres yeux, mais ce n'était pas un problème. L'embellissement et l'exagération étaient son fonds de commerce. Son rédacteur en chef était aux anges,

Gardiner l'avait même gratifiée d'une tape dans le dos, ce qu'elle avait supposé être un compliment.

Emilia comptait bien maintenant capitaliser sur sa réussite, convaincue qu'il y avait encore plus à tirer de cette histoire incroyable. Le meurtrier courait toujours, en possession d'une arme inhabituelle mais mortelle. Comment savoir s'il ne frapperait pas à nouveau ? Ils relaieraient les inquiétudes des campeurs, évoqueraient les lois sur le contrôle des arbalètes, émettraient des hypothèses sur le mobile, mais leur principal argument de vente serait la traque du tueur. Gardiner avait déjà approuvé la mise en place d'une ligne téléphonique dédiée aux informations de témoins, et Emilia avait mis sa page Facebook à jour et lancé un nouveau fil Twitter sur son compte : #tueurduparc. Ça sonnait plutôt bien. Avec de la chance, le sujet deviendrait vite tendance et serait le dépositoire de ragots, de spéculations et même de pistes. Il lui servirait aussi de vitrine pour promouvoir son travail si elle y lâchait quelques pépites sur l'enquête policière en cours.

Emilia imaginait déjà ce que le commandant Grace et ses collègues en penseraient. Elle était plutôt en bons termes avec la police locale ces derniers temps, bénéficiant d'une trêve après ses déboires avec Daisy Anderson. Mais elle savait que sa décision d'écrire un livre sur l'adolescente meurtrière n'avait pas été appréciée au commissariat central, car elle réveillait des douleurs que la brigade criminelle préférait oublier. Comment allaient-ils réagir maintenant, alors qu'Emilia sortait le scoop avant même que la police ait publié un communiqué de presse ? Peu importe, songea celle-ci. L'avenir appartient à ceux qui se lèvent tôt...

Son rédacteur en chef recevrait très certainement un appel furibond de la police, lui rappelant ses responsabilités. Et Emilia en personne se ferait taper sur les doigts. Elle serait accusée de faire du sensationnalisme avec cette affaire, de cultiver la peur des citoyens, mais elle s'en remettrait. Si la police n'était pas disposée à protéger les citoyens, à les avertir qu'un tueur se cachait parmi eux, alors il incombait à l'honnête journaliste qu'elle était de le faire. Relisant une fois encore le gros titre, Emilia éprouva un sentiment de satisfaction intense.

C'était du journalisme au service du public dans toute sa splendeur.

36

— La police lance un appel à témoins après l'incendie volontaire d'une église sur Cromwell Road. Celui-ci fait suite à un incident similaire dans une synagogue de Duke Street le mois dernier. Ailleurs, les résidents de Bitterne Park et de Harefield rencontrent les forces de l'ordre pour obtenir des réponses suite à une vague de cambriolages dans…

Elle changea de fréquence, coupant court au bulletin d'informations. Elle ne pouvait pas entendre davantage de mauvaises nouvelles aujourd'hui. Elle chercha plutôt une station musicale et arrêta son choix sur Heart Extra, qui diffusait de vieux tubes ringards et énergiques. Exactement ce qu'il lui fallait.

Lauren Scott s'éloigna et quitta l'abri du belvédère pour rejoindre son copain qui s'échinait à monter leur tente sous la pluie battante. Matteo la tannait depuis des lustres pour faire du camping et au début elle avait refusé, argumentant pour une semaine à Rome à la place. Elle en avait marre des tentes et surtout elle voulait quelque chose de plus surprenant, de plus exotique. Mais Matteo avait la tête dure et il avait fini par la convaincre. Et voilà que maintenant, elle n'était plus si sûre de son choix. Il s'était mis à tomber des cordes dès leur arrivée et le séjour qui s'annonçait romantique sur le papier risquait de se transformer en pétard mouillé.

Bravant les éléments, elle s'approcha de lui et le tira par la manche. Malgré le déluge qui s'abattait sur lui, Matteo sifflotait avec entrain. Il s'arrêta et se tourna vers sa compagne, dont l'expression l'inquiéta.

— Tout va bien, chérie ?

— Oui..., répondit Lauren d'un ton prudent pour ne pas gâcher sa joie. Je me demandais juste si c'était une bonne idée, vu ce temps...

— J'ai bientôt fini, répliqua Matteo avec un sourire résolu.

— C'est juste que d'après la météo, il va pleuvoir toute la nuit.

— La tente est neuve. Nous serons au sec.

— Et il commence déjà à faire froid.

— Alors il faudra se serrer pour se réchauffer.

Il passa son bras autour de sa taille et l'attira à lui.

— Écarte-toi, tu es trempé.

Matteo l'ignora et planta plusieurs baisers humides sur ses lèvres. Lauren se débattit, sans conviction, et céda rapidement en le prenant dans ses bras. Après un dernier baiser, Matteo repoussa une mèche de cheveux de son visage.

— Tu sais que j'ai attendu ça toute la semaine, passer la nuit avec toi sous les étoiles, murmura-t-il. Mais... si tu veux rentrer à la maison, nous pouvons repartir tout de suite. Parce que je t'aime.

Il l'embrassa de nouveau.

— Et je veux te rendre heureuse...

Nouveau baiser volé.

— Alors, dis-moi, qu'est-ce que tu veux faire ?

Lauren le considéra puis regarda la tente assemblée avec soin. Matteo l'avait achetée exprès – une tente quatre places à un prix exorbitant – et il avait hâte de l'essayer. Son excitation était évidente, il était comme un petit garçon au camp scout, ce qui émouvait Lauren autant que ça la charmait. Matteo avait tant fait pour elle, il avait tant sacrifié pour la remettre sur pied, que c'était agréable de le voir faire quelque chose pour lui, pour changer. Même cette affreuse météo n'avait pas obscurci son humeur. Il pleuvait à verse mais Matteo, trempé, s'en fichait. Il lui avait déjà fait la promesse de retirer ses vêtements – et les siens – dès qu'ils seraient dans la tente.

— C'est d'accord, concéda-t-elle à contrecœur. Mais la prochaine fois, nous allons visiter une ville.

— Parole de scout ! fit-il avec un clin d'œil en la relâchant pour se remettre à la tâche.

Elle n'avait pas le choix, en fait, malgré le froid et la pluie. Matteo aurait tenu parole, il aurait tout remballé sur-le-champ si elle avait insisté pour rentrer. Mais comment pouvait-elle lui infliger ça après tout ce qu'il avait fait pour elle ? Il l'avait sauvée, il n'y avait pas d'autre façon de le dire. Si souvent dans sa vie elle avait ressenti une haine sincère envers elle-même et pourtant elle était là, avec un homme qui l'aimait, qui la soutenait, qui croyait en elle. C'était grisant et réconfortant, ça lui donnait presque envie de croire que les fins heureuses étaient possibles. Voilà pourquoi elle était prête à ravaler ses appréhensions et à passer la nuit avec lui dans les bois. Elle avait peut-être tort de se montrer aussi peureuse et négative.

Peut-être que tout allait bien se passer en fin de compte.

37

— Tu es sûre que ça va ?

Helen se tenait accroupie à côté de Charlie, enveloppée dans le manteau de Hudson et à l'abri sous un arbre. Elle était enfin libérée du piège mais les mâchoires vicieuses avaient laissé leurs marques. Charlie avait la jambe salement amochée et elle était encore très secouée. Helen ne l'avait jamais vue aussi pâle.

— Je vais bien, vraiment.

— Les ambulanciers sont en route. Ils vont t'emmener à l'hôpital South Hants pour un examen complet. Ensuite, tu rentres chez toi.

— Je t'ai dit que ça allait...

— Tu peux à peine marcher, Charlie. Et ta blessure n'est pas belle à voir ; alors c'est un ordre. Tu dois prendre le temps de guérir.

Helen se montrait ferme mais c'était sa culpabilité qui l'y poussait. D'après ce qu'on lui avait rapporté de la rencontre de Charlie avec Martin, elle l'avait échappé belle.

— Et ne discute pas, s'il te plaît.

Charlie hocha la tête, touchée par la sollicitude d'Helen. Celle-ci lui tapota l'épaule avec affection avant de se lever et de se diriger vers la cabane. Elle avait ordonné aux autres de ne rien toucher car Meredith serait bientôt sur place, et elle les avait envoyés inspecter les environs à la recherche du fugitif. Il était sans doute loin à présent mais s'ils parvenaient à déterminer la direction qu'il avait prise ils pourraient peut-être reprendre leur chasse à l'homme. En toute franchise, aucun d'eux n'avait l'énergie ni l'envie de poursuivre mais ils devaient essayer.

Sur le seuil de la cabane, Helen examina l'impressionnante construction de Martin. Il n'avait utilisé ni ciment, ni acier, ni briques – aucun matériau fabriqué par l'homme. La structure et le toit en bois étaient soutenus par des piliers faits entièrement d'argile, le tout créant un cocon parfaitement imperméabilisé. Il y avait quelques ouvertures en guise de fenêtres, protégées par des peaux animales qui pouvaient être écartées pour faire entrer l'air et la lumière. Le refuge était attrayant mais l'intérieur était encore plus spectaculaire. Helen s'y aventura et admira les équipements. Une baignoire dans un coin, apparemment en bois, et un lit robuste dans l'autre. Helen s'en approcha et testa le matelas, rembourré de feuilles compactées découvrit-elle avec étonnement. L'ingéniosité de l'homme forçait l'admiration. Helen examina le reste des affaires de Martin : des baies conservées dans des bocaux, des couvertures en laine rêche et des ouvrages sur l'écologie, brunis par le temps. Puis elle s'intéressa à sa plus impressionnante conception. Au fond de la cabane, près du mur, un gros trou. Une peau, sans doute initialement suspendue pour le dissimuler, avait été arrachée et Helen put passer la tête dans l'abîme pour regarder. Il s'agissait en fait de l'entrée d'un tunnel, bien creusé. Haut et large, il était consolidé par des piquets en bois et permettait à un homme de plus d'un mètre quatre-vingts de s'y précipiter avec aise.

Martin s'était préparé à ce moment. Eleanor Brown croyait que son ancien amant avait perdu la tête mais sa stratégie réfléchie suggérait le contraire. Il était peut-être violent, imprévisible et obsédé par une vision erronée du monde, mais Martin était de toute évidence un adversaire dangereux et retors, qui ne se laisserait pas attraper sans heurt. Malgré la lourde présence policière dans les bois, il avait réussi à leur échapper.

Alors qu'elle contemplait l'habitation spartiate, Helen ressentit de nouveau le poids de son échec. Ils s'étaient dirigés droit sur leur cible mais en dehors de ça, leur opération du matin était vaine. Le protocole avait été enfreint, la vie d'un officier avait été mise en péril et qu'avaient-ils accompli ? Il n'y avait aucun trophée ici du crime perpétré par Martin ni aucune preuve le reliant au meurtre de Campbell. Pas de trace non plus d'une arbalète. Et, pire encore, aucun signe de Martin lui-même.

Il était dans la nature, tapi dans les bois, prêt et disposé à frapper encore.

38

Il resta immobile comme la pierre, le corps raidi par la tension. Ses poursuivants étaient tout près, si proches qu'ils pourraient le toucher s'ils tendaient le bras.

Il se maudit pour sa bêtise. Il prenait tellement de plaisir à jouer avec Brooks qu'il n'avait pas vu le danger. Elle n'avait pas menti sur la présence de ses collègues : une demi-douzaine d'officiers avait surgi dans *sa* clairière. Heureusement, ses réflexes étaient toujours aussi vifs et leur prudence lui avait donné le temps de s'échapper.

Il avait profité de son avance pour foncer dans les sentiers que lui seul connaissait, en changeant régulièrement de direction pour semer ses poursuivants. Sauf qu'il ignorait combien ils étaient et où ils se trouvaient ; il risquait à tout moment de tomber sur une deuxième vague. Alors, dès que l'occasion s'était présentée, il avait stoppé sa course effrénée dans les buissons. Depuis le temps qu'il vivait dans ces bois, il savait identifier les nombreuses cachettes qu'ils offraient ; il les avait repérées en cas de nécessité. Il se félicita de sa prévoyance tandis qu'il rampait dans l'enveloppe d'un arbre mort, tombé depuis longtemps et colonisé depuis par la végétation. Il se pelotonna dans la cavité, tira le feuillage environnant sur lui et attendit.

Au début, rien. Un bref instant, il se prit à croire qu'ils avaient abandonné leur traque. Mais alors il perçut des bruits. Des voix étouffées, des pas lourds, le grésillement des radios. Puis, petit à petit, ils commencèrent à émerger : des policiers, quatre ou cinq, qui avançaient groupés.

Ils fouillaient les bois, ratissaient le sol, inspectaient les broussailles et examinaient même la cime des arbres. Ils étaient tendus, sur le qui-vive, comme s'ils redoutaient une attaque. Une partie de lui aurait aimé les satisfaire mais les chances n'étaient pas de son côté et il avait déjà subi la brutalité policière. Il resta donc où il était, sans bouger, à observer.

Le groupe se tenait à moins d'un mètre de sa cachette. Si l'un d'eux se tournait et s'intéressait au feuillage, il le trouverait. Mais tous étaient en grande conversation, à débattre de la marche à suivre. L'un d'eux s'éloigna, pivota dans sa direction. Lentement, Martin ferma les paupières. Il était habillé en marron et vert, des couleurs puisées dans les ressources de la forêt, le camouflage parfait dans ce décor. Mais parce que le blanc de ses yeux aurait pu le trahir, il les garda fermés. Il percevait le bruit de sa propre respiration, des battements de son cœur ; les deux lui paraissaient monstrueusement forts. Il garda son calme, retint son souffle et fut récompensé lorsqu'il entendit les pas qui s'éloignaient.

Il garda les yeux fermés encore un moment et s'imagina en train de se dissoudre dans le tapis de la forêt. Un sentiment de toute-puissance, une confiance en lui absolue, l'envahirent. Ses poursuivants n'avaient aucun lien avec la forêt, ni aucune idée de la façon d'en tirer parti. Lui, oui, et il en profiterait pour se fondre en douceur dans son environnement.

La forêt l'accueillait depuis longtemps. Aujourd'hui, elle allait le sauver.

39

Meredith Walker tressaillit en regardant autour d'elle. Au cours de sa carrière, elle s'était rendue sur des scènes de crime inhabituelles mais jamais dans un cadre aussi étrange. Le ciel capricieux continuait de cracher, la pluie gouttait des feuilles détrempées, et la température avait chuté à la nuit tombée. Elle n'était pas habillée assez chaudement pour sa mission : si la combinaison stérile était imperméable à la pluie, elle n'était pas hermétique au froid glacial.

Le soleil avait plongé sous l'horizon. Des spots avaient été installés pour illuminer la clairière. Les puissants faisceaux projetaient des ombres folles partout. La forêt, majestueuse d'ordinaire, paraissait lugubre et menaçante. Le bruit régulier et incessant de la pluie, les grattements dans les broussailles, le hululement occasionnel d'une chouette, tout cela contribuait à renforcer le sentiment d'isolement de Meredith. D'autres officiers étaient présents mais elle se sentait seule et perdue ce soir, toute petite, comme cernée de toutes parts par des êtres mauvais et puissants.

— Comment ça avance ?

D'ordinaire elle ne se permettrait pas de harceler un collègue mais Graham Ross se montrait particulièrement lent ce soir. Il aimait le travail soigné, rappelait à quiconque voulait bien l'entendre que les petits détails, c'était ce qui comptait, mais selon elle, il s'attardait inutilement en prenant un cliché après l'autre du malheureux animal.

— Encore quelques-unes, répondit-il sans lever les yeux, en tournant autour du poney pour obtenir un meilleur angle de vue.

Meredith réprima un soupir et l'observa pendant qu'il terminait. Au bout d'un moment, il pivota vers elle, un immense sourire aux lèvres. Il rangea son appareil.

— À vous !

Tant mieux s'il pouvait conserver son optimisme. Elle, au contraire, se mettait à la tâche le cœur lourd. Ce n'était pas son domaine habituel mais, puisqu'il n'y avait pas de vétérinaire attitré au sein de la police du Hampshire, c'était à elle de procéder à l'examen et de relever les indices. Elle enfila une paire de gants en latex et s'agenouilla près de l'animal. Le sol s'était ramolli au cours des dernières heures et ses genoux s'y enfoncèrent, avalés par la boue vorace. Elle ne craignait pas de contaminer la scène de crime : il n'y avait aucune empreinte, ainsi qu'elle l'avait remarqué lors de son examen préliminaire. Rien d'étonnant là-dedans car le poney avait sans doute été abattu plusieurs jours auparavant, alors que le temps était sec et clément et le sol plus dur. Meredith n'avait pas non plus repéré de fragments d'étoffe ou autre, aucun fluide d'aucune sorte. Les indices les plus pertinents se trouvaient dans le cadavre : les trois carreaux d'arbalète enfoncés dans le flanc droit de l'animal.

Que l'on puisse commettre une telle horreur dépassait l'entendement. Meredith aimait les animaux. Plus jeune, elle avait fait beaucoup d'équitation. Quel genre d'individu pouvait-il se tenir au-dessus d'un cheval à terre et lui assener des flèches supplémentaires ? L'animal devait avoir été au supplice, désorienté et en souffrance, mais il n'avait bénéficié d'aucune compassion. Quel plaisir pouvait-on retirer d'un tel acte ? Du massacre volontaire d'une créature aussi belle et innocente ?

Meredith ravala son dégoût et enfonça les doigts dans la blessure. L'entaille ensanglantée s'ouvrit à mesure qu'elle fouillait à l'intérieur. Du bout des doigts elle suivit la tige sur toute sa longueur jusqu'à trouver la pointe, à barbes, comme elle s'en doutait. Elle dut tirer de toutes ses forces pour la déloger. La rigidité cadavérique s'était maintenant installée et la chair gelée de l'animal emprisonnait les carreaux. Avec patience et méthode, Meredith chercha à sortir la pointe tout en prenant garde à ne pas se couper sur ses bords acérés. Au bout d'un moment, elle put faire levier et retira le carreau de la plaie. Elle le glissa dans un sac de scellés. Puis elle se redressa, recula d'un pas et observa la flèche à la lumière.

Elle était en fer, rugueux et grossier. Bien que le sang qui la recouvrait ne permette aucune certitude, elle semblait artisanale, fondue à partir de diverses pièces de métal peut-être, à en juger par les stries et les bosses sur la tige et la pointe. En outre, Meredith reconnaissait la forme même du carreau. Une pointe fine et acérée, avec une barbe recourbée de chaque côté, inégales en longueur et en forme. Voilà qui renforçait son idée qu'il ne s'agissait pas d'une flèche conçue en usine. Ils devraient procéder à d'autres tests en labo mais Meredith avait la conviction que c'était le même genre de carreaux que ceux utilisés sur Tom Campbell deux jours plus tôt.

Avec un frisson, elle regarda autour d'elle. Cela paraissait improbable mais c'était pourtant vrai. Un être malfaisant hantait cette forêt. Un individu cruel et impitoyable. Introuvable. Après un dernier regard méfiant sur les bois sombres, elle se remit au travail, pressée de terminer son examen.

Tout à coup, elle avait hâte de quitter cet endroit.

40

— Mais qu'est-ce qui t'est arrivé ?

— C'est ma faute, j'ai été bête, se hâta de prétendre Charlie. Nous étions à la poursuite d'un suspect et je me suis pris le pied dans un terrier de lapin.

— C'est un terrier qui t'a fait ça ?

Steve désigna d'un geste le bandage qui enveloppait le bas de la jambe de Charlie. Elle venait de rentrer de l'hôpital South Hants et, si le bilan de l'examen était positif, le gros pansement à sa cheville restait impressionnant. Elle était couchée sur le lit, au repos, Steve penché au-dessus d'elle.

— Tu ne peux même pas marcher.

— C'est juste une mauvaise entorse. Et une grosse humiliation, ajouta Charlie en tentant un sourire tandis qu'elle changeait de position.

— Et qui est ce type que vous poursuiviez ?

— Je ne peux pas le dire.

— Il est dangereux ?

— Potentiellement. Mais je n'étais pas toute seule, alors ce n'était pas risqué.

Charlie détestait mentir à Steve mais elle savait qu'il deviendrait fou s'il apprenait les risques sérieux qu'elle avait encourus. Martin prévoyait-il vraiment de lui faire du mal ? De la tuer, même ? Ou s'amusait-il juste avec elle ? Charlie l'ignorait et, en toute franchise, elle préférait ne pas y penser. Malgré les deux heures passées aux urgences à décompresser, elle était toujours profondément secouée par le traumatisme vécu et dans son esprit tournaient en boucle les menaces proférées par Martin. L'image de son visage déformé était difficile à oublier.

— Et maintenant ? Tu vas prendre quelques jours de congé ?

— Je verrai comment je me sens demain matin.

Steve devina qu'il se faisait envoyer paître : Charlie trouverait le moyen de reprendre le travail aussitôt. Il s'apprêtait à lui répondre quand Jessica apparut avec deux peluches dans les bras, coupant court à leur conversation.

— Hé, qu'est-ce que tu fais debout ? la gronda gentiment Charlie.

— Je t'apporte mes nounours, répondit Jessica avec détachement. Pour t'aider à dormir.

Charlie fut submergée par l'émotion. Devant Steve et Jessica, elle avait minimisé la gravité de sa blessure et accusé sa maladresse. Pourtant, chacun à leur manière, ils avaient pris peur en la voyant rentrer clopin-clopant à la maison, ravalant sa douleur. En vérité, malgré les puissants antalgiques qu'on lui avait administrés, sa jambe lui faisait souffrir le martyre et l'élançait furieusement sous le bandage.

— C'est adorable, ma puce.

Avec un sourire, Jessica lui tendit les peluches puis tira la couverture.

— Qu'est-ce que tu fais ?

— Je veux dormir avec toi ce soir.

— Tu as ton propre lit.

— Mais je veux...

Charlie hésita, jeta un coup d'œil en coin à Steve, qui répondit d'un haussement d'épaules. Il lui laissait prendre la décision. Jessica devait dormir dans son lit, c'était la règle. Céder maintenant, se plier à la tyrannie des terreurs nocturnes, serait une énorme erreur. De celles qui mettraient des jours, des semaines, à être rectifiées. Mais Charlie ne se sentait pas la force de vivre une autre nuit interrompue par des hurlements, pas après l'épreuve de la journée.

— Juste pour cette fois, alors, concéda-t-elle en laissant la petite se blottir contre elle.

Elle faisait preuve de faiblesse et elle le regretterait : à trois dans le lit, il y avait peu de chance qu'elle puisse se reposer. Mais ce soir, elle était prête à faire une exception.

Ce soir, elle avait envie de serrer son enfant contre son cœur.

41

Il ne la quitta pas des yeux tandis qu'elle traversait la pièce avec souplesse. Helen s'arrêta un instant pour discuter avec Ellie McAndrew puis se retourna et fit face à l'équipe.

— Merci à tous de votre travail et votre investissement aujourd'hui. Je vous en suis très reconnaissante, tout comme le capitaine Brooks, bien sûr. Elle devrait être de retour parmi nous dès demain, en forme. Et nous reprendrons les recherches. Merci.

Hudson avait baissé le regard, il ne voulait pas qu'elle le surprenne en train de la fixer. Mais à présent, alors qu'elle se hâtait vers son bureau, il reporta son attention sur elle et contempla sa silhouette svelte qui disparaissait.

— Vous pouvez rentrer chez vous maintenant, annonça-t-il aux autres policiers tandis que la porte du bureau d'Helen se refermait. Je m'occupe du reste.

Les officiers le remercièrent dans un brouhaha de marmonnements et se mirent à rassembler leurs affaires. Joseph Hudson voulait jouer les grands seigneurs ; il savait que tous étaient fatigués, trempés et frigorifiés. Mais il tenait aussi à montrer qu'il était aux commandes lorsque Helen et Charlie étaient occupées ailleurs. Il savait d'expérience qu'en tant que nouveau capitaine il était primordial qu'il s'affirme, en douceur mais sans délai, pour que chacun sache qu'il ne se laisserait pas manipuler ni ignorer simplement parce qu'il venait d'arriver. C'était aussi pour cela qu'il restait si tard le soir ; il refusait de passer pour le maillon faible.

Son zèle tenait aussi à une autre raison. Pendant que ses collègues s'en allaient les uns après les autres, Hudson se concentra sur son ordinateur. En journée, le temps manquait pour effectuer des recherches personnelles, en partie à cause de la charge de travail et en partie à cause du risque qu'il courait à se faire repérer. Le soir, c'était différent. Il agrandit la fenêtre sur son écran et examina les résultats de sa recherche. Une longue liste d'opérations, toutes commandées par le même inspecteur-chef de la criminelle. Il était impressionné par le nombre de missions complexes qu'Helen Grace avait dirigées, mais les rapports officiels le confirmaient. Ils soulignaient l'héroïsme, le dévouement et l'engagement dont elle avait fait preuve tout en les menant à terme avec succès.

Les rapports d'enquête extrêmement détaillés sur les meurtres de Jake Elder, Max Paine et Amy Fawcett étaient particulièrement intéressants. Non seulement parce qu'ils levaient le voile sur la vie privée d'Helen mais aussi parce qu'ils mettaient en lumière la complexité de sa relation avec son seul parent encore en vie, son neveu Robert Stonehill, qui croupissait à présent dans la prison de Winchester. La haine qu'il lui vouait était-elle toujours aussi féroce ? Avait-elle trouvé dans son cœur la force de lui pardonner ? Étaient-ils en contact tous les deux ? Tant de questions...

Les rapports de police étaient rédigés dans une prose officielle, factuelle et, au cours de ses séances nocturnes, Hudson avait souvent délaissé la base informatique de la police pour Google. Les histoires qu'il y dégotait étaient bien plus sensationnelles et divertissantes. « Le commandant et le dominateur », « La prison de l'enfer », « Vingt-quatre heures de carnage à Southampton ». Mais en vérité, il en connaissait les détails par cœur. Il avait mis un point d'honneur à se préparer méticuleusement pour son entretien d'embauche avec Helen, au cas où elle l'interrogerait sur ses affaires passées, pour tenter de l'embarrasser ou de l'intimider ; l'occasion aussi de découvrir s'il y avait des sujets qu'elle tenait absolument à éviter. Au bout du compte, toute cette préparation, fort intéressante, s'était révélée inutile – l'entretien s'était déroulé sans encombre et il avait obtenu le poste dont il rêvait. Maintenant, ses recherches lui paraissaient répétitives.

Il poursuivit son exploration, essayant diverses variantes de ses noms, le vrai et celui qu'elle s'était choisi, et ajoutant des mots-clés en rapport avec son parcours professionnel et sa vie privée. Mais il se retrouvait chaque fois dans une impasse, et tombait sur des articles déjà lus une dizaine de fois. Il existait d'autres sources d'informations plus fructueuses mais il s'agissait d'alliés proches d'Helen. Le capitaine Brooks et, à en croire la rumeur, la commissaire Simmons ; les deux étant peu susceptibles de se confier à lui. Il ne lui restait donc plus qu'à surfer sur le Net en resserrant ses recherches, et à espérer.

Il était temps de partir, il le savait, mais Joseph Hudson resta à son poste. Il n'avait pas l'habitude d'échouer et ce raté éveillait en lui des émotions particulières. Tenace, il menait une quête obstinée dont l'objet ne cessait pourtant de lui échapper. Si le célèbre commandant de police souhaitait garder le mystère, elle y parvenait avec brio, c'était indéniable. Elle n'avait évidemment aucun contrôle sur ce qu'on écrivait sur elle mais elle préservait jalousement son intimité. Elle n'avait personne à charge, pas de hobbies, pas de cause qui lui tenait à cœur, aucun événement auquel elle assistait régulièrement. Pas de page Facebook, pas de compte Twitter, et même son téléphone portable n'était pas enregistré – une violation du règlement de la police que la hiérarchie semblait ravie d'ignorer. Il n'avait jamais rien vu de tel. Elle ne laissait aucune empreinte personnelle, ni sur Internet ni dans la vraie vie. Son bureau ne contenait que des dossiers et des nominations officielles. Tout ceci le contrariait et l'intriguait à la fois. Et pour être honnête, ça l'excitait aussi un peu.

42

Helen resta dans son bureau, porte fermée et stores baissés.

En temps normal, elle laissait ouvert afin d'encourager les conversations et l'échange d'informations, mais ce soir elle avait besoin de réfléchir en toute tranquillité. Son minuscule bureau était son sanctuaire, son refuge lorsqu'elle voulait être au calme pendant la tempête. Souvent, Charlie l'y rejoignait pour examiner les pistes et passer leurs progrès en revue, mais ce soir elle était chez elle, au repos, comme prescrit par les médecins de l'hôpital. Elle avait écopé d'une belle entaille, sans doute d'une entorse aussi, mais rien qui l'empêcherait de reprendre le travail. Helen s'en réjouissait. Elle avait la troublante impression que cette enquête partait dans la mauvaise direction. La perspicacité de son amie lui serait utile dans les jours à venir.

Un paquet de Marlboro Gold dépassait de sous un dossier sur son bureau. La tentation était grande de le prendre et d'aller dans la cour. Mais Helen essayait de réduire sa consommation de tabac et elle se résolut à ne pas couronner cette désastreuse journée d'un acte de faiblesse. Charlie allait s'en sortir, ce qui était positif, mais en dehors de ça, les choses n'auraient pu se passer de pire façon. Oui, ils avaient découvert la planque de Martin ; deux brigades cynophiles ratissaient en ce moment même les bois, maintenant qu'ils étaient en possession d'un échantillon de son odeur. Pourtant, l'homme leur échappait toujours. L'instinct d'Helen lui soufflait qu'il serait difficile à traquer. Il vivait peut-être dans les bois depuis presque un an et demi, ne se laissant furtivement apercevoir que lorsqu'il le voulait bien. Mieux que n'importe qui, il savait disparaître dans les profondeurs de la forêt, se fondre dans son environnement. S'il décidait de se faire oublier quelques jours, voire des semaines, quelles chances auraient-ils de le retrouver ?

Helen se leva et se mit à faire les cent pas dans le bureau, en colère et frustrée. Ils avaient été tout près de l'attraper aujourd'hui, mais Martin leur avait filé entre les doigts. Helen aurait adoré lui faire face lors d'un interrogatoire, même s'il aurait très certainement affiché une attitude hostile et imprévisible. Elle avait de nombreuses questions à lui poser : sur son comportement passé, les raisons de sa disparition dans la forêt et, bien sûr, la séquestration de Charlie. Helen aurait adoré savoir quelles justifications il aurait données.

Il n'y avait pas de doute, Nathaniel Martin était un bon suspect pour le meurtre de Tom Campbell. Il s'en était déjà pris à Woodland View ; Charlie avait confirmé sa réaction appuyée à la mention du complexe. Et son comportement était instable et violent, voire dérangé. Il menait en solitaire une guerre contre ceux qui profanaient Mère Nature. Il était capable de vivre de son ingéniosité et de fabriquer ce dont il avait besoin à partir de ce qu'il trouvait. S'il privilégiait les matériaux naturels, il possédait tout de même des objets en fer dans sa cabane, des casseroles, des ustensiles de cuisine. Et il n'était pas inenvisageable qu'il en ait fait fondre certains pour fabriquer une arme létale.

Cependant, certains éléments troublaient Helen, des détails qui contredisaient sa culpabilité. Selon Charlie, alors qu'elle était entièrement à sa merci, Martin avait eu l'occasion d'avouer son crime mais il n'en avait rien fait. En outre, aucune preuve tangible n'indiquait qu'il possédait l'arme du crime. Il était possible qu'il l'ait emportée avec lui, bien sûr, ainsi que des carreaux, mais s'il avait façonné lui-même cet armement, ils auraient retrouvé des outils, des vestiges de son ouvrage sur le site. Il pouvait les avoir fabriqués ailleurs aussi, mais Martin s'était sédentarisé. Son campement ne s'était pas monté en un jour et les bocaux de fruits, l'espace de toilette et le lit confortable indiquaient qu'il y vivait depuis un moment. Où étaient donc les preuves de son travail artisanal meurtrier ?

Au-delà de ça, c'était ce poney mort qui perturbait Helen. Martin avait un lourd passé de violence et ne devait éprouver aucun scrupule à tuer pour se nourrir – le petit gibier empalé au campement prouvait qu'il était un excellent chasseur. Pourtant, là encore, il y avait des incohérences. Ces animaux avaient été pris dans des pièges, pas abattus, et que Martin les chasse n'était ni surprenant ni pervers. On attrapait le lapin dans cette forêt depuis des siècles.

Le poney, c'était différent. Martin désirait remonter le temps ; sa philosophie qui consistait à revenir à l'état sauvage l'enjoignait à vivre comme ses ancêtres d'avant l'industrialisation. En pratique, cela impliquait de s'adapter à la nature même de la forêt, de suivre son rythme, de se nourrir de ce qu'elle procurait – des baies, des champignons, des tubercules, des herbes, des végétaux – et de chasser ce qui la peuplait à profusion : lièvres, oiseaux, écureuils. Les chevaux faisaient partie intégrante de la forêt, de son cycle naturel. Ils la maintenaient saine et abondante en procédant à son élagage naturel lorsqu'ils y paissaient au fil de leurs déplacements. Attaquer un poney revenait à blesser Mère Nature et allait à l'encontre des idéaux de Martin.

Dans sa perception du monde, on récoltait le strict nécessaire pour survivre. La profanation et la destruction sans discernement lui étaient étrangères. Tuer cet animal ne servait aucun objectif – ni la peau ni la viande n'avait été prélevée, ses sabots, ses dents, sa queue étaient intacts.

C'était un membre inoffensif et utile de l'écosystème forestier ; quel était l'intérêt de le tuer ?

Il était possible que Martin ait affûté ses talents de chasseur sur les chevaux. Après tout, tuer un être humain, ce n'était pas comme tendre des pièges à des rongeurs. Cette explication paraissait plus logique à Helen. Le poney aurait été une cible d'entraînement, une étape peut-être même vers le meurtre, Nathaniel mettant son courage à l'épreuve en tuant un animal avant d'ôter une vie humaine. Pourtant, là encore, ce qu'elle savait des croyances de Martin incitait Helen à douter. L'homme s'était marginalisé, c'était certain, mais sa présence constante dans la forêt et ses échanges avec Charlie suggéraient qu'il croyait toujours dur comme fer à la nécessité de protéger la planète.

Avaient-ils raison de penser que Martin était l'auteur du crime ? Ou se pouvait-il qu'un être encore plus malfaisant et nuisible en soit coupable ?

43

— Mon Dieu, faites que je me réveille. Faites que je me réveille…

Elle répéta son mantra sans reprendre son souffle, priant de toutes ses forces pour être extirpée de cet affreux cauchemar. De retour dans sa tente, auprès de Matteo… Mais lorsqu'elle ouvrit les yeux, elle était toujours en enfer.

Lauren frissonna, serra ses bras autour d'elle. Son T-shirt et sa petite culotte étaient trempés, elle était gelée jusqu'aux os, terrorisée jusqu'à la moelle. Elle referma les paupières et poussa un gémissement de désespoir.

Que lui arrivait-il ? Pourquoi elle ? Ils avaient passé une soirée très agréable puis elle avait sombré dans le sommeil. Pour se réveiller, frigorifiée et perdue, dans le noir. Au début, elle avait cru que la tente s'était envolée. Puis elle avait compris qu'elle se trouvait au beau milieu des bois, entourée par des arbres immenses et une épaisse végétation. Elle avait appelé Matteo, plusieurs fois, mais ça n'avait servi à rien. Seul le silence lui avait répondu, percé du léger sifflement du vent. Alors elle avait entendu des pas.

Elle s'était retournée, soulagée, persuadée que c'était Matteo. Mais ce qu'elle avait vu lui avait glacé le sang. Une grande silhouette encapuchonnée marchait droit vers elle.

Dans la pénombre, ses traits étaient indistincts, le camouflage parfait, et elle n'était pas parvenue à voir son visage.

Mais elle avait eu la certitude absolue que l'homme qui approchait voulait lui faire du mal.

— Cours.

L'ordre avait été aboyé. Aussitôt, elle avait tourné les talons et fui à travers le buisson le plus proche. Les ronces avaient griffé ses bras et ses cuisses mais elle avait ignoré leur brûlure et foncé tête la première. Elle ne savait pas pourquoi elle courait, ni qui elle fuyait, mais son instinct lui hurlait que la moindre hésitation serait fatale. Elle devait s'échapper.

Mais comment ? Elle ignorait où elle se trouvait, quelle direction prendre. La forêt semblait se refermer sur elle ; où qu'elle se dirige, elle se retrouvait face à un mur de végétation ou risquait de trébucher sur des obstacles invisibles, ou pire, de tomber sur *lui*, qui se rapprochait sans bruit.

Lauren ravala sa terreur et persévéra, tira sur les branches, arracha les feuilles pour se frayer un chemin. Mais son corps semblait se révolter contre elle : sa tête l'élançait, sa gorge l'irritait, ses poumons réclamaient de l'oxygène. Elle était en forme et en bonne santé, pourquoi se sentait-elle aussi mal ? La peur avait-elle cet effet-là ?

Elle avança dans les broussailles en se griffant puis aperçut un sentier plus loin. Alors son pied droit buta contre quelque chose et elle tomba en avant. Elle s'affala, sa tête cogna violemment le sol et une douleur féroce lui traversa le genou. Désorientée et sous le choc, elle regarda autour d'elle et découvrit qu'elle avait trébuché sur une racine et que son genou en avait heurté une autre.

Les larmes lui montèrent aux yeux tandis que la douleur se propageait dans son corps et entraînait nausée et vertiges. Elle trouva tout de même le courage de se relever et de repartir en boitant, déterminée à continuer. À chaque pas, elle essayait d'accélérer, d'ignorer son genou douloureux, d'avancer malgré l'obscurité.

Mais l'homme était tout près maintenant, elle le sentait. Il avait gagné du terrain, se préparait peut-être même à passer à l'attaque. Saisie par la peur, Lauren eut soudain besoin de savoir. Elle voulait être en mesure de se défendre voire, si Dieu était de son côté, de déjouer la mort ? Elle tendit le cou et regarda par-dessus son épaule sans cesser d'avancer tant bien que mal.

Il se trouvait à une dizaine de mètres derrière elle. La silhouette, enveloppée d'obscurité jusque-là, était à présent éclairée par la lune échappée des nuages. Lauren ralentit, désireuse de savoir qui était son poursuivant. Les vêtements de l'homme étaient d'un vert très foncé, noir même, et ils luisaient sous le clair de lune. Sa capuche était faite du même tissu lisse mais c'était ce qu'elle dissimulait qui intéressait Lauren. Qui était ce type ?

Elle scruta le vide, et la confusion et l'horreur lui coupèrent le souffle. Le chasseur n'avait même pas un visage humain. Elle ne voyait aucun trait, seulement deux énormes yeux comme des phares.

— Je vous en prie, non...

La terreur la paralysa. Qu'était-il ? Un esprit malin ? Un démon surgi des enfers pour la tourmenter ? Elle était convaincue maintenant d'être prisonnière d'un cauchemar. Elle tenta de s'enfuir, de mettre de la distance entre elle et son assaillant. Mais le désespoir la clouait sur place, la peur l'emportait sur son désir de vivre. Elle était traquée par un monstre qui n'avait pas sa place dans la réalité.

Et à tout instant la mort allait fondre sur elle.

44

Elle tourna l'accélérateur et fila dans la rue déserte.

À la fin de cette journée difficile, Helen voulait s'éloigner le plus possible du commissariat central. Ce n'était pas l'envie de rentrer chez elle qui la poussait – les mêmes questions l'y tarauderaient – mais un besoin vital de vitesse. Assaillie de toutes parts, Helen se tournait parfois vers la douleur pour évacuer ses angoisses. D'autres fois, elle préférait opter pour l'adrénaline que seule la vitesse pouvait lui procurer. Il était tard à présent et les rues étaient désertes, dégagées pour rentrer.

Au moment de quitter la salle des opérations, elle était passée voir la commissaire Simmons pour la tenir informée des dernières avancées. Si la discussion avait été utile, elle n'avait pas pour autant dissipé les craintes d'Helen ni fait avancer leur réflexion. Si bien qu'elle avait fini par regagner le parking et avait enfourché sa moto. Bientôt, elle se retrouva sur le périphérique, couchée contre sa bécane pour affronter le vent mugissant, penchée sur le côté dans les virages. La première fois qu'elle avait piloté une moto, elle avait quinze ans. Trente ans plus tard, la sensation était toujours aussi grisante.

Pourtant sa conduite n'était ni imprudente ni risquée. Helen poussait sa moto comme son corps au maximum mais elle gardait toujours le contrôle, ne risquant que sa propre vie lorsqu'elle avalait le bitume. Tous ses sens étaient en alerte, elle s'assurait sans cesse que la voie devant elle était dégagée, qu'il n'y avait personne derrière. Et à cet instant, alors qu'elle vérifiait dans son rétroviseur pour la énième fois, elle remarqua quelque chose.

Une moto roulait à vive allure à une centaine de mètres derrière elle. Lorsqu'elle avait vérifié quelques secondes plus tôt, elle n'y était pas et Helen n'avait pas ralenti. L'autre motard devait rouler à une vitesse foudroyante. Pourquoi allait-il si vite ? Et où était-il si pressé de se rendre ? Sa curiosité piquée, Helen ralentit, vira légèrement sur le côté pour permettre à l'autre deux-roues de la dépasser.

Avec étonnement, elle le vit ralentir aussi, garder une distance de sécurité avec elle. Aussitôt, tout son corps se crispa. Le motard la suivait-il ? Elle ralentit encore, les yeux rivés au rétroviseur. L'autre l'imita, procurant ainsi sa réponse à Helen. Elle ignorait toujours qui il était et pourquoi il la suivait.

Elle avait les nerfs à vif. On l'avait traquée trop souvent pour qu'elle ne soit pas sur ses gardes. Mais, tant qu'elle ignorait à quoi elle avait affaire, elle ne pouvait pas riposter. L'idée d'être une proie ne lui plaisait pas non plus. Sur un coup de tête, elle serra les freins.

Son geste prit son poursuivant par surprise. Il arriva sur elle comme une flèche avant de devoir freiner brusquement lui aussi. Trop tard. La moto était un modèle répandu, mais elle reconnut le casque avec les ailes d'ange sur le côté. C'était Joseph Hudson.

L'esprit d'Helen s'emballa. De mémoire, le capitaine habitait dans ce secteur, aussi sa présence n'avait rien d'anormal. Il restait peut-être en arrière pour ne pas être pris en excès de vitesse devant sa nouvelle patronne ou parce qu'il ne voulait pas qu'on le reconnaisse, ou de peur qu'elle ne croie qu'il la suivait.

Mais aucune de ces explications ne satisfaisait Helen. Sa conduite n'avait rien d'intimidant, il ne l'avait pas pourchassée, pas plus qu'il n'avait tenté de la faire sortir de route. Non, il y avait de la prudence dans sa filature, de la réserve même. La surveillait-il de loin ? Peut-être, mais dans ce cas, sa poursuite était maladroite. Voulait-il se faire repérer alors ? Se pouvait-il que le charmant capitaine cherche à flirter ?

Aussi inappropriée que soit cette éventualité, Helen la préférait à une raison plus sombre. Le souvenir de Robert Stonehill était encore frais dans son esprit. Quoi qu'il en soit, elle ne serait pas l'objet passif de son attention ; elle n'avait jamais suivi les règles des autres.

Elle ralentit encore, jusqu'à s'arrêter presque, puis lorsque Hudson en fit autant, elle tourna de nouveau l'accélérateur. Sa moto bondit en avant, l'aiguille s'envola sur le compteur tandis qu'elle franchissait les soixante, les quatre-vingt-dix, les cent vingt kilomètres à l'heure. Le moteur rugissant, elle glissa un regard par-dessus son épaule. Hudson avait réagi à sa soudaine prise de vitesse. Mais trop tard.

La course était terminée.

45

Lauren s'enfonça dans la forêt, sans oser jeter un regard en arrière. Elle espérait seulement que sa course effrénée la sauverait du danger. Il était toujours à sa poursuite, elle le savait, elle l'entendait à travers les broussailles. Mais par miracle, elle était toujours en vie. Son genou lui faisait un mal de chien ; elle en ignora la douleur pour accélérer encore.

Elle avait les poumons en feu, le souffle court, mais elle continuait coûte que coûte. Ses yeux s'étaient habitués à l'obscurité et elle parvenait mieux à distinguer et à éviter les pièges qui jonchaient le chemin. Elle se fichait de qui la poursuivait et pourquoi, elle voulait juste survivre, retrouver Matteo. Rassemblant toute son énergie, elle allongea encore sa foulée, l'espoir au cœur. Sa détermination et son endurance surprenaient-elles son poursuivant ? Se pouvait-il qu'elle ait même réussi à mettre de la distance entre eux ? Cette idée l'éperonna et elle sauta par-dessus une branche morte avec agilité, retombant avec grâce de l'autre côté.

Elle se sentait grisée, euphorique presque. Certes, elle était blessée : la plante de ses pieds était poisseuse et à vif, entaillée et piquée d'échardes ; mais elle s'en moquait. Elle progressait, traversait les bois, continuait toujours plus loin. Elle eut soudain le sentiment, surgi de nulle part, qu'elle pourrait courir indéfiniment, distancer n'importe qui, survivre.

Elle aperçut de la lumière devant elle. Elle plissa les yeux, craignant que sa vue ne lui joue des tours, mais aucun doute, la forêt s'éclaircissait. L'espoir la submergea. Si elle réussissait à sortir de ces taillis obscurs elle tomberait peut-être sur une route, elle pourrait arrêter un automobiliste, se réfugier dans une maison.

Sans plus se soucier du danger à ses trousses, elle courut vers la liberté. Elle n'était plus qu'à quinze mètres, dix, cinq. Dans un rugissement de triomphe, elle jaillit des bois sombres puis s'élança à travers la lande en direction d'un muret en pierre, bondissant sur l'herbe humide et scrutant l'horizon en quête d'un signe de vie.

La peur s'empara d'elle. Elle ne voyait absolument rien devant elle. Ni lumière, ni forme, rien. Comment était-ce possible ? Elle ralentit puis s'arrêta complètement.

Un instant, elle crut qu'elle allait tomber, vacillant au bord d'une falaise vertigineuse. Elle retrouva l'équilibre et recula d'un pas. Elle l'avait échappé belle ! Comment pouvait-elle se trouver aussi loin au sud dans la forêt ? Elle devait être à des kilomètres du campement. Elle jeta un coup d'œil vers le vide. L'escarpement était abrupt, plus de trois cents mètres au-dessus de la mer agitée qui venait s'écraser sur les rochers. Mais quelle autre option avait-elle ?

Elle se tourna, certaine de ce qu'elle allait voir. L'homme à la capuche avançait vers elle, sans se presser. Il ne paraissait ni essoufflé, ni inquiet ; il approchait d'un pas glissant dans sa direction, convaincu de sa victoire. Avec un frisson, elle regarda autour d'elle, en quête d'une échappatoire, mais rien. Elle était piégée entre le démon et la mer démontée.

— S'il vous plaît…, gémit-elle.

Elle savait cependant qu'il n'y aurait aucune pitié. Elle pivota et fit un pas en direction du bord de la falaise. Mais là encore, le roulis des vagues l'arrêta.

— Je vous en prie…

Elle parlait tout bas, les larmes inondaient ses joues. En vain, elle le savait.

L'heure était venue de mourir.

46

Alice plongea le regard dans les profondeurs de son café, emplie d'un fort sentiment d'appréhension. Malgré le soleil matinal qui entrait à flots par la grande baie vitrée, son humeur était aussi sombre que le liquide fumant. Elle avait le cœur lourd, le moral en berne, et nageait en plein brouillard.

Que devait-elle faire ? Quelle était la bonne décision ? Chaque fois qu'elle pensait avoir arrêté son choix, elle était rattrapée par les doutes, les obstacles potentiels surgissant à chaque examen de son plan. Son hésitation tenait en partie au principe de précaution, elle était attentive aux sentiments et au bien-être de sa fille, mais il y avait aussi une part de lâcheté pure et simple. Elle se sentait terriblement coupable et ne savait pas du tout comment se faire pardonner.

Elle avait tourné le dos à sa fille. Inutile d'enjoliver la situation, c'était ce qu'elle avait fait. Et bien qu'elle ait eu des circonstances atténuantes, elle savait que les autres la jugeaient. Jamais ils ne le lui diraient en face, mais tous croyaient que sous aucun prétexte un parent ne devrait renier son enfant. Et elle partageait ce sentiment. Mais s'ils avaient pu voir son âme, saisir son désarroi, ils se seraient montrés un peu plus charitables.

La vérité, c'était qu'on ne pouvait pas vraiment se couper de sa chair et de son sang. Quand on avait porté un enfant dans son ventre, qu'on l'avait mis au monde, qu'on l'avait nourri, un lien indéfectible nous unissait à lui, quoi qu'il arrive. En dépit de tout, ce lien était encore puissant pour Alice, qui pensait constamment à sa fille qu'elle ne voyait plus, qui se tourmentait sur ses souffrances passées, sur ses souffrances actuelles.

Telle était l'explication à ses accès de noirceur, ces moments de profonde déprime. Et la raison pour laquelle elle devait agir. Aussi difficile que ce soit pour les deux partis en cause, elle devait faire quelque chose. L'alternative – perdre la raison jour après jour – était inenvisageable. Le moment était venu de prendre le taureau par les cornes et de demander pardon.

Elle espérait juste qu'il ne soit pas trop tard.

47

— Je peux venir travailler avec toi ?

Charlie ne put s'empêcher de sourire malgré son embarras.

— Ça me plairait beaucoup, ma chérie, mais il faudra être un peu plus âgée avant qu'on te donne des menottes et une plaque.

Le visage de Jessica se liquéfia et elle se remit à touiller ses céréales dans son bol.

— Mais tu sais quoi ? Environ tous les six mois, les enfants peuvent venir au commissariat pour voir comment ça se passe. Tu pourras rencontrer les chiens renifleurs, parler à de vrais policiers. Ça te plairait ?

— Je veux y aller aujourd'hui, insista Jessica d'un ton boudeur.

— Je sais, et c'est très gentil de ta part. Mais je vais y arriver toute seule, même si je dois sauter à cloche-pied.

Charlie sautilla de la table jusqu'à l'évier dans l'espoir de lui arracher un sourire. Rien. Tout ce qu'elle récolta fut une douleur fulgurante dans son mollet gauche. Même si elle pouvait marcher sur sa jambe blessée, celle-ci était encore très sensible. Elle savait qu'elle ferait mieux de rester chez elle à se reposer, mais alors ses craintes ne feraient que s'accroître.

— Je ne veux pas aller à l'école.

Le cœur de Charlie se fendit.

— Pourquoi ça, ma puce ? Quelque chose ne va pas ? répondit-elle en s'approchant d'elle d'un pas boitillant.

— Je veux m'occuper de toi.

— Mais je t'ai dit que ça allait...

— Je ne veux pas y aller, insista Jessica.

— Écoute, chérie, je sais que c'est dur. L'école peut faire très peur des fois, avec tous ces grands enfants, ces nouvelles personnes. Mais les maîtresses sont gentilles et...

— Je ne l'aime pas.

— Qui ça ?

— Mme Barnard.

— Pourquoi ?

Jessica ne répondit pas, elle repoussa son bol loin devant elle. Charlie remarqua qu'elle avait à peine touché à ses céréales et à son jus de pomme.

— Il s'est passé quelque chose ? Est-ce qu'elle t'a dit une chose qui t'a contrariée ?

— Je ne l'aime pas. S'il te plaît, je peux venir travailler avec toi ?

L'agacement commençait à gagner Charlie. Elle était fatiguée, au bout du rouleau et faisait de son mieux pour rester positive. Mais rien de ce qu'elle disait ne semblait arranger les choses.

— Je t'ai déjà expliqué pourquoi tu ne pouvais pas, Jessie, et nous allons être en retard...

Charlie jeta un coup d'œil nerveux à la pendule. Il leur faudrait prendre la voiture pour arriver à l'heure.

— Alors si tu as terminé de manger, prends ton sac et on y va.

Jessica ne bougea pas, l'air mécontent et un peu perdu. Soudain, tout son énervement se dissipa et Charlie fut de nouveau submergée par l'angoisse.

— S'il y avait un problème, tu me le dirais, n'est-ce pas ?

Elle ne put réprimer le léger tremblement dans sa voix.

— Ma puce… ?

Jessica sembla réfléchir un instant puis elle regarda Charlie dans les yeux et répéta :

— Je ne veux pas y aller.

48

Ils sortirent de la maison en file indienne : la mère, la fille puis le père. Ils portaient l'attirail standard d'une matinée d'école – cartable, sac de sport, flûte à bec – et paraissaient pressés. Les portières furent ouvertes à la volée, les sacs jetés dans l'habitacle, le moteur démarré. Ils accomplissaient leurs gestes avec sérieux et efficacité, comme une danse bien rodée, sans se douter qu'ils avaient un public.

Helen fit un pas en arrière, de peur d'être repérée. Il y avait peu de risque en vérité, puisqu'elle avait parfaitement choisi son poste d'observation, mais elle ne voulait pas les effrayer. Ni que sa présence soit remarquée. Christina se rappellerait certainement d'elle et n'apprécierait pas sa venue inopinée. Helen n'apportait jamais que des mauvaises nouvelles à cette famille.

Cela faisait des années qu'Helen n'avait pas vu Christina et celle-ci avait l'air en forme. Des vêtements hors de prix, une coupe de cheveux entretenue régulièrement chez le coiffeur, un maquillage appliqué d'une main experte, elle avait de l'allure pour son âge. Elsie aussi paraissait heureuse. Évidemment, elle avait beaucoup grandi – pas seulement en taille mais en maturité aussi. La fillette dont se rappelait Helen était à présent une jeune adolescente. Elle semblait vive, intelligente, loquace ; loin de l'enfant revêche qu'elle avait connue. Helen ressentit une pointe de honte à être restée à l'écart si longtemps.

Elle avait eu une brève liaison avec son père, après que Christina l'avait mis à la porte. Mark souffrait de l'échec de son mariage, de jouer les pères à mi-temps, et il s'était tourné vers la boisson. Il était le capitaine principal d'Helen à l'époque, aussi s'était-elle occupée de lui en l'aidant à combattre son addiction. Au passage, ils s'étaient rapprochés et avaient commencé à se fréquenter. Grave erreur, aux conséquences désastreuses. Mark était mort en service, en partie à cause de son lien avec elle. Le sentiment de culpabilité qu'avait ressenti Helen était incommensurable et elle avait éprouvé une immense peine pour Christina et Elsie, toutes deux anéanties par sa disparition. Helen avait décidé de garder un œil sur la mère et la fille, consciente du long chemin qui les attendait.

Elle avait honoré sa promesse pendant deux ans puis les aléas de la vie avaient inévitablement espacé ses visites impromptues. Elle avait appris par hasard que Christina s'était remariée, et c'était la première fois qu'elle voyait son nouveau conjoint. Il était tel qu'elle s'y attendait : Christina aimait que son entourage soit élégant. Mais il dégageait aussi une grande douceur. Il était bienveillant et amical avec Elsie, il la taquinait gentiment pour la faire monter en voiture. Leur relation paraissait chaleureuse et détendue. Ils avaient l'air heureux.

Rien à voir avec les premiers jours qui avaient suivi le meurtre de Mark. Christina s'était effondrée, les vestiges de son amour ravivés malgré leur séparation, et Elsie ne comprenait tout simplement pas pourquoi elle ne pourrait plus jamais revoir son père : leur chagrin était insoutenable. Helen se réjouissait de voir qu'elles avaient réussi à reconstruire leur vie. C'était la preuve qu'il y avait de l'espoir, après tout.

Helen avait passé une autre nuit agitée, l'esprit bouillonnant de mille pensées, à cause de la filature de Joseph Hudson, mais aussi des paroles dont Grace Simmons l'avait gratifiée : « Ne vous accrochez pas au passé ; il vous rongera. » Elles lui revenaient à présent tandis qu'elle regardait l'heureuse famille s'éloigner en voiture. Quelque chose avait attiré Helen ici ce matin. Voulait-elle rendre hommage au fantôme de Mark, la dernière personne avec qui elle avait eu une relation sérieuse ? Ou cherchait-elle à se rassurer en voyant de ses propres yeux qu'il était possible de se remettre d'une tragédie ? Possible d'avancer ?

Helen méditait tout cela lorsque son téléphone se mit à vibrer. C'était Hudson. Après une seconde d'hésitation, elle décrocha.

— Commandant Grace.

— Pardon de vous déranger si tôt, dit-il à bout de souffle, mais j'ai pensé que vous aimeriez savoir tout de suite…

Il marqua une pause avant d'assener :

— On vient de nous signaler la disparition d'une femme dans un camping du parc national de New Forest.

49

— Tu deviens vaniteuse…

Emilia souffla les mots entre ses dents alors qu'elle étudiait son reflet dans le miroir, réprimant à peine son sourire. Elle se trouvait seule dans les toilettes pour femmes du journal. Elle n'avait pas pour habitude de se parler ainsi quand elle rectifiait son maquillage ni de ressentir autre chose que de la consternation à la vue de son visage balafré, mais elle se sentait d'humeur allègre ce matin, voire un peu espiègle.

L'édition de la veille avait battu des records, c'était le numéro qui s'était vendu le plus vite de toute l'histoire du journal. Les exemplaires étaient partis comme des petits pains, kiosques et supermarchés ayant du mal à satisfaire la demande. La plupart des citadins étaient en train de planifier leurs vacances d'été, bon nombre d'entre eux prévoyaient de se rendre dans New Forest. Plus maintenant. Pas tant qu'un meurtrier fou y rôdait. Les gens du coin s'étaient plongés dans les détails de l'article : la mystérieuse clairière, le corps pendu, les carreaux d'arbalète ; puis ils s'étaient rués sur les réseaux sociaux, le vent de panique se répandant comme un virus. Pas mal pour une seule journée de travail.

Le silence radio persistant de la police avait ajouté de l'eau à son moulin. En l'absence de toute autre information concrète, les organes de presse s'étaient tournés vers elle. Elle était bien connue depuis qu'elle avait eu affaire à Daisy Anderson et une nouvelle fois, elle semblait détenir une source privilégiée.

Toujours désireuse de renforcer son image, Emilia avait été ravie de leur donner raison. Elle avait déjà accordé deux interviews à la radio et devait passer à l'antenne de BBC South sous peu. Cette pensée la fit sourire. La radio c'était très bien, mais tout journaliste de presse écrite qui se respectait rêvait de son quart d'heure de gloire sur le petit écran.

Emilia rangea son fond de teint et vérifia une dernière fois son rouge à lèvres avant de rassembler ses affaires. Elle sortit des toilettes et se hâta dans le couloir ; son taxi n'allait pas tarder à arriver. En route, elle vérifia WhatsApp puis Twitter sur son téléphone. Aussitôt elle fut accueillie par de nombreux tweets sur le fil #tueurduparc. La plupart n'étaient que des hypothèses inutiles et alarmistes mais tous réagissaient à un message posté le matin.

« Agitation au camping. Une femme a disparu. Faut-il s'inquiéter ? #tueurduparc. »

Le message venait de « fourmidanslesfesses74 » et comportait plusieurs smileys, ce qui tendait à indiquer que l'auteur n'était pas si inquiet que ça. Ce n'était qu'une plaisanterie pour lui, mais Emilia prenait l'affaire très au sérieux et elle examina la photo qui accompagnait le message. On y voyait un homme mal rasé à la tignasse brune et bouclée en train de parler avec des policiers. La photo avait été prise de loin, à la dérobée, mais on devinait quand même le désarroi de l'homme.

Son portable serré dans la main, Emilia se précipita vers la sortie tout en envoyant des messages. Elle allait prendre contact avec l'auteur du tweet, découvrir de quel camping il s'agissait et le convaincre de ne plus rien écrire tant qu'elle ne l'aurait pas rejoint. C'était un plan tout ce qu'il y avait de plus simple mais qui rapporterait gros, si le tueur avait bel et bien fait sa deuxième victime. Emilia ressentit cet élan familier, l'excitation qui accompagnait la découverte d'une nouvelle piste. Soudain, tous ses projets de la matinée étaient contrariés mais elle ne s'en souciait pas le moins du monde.

Son temps d'antenne sur BBC South devrait attendre.

50

— Racontez-moi ce qu'il s'est passé.

Le ton d'Helen était doux mais ferme. Elle s'était isolée avec Matteo Dominici dans le bureau du gérant du camping Sunnyside. Il avait déclaré la disparition de sa petite amie Lauren Scott à la première heure du jour et se trouvait encore dans un état émotionnel fragile. Distrait, anxieux, pâle, il ne cessait de se passer la main dans les cheveux en regardant autour de lui. Comme s'il s'attendait à la soudaine irruption de Lauren dans le bureau. Mais personne n'avait vu la jeune femme depuis des heures, et celle-ci avait laissé toutes ses affaires dans la tente.

— Matteo, je vous en prie, concentrez-vous.

— Je suis désolé, je ne me sens pas très bien...

— Vous voulez qu'on vous apporte un peu d'eau ? Un Nurofen ?

— Les deux, s'il vous plaît. Ça ne va vraiment pas, répondit-il d'une voix rauque en se massant le front.

— La nuit a été arrosée ? demanda Helen d'un ton qu'elle s'efforça de garder léger tandis qu'elle faisait signe à un agent d'aller chercher les cachets.

— Non. Pas du tout.

Il paraissait presque offensé, ce qui la surprit. Remarquant sa réaction, il expliqua :

— Nous ne buvons pas. Et nous ne prenons aucune drogue, si c'est ce que vous pensez. Nous sommes tous les deux d'anciens alcooliques.

— Je vois.

— C'est là qu'on s'est rencontrés, aux Alcooliques Anonymes. Nous sommes sobres depuis plus de deux ans maintenant.

— Je m'en réjouis pour vous, répondit Helen avec sincérité, plus que consciente des ravages que l'alcool pouvait provoquer. Et depuis combien de temps êtes-vous en couple ?

— Dix-huit mois. J'ai mis du temps à trouver le courage de l'inviter à sortir mais depuis on est inséparables. Elle est unique.

Helen sourit tout en essayant de chasser les images qui envahissaient son esprit ; des visions d'horreur sur le lieu où pouvait se trouver Lauren et ce qui lui était peut-être arrivé.

— Que s'est-il passé hier soir ?

— Rien. Rien d'inhabituel en tout cas..., répondit-il lentement comme pour essayer de donner un sens aux événements. Nous sommes arrivés sous la pluie battante, nous nous sommes installés puis nous sommes restés à l'abri. Il pleuvait trop pour faire autre chose.

— Avez-vous croisé quelqu'un ? Vu quelqu'un près de votre campement ?

— Non, nous avons été seuls toute la nuit.

— À quelle heure êtes-vous allés vous coucher ?

— 23 heures, 23 h 30.

— Et à quel moment vous êtes-vous rendu compte qu'elle était partie ?

— Juste après le lever du soleil. C'est la lumière qui m'a réveillé, ou peut-être le chant des oiseaux...

— Et... ?

— Et elle n'était plus là. Toutes ses affaires se trouvaient dans la tente, mais le battant était ouvert et il n'y avait aucune trace d'elle nulle part. J'ai fait plusieurs fois le tour du camping puis j'ai attendu pendant une heure, au cas où elle serait allée au village ou se balader.

— Vous n'aviez plus votre voiture ?

— Non, nous n'en avons pas. Nous sommes venus en car.

Helen nota dans un coin de sa tête de vérifier. Pendant la saison touristique, un bus circulait dans le parc ; chaque détail devrait être étudié.

— Vous avez appelé la police juste après 8 h 30…

— Ben oui. Ça faisait déjà presque trois heures qu'elle avait disparu. Je me suis dit que ma réaction était exagérée mais…

Helen hocha la tête avec compassion.

— Que lui est-il arrivé ? demanda-t-il en la fixant dans les yeux. Même moi je sais qu'on n'envoie pas autant de policiers pour une simple disparition.

— Je l'ignore pour l'instant, répondit Helen en toute honnêteté, soulagée en son for intérieur que Matteo n'ait pas vu l'édition de la veille de l'*Evening News*. Mais j'ai bien l'intention de le découvrir. Dites-moi, Matteo, vous vous sentez toujours aussi vaseux au réveil ? Vous souffrez d'une maladie ou…

— Non. Être en forme au réveil, c'est un des avantages de ne plus boire.

— Comment expliquez-vous votre état alors ?

— Aucune idée. Nous sommes allés nous coucher comme d'habitude. Sobres et lucides, mais quand je me suis réveillé, je ne me sentais pas bien du tout. J'avais des vertiges, la nausée et une migraine terrible.

— Avez-vous remarqué quelque chose au cours de la nuit ? Des bruits ? Du mouvement près de la tente ?

— Non… Je ne crois pas, répondit-il avec hésitation.

— Rien du tout ?

— Non, je ne l'ai pas entendue partir ni quoi que ce soit.

— Mais vous avez entendu quelque chose…

— Il me semble avoir entendu une voiture à un moment. Je ne suis pas sûr à cent pour cent, c'était assez faible, mais ça ressemblait à un moteur. Un ronronnement bas et régulier.

— Vous n'avez vu aucun véhicule ?

— Non, et pour être honnête, je m'en souviens à peine. J'étais tellement crevé hier soir, j'ai dormi comme une souche…

Il avait l'air déconfit, comme si son manque de vigilance était la cause de la disparition de Lauren. Helen profita du retour du policier avec les comprimés pour prendre congé de Matteo en lui promettant de revenir vers lui au plus vite.

Elle se dirigea directement du bureau vers la tente du jeune couple, à présent entourée d'un ruban pour délimiter le périmètre. Ailleurs sur le site, Hudson et Charlie, qui se déplaçait clopin-clopant, menaient des interrogatoires. Helen ne s'attarda pas, elle souleva le cordon et s'approcha de la tente. Cette fois-ci, elle ne s'occupa pas de l'intérieur mais se concentra sur l'extérieur, qu'elle examina à la loupe. L'équipement de Tom Campbell était vieux et usé, celui de Matteo Dominici était flambant neuf, tout juste acheté. Elle passa une main gantée de latex sur la toile et l'explora, à la recherche d'un point faible. La tente semblait dans un état impeccable, résistante à la pluie et à quiconque voudrait s'y introduire. Helen poursuivit son examen, fit le tour, convaincue qu'il y avait une faille quelque part. Rien sur les côtés, aussi elle s'intéressa à l'arrière où elle vérifia chaque couture, chaque raccord, redoutant désormais de faire chou blanc.

Et elle trouva. Une minuscule déchirure dans le tissu. Non, pas une déchirure, c'était trop propre. Plutôt une incision. Quelqu'un avait glissé la lame d'un couteau ou d'un bistouri le long de la couture et l'avait ouverte sur une dizaine de centimètres, suffisamment pour permettre d'introduire dans la tente un tuyau ou un tube.

Dès le départ, la disparition sans heurt de Tom Campbell l'avait inquiétée, et ses appréhensions n'avaient fait que s'accroître avec celle tout aussi inexplicable de Lauren Scott. Cependant, d'une manière détournée, Matteo Dominici avait fourni un début d'explication possible. On les avait endormis au gaz anesthésiant. Melanie Walton ne s'en était pas rendu compte, elle croyait avoir la gueule de bois, mais Matteo avait compris que quelque chose n'était pas normal. Et pour Helen, l'entaille dans la toile en était la preuve.

Elle s'éloigna et inspecta le sol à la recherche de traces de pneus. Ces dernières années, il y avait eu une vague de crimes de bandes organisées qui s'attaquaient aux campeurs et aux propriétaires de caravanes, en général pendant qu'ils traversaient la France. Ils pratiquaient une ouverture puis injectaient à l'intérieur du monoxyde de carbone par le biais d'un tuyau relié à un pot d'échappement, rendant les occupants inconscients pendant qu'ils étaient dévalisés. Ce tueur opérait-il de la même manière ?

C'était risqué. Une trop forte dose et c'était la mort assurée, mais cette technique avait l'avantage d'endormir tous les occupants de la tente. Par ailleurs, certains voleurs audacieux et inventifs avaient commencé à modifier leur véhicule pour atténuer le bruit du moteur, augmentant ainsi leurs chances de commettre leur méfait sans être repérés. Était-ce ce qu'il s'était passé ici ? Matteo Dominici avait décrit un ronronnement lent et régulier, ce qui d'après Helen correspondait parfaitement au bruit d'un moteur tournant au ralenti.

Le sol était détrempé, ses pieds glissaient sur l'herbe humide. À une dizaine de mètres de la tente, Helen découvrit des traces de pneus. Elles étaient profondes et larges, laissées par un 4 × 4 sans doute, et n'avaient rien à faire là. Matteo avait déclaré qu'ils étaient venus au camping en bus et le parking se situait de l'autre côté, près de l'entrée. Il n'y avait aucune raison pour qu'un véhicule se gare ici.

À moins d'un intérêt tout particulier pour les occupants de cette tente.

51

La voiture cahotait sur l'herbe tandis qu'ils roulaient au pas sur l'accotement. Joseph Hudson était en train de questionner un campeur éberlué lorsque Helen lui avait demandé de la rejoindre. Elle lui avait expliqué ses découvertes et, laissant à Charlie le soin de poursuivre la chasse aux témoins, ils avaient réquisitionné un véhicule et s'étaient mis en route tous les deux, Hudson au volant, Helen le regard rivé sur les traces de pneus.

Ils s'éloignèrent du camping et suivirent un sillon qui les dirigea vers la forêt plutôt que vers la route. Hudson conduisait avec prudence mais fermeté, veillant à ne pas empiéter sur les empreintes de pneus qui pourraient se révéler un indice crucial. Ils progressaient en silence, concentrés sur leur tâche, ayant tous deux une vision plus claire de ces crimes. Une vision qui les rendait nerveux.

— Arrêtez-vous.

Hudson freina aussitôt. La voiture s'arrêta dans un glissement de pneus, Helen en jaillit en un éclair. Il coupa le moteur, descendit à son tour et rejoignit Helen, accroupie au-dessus des traces.

— Ce sont les mêmes empreintes, mais elles sont plus profondes ici. Beaucoup plus profondes...

Il s'approcha pour y regarder de plus près : elle avait raison.

— Vous pensez que le tueur s'est arrêté ici ?

— Ça se pourrait, répondit Helen en se redressant. Découvrons-le.

Elle s'éloigna du sillon et avança d'un pas prudent vers les arbres les plus proches. Hudson la suivit, examinant le sol pour voir s'il avait été piétiné. Sur le bas-côté, l'herbe était haute et folle, donc difficile à dire, mais il semblait y avoir des zones aplaties près de la végétation dense.

— Ici.

Helen se tenait à présent à la lisière de la forêt et pointait le doigt sur un minuscule fragment de tissu blanc accroché à une branche.

— Son T-shirt ? Une veste ?

Elle haussa les épaules, passa sous la branche en question et s'engagea avec prudence dans les bois, Hudson sur ses talons.

— Là.

Il repéra aussitôt la branche cassée qui pendait mollement à une dizaine de mètres devant eux. Helen l'examina en hochant la tête puis ils poursuivirent leur chemin. Ils étaient sur la bonne voie : ils trouvèrent deux autres branches cassées, un morceau de tissu un peu plus gros puis une tache de sang. Ils avaient failli la rater mais un rayon de soleil s'était soudain reflété sur la marque cramoisie. Helen avait saisi Hudson par le bras pour le lui montrer.

Ils continuèrent sur cette discrète piste de destruction, jusqu'à ce que le chemin débouche enfin sur une clairière, Helen toujours en tête. Hudson l'entendit pousser un petit cri d'horreur, juste avant qu'elle ne s'arrête brutalement. Rassemblant son courage, il émergea à son tour dans la clairière et leva les yeux.

Le corps de Lauren Scott était pendu à un arbre.

52

Matteo Dominici. Lauren Scott.

Emilia laissa ses doigts planer au-dessus des noms. Aucun doute possible. Il s'agissait du malheureux couple.

À son arrivée au camping Sunnyside, Emilia avait fait profil bas ; elle avait laissé sa voiture plus loin et était passée par les bois. Ça grouillait encore de policiers et l'agitation était à son comble. Un groupe de campeurs était interrogé près de l'espace pique-nique et, tandis qu'elle approchait prudemment du bureau du gérant, elle vit le type à l'air désespéré et à la chevelure folle qui s'éloignait, escorté d'un agent de liaison avec les familles plein de sollicitude. D'instinct, Emilia voulut les suivre, essayer de prendre une photo avec son téléphone, mais le risque était grand de se faire repérer et surtout, elle avait besoin de faits concrets. Elle préféra donc se faufiler dans les locaux administratifs.

Elle s'approcha du bureau d'accueil et attrapa sans vergogne le registre. Après avoir rapidement photographié la liste des clients, elle se mit au travail. Un œil vigilant sur les policiers et les employés du camping au-dehors, elle chercha tous les noms de la liste sur Internet et examina avec attention les photos qui les accompagnaient. Au septième essai, jackpot. Matteo Dominici, avec sa tignasse brune. Impossible de se tromper. Sur plusieurs photos, il avait le bras passé autour des épaules d'une jolie jeune femme. Une petite recherche sur Facebook pour « Lauren Scott » lui confirma qu'il s'agissait de sa petite amie.

C'était donc elle, la femme disparue. Aucun des campeurs interrogés ne lui ressemblait et le désarroi de Dominici prouvait qu'il était touché de très près. La police avait-elle déjà retrouvé un corps ? Ou était-elle encore seulement disparue ? Emilia savait qu'elle mettait la charrue avant les bœufs mais la similitude entre le meurtre de Tom Campbell et la disparition de Lauren Scott était trop flagrante pour n'être qu'une coïncidence. Elle était convaincue que le tueur du parc avait encore frappé.

Emilia contempla la photo de profil de la jeune femme. Son expression franche et naïve, son joli visage fin, même sa tenue – le T-shirt rose d'une course pour la lutte contre le cancer – en faisaient l'image parfaite pour la une du lendemain. Le cliché avait de toute évidence été pris à la fin de la course, alors que Lauren, épuisée mais heureuse, affichait un immense sourire. Voilà qui ferait vibrer la corde sensible de leurs lecteurs : la jeune femme douce et gentille, pleine d'entrain, qui s'investissait pour la bonne cause. Cela apporterait un contraste saisissant avec son enlèvement.

L'histoire prenait déjà forme dans la tête d'Emilia, mais elle avait besoin de davantage de détails. Certains des campeurs accepteraient-ils de lui parler ? Ou bien elle pouvait tenter d'approcher un des agents de police. Essayer d'intimider ou d'encourager de manière adéquate l'un des petits nouveaux pour obtenir des infos. Toutefois, lorsque Emilia regarda par la fenêtre, elle vit avec étonnement que les policiers étaient en mouvement. Deux agents en uniforme restèrent auprès des campeurs tandis que tous les autres, les membres de la brigade criminelle notamment, se précipitaient vers leurs véhicules. Sauf le capitaine Brooks, qui claudiquait bizarrement. Emilia se demanda si elle avait été blessée en service. Peut-être lors d'une confrontation avec le tueur ?

Les moteurs furent démarrés, les portières claquées. Emilia s'extirpa de ses réflexions et songea qu'il lui fallait se décider sur-le-champ. Suivre ou renoncer. Si elle restait là, elle pourrait obtenir quelques informations croustillantes... Mais ce départ précipité en masse ne pouvait signifier qu'une chose...

Emilia laissa tomber le registre et sortit du bureau en courant, traversa les bois pour retrouver sa voiture. Si elle arrivait au moment où ils délimitaient le périmètre, elle pourrait obtenir quelques bonnes photos, sans compter qu'elle aurait une chance de prendre la brigade de court. Cette idée lui procura un frisson de plaisir.

Au bout du compte, elle n'aimait rien autant que d'être en chasse.

53

Helen retourna à la voiture, le téléphone collé à l'oreille.

— C'est le même tueur ? Le même mode opératoire ?

L'inquiétude perçait dans le ton ferme de Simmons. Un nouveau meurtre si tôt après le premier laissait penser que leur auteur était imprudent ou intrépide, voire les deux.

— Oui, se hâta de répondre Helen. L'équipe scientifique sera bientôt là... Mais je n'ai aucun doute : il s'agit de la seconde victime. Selon toute probabilité, Lauren Scott a été enlevée, traquée puis saignée à mort.

Après une courte pause, la voix de Simmons s'éleva à l'autre bout du fil.

— Comment voulez-vous procéder ?

— Eh bien, la décision vous revient, répondit Helen. Mais je pense qu'il faut réagir. Surtout après les gros titres d'hier soir.

Silence au bout de la ligne. La veille, les deux femmes avaient découvert avec surprise l'article incendiaire d'Emilia Garanita. La colère passée, c'était la consternation qui les avait gagnées devant les réactions paniquées. L'incorrigible journaliste savourait son quart d'heure de gloire, elle avait appelé deux fois Helen sur son portable ce matin afin d'obtenir un commentaire officiel. Des appels qu'Helen avait ignorés.

— Vous pensez qu'il faut lancer une alerte générale ? Faire un communiqué à la presse nationale ? s'enquit Simmons.

— Des centaines de vacanciers sont attendus dans New Forest cette semaine. S'il y a un risque, nous devons les en informer.

— Est-ce que l'on divulgue le nom du suspect ? Nathaniel Martin ?

— Pas tout de suite. Le public ne pourra pas nous aider à le débusquer. Les équipes de recherche devront s'en charger. Donner son nom pourrait dissuader les témoins potentiels.

— D'accord. Je mets le service des relations presse sur le coup. Nous allons conseiller aux citoyens de modifier leurs projets, de faire preuve d'une extrême prudence. Voulez-vous que je me charge de la conférence de presse ?

Simmons connaissait Helen par cœur. Cette dernière détestait s'adresser aux journalistes, surtout lorsqu'elle pouvait être plus utile ailleurs.

— Ce serait formidable. Je vous tiens au courant.

— S'il vous plaît, oui.

Simmons raccrocha mais Helen eut le temps de l'entendre demander à son assistante de convoquer la responsable des relations presse. C'était une des raisons pour lesquelles elle admirait tant sa patronne : elle était directe, pragmatique, déterminée. Et il était dans leur intérêt à tous de suivre son exemple. Helen fit signe à Hudson de la rejoindre et grimpa en voiture.

— Où on va ? demanda-t-il tandis qu'il se glissait derrière le volant et mettait le contact.

— Au commissariat.

Le ton d'Helen était sec mais résolu.

— On a du travail.

54

— Les victimes auraient donc été anesthésiées au gaz ?

De retour au poste, Helen avait rassemblé la brigade pour partager ses découvertes. Comme il fallait s'y attendre, les questions fusaient. Celle-ci émanait du lieutenant Reid, premier arrivé.

— Il semblerait. Nous n'avons aucune certitude sur le produit utilisé mais je parierais sur du monoxyde de carbone.

— Parce que c'est pratique quand on a une voiture, avança Osbourne.

— Et que ça ne laisse pas de traces dans le sang ni dans les organes, ajouta Helen. C'est difficile à détecter.

Les officiers méditèrent ces informations. Tant qu'on n'avait pas la main trop lourde, le gaz d'échappement était un moyen simple et discret d'endormir les personnes visées.

— Et ensuite ? Elles seraient lâchées dans la nature ?

— Selon toute vraisemblance, répondit Hudson. La piste que nous avons suivie faisait vraiment penser à une traque. Sauf que la victime n'a pas été tuée là où on l'a découverte. La piste continuait jusqu'à une falaise à environ huit cents mètres.

— Elle a ensuite été traînée jusque dans la clairière ? demanda Edwards.

— Nous n'avons vu aucune marque au sol, il est donc plus probable qu'elle ait été portée, intervint Helen. Nous n'avons relevé qu'une seule paire d'empreintes, une pointure 44 sur des bottes type rangers.

Helen tapota sur son téléphone et les photos qu'elle avait prises des empreintes de botte apparurent à l'écran.

— C'est rudimentaire mais nous devrons nous en contenter en attendant les clichés de Ross. Ce qui est intéressant, c'est que nous avons une trace de botte sur le T-shirt de la victime. Le tueur a pu lui marcher dessus ou la clouer au sol pendant qu'il tirait un des carreaux...

Un des bleus tressaillit à cette idée mais Helen poursuivit.

— Compte tenu de la pointure de la chaussure, de la force nécessaire pour transporter et hisser le corps et du fait qu'il semblerait n'y avoir qu'une seule paire d'empreintes, je dirais que nous recherchons un homme, de grande taille et d'une grande force. Jusqu'à ce que nous trouvions des indices du contraire, nous partons sur cette base.

Tous hochèrent la tête comme un seul homme. Ce profil ne resserrait pas beaucoup le champ des recherches mais il fallait bien commencer quelque part. Helen fit défiler ses photos et en afficha une nouvelle.

— Voici un gros plan des traces de pneus laissées par ce que nous pensons être le véhicule du tueur. Le lieutenant McAndrew a commencé à creuser de ce côté-là.

Elle lui fit un signe du menton. Tous les autres se tournèrent vers elle dans un seul mouvement.

— Il s'agit d'un pneu large de haute résistance, donc sûrement hors-route. D'après le dessin, je pencherais pour des Avon Rangemaster. Ce sont des pneus très chers et plutôt rares mais ils étaient de série sur les Land Rover Defender.

— Ils ont arrêté la production des Defender, non ? intervint Edwards, leur spécialiste automobile.

— En effet, Land Rover a cessé la production il y a deux ans, confirma Helen. Mais je pense que le véhicule en question est plus ancien. Ce motif de pneus était utilisé sur des modèles précédents. De plus, il est effacé, inégal, le pneu est donc usé. Nous recherchons sans doute un véhicule Defender vieux de sept ou huit ans, voire plus. Le lieutenant McAndrew a vérifié le registre des cartes grises. Il y a cinquante-trois véhicules Defender enregistrés dans le Hampshire. Après, il est possible que celui que l'on recherche ne soit pas immatriculé ici ou qu'il soit volé, mais nous allons commencer par remonter la piste de tous ces véhicules et passer leurs propriétaires à la loupe, en nous concentrant sur les mobiles potentiels et surtout sur leurs déplacements ces derniers jours.

— Est-ce que ça signifie qu'on écarte Martin de la liste de suspects ? demanda Edwards avec un geste de la main en direction de son portrait. Après tout, à notre connaissance, il ne possède pas de voiture et en plus il n'aime pas les machines.

— Nous n'écartons personne à ce stade, répliqua Helen avec fermeté. Martin doit encore répondre de ses actes, sur son animosité envers Woodland View, sur son agression du capitaine Brooks, mais il faut envisager d'autres possibilités…

— Nous recherchons des personnes ayant un lien avec Tom Campbell et Lauren Scott, intervint Hudson. Et des indices sur le choix du mode opératoire. Il faut s'intéresser aux passionnés de chasse, aux fanas d'armes, à quiconque saurait comment concevoir, fabriquer et utiliser une arbalète. Nous devons approfondir nos recherches dans ce domaine pour déterminer si les propriétaires de ce type de véhicule ont des casiers pour agression avec une arme létale ou pour comportement menaçant. Regardons aussi si on a acheté ou échangé une arbalète sur le Net, sur un site conventionnel ou sur le dark web.

Les officiers acquiescèrent sobrement, à présent conscients de la vaste étendue de leur tâche.

— Vous serez répartis en petits groupes et chacun se verra assigner une mission spécifique, reprit Helen. Certains d'entre vous s'occuperont des recherches que le capitaine Hudson vient de mentionner, d'autres assisteront le capitaine Brooks pour examiner les antécédents des victimes et leur vie privée.

Charlie se leva, vacilla légèrement.

— Ce qu'on veut savoir en premier lieu, déclara-t-elle en retrouvant l'équilibre, c'est : pourquoi ces deux individus en particulier ? Le tueur attaque-t-il des campeurs parce qu'ils sont vulnérables ou parce qu'il a quelque chose à leur reprocher ?

— Je déteste le camping, commenta Edwards d'une voix traînante, déclenchant un mélange de grognements et de rires étouffés.

— Ont-ils été choisis au hasard ? poursuivit Charlie, imperturbable. Ou pour une raison précise ? Existe-t-il un lien entre eux ?

— Est-ce qu'ils se connaissaient ? demanda Osbourne, suivant l'idée de Charlie.

— Pas d'après nos recherches préliminaires. Ils sont tous les deux originaires de Southampton, mais à part ça, il y a peu de points communs. Campbell approchait la trentaine, Scott avait vingt-sept ans. Elle était une marginale de la classe moyenne, lui était diplômé d'école privée et exerçait une profession très bien rémunérée ; il avait une fiancée, une grande maison à Winchester. Lauren Scott avait un passé de petite délinquance, consommation de drogues, elle avait même reçu un avertissement pour racolage. Elle s'était reprise en main dernièrement mais elle ne parlait plus à ses parents et vivait avec son petit ami dans un appartement à Thornhill.

— Il se pourrait qu'il n'y ait aucun lien entre eux, ajouta Helen. Elle a été alcoolique et toxicomane. Elle n'a jamais réussi à garder un job. Lui était un scientifique bien éduqué qui avait le monde à ses pieds. Mais si quelque chose les relie, il faut trouver quoi. Pour l'instant, le choix de victimes du tueur semble aléatoire – un homme et une femme, des antécédents différents, deux campings distincts, celui de Campbell près de Godshill, celui de Scott plus au sud près de South Baddesley. Donc, qu'est-ce qui motive ses choix ? Les victimes ou les lieux ? Concentrons-nous sur les vies personnelles des victimes mais creusons aussi du côté des propriétaires des campings. S'y est-il passé quoi que ce soit récemment qui pourrait expliquer pourquoi Campbell et Scott ont été enlevés et tués ? Qu'est-ce qui motive ce tueur ?

Helen mit fin au briefing peu après, puis divisa son équipe en groupes de travail, chacun chargé d'une mission. Sa dernière question résonnait dans la pièce, hantant l'esprit de ses officiers tandis qu'ils disséquaient l'affaire. Quelle était la signification de ces crimes ? Et qu'est-ce qui les avait déclenchés ? Le meurtrier avait-il un objectif précis ?

Ou se délectait-il seulement de la souffrance de ses victimes ?

55

Il la regardait droit dans les yeux, la défiant de s'opposer à lui. Bras croisés, menton en avant, cet imbécile machiste était résolu à contrecarrer ses plans.

— Je suis une journaliste accréditée, siffla Emilia entre ses dents, sa fureur à peine contenue. J'ai le droit de rouler sur cette route...

— Vous êtes une emmerdeuse, répliqua l'agent d'un air crâne. Et c'est une scène de crime. Ne peuvent passer que les personnes autorisées.

Qu'est-ce qu'ils avaient, tous ces petits bleus, dernièrement ? Avant, Emilia trouvait toujours le moyen de travailler avec eux, par la flatterie, les menaces voilées, voire la corruption. Mais la nouvelle génération semblait indifférente à la tentation ou à la peur et suivait à la lettre la ligne officielle, faisant preuve d'un zèle monstrueux.

— Je dois m'entretenir avec le commandant Grace, affirma Emilia dans l'espoir que la mention de l'enquêteur responsable lui ouvre la voie. Ou avec le capitaine Brooks. Je sais que la brigade criminelle est sur place...

— Ils sont partis il y a une heure.

Emilia jura intérieurement. En quittant Sunnyside, elle avait suivi l'armada de véhicules en direction de South Baddesley, veillant à rester toujours à bonne distance sans les perdre de vue. La filature se déroulait très bien jusqu'à ce que, juste à la fin, un tracteur vienne se mettre devant elle et avance à deux à l'heure sur presque un kilomètre avant de tourner dans un champ. Le temps qu'Emilia dépasse le traînard, les voitures de police avaient disparu.

Ça n'avait rien de catastrophique en soi puisque la route était une impasse qui aboutissait au bord de la falaise. Elle savait donc où elle devait aller. Le problème s'était présenté deux kilomètres plus loin : un ruban de police battait au vent devant le barrage routier.

Emilia avait ralenti et étudié ses options. Elle n'en avait aucune en fait, à part tenter de contourner le barrage en traversant les épaisses broussailles sur la droite ou monter par la lande à pic sur la gauche. La raison l'avait poussée à choisir la seconde possibilité et elle s'était retrouvée face à deux agents en uniforme en haut de la colline.

Il ne lui restait plus qu'à continuer en voiture sur la route, voir si elle pouvait convaincre les policiers du barrage de la laisser passer ou au moins essayer de glaner des informations sur la situation. Mais le policier au teint frais ne lâchait rien et semblait s'amuser de sa contrariété.

Alors qu'elle avait d'habitude toujours une longueur d'avance, Emilia se retrouvait tout à coup avec un train de retard. En colère et frustrée, elle s'apprêtait à partir quand elle remarqua quelqu'un au loin. Un homme, avec un sac à l'épaule, qui s'éloignait d'un pas lent. Emilia s'immobilisa. Il n'y avait aucun autre véhicule, ni police ni ambulance, pour lui permettre d'étayer son histoire. Peut-être que ce loup solitaire pourrait lui apprendre quelque chose. Pas volontairement, bien sûr, parce que le monde entier semblait savoir qui elle était, inconvénient de sa notoriété actuelle. Mais il y avait plus d'une façon de s'y prendre.

Elle retourna à sa voiture d'un pas traînant, fuma une cigarette, feignit d'envoyer des messages sur son téléphone. Et sans surprise, cinq minutes plus tard, une Volvo noire passa devant elle. L'air de rien, Emilia coula un regard furtif vers le conducteur et reconnut Graham Ross sur-le-champ.

Elle avait déjà croisé le photographe de scène de crime à plusieurs reprises au fil des années. En revanche, elle ne lui connaissait pas cette voiture. Sans hésiter, elle zooma avec son téléphone pour prendre la plaque d'immatriculation en photo.

Tout n'était pas perdu, finalement. Emilia avait un contact au service des cartes grises qui pourrait lui fournir l'adresse de son domicile. Elle ne connaissait pas Ross personnellement, mais elle avait la conviction qu'elle pourrait l'amadouer. Il lui avait toujours paru un peu à l'écart, comme s'il ne faisait partie de l'équipe que sur le papier. Il apprécierait forcément un peu d'attention féminine.

Si Helen Grace et ses fidèles collègues ne voulait pas lui parler, peut-être que Graham Ross, lui, accepterait.

56

— Je dois lui parler de toute urgence. Pouvez-vous me dire quand il sera de retour ?

Joseph Hudson resta courtois et professionnel pour dissimuler sa frustration croissante.

— Il est dans le Dorset, à une vente aux enchères de bétail. Il devrait rentrer vers 10 heures.

— Il est primordial que nous le contactions, madame Druce. Pourriez-vous me donner son numéro de portable ?

— Ah non, impossible. Comment savoir que vous êtes bien qui vous prétendez être ?

— C'est très simple : appelez le commissariat central de Southampton et demandez le capitaine Joseph Hudson, on vous mettra en relation avec moi.

— Non merci.

— Je vous demande pardon ? répliqua Joseph sans parvenir à cacher sa surprise.

— Ça pourrait être une arnaque.

— Je vous assure que ça n'en est pas une. Vous pouvez me chercher sur Internet si vous voulez...

— Je ne fais pas confiance à Internet.

Elle raccrocha peu après, laissant Joseph bouillonnant de rage. L'épouse du fermier n'avait aucune intention de l'aider, malgré l'insistance de Joseph à retrouver son mari qui possédait un Land Rover Defender depuis des années. Et elle n'était pas la seule... Joseph avait une vingtaine de noms à vérifier et il n'avait réussi à s'entretenir qu'avec trois propriétaires. Aucun d'entre eux n'avait paru un suspect légitime – l'un était trop âgé, l'autre invalide, le dernier en déplacement à l'étranger. Un bien piètre résultat pour deux heures de travail.

Il leva la tête et vit que ses collègues ne s'en sortaient guère mieux. Ellie McAndrew et deux jeunes agents surfaient sur le Net à la recherche des passionnés d'armes et passaient en revue une ribambelle de grosses brutes qui s'affichaient avec une artillerie variée, pendant que ses propres agents étaient aussi coincés que lui. Il les voyait barrer d'un trait rageur les noms des suspects potentiels, ajouter parfois un point d'interrogation quand ils n'avaient pas pu joindre le propriétaire de la voiture par téléphone ou que le véhicule avait été déclaré volé.

C'était un tableau des plus déprimants et il poussa Hudson à agir. Il s'empara de sa liste, prit son téléphone et son blouson et se précipita vers ses collègues. Si la montagne ne venait pas à Mahomet, ainsi que sa mère aimait répéter, il fallait se bouger. Il ne restait plus qu'à battre le pavé et tenter de retrouver en personne les propriétaires. Ce serait fastidieux, épuisant mais c'était sa seule chance, et il était prêt à la saisir.

Dans des affaires de cette complexité, le moindre détail pouvait se révéler crucial.

57

Elle laissa son regard courir sur le corps.

Helen était allée en moto directement du commissariat à la morgue, pressée d'apprendre tout ce qu'elle pourrait de Jim Grieves. Le médecin légiste était d'humeur encore plus grincheuse que d'habitude : il n'en était qu'au stade préliminaire de son examen et personne ne lui accordait le respect qu'il méritait. Subir le vent de ses complaintes ne dérangeait pas Helen ; Grieves était ainsi, et ses observations étaient toujours pertinentes.

Ils se trouvaient dans la galerie d'observation, à bonne distance de David Spivack qui opérait toujours sur le cadavre, les mains plongées dans l'abdomen de la victime. Les vêtements imprégnés de sang de Lauren Scott avaient été envoyés au laboratoire de Meredith pour analyse et son corps était exposé, à nu. C'était impressionnant. Non seulement à cause de ses longs cheveux noirs et de ses pieds lacérés, pointés directement sur Helen, mais aussi en raison du nombre incroyable de marques sur son corps. Elle avait plusieurs tatouages, aucun particulièrement joli en plus, et de nombreuses coupures, qui lui recouvraient le buste, le haut des bras et les cuisses.

— Ça date d'hier soir ?

— Non, répondit fermement Grieves. Ce sont des entailles anciennes qui peuvent avoir plusieurs années.

— Automutilation ?

— C'est mon avis. Elles se situent toutes à des endroits facilement dissimulables.

Le regard d'Helen s'attarda sur l'un des tatouages – un serpent dévorant la tête d'un bébé, juste sous son sein gauche. Dans quel état d'esprit s'était trouvée Lauren Scott ?

— Toutes les coupures sont anciennes ?

— Non, certaines sont récentes. Elle n'y allait pas de main morte.

— Qu'a donné le bilan sanguin ? Des traces de stupéfiants ? D'alcool ?

— Aussi pure que la neige.

Helen réfléchit un instant : Matteo Dominici disait donc vrai quand il affirmait qu'ils étaient tous les deux sobres.

— Autre chose, Jim ? Je sais combien votre temps est précieux.

— Les blessures sont similaires à celles de Tom Campbell, poursuivit Jim Grieves sans relever la flatterie. Des lacérations sur les pieds, des égratignures et des coupures sur les bras, le cou et le visage, tout cela est cohérent avec des épines et des ronces. Trois plaies principales causées par les carreaux d'arbalète. Les zones d'impact sont plus graves que pour Campbell, l'hémorragie plus importante, elle a donc dû se vider de son sang plus vite.

C'était déjà ça. Le calvaire de Lauren avait connu une fin rapide.

— Nous enverrons bien sûr les flèches à Meredith mais elles me semblent identiques aux premières.

La confirmation, s'il en fallait, que la même personne était responsable des deux meurtres. Helen se tourna vers le légiste et répondit :

— Bien, tenez-moi au courant de...

— Il y a encore une chose, l'interrompit Grieves, le regard toujours rivé au corps sur la table. Bien que ça n'ait rien à voir avec les circonstances du crime.

Elle attendit, intriguée.

— Elle était enceinte.

Le cœur d'Helen se fendit de chagrin.

— De quelques semaines seulement. J'ai pensé que vous voudriez savoir.

Helen remercia Grieves puis quitta la morgue peu après. Elle regagna sa moto, plongée dans ses pensées. Matteo Dominici n'avait pas mentionné la grossesse lorsqu'elle l'avait interrogé. Certes, il était préoccupé et fou d'inquiétude mais il en aurait tout de même parlé s'il l'avait su. Ne serait-ce que pour mettre davantage de pression sur la police. Cela signifiait-il qu'il l'ignorait ? Qu'en était-il de Lauren ? Si elle n'en était qu'au tout début de sa grossesse, il était possible qu'elle-même ne l'ait pas su.

Cette pensée foudroya Helen. Ce bébé aurait pu être l'avenir de Lauren, son legs au monde, l'issue positive d'une vie visiblement difficile.

Et cet espoir avait été réduit à néant.

58

— Pardon, on se connaît ?

Graham Ross avait sursauté lorsque Emilia l'avait approché. L'esprit ailleurs, il ne l'avait pas vue arriver. À présent, la confusion cédait la place à la suspicion.

— On ne s'est jamais rencontrés, mais je connais votre travail, répliqua-t-elle d'un air engageant. Je suis Emilia Garanita, du *Southampton Evening News*.

— Bien sûr..., répondit lentement Ross tandis que la lumière se faisait dans son esprit. C'est vous qui terrifiez Southampton avec vos gros titres à sensation.

— Je me contente de rapporter les faits, Graham, rétorqua Emilia avec désinvolture. À ce propos, j'adorerais discuter avec vous, si vous avez un moment à m'accorder.

— Discuter de quoi ?

— De l'affaire, bien sûr. Votre sentiment sur la question m'intéresse beaucoup.

Il la dévisagea, prit le temps de la jauger, elle et la situation. Ce faisant, il tirait avec nervosité sur la bride de la sacoche de son appareil photo, passée autour de son épaule.

— Comment saviez-vous que je serais ici ?

— C'est votre bureau, non ? fit-elle avec un geste en direction de l'appartement-studio tout près où vivait et travaillait Ross. C'est un ami du commissariat qui me l'a dit.

En fait, un indic au service des immatriculations lui avait confirmé l'adresse de son domicile contre quelques billets.

Mais Emilia espérait que la mention d'un ami au poste le mettrait plus à l'aise.

— Je ne pense pas pouvoir. J'ai un rendez-vous dans une heure...

— Prenons juste un verre rapide, proposa Emilia en posant la main sur son bras nu. Je ne vous accaparerai pas trop, c'est promis.

Ross regarda sa main puis Emilia. Il avait l'air amusé, un peu intrigué même.

— Pourquoi devrais-je accepter ? demanda-t-il d'un ton joueur.

Emilia lui décocha un immense sourire.

— Parce que c'est moi qui invite.

— Je ne peux rien vous dire qui ne soit déjà dans le communiqué de presse.

Ils s'étaient retranchés dans un pub du coin. Emilia n'avait pas pour habitude de boire en journée mais elle était prête à faire une exception : Ross avait la ferme intention d'étancher sa soif avec une pinte de bière IPA.

— On n'y apprend rien, se plaignit Emilia. C'est toujours pareil.

Pendant qu'elle attendait Ross, Emilia avait entendu à la radio que la police du Hampshire émettait une alerte générale et demandait aux touristes d'éviter de se rendre dans le parc national de New Forest. Pendant un moment, elle avait été tentée de filer au commissariat de Southampton pour assister au communiqué mais elle s'était ravisée. Grace n'assurait jamais elle-même les conférences de presse et quiconque la tiendrait à sa place se montrerait évasif. Emilia avait préféré y envoyer un collègue. Elle était plus intéressée par Ross.

— C'est comme ça que ça marche, non ? dit Ross avec un sourire en coin, appréciant leur badinage.

— Peut-être. Mais là ça devient sérieux, alors un peu de franchise serait apprécié. Vous avez photographié Campbell et Scott, c'est ça ?

Ross se crispa, visiblement surpris qu'elle connaisse l'identité de la seconde victime.

— Qu'est-ce qui vous fait dire ça ?

— Inutile de jouer les modestes, Graham. Je sais que la brigade criminelle était à Woodland View il y a deux jours et à Sunnyside ce matin. Je suppose que le corps de Scott a été découvert dans les bois près de South Baddesley ?

Ross la dévisagea, intrigué qu'elle en sache autant.

— J'ai réussi à parler avec le petit ami, Matteo Dominici, prétendit Emilia. Mais il était encore très choqué et ne voulait pas discuter des détails. Je suppose qu'elle aussi a été assassinée avec une arbalète ?

Ross esquissa un sourire.

— Vous ne lâchez jamais, hein ? dit-il en terminant sa bière.

— Y'a que ceux qui s'accrochent qui réussissent.

— Je vais vous dire ce qu'on va faire, poursuivit-il d'un air magnanime. Vous pouvez me poser des questions et je répondrai en hochant ou en secouant la tête.

C'était plus que puéril ; un homme seul et triste qui cherchait à jouer les indics. Mais participer à son jeu ne dérangeait pas Emilia.

— Ça me va.

— Mais d'abord, je dois aller pisser. Vous n'avez qu'à me prendre une autre pinte en attendant.

Sur ce, il se faufila vers les toilettes des hommes. Emilia se leva en même temps et ses yeux tombèrent alors sur la sacoche de l'appareil photo de Ross coincée sous son siège. Un instant d'hésitation puis elle l'attrapa et l'ouvrit. Elle en sortit l'appareil qu'elle alluma. Il n'était pas si différent du reflex qu'elle-même utilisait et elle trouva bientôt la touche de défilement des photos.

— Ça alors !

Un gros plan du visage maculé de sang de Lauren Scott apparut à l'écran.

Le souffle court, Emilia fit défiler les images. Plans éloignés, rapprochés, puis détaillés des plaies par carreaux, des pieds lacérés, des chevilles enflées. Les photos étaient épouvantables et fascinantes à la fois. Elle jeta un coup d'œil vers les toilettes, toujours aucun signe de Ross, puis elle attrapa son sac à main. Dans la poche intérieure, elle récupéra une clé USB qu'elle brancha à l'appareil photo.

Elle sélectionna une dizaine de clichés parmi les plus choquants et lança le transfert. Aussitôt le petit sablier commença à tourner sur l'écran de l'appareil. Une photo, deux, trois... Ça fonctionnait, mais ça prenait un temps infini ! Beaucoup trop de temps. Elle regarda de nouveau vers les toilettes et vit avec horreur Ross qui revenait.

Cinq photos, six, sept...

Elle allait se faire prendre. À tout instant maintenant, il allait tourner à l'angle.

Neuf photos, dix...

Avec un soulagement immense, Emilia vit Ross s'arrêter pour discuter avec la barmaid. Elle semblait le connaître et ne pas s'offusquer de son piètre jeu de séduction.

Onze, douze.

L'appareil photo émit un petit bip à la fin du transfert et plus vite que l'éclair, Emilia retira sa clé USB et rangea l'appareil dans la sacoche. Elle la repoussait par terre alors que Ross revenait.

— Désolée, un appel du boulot, dit-elle en se levant et en agitant son téléphone. Je vais vous chercher ce verre.

Elle se précipita au comptoir, ravie. Parfois, elle en voulait aux autres de s'enivrer à ses dépens, mais pas aujourd'hui. Deux pintes de bière étaient un faible prix à payer pour toutes les images d'horreur qu'elle avait maintenant à l'abri dans sa poche.

59

— Pouvez-vous confirmer que les deux victimes ont été tuées de la même façon ? Avec la même arme ?

C'était le ton de la question qui irritait Grace Simmons. La journaliste, une petite nouvelle d'un journal local gratuit, avait beau essayer de rester sobre, elle n'arrivait pas à cacher son enthousiasme face à la violence inhabituelle de ces meurtres.

— Dans les deux cas, une arbalète a été utilisée, répondit Simmons avec calme. Il est trop tôt encore pour affirmer qu'il s'agit de la même arme.

Elle se détourna de la jeune femme et aussitôt une dizaine d'autres journalistes tentèrent leur chance et la mitraillèrent de questions. Toute la presse locale était présente, ainsi que quelques indépendants qui travaillaient pour les médias nationaux ; ayant flairé le scoop, ils avaient réussi à assister à la conférence de presse. Tout cela grâce à l'agitation provoquée par Emilia Garanita. Ils auraient informé les médias de ces meurtres à un moment donné, de toute façon, mais ils l'auraient fait de manière correcte et responsable. Tout ce qui intéressait Garanita, c'était de créer l'hystérie collective, et elle y était parvenue avec brio à en juger par le nombre impressionnant de journalistes entassés dans leur humble salle de conférence.

— Avez-vous une idée du mobile ? demanda un animateur radio.

— Toutes les possibilités sont à l'étude pour le moment.

— Vous avez des suspects, alors ? insista-t-il. Avez-vous des noms à nous communiquer ?

— Aucun que je ne sois disposée à partager, mais que les citoyens se rassurent : l'enquête avance et nous pourrons bientôt vous en révéler davantage.

— Êtes-vous à la recherche d'un individu solitaire ? Ou d'une bande ?

— Je préfère ne pas me prononcer sur ce sujet pour l'instant.

— Prévoyez-vous une arrestation imminente ?

— Comme je l'ai dit, l'enquête avance...

— On prend ça pour un « non » alors, commenta un petit farceur, à l'amusement général.

Simmons fixa le journaliste en question jusqu'à ce qu'il détourne le regard. Elle aurait adoré le rappeler à l'ordre devant tout le monde mais elle se mordit la langue pour s'en empêcher. Tout de même, ça défiait l'entendement qu'on puisse plaisanter dans une telle situation.

— Interdisez-vous l'accès à la forêt ?

Cette fois, la question émanait d'un reporter de la télévision.

— Bien sûr que non. Le parc national de New Forest accueille des milliers de personnes chaque semaine, pour le travail, les loisirs. Nous demandons seulement à chacun de faire preuve d'une extrême prudence, d'éviter les zones isolées des bois, et dans la mesure du possible de reporter au maximum les visites.

— Est-il vrai qu'un ermite y vit ?

— Pas à ma connaissance, répliqua Simmons avec dédain.

— Plusieurs personnes ont déclaré qu'un fou vivait à l'état sauvage...

— Toutes les pistes un tant soit peu pertinentes sont étudiées, mais nous n'avons pas pour habitude de prêter attention aux spéculations et aux rumeurs...

— Quelles mesures comptez-vous prendre pour protéger les citoyens ?

Simmons était soufflée par la rapidité avec laquelle les questions jaillissaient. Comme si la bande de requins rassemblés dans la salle avait reniflé le sang.

— Nous avons augmenté les effectifs de patrouille dans le parc et nous tiendrons le public informé des avancées de l'enquête sur le site Internet de la police du Hampshire et la presse locale. Une ligne dédiée a également été mise en place pour toute personne ayant des informations sur ces crimes...

— Les citoyens sont-ils en sécurité ? Pouvez-vous vraiment assurer notre protection quand un fou furieux rôde dans les bois ?

— Nous ferons tout ce qui est en notre pouvoir pour garantir la sécurité du public et résoudre rapidement cette affaire.

— Qu'en est-il du commandant Grace ? Conserve-t-elle votre confiance ? Il y a deux meurtres et aucune piste concrète, intervint le journaliste de l'*Evening News*.

— Oui, elle a toute ma confiance. Et je m'étonne que ses compétences soient remises en cause compte tenu de son parcours exemplaire.

C'était dit de manière appuyée, voire agressive, pour lui rabattre le caquet. Mais Simmons savait que le répit serait de courte durée. Tant que le tueur serait dans la nature, tant qu'ils ne parviendraient pas à donner un sens à ses meurtres déroutants, les questions continueraient de fuser.

60

— Vous en êtes sûre ? Absolument sûre ?

Matteo Dominici était visiblement bouleversé. Charlie vint s'asseoir à côté de lui sur le canapé et posa la main sur son épaule d'un geste réconfortant. Après qu'Helen lui avait appris les derniers éléments découverts à la morgue, elle avait voulu révéler elle-même ces terribles nouvelles à Dominici, avant qu'il ne les entende ailleurs. Ils se trouvaient seuls tous les deux dans l'appartement qu'il avait partagé avec Lauren Scott.

— J'en ai bien peur. Elle était enceinte de presque deux mois.

Le corps tout entier de Dominici tressaillit. Charlie se sentait affreusement mal de lui annoncer une chose aussi dévastatrice alors qu'il était déjà fou de chagrin, mais elle devait faire preuve de franchise.

— Elle n'a jamais rien dit…, murmura-t-il au bout d'un moment.

— Vous pensez qu'elle le savait ?

— Je l'ignore… Ses… ses règles n'étaient pas régulières, alors elle a pu ne pas envisager qu'elle était…

Il fut incapable de prononcer le mot. Charlie vint à sa rescousse.

— Si elle était au courant, il se peut qu'elle ait voulu attendre les trois mois révolus pour vous l'annoncer. Par précaution.

Elle n'en savait rien mais elle cherchait à le rassurer et à soulager sa peine. Dominici hocha la tête, comme si c'était logique, mais ne répondit pas.

— La première fois que nous nous sommes parlé, Matteo, vous m'avez dit que Lauren et vous étiez en couple depuis près d'un an et demi.

Nouveau hochement de tête.

— Pendant cette période, aviez-vous conscience qu'elle s'automutilait ?

— Bien sûr. Elle... elle n'en parlait pas, elle essayait de me le cacher. Mais au lit ou dans le bain, c'était difficile à dissimuler.

— Savez-vous pourquoi elle s'infligeait cela ?

— Non. Je le lui ai demandé plusieurs fois mais elle répondait seulement que quand les émotions étaient trop fortes, elle se sentait obligée de le faire. Elle se détestait, se trouvait sans valeur, pensait que le monde se porterait mieux sans elle. Je sais qu'elle a déjà pensé à se suicider, mais nous avions réussi à surmonter ça. Une fois sobres tous les deux, nous avons pu envisager un avenir.

— Puis-je vous demander pourquoi vous buviez, Matteo ?

— Pourquoi j'étais alcoolique, vous voulez dire ?

Charlie avait déjà vu ça chez d'anciens alcooliques : cette détermination farouche à ne pas minimiser leur comportement.

— Un mauvais mariage. Je me suis maqué trop jeune et ça c'est mal fini.

Il faudrait vérifier. Il n'était pas impossible que Dominici soit impliqué d'une manière ou d'une autre. Après tout, même si son chagrin et son désarroi paraissaient sincères, ils n'avaient sur les événements de la veille que sa version.

— Et maintenant, ça ! s'exclama Dominici en levant les yeux. Pourquoi est-ce que ça arrive alors qu'elle commençait à aller mieux ?

— Je l'ignore, mais nous le découvrirons. Je vous le promets.

— Oh bon sang, tout ça c'est ma faute, marmonna-t-il comme s'il n'entendait pas Charlie. C'est ma faute.

— Pourquoi dites-vous cela, Matteo ?

— Parce qu'elle ne voulait pas y aller, répondit-il en secouant la tête.

— Comment ça ?

— Le camping, c'est mon truc, pas le sien. Elle n'avait pas envie de dormir à la belle étoile. Mais j'ai insisté.

— Et elle a fini par accepter ?

— Je venais juste d'acheter une nouvelle tente et je voulais l'essayer. Et puis on a reçu cette brochure pour Sunnyside. Je lui ai peut-être mis la pression, je ne sais pas, mais elle a dit qu'elle viendrait parce que... parce qu'elle m'aimait et qu'elle voulait me faire plaisir.

Il se mit à pleurer sans retenue.

— Vous n'êtes pas responsable, Matteo. Rien de tout cela n'est votre faute.

— Mais si je ne l'avais pas forcée à venir, elle serait toujours en vie...

— Vous n'en savez rien, se hâta de répondre Charlie même si elle comprenait sa logique.

— Seigneur, qu'est-ce que j'ai fait ?

Elle était en train de le perdre, le désespoir le consumait.

— Matteo, je ne vais pas vous embêter plus longtemps, mais je dois encore vous poser une question.

Il la regarda, déconcerté. Qu'est-ce qu'elle pouvait bien avoir encore à lui demander ?

— Nous pensons que le meurtre de Lauren est lié à un autre décès, il y a quelques jours.

Surprise totale.

— J'aimerais vous montrer une photo. Dites-moi si vous reconnaissez cet homme, Lauren le connaissait peut-être ? Dans son cercle d'amis ou son réseau de soutien ?

Elle lui tendit la photo de Tom Campbell. Elle avait été prise récemment lors d'une réunion de famille et le jeune homme y posait avec un large sourire. Il paraissait heureux, détendu, plein de vie. Dominici fixa la photo pendant ce qui parut une éternité, il prit le temps de détailler les traits du visage de l'homme.

— Non, je suis désolé.

Il regarda Charlie et lui rendit la photo.

— Je n'ai jamais vu ce type de toute ma vie.

61

Le métal grinça quand les mâchoires se resserrèrent ; il se tordit, se déforma sous la forte pression avant de s'écraser d'un coup. C'était difficile à regarder : le véhicule, qui devait autrefois faire la joie et la fierté de son propriétaire, s'aplatit comme une crêpe. Et pourtant, impossible de détourner le regard de ce spectacle implacable, définitif.

S'arrachant à sa contemplation, Joseph Hudson poursuivit son chemin et s'enfonça un peu plus dans la casse. C'était un homme habile de ses mains ; il se passionnait depuis toujours pour la construction de machines aussi bizarres que merveilleuses à partir de matériaux de récupération et, en d'autres circonstances, il aurait adoré partir à l'exploration de cette décharge tentaculaire qui regorgeait de frigos, de voitures, de téléviseurs et d'ordinateurs démantelés. Cependant, il avait une tâche à accomplir. Sans un regard pour les montagnes de ferraille qui l'entouraient, il se dirigea vers le bureau du directeur.

« Terry Clarke et fils, marchands de ferraille. » L'enseigne cabossée au-dessus de la porte était triste et fatiguée, reflet de l'humeur de Hudson. Il arpentait Southampton depuis trois heures, tout ça pour trouver des portes closes ou avoir des conversations laconiques et houleuses avec des propriétaires de Land Rover Defender qui s'offusquaient de son intrusion. Sa présence n'était la bienvenue nulle part, mais il avait persévéré et réussi à rayer de sa liste la plupart des noms. Bentham et Edwards faisaient de même ailleurs dans le Hampshire, sans plus de succès pour l'instant. Pour Hudson, ce serait la dernière visite de la journée. La chance lui sourirait peut-être plus demain.

Il toqua à la porte et reçut un grognement en guise de réponse. Choisissant d'y voir une invitation, il entra. Un homme mal rasé, solidement charpenté, en bleu de travail, leva vers lui un regard étonné et méfiant. Quelque chose dans l'allure de Hudson indiquait clairement qu'il n'était pas un client.

— Terry Clarke ?

— Mouais.

— Je suis le capitaine Hudson, déclara-t-il en lui montrant sa carte de police. J'aurais aimé discuter avec vous d'un véhicule Land Rover Defender immatriculé DB09 OLF.

— Pourquoi ? C'est à propos de quoi ?

— Le véhicule est-il toujours en votre possession ?

— Ouais, mais je m'en sers pas.

— D'accord...

— J'ai un Freelander maintenant. C'est mon fils qui conduit le Defender.

— Comment s'appelle votre fils ?

— Dean.

Hudson nota le nom dans son carnet.

— Il est ici ?

— Non, il vient de partir.

— Et la voiture ?

— Elle est juste derrière.

— Je pourrais la voir ?

Hudson avait posé la question avec un sourire mais le ton employé ne laissait place à aucun refus.

— Qu'est-ce qu'il se passe ? C'est pour un excès de vitesse ou...

Il ne termina pas sa phrase, conscient que la police ne se déplaçait pas à domicile pour des infractions au Code de la route. Hudson pouvait presque voir tourner les méninges du vieil homme.

— Allons voir cette voiture, d'accord ? répliqua Hudson, plus aimable.

La perception de Clarke du « juste derrière » était quelque peu fantaisiste. Il leur fallut marcher dix minutes à travers le labyrinthe de vieilles guimbardes et d'électroménager défectueux avant d'atteindre un entrepôt miteux tout au fond du site. Si le propriétaire s'était montré un tant soit peu hostile ou menaçant, Hudson aurait pu avoir quelques appréhensions à se retrouver seul dans cette casse reculée en bordure de Woolston, mais Terry Clarke n'était pas au mieux de sa forme et il avançait d'un pas lent en ahanant.

— On la gare là-dedans, déclara Clarke dans un souffle en ouvrant la porte.

Hudson entra et fut aussitôt saisi par une odeur puissante ; le mélange de bois pourri, de fientes de pigeons et d'huile de moteur était oppressant.

— Juste là, continua Clarke avec un geste vers le Defender noir garé au fond de l'entrepôt poussiéreux.

Hudson s'avança, intrigué. Pourquoi Dean Clarke éprouvait-il le besoin de cacher le véhicule à l'écart, dans un coin aussi isolé de la casse ?

Il s'approcha, nota les ailes cabossées et le pare-brise crasseux. Loin d'être une voiture bichonnée, c'était un tout-terrain fonctionnel bientôt bon pour la presse.

Hudson se pencha et examina les pneus. Des Avon Rangemasters, comme il s'y attendait. Et ils étaient presque lisses, le dessin usé. De la boue séchée y était collée, incrustée dans les stries de la gomme. Hudson la toucha du doigt : elle était sèche mais durcie, ne s'émiettait pas ; récente donc.

— Votre fils se sert souvent de ce véhicule ? demanda Hudson en se redressant.

— Assez souvent, répondit Clarke, évasif.

Acquiesçant du menton, Hudson poursuivit son tour de la voiture. Elle avait été malmenée, c'était certain. La carrosserie était pleine de bosses et la peinture toute rayée.

— Et il s'en sert pour quoi ? Le travail ? Les sorties ?

— Il prend ma camionnette pour le travail. Celle-ci, c'est pour se promener.

Hudson regarda par la lunette arrière dans le coffre. Il contenait des affaires mais impossible de voir ce que c'était car une grosse couverture les dissimulait. Curieux, Hudson essaya d'ouvrir le coffre. Il était fermé à clé.

— Vous savez ce qu'il a là-dedans ?

Clarke secoua la tête, l'air tendu. Malgré sa forte envie de connaître la raison de cette visite, il n'osait pas demander.

— Il doit rentrer quand ?

— Je sais pas trop, pour être honnête. Il traîne pas à la fin de son service.

— Je pourrais l'appeler chez vous tout à l'heure ?

— Il y sera pas.

— Il a son propre appartement ?

— Non, il habite avec moi mais... Mais il est rarement là le soir.

— Il a une copine ? Des potes avec qui il sort ?

— Pas vraiment.

— Où il va alors ?

— En ville.

Hudson dévisagea Clarke qui détourna les yeux.

— Il trouve sûrement étouffant d'être à la maison, rien qu'avec moi.

— Vous ne lui avez jamais demandé où il se rendait ?

— Non, il est grand. Il fait ce qu'il veut.

Il avait répondu avec vigueur mais ses paroles sonnaient creux. Le propriétaire de la casse était troublé, et Hudson s'interrogea. Où était Dean Clarke ? Que cachait-il à son père ?

Et surtout, où se rendait-il la nuit ?

62

La cigarette se consuma entre ses doigts sans qu'elle y prête attention. À son retour au commissariat central, Helen n'avait pas rejoint les bureaux de la brigade, elle était allée directement dans la cour. Elle s'était dit qu'il lui fallait une cigarette, mais en réalité, c'était de temps et d'espace pour réfléchir dont elle avait besoin. Peu de gens s'aventuraient dans ce coin oublié du poste de police. Helen s'y réfugiait souvent ; l'endroit était idéal pour laisser ses méninges s'activer sur une affaire compliquée.

Cependant, aujourd'hui, elle n'était pas la seule à rechercher la tranquillité du lieu.

La porte grinça et s'ouvrit sur Charlie, une des rares personnes à savoir où la trouver. Helen remballa ses cigarettes – son amie n'appréciait pas – pour l'accueillir.

— Comment ça s'est passé ? demanda-t-elle d'un ton aussi enjoué que possible.

— Pas terrible, répondit Charlie avec un haussement d'épaules dépité. Et toi ?

— Rien. Toutes les pistes sont étudiées mais jusque-là, nous n'avons trouvé aucun élément qui relie les victimes.

— Tu es sûre que ces meurtres sont liés ? demanda Charlie, soudain sceptique. Après tout, s'il n'y en a aucune preuve…

— Il vaudrait mieux, répliqua Helen d'un ton appuyé. Sinon, ça va être la croix et la bannière pour démasquer le coupable.

Charlie acquiesça, l'air distrait.

— Je crois qu'il faut creuser du côté de Lauren Scott, poursuivit Helen. Ses antécédents d'automutilation, ses relations, sa consommation de drogues...

— Bien...

— Ça ne mènera peut-être à rien mais c'est une piste à exploiter. Tom Campbell est tellement... propre sur lui. Difficile de croire que quelqu'un lui veuille du mal.

Nouveau hochement de tête de Charlie.

— Qu'a dit Dominici en voyant la photo de Campbell ?

— Il ne l'a pas reconnu mais, en toute franchise, il était trop anéanti pour réagir à quoi que soit.

Helen voyait bien que Charlie était bouleversée et elle posa une main compatissante sur son bras. Après toutes ces années, il n'y avait pas de barrière entre elles.

— C'est tellement cruel... La vie leur souriait, continua Charlie d'une voix hésitante. À tous les deux. Et voilà qu'il doit organiser un double enterrement...

Charlie regardait fixement ses pieds, un tourbillon d'émotions s'agitant en elle. Helen la considéra avec inquiétude. Son amie était fatiguée et sur les nerfs ces temps-ci.

— Rentre donc chez toi, Charlie. Repose un peu ta cheville.

— Non, ça va, assura celle-ci en tournant son pied enflé pour prouver de quoi elle était capable. En plus, je crois que je suis plus en sécurité ici.

— Comment ça ?

— Oh, c'est rien, fit Charlie un peu embarrassée. C'est juste que Steve s'est mis en tête d'avoir un autre enfant. Il est sûrement en train de mettre une bouteille de blanc au frais et de préparer sa playlist de Barry White.

— Et toi, tu n'en veux pas ?

— Une partie de moi en a envie, bien sûr. Pour Steve, pour Jessie. Mais... Et si c'était par faiblesse ? Par facilité, parce que c'est ce qu'ils désirent, eux ?

— Tu en as parlé avec Steve ?

— Pas vraiment. Et je ne suis pas sûre de le vouloir.

— Pourquoi ?

— Parce que je vais avoir l'air parano. Et effrayée.

Helen dévisagea Charlie. Son amie se montrait toujours d'une franchise absolue avec elle, une qualité qu'elle admirait énormément. Mais ce soir, elle paraissait bel et bien avoir peur et manquer de confiance en elle.

— Je n'arrive pas à me sortir de la tête ce qui est arrivé à Joanne.

— Je sais.

— Chaque fois que j'envisage l'étape suivante, avoir un autre enfant, je repense à cette journée…

Il était inutile d'en dire plus. Charlie était l'une des premières sur les lieux après que Joanne Sanderson était morte dans les bras d'Helen.

— Je continue d'aller voir sa mère, tu sais.

Helen ressentit une pointe de culpabilité : ses visites à Nicole s'étaient espacées avant de cesser.

— Je vois combien ça l'affecte, l'impact que ça a sur toute la famille. Et ça me fait réfléchir : et si ça avait été moi ? Si c'était moi qui m'étais retrouvée face à Daisy et que… ?

— Nous y avons tous pensé.

— Je sais, répliqua Charlie en essuyant une larme avec colère. Je sais que ça a été pire pour toi, c'est pour ça que je me sens si… bête.

— Tu n'es pas bête. Ce métier est dangereux et si jamais tu sens que…

— Je ne veux pas quitter mon boulot. Il ne s'agit pas de ça. Mais Joanne m'a fait comprendre… ce que je risquais. Alors l'idée d'avoir un autre enfant me paraît complètement dingue… Et ça aussi c'est idiot.

— Charlie…

— Parce que je ne peux pas mettre ma vie – notre vie – en suspens, à cause de ce qui est arrivé à quelqu'un d'autre. C'est injuste de faire de Jessica une enfant unique, elle dorerait avoir un petit frère ou une petite sœur... mais...

— Si tu n'es pas prête, tu n'es pas prête, déclara Helen avec fermeté. Évidemment, je ne suis pas experte, ajouta-t-elle avec un sourire, consciente qu'il était absurde qu'elle prodigue des conseils de vie conjugale. Mais je suis sûre que lorsque le moment viendra, tu le sauras. En attendant, tu as le droit de pleurer ton amie et de prendre le temps d'accepter ce qui lui est arrivé à ta manière. Ne te force pas à faire comme si tu avais passé le cap si ce n'est pas le cas.

Helen non plus n'avait pas fait le deuil de Joanne et ses paroles pouvaient s'appliquer autant à elle qu'à Charlie.

— C'est arrivé. C'est horrible mais c'est arrivé. Et nous devons tous faire avec, aussi perturbant et bouleversant que ce soit.

— Tu as raison. Bien sûr que tu as raison, affirma Charlie en lui décochant un sourire empli de gratitude. Merci.

— Maintenant, rentre chez toi. La journée a été longue.

— Oui, je vais faire ça, si c'est d'accord. Et puis qui sait ? Il y aura peut-être du foot à la télé pour distraire Steve.

Avec un léger sourire, Charlie s'en alla, laissant Helen seule. Sa rencontre avec Nathaniel Martin avait visiblement amplifié ses peurs, réveillé les angoisses et les doutes que la mort de Joanne avait suscités. Helen la regarda partir en songeant qu'elles avaient chacune à leur manière été affectées par le décès de Joanne. Charlie au moins restait ancrée dans le monde, cherchait à construire une vie de famille. En comparaison, Helen était seule dans la cour des fumeurs, à triturer son paquet de cigarettes. C'était l'image même de l'isolement. Helen se sentit vide, tout à coup.

Charlie avait peut-être ses problèmes, mais elle laissait sa marque, avec Steve, avec Jessie. Si Helen disparaissait demain, quel serait son héritage ? Qui la pleurerait ?

Pour la énième fois de la journée, elle se retrouva sans réponse à une question toute simple.

63

— Non, non et non. Et c'est mon dernier mot.

Emilia était tentée de lui faire remarquer que « non, non et non », c'était en fait quatre mots, mais elle se ravisa. Il fallait qu'elle apaise son rédacteur en chef, déjà dans tous ses états.

— Je ne parle pas des images les plus crues, répliqua Emilia en montrant les photos de scène de crime étalées sur le bureau. Mais on pourrait utiliser les plans éloignés. On voit le contour du corps pendu à l'arbre mais pas les traits de la victime, ni ses blessures, pas le moindre centimètre carré de peau. En fait, c'est plutôt une belle photo, artistique. La scène de crime encadrée par les arbres...

Martin Gardiner considéra Emilia comme si sa notion de « belle photo » était pour le moins corrompue. Elle persévéra.

— Et imagine l'effet que ça va avoir. Grace, Simmons, elles traitent le public comme un enfant et lui dissimule la réalité de la situation. On va pouvoir les prendre sur le fait...

— Tu parles comme un auteur de bande-dessinée, lui assena Gardiner avec colère. Et avant que tu n'ailles plus loin, laisse-moi te rappeler que ceci est un journal local.

— Comment l'oublier ? marmonna Emilia, trop bas pour qu'il entende.

— Les gens lisent ce quotidien pour les pages immobilier, les recettes de cuisine, les mots croisés. Ils veulent des informations locales.

— Mais c'est du local ! Ça se passe juste à côté de chez eux.

— Par local, j'entends les élections municipales, les fêtes d'école, les courses sportives…

— Cette histoire va être retentissante. Et nous pourrions avoir un coup d'avance sur tout le monde…

— En publiant des photos de scène de crime obscènes. Des photos que tu as volées !

— On dira qu'elles ont fuité…

— Et quand on se retrouvera au tribunal, comment on le prouvera ?

— Nous n'aurons rien à faire. Ce sera à eux de prouver que nous les avons obtenues illégalement. En plus, jamais ils n'iront jusque-là, ils passeraient pour des incompétents.

Gardiner allait répliquer mais Emilia le devança.

— Bon, on perd du temps. Si on arrive à se mettre d'accord sur le choix de la photo, je peux t'écrire un millier de mots avant le bouclage.

— Emilia, répondit Gardiner, tout juste capable de garder son sang-froid. Tu n'as pas l'air de comprendre ce que je te dis alors je vais être clair. Nous ne publierons pas des photos de scène de crime qui vont écœurer nos lecteurs ; ni en une, ni en pages centrales, ni même à côté de l'horoscope.

Emilia tenta de l'interrompre mais il n'avait pas encore terminé.

— Je ne vais pas non plus risquer des procès pour faire avancer ta carrière.

Il se mit à rassembler les photos et poursuivit :

— Nous mettrons ton erreur de jugement d'aujourd'hui sur le compte de l'enthousiasme de la jeunesse et ferons comme si ce n'était jamais arrivé.

Il fourra la liasse de photos dans les mains d'Emilia.

— Est-ce que c'est clair ?

— Limpide.

— Bien, dans ce cas, reprends ton article. Ta prose et les faits à notre disposition seront amplement suffisants pour glacer le sang, crois-moi.

Sauf qu'Emilia ne le croyait pas. Elle n'avait pas confiance en son jugement ni en son intuition. Tandis qu'elle regagnait son bureau en maugréant entre ses dents, elle songea qu'elle n'était jamais d'accord avec Gardiner, qui semblait se sentir menacé par son genre, sa jeunesse, son talent. Mais elle refusait de se laisser faire. Elle avait pris un sacré risque pour obtenir ces photos et il était hors de question qu'elles restent inutilisées.

Une fois encore, elle allait devoir prendre les choses en main.

64

Ses doigts dansaient sur les touches du clavier. Quelques secondes plus tard, une photo apparut à l'écran. Celle d'un jeune homme en veste kaki et pantalon de camouflage, le regard braqué sur l'objectif.

— C'est lui. J'ai reconnu le nom dès que vous l'avez dit.

Hudson lut la légende de la photo. « Hellmanned2008 ». Puis il se tourna vers Reid, qui nota sa confusion.

— C'est le pseudo Internet de Dean Clarke. Une espèce de jeu de mots sur Helmand, en Afghanistan, et « hell » – enfer. Il y a servi entre 2007 et 2010.

— Ok. Où l'avez-vous déjà croisé ?

— Dans plusieurs endroits. Il publie régulièrement. Surtout sur des sites d'armes et des forums survivalistes. On y trouve un paquet de types adeptes de la gonflette qui se vantent d'être des durs à cuire, les seuls capables de survivre à l'effondrement de la société. Tout ça est très homo-érotique si vous voulez mon avis.

Hudson laissa couler ; il n'était pas encore habitué au sens de l'humour particulier de Reid.

— Il participe aussi à de nombreux forums, et il a son propre site Web.

La page d'accueil de *dernierhommesurterre.co.uk* emplit à présent l'écran. On y voyait le regard perçant d'émeraude de Clarke, cerné de noir.

— Cette page d'accueil est censée impressionner le visiteur, je suppose. Le reste, ce sont des photos plutôt basiques qui servent à exciter les adorateurs de l'armée et les obsédés de la gonflette.

Reid afficha la galerie de photos, dont certaines montraient Clarke torse nu, les muscles gonflés et les tatouages exhibés. Hudson les examina, la plupart étaient de style militaire.

— On est sûr qu'il a servi dans l'armée ? demanda-t-il, surpris.

— Il affirme avoir appartenu aux forces spéciales et prétend avoir plus d'une dizaine d'assassinats en service à son actif. Il se répand en détails sur ce sujet : l'utilisation d'armes automatiques, de poignards, à mains nues une fois.

Hudson contempla les mains épaisses de Clarke, elles paraissaient énormes comparées aux siennes.

— Il déblatère pas mal aussi sur ce qui se passera quand le monde s'écroulera. Comment lui et ses semblables doivent se tenir prêts. À mon avis, il regarde trop *The Walking Dead*.

— Est-ce qu'il a des abonnés ? Qui lit ces trucs ?

— C'est assez populaire. D'anciens soldats, bien sûr. Mais c'est surtout des ados et des jeunes hommes en colère contre la société. Certains jouent les provocateurs, ils approuvent les meurtres racistes aux États-Unis, envoient des menaces de mort aux politiciens ou aux célébrités. Franchement, ils sont plutôt nocifs, et je crois que j'ai eu mon compte pour la journée, alors...

Reid se leva et invita Hudson à prendre sa place. Après l'avoir remercié, celui-ci fit défiler les photos, en trouva une de Clarke en tenue de combat complète, jusqu'à l'attirail de camouflage, la veste militaire et le visage noirci. À mesure qu'il regardait cette image agressive et dérangeante, Hudson s'interrogea de plus en plus sur Dean Clarke. Ce jeune homme avait eu un but et un certain prestige, et il travaillait désormais avec son père dans une casse sans prétention. Il était de la région et c'était un tueur entraîné, empli de colère, de méfiance et d'hostilité. C'était aussi un individu fuyant, avec un intérêt prononcé pour les armes, qui disparaissait régulièrement pour des excursions nocturnes. Était-il le tueur qu'ils recherchaient ? Les armes inhabituelles utilisées pour traquer Tom Campbell et Lauren Scott avaient-elles été façonnées à partir de la ferraille qui l'entourait à la casse ?

C'était une curieuse possibilité que Hudson comptait bien approfondir. Reid et les autres pouvaient rentrer, lui resterait là où il était. Maintenant qu'il tenait une piste, il allait poursuivre la chasse.

65

Il le fixait en silence.

Assis en face de lui, Terry Clarke regardait son fils engloutir son repas avec une voracité dérangeante. Depuis le décès de son épouse, il mangeait souvent sur place, piochant dans le stock de plats préparés qu'il avait à disposition. Dean se joignait à lui parfois mais il n'était jamais de très longue compagnie : il dînait et s'en allait le plus vite possible. La brièveté de leurs interactions perturbait Terry. Qu'il connaisse si peu son fils le déprimait et il était attristé par le manque d'entrain de ces repas partagés. Malgré tout, il préférait ne pas y mettre un terme. Ils lui rappelaient l'époque plus heureuse où ils se rassemblaient tous les trois autour de la table familiale. Il avait promis à Nancy, son épouse aujourd'hui décédée, de veiller sur leur vaurien de fils et il avait l'intention de tenir sa promesse.

— La police est passée tout à l'heure..., annonça-t-il tout à coup en repoussant son assiette.

Dean interrompit son geste un instant puis aspira le contenu de sa fourchette. Il avala deux autres bouchées avant de grogner une réponse.

— Et ?

— Ils ont posé des questions sur toi. Sur ta voiture.

Nouvelle pause.

— En quoi ça les intéresse ?

— À toi de me le dire.

Son fils enfourna un dernier morceau, qu'il mâcha lentement avant de répondre :

— J'ai rien à dire.

— Pourquoi ils sont venus alors ? Les flics étaient jamais passés avant…

— T'es un citoyen modèle, pas vrai ?

Le ton était moqueur.

— J'ai pris des raccourcis, reconnut Terry, agacé. Mais j'ai jamais enfreint la loi.

— Si ça te fait plaisir de penser ça.

Dean se leva en secouant la tête.

— Où tu vas ? On a pas terminé.

— Oh que si.

Dean s'apprêtait à partir et Terry le rattrapa. Il l'empoigna par l'épaule et le força à se retourner.

— Qu'est-ce qui se passe, fiston ? Dans quoi tu t'es fourré ?

Un feu rageur luisait dans les yeux de Dean. Apeuré, Terry recula mais la colère disparut soudain, remplacée par un mépris cuisant.

— T'avise pas de me toucher.

— Je veux juste savoir ce qu'il se passe. Si tu as des problèmes, tu peux m'en parler, je peux t'aider. C'est ce que ta mère aurait voulu.

— J'ai pas de problème.

— Pourquoi la police est venue alors ? Qu'est-ce que tu as dans cette voiture ?

La main de Dean fusa et lui emprisonna la gorge. Terry se sentit voler. L'instant d'après, il était plaqué contre le mur, le souffle coupé. Abasourdi, il battit des paupières avec nervosité pendant que Dean se rapprochait.

— Fais gaffe, le vieux. Fais vraiment gaffe.

— Je voulais pas fouiner.

Dean posa l'index sur sa bouche pour lui intimer le silence.

— T'occupe pas de mes affaires.

Malgré leur portée, ce n'était pas les paroles de son fils qui l'effrayaient. C'était sa façon de les dire. Froide, détachée, inébranlable.

— Bien sûr... Je m'inquiète juste pour...

Il ne put terminer sa phrase, Dean l'envoya valser au sol et quitta la pièce d'un pas lourd. Terry le regarda partir, le cœur tambourinant dans la poitrine, sans comprendre ce qu'il venait de se passer. Il savait depuis longtemps que son fils avait un tempérament agressif, qu'il était dérangé, imprévisible, mais jamais il ne s'était senti menacé par lui. La disparition récente de sa mère l'avait-elle ébranlé ? Venait-il de le perdre à jamais ?

Terry Clarke avait éprouvé pas mal d'émotions au fil des années : des regrets, de la tristesse, et de la confusion aussi. Mais ce soir, pour la première fois, il ressentait de la peur.

66

Helen contempla le visage délicat avec le vague espoir d'y trouver des réponses. La photo de Lauren Scott, récente, paraissait avoir capturé un moment dans le temps. Dans les traits de la jeune femme, on pouvait lire le traumatisme et le laisser-aller – cernes autour des yeux, dents jaunies, cheveux clairsemés – mais on devinait aussi une étincelle d'espoir dans son expression, le sentiment que le vent était en train de tourner. Comme cette photo était tragique désormais.

Helen s'était retirée dans son bureau. Joseph Hudson était le seul officier encore présent, et ce soir il semblait absorbé dans son travail. Helen décida de l'imiter et passa en revue la vie de Lauren Scott. Il devenait primordial de progresser dans cette enquête. Simmons avait tenu la conférence de presse avec brio mais les questions, sur la nature des crimes, le manque de pistes, les compétences de la brigade, avaient été aussi agressives qu'incessantes. Simmons avait rassuré au mieux les journalistes présents tout en passant sous silence certains des détails les plus déplaisants. Mais l'angoisse montait indéniablement, tant au commissariat qu'en ville.

Pourquoi ? Pourquoi ces deux innocents avaient-ils été tués ? Tout le monde se posait la question et Helen n'avait aucune réponse. Il y avait forcément un mobile, un lien entre les deux, mais il leur échappait. Les deux victimes étaient nées à Southampton ; en dehors de ça, elles n'avaient rien en commun. La drogue, peut-être ? Mais c'était tiré par les cheveux. Tom Campbell avait été arrêté pour possession de stupéfiants pendant son adolescence ; il s'en était plutôt bien sorti, pour une quantité qui aurait pu lui valoir une condamnation pour possession avec intention de vendre. Mais ça restait dérisoire comparé au casier de Lauren Scott. Elle avait mal tourné très jeune alors que Tom était un véritable boy-scout : sobre, bourreau de travail, riche.

Et pourtant... Pouvaient-ils vraiment avoir été ciblés au hasard ? Il ne s'agissait ni d'une fusillade ni d'un concours de circonstances. Leur enlèvement comme leur meurtre avaient été prémédités, calculés, planifiés avec méthode. On les avait kidnappés en toute discrétion dans leur tente, conduits dans des coins reculés de la forêt, où on les avait traqués comme des animaux sans crainte d'être repéré ni interrompu. Ces crimes avaient été soigneusement préparés et exécutés avec talent, sans laisser un seul indice sur l'identité du tueur. La presse locale, Emilia Garanita en tête, pouvait bien le dépeindre comme un fou furieux, c'était tout le contraire. Le meurtrier savait exactement ce qu'il faisait et en plus il était doué, voire professionnel. Voilà pourquoi Helen était persuadée que les victimes étaient liées et qu'il ne les avait pas choisies sans raison.

Le coupable prenait de gros risques en enlevant ses victimes alors que leur partenaire dormait à côté, dans des campings bondés en pleine saison touristique. En outre, leur mise à mort n'avait pas été rapide. On les avait relâchées, on leur avait offert une occasion de s'enfuir. Elles n'avaient que peu de chance de s'en tirer mais tout de même, le jeu était risqué si l'identité de ses proies n'importait pas au tueur. Il y avait des moyens plus simples d'isoler et de kidnapper une personne si c'était l'amour de la chasse, le frisson de la traque, qui motivait.

Frustrée, Helen repoussa la photo de Scott et s'empara d'un portait de Tom Campbell à la place. Elle examina sa peau lisse, son regard confiant. Au début, Helen pensait que

Nathaniel Martin s'en était pris à Campbell à cause de ses actes criminels envers la forêt, de ses relations avec Nexus. Cette piste restait ouverte mais en vérité, il semblait peu probable que Martin se soit attaqué à Lauren Scott. Elle n'aimait pas le camping, elle se rendait rarement dans le parc national et, puisque Martin faisait déjà l'objet d'une chasse à l'homme, il était peu probable qu'il ait pris le risque de sortir de son trou pour frapper à nouveau. C'était possible, certes, mais tant que les équipes de recherche ne lui auraient pas mis la main dessus, ils n'auraient aucune certitude.

Helen avait la conviction qu'il existait un lien entre Campbell et Scott, une raison au fait qu'ils aient été choisis, pourtant elle lui échappait encore. Elle avait examiné leurs vies à la loupe mais était restée bredouille. Le lien se trouvait-il ailleurs ? Helen n'avait pas creusé cette possibilité mais, tout en s'emparant d'une photo de vacances de Lauren et de son petit ami sur une plage en Espagne, elle se demanda si elle ne devrait pas s'y intéresser. Les victimes avaient été torturées, au-delà de l'imaginable, mais en repensant à la stupeur de Melanie Walton et au désarroi de Matteo Dominici, Helen songea que leur douleur et leur peine, certes moins violentes au début, dureraient plus longtemps. Ils garderaient avec eux les images abominables de ce qu'avait vécu l'être aimé – pourchassé et saigné à blanc – jusqu'à la fin de leurs jours. Les conséquences d'un tel traumatisme, mêlées à la culpabilité du survivant, étaient profondes et pouvaient dans certains cas conduire au suicide. Walton et Dominici, victimes collatérales, étaient-ils le lien ?

Helen et son équipe ne disposaient que de peu d'éléments sur les deux conjoints ; ce serait leur tâche du lendemain. En premier lieu, ils creuseraient dans leur passé, en quête de délits ou de crimes, de liens cachés, qui pourraient éclairer d'un jour nouveau ces meurtres obscurs.

En attendant, ils continueraient d'avancer à tâtons, à la recherche d'un tueur qui ne voulait pas être trouvé.

67

Il s'enfonçait dans les ténèbres, de plus en plus effrayé par ce qu'il découvrait. Joseph Hudson n'avait pas quitté son siège depuis le départ de ses collègues. Le café dans la tasse posée devant lui était froid depuis longtemps tandis qu'il pénétrait le monde obscur de Dean Clark. Après avoir épuisé tout ce que l'Internet classique proposait sur lui, un ramassis ennuyeux de récompenses, médailles et états de service, Hudson avait basculé de l'autre côté. Depuis le terminal d'un de ses collègues qui disposait d'un navigateur Tor, il avait accédé au dark web.

Lors d'une précédente affectation, Hudson avait passé dix-huit mois à rechercher des pédophiles, des revendeurs d'armes et des trafiquants de drogues dans les recoins les plus sombres du dark web. On y trouvait un large éventail de dépravation et de criminalité et il fallait se concentrer dur pour y dégoter ce qu'on voulait. Il commença par les forums de vente d'armes, en priorité ceux qui proposaient des produits peu courants : épées de samouraïs, masses d'armes, arbalètes, etc. Vingt minutes de recherches qui n'apportèrent pas grand-chose sinon un sentiment de malaise grandissant quant au nombre de fous furieux peuplant le monde. Et finalement, il tomba sur Clarke. Son identité virtuelle était légèrement différente ici : « A/RHelmand » mais le gros plan sur son visage masqué était la réplique de celui de sa page d'accueil. Il considérait sans doute ce regard perçant comme son meilleur atout.

Clarke était un visiteur régulier du dark web, il prenait souvent contact avec des passionnés d'armes pour discuter, acheter ou troquer. Leurs échanges étaient menés ouvertement, sans noms de code ni faux-fuyants, les divers participants s'étalant jusqu'à plus soif sur leurs besoins et les performances des armes qu'ils recherchaient. Clarke était parmi les plus actifs, marchandant toutes sortes de poignards, d'épées, d'arcs… Son intérêt comme son enthousiasme étaient sans borne. Hudson estima qu'il devait posséder un véritable arsenal, dont il était évidemment très fier. Sur une photo postée trois semaines auparavant, Clarke léchait la lame de trente centimètres d'un couteau pliant au manche en forme de balle, les yeux exorbités d'excitation.

Plusieurs publications contenaient des liens pour des sites hors ligne encore plus perturbants. Hudson se retrouva projeté dans le monde lugubre des amoureux de la torture militaire. Il fit défiler les images de zones de guerre, de champs de bataille et de villes assiégées. Certaines dataient de dizaines d'années mais la plupart montraient les récents conflits au Moyen-Orient. On y voyait principalement des soldats tout sourire poser à côté de cadavres.

Dean Clarke contribuait régulièrement, il partageait et commentait ces images dégradantes. Il affichait son racisme sans vergogne, tout comme sa soif de sang. Son sentiment de fierté était flagrant aussi. Clarke ne lésinait pas pour décrire sa propre expérience du combat, il détaillait comment il avait tranché des gorges, abattu des insurgés en prière. Rien n'était trop ignoble pour lui, il n'avait aucune limite. Dans son monde, c'était chacun pour soi, peu importait le genre, l'âge, les circonstances.

À travers toutes ses publications, Clarke s'attachait à se présenter en homme d'action, en guerrier. Une image en totale contradiction avec sa vie quotidienne dans une casse sous l'œil vigilant de son père. Voilà qui donna à réfléchir à Hudson. Quelle était la relation entre les deux hommes ? Pourquoi Terry Clarke s'inquiétait-il autant pour son fils ? Et pourquoi Dean Clarke était-il autant en colère ?

Il se faisait tard. Hudson savait qu'il était temps de rentrer mais il se sentait obligé de rester. Il n'arrivait pas à détacher son regard de Clarke, de ses publications, de ses prétentions. Encore moins lorsqu'il tomba sur son dernier post sur le forum du « Guerrier moderne ». Ce site à accès restreint était utilisé par des hommes assoiffés de sang dont beaucoup brandissaient des armes qu'ils prétendaient avoir utilisées. La dernière photo en date de Clarke retint toute son attention.

Il posait en tenue de camouflage sur un fond noir, seul son regard émeraude était visible sous la cagoule. Dans une posture de combat, les bras levés et tendus, il pointait son arbalète directement vers l'objectif.

68

L'aube pointait tout juste et la forêt bourdonnait déjà d'activité. Helen traversa d'un pas lourd les épaisses broussailles, la rosée s'accrochant à ses bottes, et se dirigea vers les agents rassemblés dans la clairière. Prévenue peu après 6 heures du matin, elle avait aussitôt traversé la ville.

— Pourrait-on faire de la place, s'il vous plaît ?

Tous s'écartèrent sur-le-champ pour laisser passer Helen. L'équipe de recherche avait recommencé à traquer Nathaniel Martin à la première heure du jour et était assez vite tombée sur le cadavre d'un poney, abandonné et oublié dans les fourrés. Comme le premier animal, il avait été abattu à l'arbalète : cinq carreaux étaient plantés dans son flanc.

Tandis que les officiers reculaient, Helen s'accroupit près du corps. C'était la deuxième découverte de ce genre mais il apparaissait clairement que cet animal avait été tué en premier. Le processus de décomposition était déjà bien avancé, l'odeur de putréfaction puissante. Les asticots grouillaient, une bonne partie de la chair avait été dévorée par la faune locale. Les yeux de la pauvre créature avaient été mangés ; ses orbites vides lui donnaient un air démoniaque.

Y avait-il d'autres poneys morts dans les bois sans que personne le sache ? Ou celui-ci était-il le premier ? Dans ce cas, cela renforçait la théorie d'un tueur qui aurait planifié ses meurtres avec méthode. L'animal qu'Helen avait trouvé avait été mis à mort avec précision et efficacité : trois carreaux bien ciblés. Le supplice de celui-ci avait été plus long, il avait souffert – cinq flèches, dont seulement trois pouvaient être fatales, les deux autres étant plantées dans la croupe et l'arrière de la jambe.

Était-ce volontaire ou accidentel ? Ces tirs visaient-ils à ralentir le poney avant de l'abattre ? S'agissait-il de coups manqués ? Ou bien cet éparpillement avait-il une autre signification ? Pour Helen, cela avait tout d'une exécution acharnée. Comme si le chasseur avait pris plaisir à faire un carton sur sa cible, tirant sans doute son dernier carreau dans le cadavre encore chaud de la pauvre bête. D'un côté, elle espérait que ce massacre découle d'un travail d'amateur, de l'autre, elle craignait qu'il ne soit l'œuvre d'un individu qui avait pris goût à la mort.

— Bien, on sécurise le périmètre, déclara Helen en se relevant pour s'adresser aux agents. Dès que Meredith sera arrivée, vous reprendrez les recherches.

Les policiers se mirent au travail. Helen s'éloigna et sortit son téléphone pour informer Charlie des derniers événements. L'animal avait été abattu dans les bois près de Furzley, à l'écart des autres scènes de crime, ce qui ouvrait une nouvelle zone de recherches. Le portable à l'oreille, Helen s'immobilisa tout à coup. Son regard venait de se poser sur un arbre en lisière de la clairière. Sur son tronc grimpait une plante d'un verre brillant. Elle la suivit des yeux pour voir jusqu'où elle montait et son cœur s'emballa.

Une caméra ornithologique, juchée en hauteur dans un petit creux de l'arbre, était braquée sur le centre de la clairière.

69

Il sentait la brûlure du regard de son père sur lui.

Il était arrivé tôt au travail, pour faire bonne impression et tirer un trait sur la dispute de la veille. Il s'en voulait de sa violente réaction ; il avait effrayé son père, ce qui ne pourrait que causer des problèmes. Ce vieil imbécile n'avait pas l'habitude d'être malmené et il n'allait pas rester sans réagir. Il le lui ferait payer, c'était sûr, mais pire encore, il allait lui poser des questions, des questions auxquelles Dean ne voulait pas répondre.

Son père avait à peine levé les yeux à son arrivée dans la cabane de chantier, et l'avait tout juste salué. Dean s'était servi du café et une tranche de pain grillé avant de s'affaler devant la télé, branchée sur les infos. Ça valait mieux que le lourd silence hostile. Il avait suivi la météo, le sport et maintenant les actualités locales. Elles s'ouvrirent sur les meurtres dans le parc national. Le reportage du matin s'intéressait à Matteo Dominici, le petit copain italien de Lauren Scott. Dean regarda avec intérêt l'homme à la mine épuisée sortir à la va-vite de chez lui et s'engouffrer dans un taxi, une valise à la main. Le feu de l'attention implacable des médias le faisait fuir. Dean fut amusé par le ton sobre et critique de la journaliste qui relayait cette information comme si elle n'était pas concernée. *Ouh la menteuse*, songea-t-il.

Le reportage se termina et le présentateur poursuivit son journal avec des informations moins sensationnelles, comme la série de cambriolages qui frappait Southampton. Dean éteignit le poste. Il sentait que son père le fixait, le regard rivé sur l'arrière de son crâne comme s'il voulait le pénétrer. Dean était mal à l'aise. Il engloutit le reste de sa tartine et vint dans la minuscule cuisine pour déposer sa vaisselle sale dans l'évier.

— Allez, je m'y mets.

Il glissa un regard vers son père, qui hocha la tête d'un air absent et se détourna. En colère contre son vieux, contre lui-même, Dean sortit du bureau. Il y avait un frigo à démonter, et soudain il avait hâte de s'y atteler pour s'éloigner de cette atmosphère étouffante. Mais à cet instant, il entendit la porte s'ouvrir dans un grincement et vit son père le suivre.

Il avait beau essayer de toutes ses forces d'ignorer le froid entre eux, il était clair que quelque chose avait changé. Son père se montrait soupçonneux maintenant, peut-être même qu'il se doutait de ce qui se cachait derrière l'attitude évasive de son fils. Il avait l'air déterminé à découvrir de quoi il retournait. Cette perspective rendait Dean extrêmement nerveux mais il ne pouvait pas y faire grand-chose. C'était la casse de son père, son domaine, et Dean y serait surveillé.

70

— Vous êtes sûr ?

Hudson tenta, en vain, de réprimer sa surprise.

— À cent pour cent. J'ai vérifié deux fois.

— Donc, il n'a pas fait partie des forces spéciales ?

— De toute évidence, non, répondit le sergent comme si elle s'adressait à un enfant. Il n'y a personne du nom de Dean Clarke engagé dans l'armée au cours des années en question.

— Est-ce qu'il aurait pu s'inscrire sous un faux nom ?

— Tout est possible mais, comme vous pouvez vous en douter, nous procédons à une vérification très méticuleuse des antécédents.

— Bien sûr, répondit Hudson dont les méninges s'activaient pour trouver une explication à cet étrange retournement de situation.

Il avait pris contact avec les quartiers généraux de l'armée britannique à Andover et avait été mis en relation avec le sergent-chef Greta Smith. C'était une femme efficace, un peu condescendante mais serviable. Hudson décida d'en profiter.

— Puis-je vous demander encore un service ? Si vous pouviez juste vérifier une ou deux choses…

Dix minutes plus tard, Hudson avait ses réponses. Il avait envoyé au sergent Smith des photos des prétendues distinctions et médailles de Dean Clarke. Sans surprise, il avait appris que les premières étaient des contrefaçons, de mauvaises copies sans doute signées par Clarke lui-même. Les médailles en revanche étaient authentiques. Toutefois, il existait un commerce prospère sur eBay pour l'achat et la vente de médailles d'anciens combattants et Clarke pouvait très bien se les y être procurées.

Sans attendre, Hudson fit part de ses découvertes à McAndrew. De son côté, le lieutenant avait creusé ses antécédents et ce qu'elle lui révéla renforça leurs soupçons. Clarke avait quitté l'école à seize ans et, après plusieurs échecs en apprentissage, il avait commencé à bénéficier d'allocations. Des allocations qu'il avait continué à percevoir durant les années où il était censé être mobilisé à l'étranger et au cours desquelles il avait écopé de plusieurs avertissements pour vol et rixe. Il n'avait jamais été inculpé, d'où son casier vierge, mais le début de la vingtaine avait sans conteste été chaotique. Et tout avait déraillé lorsque le versement de ses allocations avait été arrêté après sa tentative frauduleuse pour obtenir une pension d'invalidité.

Hudson devinait la suite : le fils qui revient vivre aux crochets de ses parents, qui travaille dans la casse paternelle, loge sous le toit familial. Peut-être délirait-il depuis toujours, peut-être que le décès de sa mère avait précipité les choses, mais de toute évidence, à un moment donné, Clarke avait développé une double personnalité. D'un côté, le travailleur opprimé, qui démantelait des vieilleries pour le compte de son père et, de l'autre, le fabulateur violent qui menait une existence fictive de combattant aguerri. La question était de savoir jusqu'où il vivait ses illusions.

Clarke était un raté ; c'était un homme solitaire et en colère. Aurait-il pris plaisir à exercer un pouvoir sur ses victimes ? À les traquer dans les bois ? Les pourchasser en tenue de camouflage l'aurait-il excité ? Cela aurait-il comblé son fantasme d'être un tueur expérimenté ?

Devant le catalogue d'échecs de Clarke et l'alter ego improbable d'un assassin des forces spéciales qu'il s'était créé, Joseph Hudson ne put que s'interroger : Dean Clarke avait-il perdu pied avec la réalité ?

71

Tout devenait flou.

Charlie était épuisée mais, stimulée par plusieurs tasses de café, elle s'était mise au travail et plongée dans la vie de Matteo Dominici. Helen avait amorcé cette nouvelle ligne de recherches la veille au soir. Appelée ce matin pour enquêter sur la mort d'un second poney, elle avait confié à Charlie le soin de poursuivre.

Celle-ci avait chargé Bentham et Osbourne d'examiner les antécédents de Melanie Walton pendant qu'elle s'occupait de Matteo Dominici. Pour l'heure, elle n'avait trouvé aucun élément un tant soit peu remarquable dans la vie de celui-ci : anglo-italien de seconde génération, il habitait depuis toujours à Southampton et travaillait dans le restaurant familial, un établissement convivial dans le centre. Il n'avait pas de casier judiciaire, payait ses impôts et s'investissait dans la communauté. Ses interventions sur Facebook étaient sporadiques, toujours positives. Il avait une conception optimiste de la vie. En résumé, il n'y avait aucune raison apparente pour que quelqu'un ait souhaité détruire son bonheur ou son équilibre mental. Cette piste était une impasse. Charlie fit défiler ses dernières publications, les lignes commencèrent à danser devant ses yeux et leur contenu à se mélanger.

— Capitaine Brooks ?

Elle reprit ses esprits dans un sursaut. Helen l'invitait d'un geste de la main à la rejoindre dans son bureau. Elle s'y précipita, referma la porte derrière elle. À son attitude, il était clair qu'Helen avait un élément important à lui communiquer

— J'étais près de Furzley ce matin, commença-t-elle sans détour, pour le deuxième poney mort.

— C'est le même homme ?

— Aucun doute. Je pense en revanche que c'était un essai. Ce poney a été abattu il y a une semaine ou plus et avec moins de précision. Cinq carreaux cette fois.

Charlie accueillit ces informations d'un hochement de tête.

— Sur place, j'ai repéré une caméra d'ornithologie. Par chance, celle-ci fonctionnait et, en tirant quelques ficelles, j'ai pu obtenir les enregistrements des deux dernières semaines.

Charlie s'assit tandis qu'Helen tournait son ordinateur portable vers elle. Elle y avait inséré une clé USB et ouvrait à présent le lecteur vidéo. Quelques secondes plus tard, l'écran s'anima sur une vue fantasmatique du nid et de la forêt au-delà, prise en vision nocturne. Un horodatage défilait au bas ; Helen fit avancer la vidéo.

— Je te préviens, ce n'est pas joli à voir...

Charlie se prépara mentalement, le regard rivé sur l'écran. Quelques secondes s'écoulèrent et soudain, en bordure d'image, du mouvement. Un poney entra dans le champ de la caméra, titubant dans la clairière. Il fut suivi d'une grande silhouette sombre qui avançait vers lui, l'arbalète levée, puis qui tirait à bout portant.

L'animal blessé rua et Charlie tressaillit, mais le pire était à venir. Le poney s'était affalé et son bourreau ne lui accorda aucune pitié. Deux autres carreaux furent tirés, sur un total de cinq. L'animal était en état de choc, son corps raide de peur, et peu à peu sa tête s'affaissa. Un instant plus tard, il était immobile. Le tueur s'attarda quelques instants au-dessus de lui, savourant son exploit, avant de se détourner.

Charlie ne le quitta pas des yeux quand il traversa la clairière, et tenta de noter tous les détails susceptibles de les aider. Les grosses bottes à la semelle en caoutchouc, la tenue sombre à capuche, la main avec laquelle il avait tiré et qui leur apprenait qu'il était gaucher, l'arbalète qu'il serrait encore comme prêt à verser plus de sang. Un oiseau passa devant la caméra et surprit la silhouette qui s'éloignait. Elle tourna brièvement la tête pour suivre son envol.

Helen appuya sur une touche pour faire un arrêt sur image. La silhouette regardait maintenant vers la caméra. Charlie se pencha pour essayer de distinguer ses traits. Un hoquet de stupeur lui échappa. Là où aurait dû se trouver le visage, il n'y avait que le néant. Elle ne voyait ni menton, ni nez, ni oreilles. Rien que du noir et deux orbites blanches à la place des yeux.

Charlie interrogea Helen du regard. Elle avait espéré une image exploitable de leur suspect mais elle ne voyait qu'une sorte de monstre. Helen haussa un sourcil, aussi déçue et décontenancée que Charlie. Cette dernière reporta son attention sur l'écran.

La silhouette fixait toujours l'objectif de la caméra, son aura malveillante rayonnant autour d'elle.

72

— Regardez-moi dans les yeux et dites-moi que vous n'êtes pas responsable.

La commissaire Simmons était dans une colère noire, son ton était cinglant, mais Emilia ne se laissait pas intimider.

— Ce sont vos photos, pas les miennes. Je ne sais pas du tout comment elles se sont retrouvées dans le domaine public.

Elle fit un geste vers l'écran d'ordinateur de Simmons où s'affichaient les photos de scène de crime de Graham Ross, à présent exposées à la vue de tous sur le site d'informations clandestin *Insolence*, spécialisé dans les publications inhabituelles, voire illégales. Les puissances en place avaient tenté à plusieurs reprises de le fermer mais le site avait contourné toutes les injonctions et poursuivait sa mission d'information, d'éducation et de diffusion de scandales.

— Pardonnez-moi si j'ai du mal à vous croire…

— Commissaire Simmons, nous nous connaissons à peine…

— Mais je pense vous avoir très bien cernée. Votre façon de présenter cette affaire jusque-là n'a réussi qu'à terrifier le public et à mettre une pression supplémentaire sur mes officiers, qui travaillent déjà vingt-quatre heures sur vingt-quatre.

— On ne dirait pas.

— Et cela dans le seul but de servir votre ego. Je connais votre passé, je sais qu'agir dans l'illégalité ne vous effraie pas si cela peut faire avancer votre carrière... C'est pourquoi j'ai eu une petite conversation avec Graham Ross ce matin.

Emilia la considéra sans un mot.

— Il affirme que vous l'avez suivi dans un pub hier, malgré ses tentatives répétées de vous en dissuader, et que vous pourriez avoir profité d'un court instant où il avait laissé son appareil sans surveillance pour voler ses photos.

— Ça ne me rappelle rien, répondit Emilia sur un ton innocent. Je n'ai pas pour habitude de suivre des inconnus dans les bars et, en plus, j'étais au bureau hier. Vous le savez peut-être : l'actualité est plutôt chaude en ce moment...

— Je sais que c'est vous, et je sais pourquoi vous l'avez fait. Alors laissez-moi vous donner un conseil...

Emilia était tentée de continuer à nier mais se ravisa. Bizarrement, elle appréciait ces réprimandes, la rage impuissante de la classe dominante aux prises avec le monde numérique. Quelle bande d'imbéciles ils faisaient à présumer qu'ils pouvaient contenir l'information.

— Vous pouvez croire que cela vous sera bénéfique, poursuivit Simmons en montrant les horribles images à l'écran, que cela donnera du poids à votre article. Mais ceci n'est pas du journalisme. C'est du sensationnalisme alarmiste. Qui pourrait en outre avoir de sérieuses conséquences, pour le public et pour vous.

Emilia haussa un sourcil interrogateur. Combien de fois déjà l'avait-on menacée, dans ce même bureau, sans aucune retombée ?

— Je vais donc moi-même mener l'enquête pour découvrir l'origine de cette fuite. Si je trouve des preuves de votre implication, croyez bien que vous serez poursuivie.

— Si vous voulez vous ridiculiser, faites donc. Maintenant, si c'est tout...

Emilia comptait bien avoir le dernier mot. Il était hors de question de sortir de leur première confrontation la queue entre les jambes. À sa grande satisfaction, bien que de mauvaise grâce, Simmons conclut le rendez-vous. Emilia repartit de bonne humeur, certaine que la commissaire était impuissante. Elle était quasiment sûre qu'il n'y avait pas de caméras de surveillance dans le pub et aucun témoin de son délit. De plus, il serait impossible de prouver que c'était elle qui avait révélé les photos au monde entier.

C'était la beauté de la vie moderne, songea Emilia en longeant le couloir d'un pas nonchalant. On pouvait faire tout ce qu'on voulait, publier ce que bon nous semblait, protégé par l'anonymat d'Internet.

73

— Je veux savoir où il va, qui il rencontre, ce qu'il fait.

Helen avait une fois de plus réuni toute la brigade. Après avoir fait le point avec Joseph Hudson, elle était prête à entamer la phase suivante de leur enquête.

— Le capitaine Hudson prendra la tête des opérations, les lieutenants McAndrew, Osbourne et Reid ainsi que moi-même l'assisterons. D'autres pourront être appelés en renfort. Je veux une surveillance vingt-quatre heures sur vingt-quatre pour Dean Clarke.

— C'est notre suspect numéro un maintenant ? demanda Bentham.

— Il est notre *principal* suspect, répondit Helen. Le lieutenant Reid et le capitaine Hudson ont mené des recherches approfondies sur lui et il correspond au profil. Un homme blanc, célibataire, amer et en colère, accro à la violence sur Internet. La frontière entre le fantasme et la réalité est plus que floue pour ce genre d'individus. Clarke n'a jamais fait l'armée mais il raconte à qui veut l'entendre combien de personnes il a tuées en service et prétend avoir été récompensé pour sa bravoure. Sans doute en est-il venu à croire à ses propres mensonges. Ou peut-être que d'autres, dans l'ombre, l'encouragent et le poussent à commettre ces crimes de barbare.

— En outre, intervint Hudson, son véhicule correspond à celui que nous recherchons, d'après les empreintes de pneus.

Il est habile de ses mains, il a un accès illimité à de la ferraille et aux outils de fabrication nécessaires. Il a une fascination malsaine évidente pour les armes et les instruments de torture. Je parie que si nous faisions une descente chez lui ce soir, nous trouverions un arsenal d'armes, dont certaines ayant servi.

— Les preuves indirectes sont également intéressantes, ajouta Charlie en montrant la photo du tueur extraite de l'enregistrement vidéo de la caméra ornithologique. La taille, la corpulence et notez le visage : ce type ressemble à une sorte de fantôme. Il doit porter une cagoule et du matériel de camouflage. À noter également que cet individu est gaucher. Il pourrait s'agir d'une coïncidence, mais sur toutes les images qu'il a publiées Clarke appuie sur la détente de la main gauche.

— Le plus important maintenant, reprit Helen, c'est de découvrir où il se rend quand il quitte le travail et son domicile. Nous sommes partis de l'hypothèse que le tueur agissait de nuit pour profiter de l'obscurité mais il pourrait s'agir d'une contrainte. Le père de Clarke le surveille la journée. Nous devons découvrir où il se rend ensuite et ce qu'il y fait. Le lieutenant McAndrew prendra le premier tour de surveillance, le capitaine Hudson le suivant. Pendant ce temps, nous poursuivons l'enquête sur les victimes et leurs partenaires. Capitaine Brooks ?

L'équipe se tourna vers Charlie.

— Nous continuons les recherches sur Matteo Dominici et Melanie Walton : leurs relations passées, l'historique de navigation Internet, les possibles délits ; mais nous allons aussi maintenir la pression sur Lauren Scott. S'il existe un lien tangible avec le tueur, nous pensons que, compte tenu de ses antécédents, elle reste le moyen d'accès le plus plausible. Ses parents vivent en Afrique du Sud, je dois m'entretenir avec son père sous peu, mais nous devons trouver d'autres témoins susceptibles de l'avoir connue et fréquentée pendant son adolescence ou au début de la vingtaine. Quelqu'un qui lui aurait vendu ou fait prendre de la drogue, qui se serait attaqué à elle parce qu'elle était faible et vulnérable. Nous allons aussi passer au crible ses nombreuses cures de désintox, les gens qu'elle y a rencontrés.

— Qu'a donné l'analyse de son téléphone, la vérification de ses contacts ? demanda Helen.

— Il y a une piste potentielle de ce côté-là : un numéro de téléphone retrouvé dans l'historique des appels de Campbell et de Scott. Mais on ignore encore qui est son propriétaire. La compagnie de téléphone a été sollicitée pour l'identifier.

— Insistez sur l'urgence de la situation, pressa Helen avant de se tourner vers Edwards. Qu'en est-il des autres passionnés d'armes, en particulier de ceux versés dans les arcs, les armes médiévales ?

— Il y a un individu qui pourrait être intéressant, répondit Edwards. Andrew Tucker. Il est membre du club de tir à l'arc de Weston sur Lever Street depuis plusieurs années.

— Et ?

— C'est un peu un solitaire. Il vient de divorcer et il a eu une altercation avec un autre membre il y a quatre semaines. Ils en sont venus aux mains et il a immobilisé l'autre gars en lui plaquant une flèche contre la gorge. Il s'est fait virer et personne ne l'a plus revu depuis. J'ai essayé plusieurs fois de le joindre, je suis passé chez lui, mais rien. Aucun indice accablant ne le relie à ces crimes, mais…

— Continuez sur cette voie. Qu'en est-il de la ligne dédiée aux appels à témoins ? reprit Helen, en se tournant vers Lucas. A-t-on reçu des informations utiles ?

— Ça n'arrête pas de sonner depuis la publication des photos de scène de crime… Rien de bien sérieux, en revanche. Des personnes en manque d'attention ou des promeneurs qui voient des tueurs fous au moindre bruissement de branches.

Helen ne réagit pas mais maudit en silence Emilia Garanita. Ses gros titres à sensation et ses méthodes sournoises n'aidaient jamais leurs enquêtes. Ils ne parvenaient qu'à créer la panique et à alimenter la paranoïa. La commissaire Simmons lui passait un savon en ce moment même mais Helen craignait que cela reste sans effet sur la journaliste.

— On continue. Dès qu'il y a du nouveau, je veux être informée sur-le-champ. C'est valable pour tout le monde, déclara Helen en s'adressant à toute l'équipe. Vous laissez tomber tout le reste. Ceci est notre unique priorité à partir de maintenant.

Elle marqua une courte pause avant de conclure d'un ton ferme :

— Il faut arrêter ce type.

74

Il lui tomba dessus sans prévenir alors qu'elle regagnait sa voiture.

Après sa mise au point houleuse avec la commissaire, Emilia était pressée de retourner au journal. La divulgation des photos créait un petit tsunami sur Internet et elle voulait en tirer profit : elle avait déjà convaincu Gardiner de publier une édition augmentée spéciale pour offrir à leurs lecteurs un portrait complet du tueur du parc.

Cependant, alors qu'elle approchait de sa Corsa rouge, elle sentit une ombre fondre sur elle, puis une main l'agripper et la forcer à se retourner. Bien que prise de court, elle ne fut pas étonnée de voir Graham Ross.

— Regardez qui va là.

Le ton se voulait neutre mais il laissait entrevoir une agressivité latente.

— Je vous en prie, ne me dites pas que vous avez bossé votre réplique, Graham. Parce que c'est nul, même pour vous...

— Simmons vous attaque en justice ? demanda-t-il sans tenir compte de l'insulte.

— Pas du tout. En fait, nous avons eu une conversation très sympa entre filles, assura Emilia d'une voix crâne.

— N'importe quoi ! Elle bouillait de rage quand je l'ai vue. Elle était prête à rompre mon contrat. Mais je suis innocent dans cette histoire.

— Et moi je suis le Grand Méchant Loup ?

À la surprise d'Emilia, Ross s'esclaffa, comme sincèrement amusé par cette idée.

— Y'a de ça. Bref, je voulais juste vous dire en toute amitié que je suis déçu par vous. Je ne vous prenais pas pour une voleuse.

— On m'a traitée de pire.

— Quand même… Je vais vous confier un truc : vous avez l'œil pour repérer une bonne photo. Votre sélection est… parfaite. Ce sont les meilleures du lot, d'ailleurs. Alors, je suppose que je devrais vous être reconnaissant. Elles ont fait leur petit effet, hein ?

Emilia s'apprêtait à répondre quelques mots bien choisis, mais Ross avait visiblement dit ce qu'il avait sur le cœur et il tourna les talons. Elle le suivit du regard, perplexe et intriguée par cette étrange et brutale conclusion à leur conversation. Il y avait dans son ton une pointe de sagacité, voire de suffisance. Le doute l'envahit… Pour un professionnel de sa trempe, laisser ainsi son matériel sans surveillance était d'une naïveté extrême. De plus, sa conversation inopinée avec la barmaid avait offert à Emilia le temps nécessaire pour finaliser son vol en toute discrétion. Enfin, malgré sa colère apparente envers elle, il paraissait étrangement détendu, satisfait même, devant la tournure des événements.

Était-il possible qu'il ait agi en toute connaissance de cause ? Qu'il ait voulu qu'elle vole les photos, sachant qu'elle les ferait fuiter sans que sa réputation à lui en soit ternie ?

Et si c'était elle qui s'était fait rouler dans la farine ?

75

Depuis la fenêtre du septième étage, Grace Simmons observa Emilia Garanita qui montait dans sa voiture. Leur entretien s'était déroulé comme prévu mais n'avait pas apaisé ses nerfs. Et la rencontre entre Ross et Garanita à laquelle elle venait d'assister de loin finissait de l'inquiéter. Leur rendez-vous était-il planifié ? Étaient-ils de mèche tous les deux ?

Voilà qui ne présageait rien de bon. La divulgation des photos avait semé la panique dans la ville et entraîné un tollé dans leurs locaux. Le directeur de la police l'avait convoquée à la première heure ce matin, le maire peu après. Tous deux avaient souligné le caractère sans précédent de la fuite de ces pièces à conviction, dont la nature crue et sinistre troublait l'ordre public. Simmons en convenait volontiers, aussi avait-elle accepté les reproches sans broncher et promis de débusquer le responsable. Elle avait le sentiment de l'avoir trouvé mais ne pouvait rien y faire : la législation du pays était en retard sur les réalités d'un monde en perpétuel changement.

La voiture de Garanita s'engouffra dans la rue et s'éloigna sur les chapeaux de roue, ignorant superbement la vitesse autorisée. Simmons imagina la conductrice, un sourire aux lèvres, ravie de s'en sortir impunément et commettant aussitôt une autre infraction. Emilia Garanita était le genre de personne que Simmons détestait : un parasite sans conscience qui profitait de la misère des autres. Peu importait qu'elle-même ait été victime de violences à plusieurs reprises – ses expériences avaient apparemment immunisé la jeune femme contre la souffrance d'autrui, plutôt qu'accru sa compassion. Mais la colère de Simmons et son animosité ne tenaient pas seulement à son aversion pour la journaliste retorse. Helen Grace, sa protégée, avait été fortement critiquée ces derniers jours. En dépit de son parcours exceptionnel, la hiérarchie ainsi que le reste du monde avaient remis en question ses compétences, sa capacité à résoudre cette affaire. Les actes irresponsables de Garanita avaient jeté de l'huile sur le feu qui couvait.

C'était injustifié, bien sûr, et la fureur de la commissaire n'en était que plus grande. Emilia prétendait servir le public mais Simmons était convaincue qu'elle profitait de cette affaire pour atteindre Helen, les deux femmes n'ayant jamais réussi à s'entendre. Son instinct la poussait à intervenir, même si elle savait que Helen, en officier expérimenté qu'elle était, pouvait tout à fait prendre soin d'elle-même. Elle l'avait découvert longtemps auparavant.

Pourtant, la vérité c'était qu'elle voulait la protéger, repousser les canons qui la visaient. Que Simmons laisse ses sentiments personnels envers Helen influer sur son jugement n'était ni utile, ni professionnel. Parfois, elle tentait de se justifier en se répétant qu'elles avaient un passé commun qui ne pouvait être ignoré, qu'elles ne pouvaient nier leur amitié. Mais la plupart du temps, elle s'en voulait de sa faiblesse. Et ceci, après tout, en disait peut-être plus long sur elle que sur Helen.

Ralph, son mari, était décédé trois ans plus tôt. Elle avait fait son deuil – sa mort était un soulagement, à la fin – et tant que ses fils habitaient encore avec elle, elle avait eu du soutien et de la compagnie. Maintenant qu'ils avaient déménagé, elle se sentait perdue dans une maison trop grande pour elle. De temps en temps, elle envisageait de vendre puis y renonçait, de peur d'y voir la confirmation qu'un pan de sa vie était terminé et qu'un autre commençait.

Aucun doute, avec l'âge elle devenait sentimentale, peut-être même indulgente. Elle n'avait jamais fait de favoritisme avant, elle s'était toujours montrée juste et impartiale. Or le passé d'Helen, ses expériences, et sa propre situation l'incitaient à vouloir la sauver de ses détracteurs. À tort ou à raison, elle continuerait de veiller sur sa protégée.

76

Il roulait à toute vitesse, les yeux rivés au rétroviseur.

Où qu'il aille aujourd'hui, il se sentait observé. Au travail, l'œil vigilant de son père ne l'avait pas quitté. Il n'avait pas bronché au début puis il l'avait provoqué, il se tournait d'un coup vers lui pour le prendre sur le fait. Mais ça n'avait pas eu beaucoup d'effet : son père avait regardé ailleurs un instant avant de reprendre tranquillement sa surveillance.

Au bout d'un moment, Dean en avait eu assez. Il était parti déjeuner chez Gregg de bonne heure. Sauf que là aussi il avait eu l'impression d'être dévisagé avec curiosité. Il était parano, sûrement, car ils ne pouvaient pas savoir, c'était impossible. Pourtant il trouvait qu'ils le fixaient bizarrement. En plus, il était sûr d'avoir vu deux fois la même personne derrière lui, une jeune femme qu'il avait remarquée sur le chemin du travail. Mais ça n'avait pas de sens. Son esprit devait lui jouer des tours, forcément.

Après avoir enduré l'atmosphère pesante à la casse tout un après-midi qui avait paru se traîner en longueur, Dean s'était hâté de finir et avait bâclé son travail sur le frigo pour partir. Il devrait tout recommencer le lendemain matin mais il s'en fichait, il avait d'autres chats à fouetter.

Sans un mot pour son père, il avait pris le Defender et filé sur les chapeaux de roue. En s'éloignant de la casse, il s'attendait presque à voir dans le rétroviseur son père le suivre dans sa vieille camionnette. Mais non. Peut-être que son intérêt n'était que de la curiosité, la conséquence inévitable de la visite de la police.

Bien sûr, c'était ça l'origine de sa paranoïa. Les soupçons de son père, il pouvait s'en accommoder. Jamais le vieux ne se retournerait contre lui. L'influence de sa mère, les serments qu'elle avait arrachés à son père sur son lit de mort, l'en empêchaient. Mais qu'est-ce que lui voulaient les flics ? Que savaient-ils ? Leur intérêt pour le Defender l'inquiétait. Avait-il été repéré ? Avaient-ils réussi à le retrouver ? Il jeta un autre regard dans le rétroviseur et songea qu'il chercherait une nouvelle voiture dès le lendemain. Si le Defender avait éveillé leurs soupçons, il devait s'en débarrasser.

Les véhicules derrière lui dans les embouteillages du centre-ville n'avaient rien de notable, il ne les avait pas vus plus tôt, aussi reporta-t-il son attention sur la route devant lui. La circulation était lente, ce qui le rendait nerveux. Tout ce qu'il voulait maintenant, c'était rentrer à la base et se préparer. Il était possible que son père, piqué par les soupçons, revienne de bonne heure à la maison et Dean préférait éviter une confrontation. Il n'avait pas le temps pour ça ce soir.

Il repéra une brèche dans le trafic et y engouffra le Defender pour couper à travers. Quelques manœuvres supplémentaires et il se retrouva avec la voie dégagée devant lui. Dix minutes plus tard, il était devant leur maison délabrée. Il évita la rue principale et se gara dans l'allée de derrière avant de faire le tour à pied pour revenir devant. Dans la rue, il regarda à droite et à gauche à la recherche de son père, d'une personne inconnue, de quoi que ce soit qui sortirait de l'ordinaire. Tout était tranquille, la banlieue aussi paisible que d'habitude.

Réprimant sa paranoïa, il gravit les marches du perron, glissa la clé dans la serrure et se précipita à l'intérieur. La porte se referma sèchement derrière lui ; il la verrouilla. De nouveau, le calme… En dehors d'une Ford Focus qui s'arrêta un peu plus bas dans la rue. La jeune conductrice semblait perdue, elle sortit un plan de la ville du vide-poche et se mit à l'étudier.

Mais bizarrement, elle paraissait peu intéressée par la carte, et gardait les yeux rivés sur la maison de l'autre côté de la rue.

77

Elle n'arrivait pas à détourner son regard, c'était plus fort qu'elle.

Après le briefing, Helen avait regagné son bureau pour approfondir les recherches sur Dean Clarke. McAndrew était partie en surveillance, Charlie enquêtait sur Lauren Scott et le reste de l'équipe poursuivait d'autres pistes. Helen avait donc tout loisir d'étudier de plus près leur suspect. Joseph Hudson l'avait rejointe – il disposait des compétences nécessaires pour naviguer dans le monde ténébreux de Clarke – et ce qu'il lui montrait défiait l'entendement.

Clarke était un homme extrêmement solitaire. Il entretenait une relation complexe avec son père et avait peu de distractions. Il n'avait pas de collègues, pas d'amis, pas de compagne. Son seul lien avec le monde était virtuel : il possédait une panoplie d'avatars, conversait avec des internautes anonymes, partageait des photos dérangeantes et des idées haineuses. Helen en avait vu d'autres attirés par cet obscur monde du dessous. Clarke y était-il perdu à jamais ? Lui restait-il une attache ici ?

À en croire les preuves devant elle, non. Hudson l'avait guidée dans les recoins les plus sombres du Web, il l'avait initiée à des groupes d'intérêt commun qui faisaient commerce du sadisme et de la violence. La fréquence de leurs publications et le caractère explicite de leur contenu étaient ahurissants. Ces types étaient l'incarnation de la dépravation et ils pouvaient la servir sous toutes ses formes.

— La plupart de ces vidéos ont été tournées en Irak, expliquait Hudson en affichant une nouvelle scène de brutalités. Il s'agit d'un sous-genre spécialisé, la torture militaire.

— Charmant...

— Plus c'est abominable, plus ils apprécient.

Le regard d'Helen était rivé à l'écran sur lequel un jeune soldat irakien, les bras attachés par du fil de fer, était affalé sur une chaise. Il était inconscient mais ses tortionnaires ne semblaient pas s'en soucier ; ils le frappaient chacun leur tour avec une chaîne de vélo. Le tout dans une atmosphère détendue, presque joviale ; les trois militaires posaient devant l'objectif en riant.

C'était répugnant, infâme. Était-ce là la conséquence de la terreur, de la paranoïa et de la soif de sang que créait la guerre ? Plus inexplicable encore était le plaisir que des individus ordinaires pouvaient prendre à regarder ces images ; des gens qui n'avaient jamais mis les pieds sur un champ de bataille, qui n'avaient jamais expérimenté la peur à l'état pur ni la souffrance authentique. La vidéo s'accompagnait de nombreux commentaires enthousiastes de spectateurs du monde entier qui appréciaient autant la scène que son contenu. Plusieurs même regrettaient de ne pas avoir pu participer, « Helmanned2008 » le premier. Il en profitait pour décrire, à renfort de détails explicites, ce qu'il aurait fait au prisonnier sans défense. À quoi plusieurs avaient seulement répondu « mdr ».

— On dirait qu'ils commentent un jeu de téléréalité..., murmura Helen avec colère.

— Il y en a pour tous les goûts sur le Net, répondit Hudson. Je peux vous montrer bien pire encore si vous voulez.

— Je passe mon tour. Est-ce qu'on connaît l'identité de ceux qui publient ?

Elle se tourna vers Hudson, il la fixait du regard. Ils étaient serrés l'un contre l'autre, penchés sur l'ordinateur portable mais il ne parut pas gêné le moins du monde d'avoir été pris sur le fait. Il répondit tranquillement :

— Il est encore trop tôt. Ils utilisent tous des pseudos, sans réelle signification. Nous croisons les noms avec ceux d'intérêt dans le cadre d'autres enquêtes et si ça ne donne rien, nous nous pencherons sur les lieux et dates de publication pour essayer de dénicher une adresse IP.

Helen se tourna de nouveau vers l'écran, figé sur un des militaires sur le point de frapper. Le visage du jeune homme était en sang, Helen n'avait aucune envie d'en voir davantage.

— Clarke a-t-il cherché à rencontrer l'un de ces internautes ? L'un d'eux est-il du coin ?

— Une fois, répondit Hudson en s'emparant du clavier. Mais selon nous, la rencontre ne s'est jamais faite. Clarke a proposé, son correspondant n'a pas donné suite.

Helen lut la conversation en question. Clarke avait relevé une référence à la côte sud dans un post de « horslaloi99 » et avait tenté une approche, sans succès. Son « ami » virtuel ne souhaitait visiblement pas de rencontre dans le monde réel.

Frustrée, Helen se tourna de nouveau vers Hudson et le surprit là encore en train de la fixer.

— Capitaine Hudson, j'apprécie votre enthousiasme et votre soin du détail… En revanche, je me dois de vous demander : c'est une habitude chez vous de dévisager vos supérieurs hiérarchiques ?

— Seulement quand il y a quelque chose à contempler, répondit-il du tac au tac.

— Eh bien, laissez-moi vous donner un conseil, répliqua aussitôt Helen en réprimant sa surprise. Pour avancer ici, il faut se démarquer, remarquer ce que les autres ont raté, trouver des pistes. Alors je vous prierais de rester concentré sur l'objectif, capitaine.

— À vos ordres, commandant, répondit-il avec un léger sourire en reportant son attention sur l'écran.

Ils se remirent à explorer les activités en ligne de Clarke, plongeant toujours plus profond dans l'abîme. Helen peinait à se concentrer. Elle avait voulu embarrasser Hudson pour l'intérêt éhonté qu'il lui portait mais il n'avait pas été ébranlé le moins du monde ; il reconnaissait même volontiers son attirance pour elle. Cette attitude était à la fois agaçante et curieusement admirable ; la plupart des hommes auraient battu en retraite devant la réprobation d'Helen. Mais lui avait campé sur sa position, loin d'être intimidé, sans jamais se montrer irrespectueux. Comme s'il lançait une invitation, ouverte et sans obligation. La tactique était habile ; elle troublait Helen en même temps qu'elle lui plaisait. Hudson était un bel homme, athlétique, séduisant, et son intérêt pour elle la flattait tout autant qu'il la surprenait, compte tenu de leur différence d'âge. Bien sûr, il était hors de question qu'il se passe quoi que ce soit. Une telle aventure serait inconsidérée, ce serait un manque de professionnalisme épouvantable. Et pourtant, l'espace d'un court instant, Helen se pelotonna dans la chaleur de cette attention. Ce n'était pas souvent qu'on osait s'approcher d'elle.

Elle vit cela comme un moment fugace d'optimisme, qu'elle conserverait précieusement pour l'aider à poursuivre sa sinistre tâche. Et aujourd'hui, elle en avait bien besoin.

78

— Pourquoi ?

Une question basique mais la plus difficile pour Charlie.

— Pourquoi ferait-on une telle chose ?

Charlie considéra le visage perplexe à l'écran. La connexion Skype avec Durban était mauvaise, le son n'arrêtait pas de se couper, mais elle avait réussi à délivrer à Bob Scott les éléments principaux concernant le décès de sa fille. L'homme de cinquante-cinq ans qui avait déménagé en Afrique du Sud avec son épouse cinq ans auparavant était abasourdi par la nouvelle. Il éprouvait de grandes difficultés à saisir le tourment qui s'abattait sur lui.

— C'est ce que nous nous efforçons de découvrir. Toute notre brigade y travaille. Et je vous assure que nous n'arrêterons pas tant…

— Vous dites que c'est en rapport avec un autre meurtre ? l'interrompit Scott.

— Oui, les circonstances suggèrent que les deux événements sont liés.

— Seigneur ! poursuivit l'homme en se passant la main sur le visage, déformé par le désespoir. Jamais je n'aurais imaginé que ça se passerait comme ça.

— Pardon ? fit Charlie qui n'était pas sûre d'avoir bien entendu.

— Eh bien, nous… La mère de Lauren et moi, on se doutait qu'on finirait par recevoir un appel de ce genre. Mais ça…

Il était incapable de prononcer les mots tant il était assailli par l'horreur. Charlie vint à sa rescousse.

— Pour quelle raison le redoutiez-vous ?

Scott retrouva une contenance, essuya une larme.

— Lauren était notre fille unique, nous lui avons tout donné... Mais elle était perdue. Difficile, renfermée, en colère. Elle... elle a eu une adolescence compliquée...

Il se tut un instant, comme hésitant à médire d'une morte.

— Mais ça a été encore pire après. L'alcool, la drogue, l'automutilation... À vingt ans, elle était accro à l'héroïne, c'est là que les choses ont vraiment déraillé.

— Comment ça ?

— Elle s'est mise à nous voler, à venir à la maison pendant notre absence. Elle piquait dans les magasins, elle mendiait, elle empruntait, tout ça pour se payer sa dose. Et quand elle ne pouvait pas faire autrement, eh bien... Vous savez.

Il n'eut pas besoin de préciser ; les arrestations de Lauren pour racolage étaient notées noir sur blanc dans le dossier ouvert devant Charlie.

— Que s'est-il passé selon vous ? s'enquit-elle. Qu'est-ce qui l'a poussée à se droguer, à adopter ce comportement autodestructeur ?

Scott haussa les épaules en signe d'ignorance.

— C'était peut-être qui elle était. Ou ses fréquentations. Ou alors c'est juste que la vie est pourrie parfois.

L'amertume teintait ses propos maintenant. Charlie l'observa, intriguée par les émotions contradictoires qui animaient ses traits. L'aigreur, la culpabilité, la stupeur mais aussi une profonde tristesse.

— Aviez-vous été en contact récemment ? Vous avait-elle fait part de ses projets ?

— La dernière fois qu'on s'est parlé, c'était il y a environ quatre ans. Ça valait mieux comme ça.

Sec et définitif. Charlie était choquée – et en colère – par ce rejet sans appel de son propre enfant. Elle n'avait pas imaginé une seconde qu'ils s'étaient à ce point éloignés.

— Pourquoi ça ?

— Parce que c'était trop difficile pour tout le monde. Elle ne pouvait pas changer, malgré tous nos efforts pour l'aider.

— Alors vous…

Charlie ne voulait pas dire « rayer de votre vie », mais elle ne savait pas comment le formuler autrement.

— Oh, n'allez pas croire que c'était notre décision. Ça ne l'était pas, affirma-t-il en lisant dans les pensées de Charlie. Mon épouse aurait gardé le contact, elle voulait que la communication reste ouverte, même après notre déménagement ici, mais Lauren s'y refusait. Elle a coupé les ponts avec nous.

— Pour quelle raison a-t-elle fait ça ? Elle avait encore besoin de vous, de votre soutien.

— De notre argent, vous voulez dire.

Nouvelle pique d'amertume, que Scott regretta aussitôt ; l'expression de son visage trahissait sa tristesse et sa lassitude.

— Lauren ne s'aimait pas. Je ne sais pas comment l'expliquer autrement. La bienveillance me pousserait à prétendre qu'elle nous a rayés de sa vie pour nous épargner. Elle se savait autodestructrice, profiteuse, malhonnête. Elle était comme ça et ne pouvait pas s'en empêcher. Elle était trop accro à la drogue à ce moment-là.

Charlie acquiesça avant de répondre :

— Je tiens à vous assurer que votre fille était clean à la fin de sa vie.

Une fois encore, Scott dévisagea Charlie comme si elle venait de le gifler.

— Elle allait aux réunions des Alcooliques Anonymes, à celles des Narcotiques Anonymes et elle avait repris sa vie en main. Elle avait un petit ami et tout allait bien pour elle.

L'homme s'effondra alors : le visage entre les mains, il se mit à sangloter bruyamment. Que sa fille soit brutalement assassinée alors qu'elle était sur la voie de la rédemption était trop dur à supporter.

— Je suis désolé, je suis désolé, marmonna-t-il d'une voix étouffée.

Charlie l'observa, le cœur brisé. Pourtant, le pire était à venir. Elle devait encore ajouter à son chagrin et lui annoncer que si la fatalité ne s'était pas abattue avec une telle violence sur sa fille, il aurait été grand-père. Mais Scott ne lui en laissa pas le temps.

— Quel gâchis...

— Je sais, répondit Charlie, la voix lourde d'émotion.

— Malgré tout, c'était une fille brillante. Avec beaucoup de potentiel.

— J'en suis sûre...

— Et nous étions très fiers d'elle. Pas de ce qu'elle était devenue, mais de celle d'avant. Elle avait de très bonnes notes quand elle a commencé l'université. Nous étions certains qu'un bel avenir l'attendait.

Les larmes roulaient sur ses joues. La compassion de Charlie céda le pas à l'interrogation.

— Pardon, vous dites que Lauren a étudié à l'université ? Nous n'avons trouvé aucune trace de son passage...

— Elle n'a pas passé son diplôme, répondit Scott avec détachement. Elle a arrêté au bout d'un an, et ça a été le début de la fin.

Charlie médita cette information.

— Dans quelle université était-elle inscrite ?

— Elle est restée ici, pour être près de ses amis et de la famille. L'université de Southampton avait très bonne réputation à l'époque.

Charlie se rencogna dans son siège, à court de mots. Un entretien qui promettait de n'apporter que tristesse et douleur venait tout à coup de lui offrir une nouvelle piste.

Un lien possible entre Tom Campbell et Lauren Scott.

79

L'attente avait été longue mais sa patience avait fini par payer.

Après s'être pris un savon par Simmons et s'être fait surprendre par Graham Ross, Emilia comptait bien reprendre l'avantage. Elle se trouvait à présent sur le parking du Premier Inn, que traversait à toute vitesse Matteo Dominici.

Jusque-là, ses articles sur le tueur du parc étaient bons, excellents même, mais ils manquaient d'un élément plus intime pour vraiment faire vibrer la corde sensible. Melanie Walton était encore trop secouée pour s'exprimer et elle avait refusé toutes les demandes d'interview. Les parents de Lauren Scott étaient à l'étranger et son petit ami avait disparu. Emilia avait vu les images qui le montraient en train de quitter son appartement ce matin et elle avait aussitôt enquêté auprès de son réseau de réceptionnistes, de portiers, de femmes de ménage dans les hôtels de la région, dans l'espoir qu'un peu d'argent de poche leur délierait la langue. Bien entendu, sa perspicacité avait été récompensée ; l'un de ses informateurs avait confirmé la présence d'un Dominici agité au Premier Inn de New Road plus tôt dans la journée.

Emilia s'y était précipitée… pour découvrir avec frustration que Dominici était parti presque aussitôt après son arrivée. Elle maudit sa longue conversation avec Simmons et son contretemps avec Ross ; elle aurait pu le croiser si elle avait été plus rapide. Néanmoins, s'armant de patience, elle s'était installée sur le parking et avait observé le défilé des clients de l'hôtel : hommes d'affaires, jeunes fêtards et maris infidèles.

Au bout d'un moment, Dominici avait refait surface. Il était descendu d'un taxi et s'était précipité vers l'ascenseur de service, sans doute pour éviter d'attirer l'attention. Mais Emilia l'avait devancé... Elle l'approcha d'une démarche nonchalante pour ne pas l'effrayer.

— Matteo ?

Il leva la tête d'un coup, surpris. Emilia avança et se planta droit devant lui, main tendue.

— Je suis Emilia Garanita. Je me demandais si vous auriez une minute à m'accorder ?

— Qui êtes-vous ? aboya-t-il.

— Je travaille pour le *Southampton Evening News*. Nous avons publié...

Il passa devant elle sans ménagement et se dirigea vers le bâtiment.

— Je sais que vous êtes en deuil, Matteo, poursuivit Emilia en lui courant après. Et que vous méritez qu'on respecte votre vie privée. Mais ignorer la presse n'est pas la solution. La meilleure chose à faire est de me donner votre version des faits, comme ça tout...

— Allez au diable !

— Je ne cherche pas à vous faire de la peine. Je comprends votre détresse, vraiment.

Dominici accéléra le pas, Emilia avait du mal à le suivre.

— Je cherche simplement à mieux connaître Lauren. C'était une femme merveilleuse, j'en suis sûre, et j'aimerais permettre à nos lecteurs de mieux la comprendre. Leur présenter la femme que vous connaissiez et aimiez.

— Non mais vous vous prenez pour qui ? lâcha Dominici en s'arrêtant brusquement. Prétendre vous intéresser à moi, à Lauren ?

Emilia ne se démonta pas.

— Je ne fais que mon travail, Matteo. Je vous citerai mot pour mot et je n'écrirai rien que vous ne souhaitiez pas. Parlez-moi de Lauren, racontez-moi...

— Vous n'obtiendrez rien de moi, rien du tout.

Il fit un pas en avant et repéra à cet instant un homme avec un téléobjectif qui prenait des photos de leur confrontation depuis l'autre extrémité du parking.

— Et lui, c'est qui ? rugit Matteo.

— Ne vous inquiétez pas, répondit Emilia d'un ton léger. Nous avons juste besoin de quelques photos, pour que nos lecteurs sachent que vous tenez le coup.

Elle se réjouissait d'avoir demandé à l'un de leurs photographes de la rejoindre. Les photos de Dominici fou de chagrin seraient parfaites en une. Mais leur modèle ne paraissait pas partager son enthousiasme.

— J'espère que vous brûlerez en enfer... Espèce de parasite.

Dominici s'avança vers elle et lui cracha au visage. Une grosse goutte de salive s'accrocha à sa joue gauche. D'instinct, elle recula d'un pas, de peur d'être agressée, mais Dominici tourna les talons et disparut dans les entrailles de l'hôtel.

— Ça va ?

Darren Hall, son collègue photographe, l'avait rejointe à la course.

— On ne peut mieux, affirma Emilia en attrapant un mouchoir dans son sac pour s'essuyer la joue. Tu as réussi à prendre quelque chose de bien ?

— Un peu, mon neveu !

— Alors dépêche-toi de tout envoyer.

Emilia retourna à sa voiture et jeta le mouchoir souillé dans un pot de fleurs. L'inquiétude de Darren était compréhensible, mais inutile. La vérité, c'était que lorsqu'elle l'avait décidé, Emilia pouvait tout encaisser. De nombreuses personnes fuiraient devant les ennuis, les insultes, les agressions. Pas elle.

En fait, elle adorait ça.

80

Il tenta d'apaiser sa respiration mais l'adrénaline fusait dans son corps et ses mains tremblèrent lorsqu'il étala les vêtements sur le lit.

C'était devenu son rituel. Le calme avant la tempête, un instant pour rassembler ses esprits. Mais pas seulement. C'était aussi le moment où la réalité s'effaçait pour laisser place à autre chose, de différent, de mieux. Il attrapa les lourdes bottes et passa les doigts sur l'épaisse semelle pleine d'aspérités. Elles étaient si dures, si sûres. Chaque fois qu'il les enfilait, il se sentait pénétré de cette assurance. Avec, il était fort, puissant, intouchable. Il les porta à son nez et huma leur odeur, un mélange entêtant de cuir et de caoutchouc.

Il les reposa et s'empara de son treillis. Lui aussi venait du surplus de l'armée ; il était impeccable. Ses vêtements de tous les jours étaient froissés et sales mais son treillis, jamais. Le pantalon était repassé et d'une propreté immaculée ; il aimait la façon dont le fer glissait sur le tissu noir. Il le gardait caché dans la vieille penderie, derrière des manteaux et des gilets mangés par les mites et il ne vivait que pour le moment où il le récupérait, en lissait la toile et l'admirait une fois étalé sur l'édredon.

L'impatience s'empara de lui et il l'enfila, savourant la sensation du tissu rêche contre sa peau. Grâce à lui, il se sentait entier. Il se sentait réel. À l'abri dans sa chambre triste et minuscule, les difficultés de la journée de travail s'éloignaient, comme si elles ne le concernaient plus. Les rideaux étaient toujours tirés, pour tenir le monde à l'écart, et lui permettre de se créer une autre destinée. Cet endroit était son sanctuaire, depuis toujours. Il contenait les seules choses importantes à ses yeux. Son uniforme, ses trophées, ses armes. Pour lui, c'était la terre promise.

Il jeta un coup d'œil à sa montre et se rendit compte avec un frisson qu'il était presque l'heure. La nuit était en train de tomber. C'était un appel auquel il ne pouvait plus résister. Il attrapa sa cagoule et la fourra dans son sac à dos avant de prendre son blouson. Il l'enfila et tira la capuche sur sa tête puis sortit de la chambre.

Cette fois, il ne se dirigea pas vers l'avant de la maison mais vers l'arrière. Si quelqu'un l'avait vu rentrer chez lui, il ne le verrait pas repartir. L'enjeu était trop grand pour se le permettre. Il ouvrit la porte-fenêtre et se glissa dans le jardin. De là, il n'y avait que quelques pas jusqu'au portail arrière ; il traversa sans hésitation pour rejoindre le Defender.

Au dernier moment, il s'arrêta, la prudence lui dictant de vérifier que le champ était libre. Personne alentour, il était seul. Il grimpa dans le 4 × 4 cabossé et démarra le moteur.

81

Joseph Hudson jouait avec le porte-clés, le faisant tourner dans un sens puis dans l'autre. Helen percevait son excitation, sa nervosité même, sa hâte de mettre le contact et de se lancer dans la bataille. Visiblement, la patience n'était pas son fort.

Osbourne faisait équipe avec McAndrew à l'avant ; ils avaient doublé les effectifs maintenant que la nuit tombait. Helen avait choisi de rejoindre Hudson près de l'extrémité de l'allée arrière, en partie parce qu'il lui revenait de surveiller la nouvelle recrue, en partie parce que l'homme l'intriguait.

— Alors comme ça vous roulez à moto ?

Hudson interrompit son geste et se tourna vers elle.

— Vous faites cavalier seul depuis longtemps ?

Le double sens fit sourire Hudson qui répondit :

— Le résultat d'une folle jeunesse.

Helen acquiesça. Sa propre obsession des deux-roues avait commencé à l'adolescence, quand Marianne et elle en volaient.

— Je n'en fais pas étalage mais j'ai grandi au sein d'une communauté itinérante irlandaise.

Helen, surprise, ne répondit pas. Les Travellers, comme on les appelait, s'engageaient rarement dans la police en raison de leur méfiance mutuelle.

— Nous étions sur la côte sud, pas très loin de Chichester. Nous n'avions pas de voiture, enfin pas tout le temps, alors j'ai grandi en conduisant des quads, des mobylettes, tous les engins qu'on pouvait construire ou retaper…

— Ça vous plaisait ? De grandir dans cette ambiance ?

— Qui n'aimerait pas faire la course en quad ? répondit Hudson d'un ton enjoué.

— Ma sœur et moi, nous n'avions que des deux-roues, mais je comprends ce que vous voulez dire. C'est la sensation de liberté que ça procure…

— Et de contrôle, l'interrompit Hudson. Pouvoir aller où on veut. Un jour, je suis parti et je ne suis jamais revenu.

Il nota la réaction d'Helen et poursuivit :

— Il ne s'était rien passé de particulier. Je savais juste ce que je voulais faire et ça ne collait pas avec la vie itinérante. Alors je suis allé à Londres et je suis reparti de zéro.

Helen médita ces paroles. Le parallèle avec sa vie était flagrant, sauf qu'elle était allée dans le sud pour changer de vie alors que Hudson avait gagné la capitale. Pour sa part, elle était ravie d'en être partie.

— J'ai rencontré une fille, je suis tombé amoureux, je me suis marié. Puis l'amour s'est éteint, j'ai divorcé et je me suis retrouvé à la case départ.

— Je vois.

— J'étais à ramasser à la petite cuillère, en vérité, mais j'ai toujours su ce que je voulais faire et c'est ce qui m'a sauvé. Le travail est mon échappatoire, ma planche de salut.

Encore un point commun. Plus Hudson se confiait, plus il l'étonnait.

— Alors j'ai suivi la formation et je me suis engagé. La Police métropolitaine de Londres ne comptait pas beaucoup de gens du voyage dans ses rangs à l'époque, poursuivit Hudson. Ils ont procédé à un examen minutieux de mes antécédents. Un peu comme vous maintenant.

C'était dit sur le ton de la plaisanterie. Helen esquissa un sourire et détourna le regard, scrutant la rue en quête de mouvement.

— On apprécie la rigueur ici. J'aime savoir à qui on a affaire.

— Prévenez-moi quand j'aurai passé le test.

Helen ne répondit pas et un agréable silence s'installa. Puis Hudson reprit :

— Et vous ? Il vous arrive de retourner sur le lieu de votre enfance ?

— Absolument jamais. J'espère qu'ils ont rasé l'endroit.

— Vous n'avez plus personne là-bas ? Ni amis ni famille ?

— Toutes les personnes qui comptaient pour moi sont soit mortes soit en prison. Mais j'imagine que vous le saviez déjà ?

Hudson ne prit pas la peine de nier.

— Ma seule connaissance de cette époque est la commissaire Simmons. Elle m'a rendu service à ce moment-là.

— Vous devez être contente qu'elle dirige le commissariat central alors.

Son tact plut à Helen.

— J'aimerais pouvoir dire que j'ai eu des patrons admirables, continua Hudson, mais pour être honnête, la plupart n'étaient rien d'autre que des carriéristes ou des opportunistes. C'est aussi pour ça que j'ai beaucoup bougé, j'ai cherché le poste qui me convenait.

Helen posa la main sur son bras. Hudson releva la tête, agréablement surpris par ce geste affectueux… Mais Helen regardait droit devant elle. Hudson suivit son regard et vit le Land Rover Defender filer devant eux dans un rugissement de moteur.

Clarke passait à l'action.

82

Ils roulèrent en silence. La tension qui avait saisi Hudson plus tôt s'était dissipée ; il était à présent concentré sur la mission. Sa conduite était assurée et calme, il louvoyait dans la circulation et évitait les véhicules plus lents tout en maintenant une distance raisonnable avec le Defender. La filature était un art : trop près, on se faisait repérer et trop loin, on se faisait semer. Helen se réjouit de voir que Hudson maîtrisait la technique, il gardait toujours deux voitures entre lui et le suspect sans jamais le perdre de vue.

McAndrew et Osbourne étaient de la partie aussi. Ils essayaient de devancer Clarke au cas où Helen et Hudson rencontreraient des difficultés.

— Nous sommes sur Swift Road, en direction de l'est vers le carrefour, annonça Helen dans sa radio. Quelle est votre position ?

Bref silence puis la voix d'Ellie McAndrew s'éleva, limpide.

— Nous sommes sur Western Grove Road, nous approchons des feux de signalisation. Nous prenons vers l'est, sauf contrordre.

Helen raccrocha et reporta son attention sur le Land Rover. Il ralentit à l'approche des feux et elle put discerner la silhouette de Clarke. Que faisait-il ? À quoi pensait-il ? C'était étrange de voir, juste devant eux, cet homme dont ils connaissaient intimement les habitudes et les penchants. De le savoir si près et pourtant hors de portée.

Le feu passa au vert et le Defender partit en trombe sur la droite. Aussitôt Helen s'empara de sa radio.

— Le suspect a changé de direction. Il se dirige à présent vers le sud-est sur Archery Road.

Hudson arqua un sourcil. *Archery* signifiant tir à l'arc, l'ironie n'échappait à personne.

Cependant le Land Rover tourna de nouveau et prit à gauche au carrefour suivant.

— Il se dirige maintenant vers le nord-est sur Weston Lane.

— Entendu. Nous prendrons par Archery Grove pour essayer de rester devant lui.

McAndrew raccrocha et Helen reporta son attention sur leur suspect. Où allait-il ? Il s'éloignait de New Forest et se rapprochait des limites de Southampton. Il y avait peut-être malgré tout une méthode dans sa folie. La conduite assurée et les brusques changements de direction inquiétèrent soudain Helen.

— Vous pensez qu'il nous a repérés ?

— Difficile à dire, répondit Hudson d'un ton prudent. Il conduit plutôt vite, mais il n'a pas tenté d'éviter les bouchons et n'a grillé aucun feu, ce qu'il ferait s'il voulait nous semer. Il est peut-être simplement concentré sur sa destination.

Helen espérait qu'il avait raison. Perdre de vue leur suspect était une chose, se faire repérer en était une autre. Il pourrait complètement disparaître, si c'était le cas.

— Merde !

Hudson enfonça la pédale de frein et leur voiture s'arrêta à quelques centimètres de celle de devant. Son jeune conducteur avait calé et il peinait à redémarrer. Hudson passa la marche arrière, recula et repartit en avant en contournant l'obstacle.

— Il est là.

Helen repéra le Defender, huit véhicules devant eux, à temps pour le voir à nouveau changer de direction et prendre à droite vers l'A3025.

— Il va vers l'autoroute ? Ça n'a aucun sens.

Hudson ne répondit pas, il accéléra pour passer avant que le feu ne change. Il vira à droite et rejoignit l'A3025, mais le Defender n'était nulle part en vue.

— Oh bon sang ! gronda Hudson en frappant le volant.

— Il a dû tourner quelque part, impossible qu'il ait déjà parcouru toute la rue.

Tous deux scrutaient les alentours et cherchaient désespérément une trace de Clarke.

— Mais où ? demanda Hudson, d'une voix tendue maintenant. Les rues perpendiculaires ne manquent pas par ici.

— Essayez Botley Road. Il semble rester sur les artères principales.

— C'est laquelle ?

— Celle-ci, fit Helen d'un geste de la main en s'en voulant d'avoir oublié que Hudson était nouveau en ville.

Il mit son clignotant et traversa la double voie pour s'engager sur Botley Road. Avec un immense soulagement, Helen aperçut le Defender au bout de la rue, il tournait à gauche. Faisant fi de toute prudence, Hudson enfonça la pédale d'accélérateur et poussa le moteur tandis que le véhicule de Clarke disparaissait à l'angle.

— Le suspect tourne à gauche sur l'A3024 depuis Botley Road.

— Entendu, répondit laconiquement McAndrew dont le duo peinait clairement à suivre les déplacements erratiques du suspect.

— Il ne pourrait pas rouler tout droit, pesta Hudson en voyant que Clarke mettait de nouveau son clignotant.

C'était à son tour de s'inquiéter qu'ils aient été repérés, mais Clarke ne respecterait certainement pas le Code de la route s'il pensait être suivi.

Le Defender attendait à un cédez-le-passage, ce qui leur permit de se rapprocher, puis il tourna à droite sur Linacre Road. Et là, Helen devina sa destination.

— Restez en arrière, avertit-elle tandis qu'ils roulaient dans une rue de banlieue paisible.

Hudson obéit et, comme attendu, le Defender ralentit avant de se garer. Helen se tourna vers Hudson et feignit d'être en grande conversation avec lui lorsqu'ils passèrent devant la voiture. Ils s'arrêtèrent plus haut dans la rue.

— Qu'est-ce qu'il mijote ? demanda Hudson en coupant le contact.

— Attendez, fit Helen en levant la main.

Clarke passait à l'action. Il referma sans bruit la portière côté conducteur, récupéra quelque chose dans le coffre puis, après avoir brièvement inspecté la rue, il s'élança dans une allée près d'un immeuble ancien. Alors, enfin, Hudson comprit.

— Nous sommes dans Linacre Road, s'exclama-t-il soudain en reconnaissant les environs.

— Exactement, répondit Helen en reprenant sa radio. Il va chez Lauren Scott.

83

À pas de loup, il s'approcha d'elle par derrière et posa les mains sur ses épaules. Charlie sursauta, fit volte-face, et se ressaisit aussitôt, secouant la tête devant sa propre bêtise. Steve lui massait souvent les épaules lorsqu'elle était comme ça, plongée dans son travail sur la table de la cuisine, mais ce soir, elle était si absorbée dans sa tâche qu'elle ne l'avait pas entendu arriver.

— Ça avance comme tu veux ? demanda-t-il en lui caressant l'omoplate.

— Bof…

— Je peux faire quelque chose pour t'aider ?

— Crois-moi, tu n'en as pas envie. Le travail d'enquêteur n'est pas aussi marrant qu'on le prétend.

Pour une fois, elle ne le rembarrait pas en douceur. D'habitude, elle tenait Steve à distance de son métier pour des raisons de sécurité mais, ce soir, elle lui évitait une déception. Depuis qu'elle était rentrée à la maison, elle était collée à son ordinateur. Elle n'avait fait une pause que pour coucher Jessica. Elle enquêtait sur le lien universitaire possible entre Campbell et Scott, et épluchait le registre des admissions de l'université de Southampton de 2008, l'année où Scott s'était inscrite. À l'époque où Charlie était étudiante, la photo d'inscription trônait sur la cheminée des parents et dans l'album de promotion. Aujourd'hui, tout se trouvait en ligne, ce qui aurait dû lui faciliter la tâche.

Et en effet, elle avait trouvé les portraits universitaires de Lauren Scott et de Tom Campbell, mais pas le point commun qu'elle espérait. Campbell avait un look très différent à l'époque : des cheveux longs et une boucle d'oreille, loin du jeune cadre dynamique qu'il était devenu. De son côté, Lauren, adolescente, paraissait encore plus fragile. Charlie ne trouva aucune photo d'eux ensemble, dans aucun club, aucune association, aucun événement sportif, aucune soirée. Tom Campbell avait commencé l'université deux ans avant Lauren Scott et apparemment ils n'avaient pas évolué dans les mêmes sphères, ce qui n'était pas une grande surprise. Quand Charlie était à la fac, les étudiants de première année et ceux de troisième année étaient deux espèces opposées. Gauches, incultes et immatures pour les uns et studieux, cultivés et concentrés sur l'obtention du diplôme pour les autres.

Qu'ils aient tous les deux fréquenté l'université de Southampton, quoique dans des filières différentes, était un point commun intéressant, mais au bout de deux heures, les recherches de Charlie ne révélèrent rien de plus fructueux. Elle avait dressé la liste de quelques noms à vérifier, des étudiants inscrits aux mêmes cours que Lauren. C'était là tout son butin. Il était peut-être temps d'arrêter et de faire le point avec le reste de l'équipe. Pour l'heure, ses collègues étaient en surveillance. Charlie espérait de tout cœur qu'ils s'en sortaient mieux qu'elle.

— Tu as fini pour aujourd'hui ?

— Ça vaut mieux. Je n'arrive à rien...

— Tant mieux, répondit Steve, en enfonçant ses pouces dans ses omoplates.

Les nœuds dans son dos se réveillèrent avec douleur avant de se délier sous la pression. Charlie ferma les yeux et se détendit : elle avait passé trop de temps penchée sur l'ordinateur et un massage était le bienvenu. Déjà, elle sentait les tensions de la journée se dissiper. Steve était doué, son toucher étonnamment délicat pour un mécanicien bien charpenté.

Il posa ses mains plus haut, frotta le bas de sa nuque, encore plus raide que son dos. Ce qui n'était pas peu dire.

— C'est bon ?

— Mmm, murmura Charlie. Douloureux mais bon.

Steve s'esclaffa et continua à appuyer pendant une minute ou deux avant de passer ses mains devant et de descendre sur son cou, ses clavicules, se glissant lentement entre ses seins qu'il frôla avec tendresse.

— Steve…

— Chut, répondit-il. La journée a été longue, il faut que tu te détendes. Jessica dort. Je viens d'aller la voir et elle est dans les bras de Morphée…

Il se pencha et l'embrassa dans le cou, s'y blottit avant de lui mordiller l'oreille.

— Steve…

Il continuait à la couvrir de baisers, tout en lui caressant les seins. Charlie savait où cela les mènerait et une part d'elle-même aurait succombé avec délice. Mais une autre savait qu'il fallait y mettre un terme.

— Steve.

Le ton était plus ferme cette fois. Elle repoussa avec douceur sa main et se tourna pour lui faire face. Il la considérait d'un air perplexe, un peu blessé.

— Désolé, je croyais que…

— Tu n'as pas à t'excuser, mais je ne peux pas. C'est trop pour moi.

À présent, Steve eut l'air vraiment inquiet et Charlie se sentit terriblement coupable.

— Je ne parle pas de tout ça, ajouta-t-elle en désignant leur intérieur, eux, Jessica. Bien sûr que non. C'est juste…

Elle hésita, en quête des bons mots.

— Je sais pourquoi tu te montres si attentionné… et je ne crois pas en être capable.

Il la dévisagea sans rien dire.

— Nous en avons parlé, je sais, et nous avons dit que le moment venu nous essaierions d'avoir un autre enfant…

Les larmes perlaient à ses yeux à présent et toute la frustration et les émotions des derniers jours la submergèrent.

— Mais avec tout ce qu'il se passe. Entre Jessica et cette affaire…

Elle prit une inspiration avant de murmurer :

— Et puis Joanne. Je… je ne m'en sens pas capable, c'est tout.

Steve la considéra, affecté et triste.

— Je suis désolée. Vraiment. Je sais que ce n'est pas ce que tu veux, ce que nous avions planifié…

Elle espérait de toutes ses forces qu'il dise quelque chose pour abréger ses souffrances, même si ce ne devait être que reproches et injures. Mais Steve se contenta de la fixer, la mâchoire serrée, la colère irradiant par tous les pores, son sentiment de trahison d'une limpidité aveuglante.

84

Il ne prit même pas la peine de lui crier dessus. La secrétaire de Gardiner avait informé Emilia que Simmons avait appelé le rédacteur en chef après leur conversation. Emilia s'était préparée à se faire remonter les bretelles pour la seconde fois de la journée. Mais Gardiner n'avait rien dit. Parce qu'il avait conscience que les actes téméraires d'Emilia permettaient de pimenter ses articles ? Ou parce qu'il était fatigué d'essayer de faire entrer son employée dans le moule ? Un peu des deux, sans doute. Quoi qu'il en soit, il paraissait se satisfaire de laisser couler. Personne ne décrochait les scoops comme elle.

— J'ai pensé qu'on pourrait publier un portrait compatissant de Matteo Dominici et Melanie Walton, annonça-t-elle. Les dommages collatéraux du tueur du parc, le traumatisme que vivent ceux qui restent. Insister sur ce qu'ils ont perdu, les projets qu'ils avaient, et rappeler qu'ils ont aussi frôlé la mort. D'après la rumeur, leur conjoint a été enlevé dans la tente alors qu'ils dormaient à côté.

Un frisson traversa Gardiner malgré lui. Emilia n'y avait jamais réfléchi mais peut-être que son rédacteur en chef adorait le camping, d'où son intérêt pour cette histoire.

— C'est une bonne idée, marmonna-t-il en étudiant la photo de Dominici sur laquelle il apparaissait complètement dérangé. Combien de pages il te faut ?

— Huit ?

— Bon sang, Emilia ! Je pensais à quatre maximum. Il se passe d'autres choses à Southampton en ce moment.

— Mais il n'y a qu'une seule actualité brûlante. Minimise-la à tes risques et périls.

— Bon, cinq.

— Six, et je m'y mets tout de suite. Il faut bien continuer d'informer le public, hein ?

Gardiner céda à contrecœur et attrapa son téléphone pour prévenir son adjoint pendant qu'Emilia rassemblait ses affaires.

— Sally, c'est Martin. Changement de programme...

Emilia partit en réprimant son sourire. Sally Jones, leur rédactrice en chef adjointe depuis toujours, n'appréciait pas beaucoup Emilia. Lui attribuer des pages supplémentaires n'allait pas lui plaire mais Gardiner avait tranché.

Emilia regagna son bureau et s'installa pour rédiger son article. Six pages, c'était beaucoup et si elle voulait être celle qui délivrerait l'information primordiale du lendemain et accentuer la pression sur Grace et son équipe, elle devait travailler vite. Elle avait à peine tapé quelques mots cependant quand son portable émit un bip. Surprise : c'était un message. Plus personne n'envoyait de SMS de nos jours.

« C'était chouette de se parler aujourd'hui. On remet ça ? »

Elle ne reconnaissait pas le numéro mais au ton du texto, elle se doutait qu'il ne venait pas de Simmons. Ce qui ne laissait qu'une seule possibilité... Graham Ross voulait poursuivre, voire approfondir, leur relation.

La bienséance aurait voulu qu'elle prenne le temps de répondre, d'en discuter avec ses collègues, d'évaluer les avantages et les inconvénients d'une rencontre – d'une association – avec un homme qu'elle connaissait à peine. Mais Emilia n'avait jamais eu froid aux yeux, elle faisait confiance à son instinct pour la protéger. À l'abri des regards, elle tapa sa réponse :

« Où et quand ? »

85

Qu'est-ce qu'il fichait là-dedans ?

Dans l'obscurité de la rue, Helen attendait depuis près de vingt minutes, cachée derrière des poubelles poussées dans une allée. De là, elle avait une vue imprenable sur l'appartement au troisième étage que Matteo Dominici et Lauren Scott avaient partagé.

Elle n'avait plus de visuel sur Clarke depuis qu'il s'était enfoncé dans la ruelle près de l'immeuble, mais elle était convaincue qu'il se trouvait dans l'appartement. L'allée en question longeait le jardin dont le vieux muret s'effondrait, suffisamment bas pour permettre à un homme de la taille de Clarke de le franchir. De là, était-il entré par la porte de derrière ? Ou avait-il tenté sa chance par l'escalier de secours ? Joseph Hudson, posté dans la rue à l'arrière de la résidence, venait de lui confirmer qu'il y avait bien un escalier de secours. Elle était prête à parier que Clarke l'avait emprunté pour gagner le troisième étage.

Et pourtant, il n'y avait pas le moindre signe de lui. Aucune lumière allumée ni faisceau de lampe-torche. Quel était son plan ? Venait-il chercher quelque chose dans l'appartement ? Voulait-il s'attaquer à Dominici ? Dans ce cas, il pouvait attendre un moment, puisque l'ami de Lauren était parti se réfugier ailleurs.

Helen jeta un regard vers la rue principale. Osbourne se tenait à une extrémité de Linacre Road, au cas où Clarke parviendrait à leur échapper et s'enfuirait à pied. McAndrew se trouvait à l'autre, s'il voulait regagner son véhicule. Tout était en place. Il ne manquait plus que le suspect.

Helen reporta son attention sur l'appartement et plissa les yeux pour tenter de percer l'obscurité. C'était frustrant de le savoir à l'intérieur, en train de s'y déplacer tranquillement à pas feutrés. Elle avait presque envie d'enfoncer la porte d'entrée et de monter voir. Mais elle savait d'expérience qu'il valait mieux laisser Clarke se dévoiler. N'empêche, elle mourait d'envie de connaître la raison qui l'avait attiré ici. Quelle part de colère ou de fascination envers Lauren Scott n'avait-il pas assouvi avec son meurtre brutal ?

Cette question la taraudait, une dizaine d'explications se bousculaient dans son esprit. Mais il ne fallait pas précipiter les choses.

Tout ce qu'elle pouvait faire, c'était attendre.

86

Il ne quittait pas l'immeuble des yeux.

L'échelle de l'escalier de secours à l'arrière du bâtiment avait été descendue et alors qu'il fixait les fenêtres du troisième étage, Hudson fut certain de voir passer plusieurs fois la silhouette de Clarke. Ce qu'il fabriquait là-haut restait un mystère, mais une chose était claire : si Clarke repartait par là où il était venu, Hudson serait le premier à le repérer.

Cette perspective était excitante. C'était l'occasion de prouver ce dont il était capable, à Helen, à l'équipe. Il avait plutôt assuré jusque-là, il avait remonté la piste de Dean Clarke, mais il fallait encore transformer l'essai. Dans les bois, il avait interrompu Martin mais ne l'avait pas capturé. Tout à l'heure, il avait filé Clarke avec efficacité mais aurait perdu sa trace sans l'intervention d'Helen. C'était bien, mais pas assez pour un capitaine ambitieux, désireux de s'imposer.

Il sortit sa matraque de son ceinturon et s'assura une nouvelle fois qu'on ne pouvait pas le repérer depuis les étages. Le jardin collectif était laissé à l'abandon, il n'avait eu aucune difficulté à y dénicher une cachette : un mûrier à l'épais feuillage le dissimulait en l'enveloppant dans son ombre généreuse. Impossible de le discerner dans l'obscurité d'encre qui accompagnait la nuit.

Un bruit, tout près. Léger mais bien audible. Hudson repéra un mouvement en hauteur. Une ombre apparut, descendit. La silhouette se déplaçait avec précaution, en silence. À sa taille, Hudson supposa que c'était Clarke, mais sans certitude : lorsque la silhouette se retourna, son visage était masqué. Seul le blanc des yeux était visible.

Hudson se ressaisit, il cliqua deux fois sur sa radio, le signal convenu, puis l'éteignit. La matraque brandie, il se mit en position, prêt à passer à l'attaque. La silhouette arrivait au bas de l'escalier.

Elle sauta avec légèreté sur le tapis d'herbe spongieux et s'immobilisa soudain, la tête tournée vers le bâtiment. Une lumière s'était allumée au deuxième étage, elle illuminait le jardin en contrebas. L'intrus resta abrité par les ombres, figé dans sa fuite. Hudson s'interrogea sur son état d'esprit. Allait-il tenter sa chance et s'élancer ou attendre patiemment ? La lumière s'éteignit et le jardin replongea dans l'obscurité.

L'homme se remit en mouvement et traversa sans bruit la pelouse. Il ne semblait rien transporter, rien ne l'encombrait, et Hudson s'interrogea une nouvelle fois : quel était le but de cette visite nocturne ? Avec de la chance, ils le découvriraient bientôt : le suspect se trouvait maintenant à une dizaine de mètres de lui.

Hudson se tendit. Il était à l'abri dans l'ombre mais si Clarke regardait dans sa direction il pourrait bientôt le voir. Le suspect semblait toutefois pressé de s'en aller et il passa devant l'arbuste sans se douter de rien. Pour Hudson, c'était le moment de passer à l'action. Il empoigna la silhouette par l'épaule et annonça :

— Dean Clarke. Je vous arrête…

Un coup de coude dans les côtes le propulsa en arrière. Il retenait Clarke par ses vêtements et l'empêcha de fuir. Un nouveau coup de coude, que Hudson parvint à éviter, et le bras de Clarke rebondit sur son flanc. Mais voilà que sa prise se débattait avec fureur et, pivotant, réussit à se libérer. Hudson comprit aussitôt qu'il prévoyait de sauter par-dessus le muret. Il abattit sa matraque sur le genou droit de Clarke, qui hurla de douleur, chancela. Hudson bondit sur lui, lui saisit le bras et le tordit dans son dos. Mais Clarke réussit à se retourner et à se libérer encore une fois. Hudson leva de nouveau sa matraque, croyant que Clarke allait s'échapper, mais celui-ci le surprit et fonça droit sur lui. Le sommet de son crâne atteignit Hudson au menton.

Sonné, il tomba à la renverse, s'écroulant dans l'herbe. Un instant, il fut désorienté, des étoiles scintillèrent devant ses yeux. Il ne reprit pas ses esprits à temps pour empêcher Clarke de lui sauter dessus. Il rua et se débattit pour tenter de repousser son assaillant alors même qu'une vague de nausée lui soulevait le cœur. Clarke le maintenait fermement au sol avec ses genoux. Hudson donna un coup de matraque qui l'atteignit à la tempe. Clarke poussa un gémissement, alors Hudson frappa de nouveau. Et encore. Sauf que cette fois, Clarke s'empara de son bâton et s'en servit pour l'étrangler.

Hudson hoqueta, la trachée compressée par la barre de métal. Déjà à bout de souffle, il peinait maintenant à respirer. Clarke appuyait de toutes ses forces, comme pour lui arracher la tête.

Les lumières dansaient devant les yeux de Hudson, la bile lui montait à la gorge. Il continuait de se débattre mais il perdait en force, privé d'énergie et d'oxygène. Il fallait qu'il se libère de Clarke mais il était en position de faiblesse, plaqué au sol, sous la pression d'un assaillant aux yeux luisant de cruauté et assoiffés de sang. Ces yeux fous et moqueurs seraient-ils la dernière chose qu'il verrait ?

Sa vision se voila. Il sombrait peu à peu dans l'inconscience, approchait du point de non-retour. Et soudain, la pression s'allégea, d'un coup. Son assaillant vola sur le côté, s'écrasa par terre près de lui. L'oxygène retrouva le chemin des poumons de Hudson qui se retourna à temps pour voir

Helen Grace l'enjamber et s'attaquer à Clarke. Ce dernier était déjà debout et lançait son poing gigantesque dans sa direction. Helen l'évita sans problème, l'attrapa par le bras et, usant de son élan contre lui, elle le fit tourner et le frappa à l'arrière du genou. Surpris, Clarke tomba au sol et s'affala dans l'herbe. Helen lui sauta dessus et, lui tordant les bras dans le dos, elle lui passa les menottes.

Hudson se redressa tant bien que mal sur les coudes. Le combat était terminé. Une seconde plus tard, une nouvelle vague de nausée l'assaillit et tout devint noir.

87

Il tournait en rond, faisait les cent pas.

Après le départ de son fils, Terry Clarke avait encore travaillé une demi-heure avant de terminer sa journée. Il effectuait ses tâches machinalement, s'occupait des factures, passait des coups de fil, mais le cœur n'y était pas.

Après avoir fermé la casse, il était rentré chez lui, toutes ses pensées tournées vers son fils et son comportement étrange. Que se passait-il ? Pourquoi cette brusque agressivité ? Jamais il ne l'avait vu si hostile. En tout cas, c'était la première fois qu'il l'agressait. Ces temps-ci, Dean bouillonnait, près d'exploser à tout instant. Terry priait pour ne pas se trouver dans les parages quand ça arriverait.

Il arpenta le salon, jeta un autre coup d'œil par la fenêtre. Où se rendait-il le soir ? Qu'est-ce qui le retenait si tard dans Southampton ? Il n'empestait pas l'alcool, ni le parfum, et il ne faisait aucun effort vestimentaire particulier. Sa seule tenue un peu élégante n'avait pas été sortie depuis des semaines. Personne ne l'appelait jamais sur son portable ni au travail, alors avec qui traînait-il ? Que faisait-il ?

Terry se rendait compte à quel point il connaissait peu son fils. Les choses ne s'étaient pas arrangées après la mort de Nancy. C'était elle le ciment de cette famille, et désormais Dean passait de moins en moins de temps avec son père. Il travaillait dur la journée mais il gardait ses distances, puis disparaissait à la nuit tombée. Comme si l'idée de rester sous le toit familial était insupportable. Pourtant, quelque chose l'animait, le consumait. Il passait tout son temps libre sur son téléphone, même si Terry était bien en peine de dire ce qu'il fabriquait avec. Une fois, il avait essayé d'allumer l'appareil pour voir ce qu'il contenait de si intéressant, mais il était protégé par un mot de passe. Il avait laissé tomber. Dean le lui ferait payer cher s'il devinait ce qu'il avait fait.

Terry Clarke s'immobilisa. Malgré tous ses efforts, il n'arrivait pas à se calmer, à rester tranquille. Une part de lui songeait qu'il ferait mieux de sortir, d'aller au pub du coin. Cette maison, cette pièce avec son tapis élimé et son canapé taché, le déprimaient. Et pourtant, son instinct le forçait à rester, comme si quitter le domicile revenait à quitter sa famille.

Il reprit ses allées et venues. Puis quelque chose à l'extérieur attira son attention. Il se figea. Il ne distinguait pas les véhicules qui s'arrêtaient devant chez lui mais il voyait parfaitement les gyrophares allumés. Il s'approcha de la fenêtre et remarqua deux voitures de police et plusieurs autres banalisées. Des policiers en sortirent et se précipitèrent vers sa maison. Ils tambourinèrent à la porte.

Terry Clarke resta figé sur place, appuyé contre la vitre, à regarder les lumières bleues qui tournaient. Il sut tout à coup avec une clarté absolue que son monde était en train de s'effondrer.

88

— De quoi s'agit-il ? Je suis vraiment pressée.

Nigella Ware était l'image même de la maman active moderne. En tailleur et talons, elle portait plusieurs sacs et dossiers et s'efforçait de manœuvrer une énorme poussette pour franchir la porte d'entrée. Elle avait l'air las et excédé, distraite par son enfant qui tapait son jouet contre la capote. Charlie compatissait ; une nuit difficile avec Steve, passée à se disputer, entre désespoir et colère, l'avait laissée à fleur de peau. Elle n'en avait pas moins une piste à suivre et des questions à poser.

— Nous enquêtons sur Lauren Scott, annonça Charlie en sortant sa carte de police. Vous avez peut-être entendu les nouvelles ?

À la réaction de Nigella, c'était certain.

— J'essaie de retrouver des personnes qui la connaissaient à l'époque de l'université. Je crois savoir que vous étudiiez la géographie ensemble ?

— Oui, nous suivions le même cours, confirma Nigella d'un ton méfiant. Mais nous n'étions pas très proches.

C'était suffisant pour Charlie. Elle n'avait qu'une courte liste de noms à vérifier et la plupart, jusque-là, n'avaient rien donné.

— Nous n'avons pas besoin d'une déposition officielle, se hâta de poursuivre Charlie en notant que le volume sonore des cris de l'enfant augmentait. J'essaie seulement de me faire une idée de sa vie à cette époque. Je sais qu'elle a eu des problèmes et qu'elle a arrêté les cours au début de sa deuxième année.

— Écoutez, je ne la connaissais vraiment pas. Je ne faisais pas partie de son monde...

Charlie songea qu'elle faisait allusion à la drogue mais n'insista pas. Ware était pressée de s'en aller, seul son sens moral l'empêchait d'envoyer Charlie paître tout de suite.

— ... Et elle ne traînait pas avec les étudiants de notre classe. Le mieux, ce serait que vous parliez à ses colocataires. Elle partageait une maison à Portswood, je crois.

Ware se tut, rattrapée par les souvenirs. Charlie se prit soudain à espérer ; la moindre information, même minime, était bonne à prendre.

— Vous vous rappelez leurs noms ? Quelqu'un en particulier dont elle aurait été proche ?

— Ils étaient plusieurs..., dit-elle d'un air absent. Ça n'arrêtait pas de tourner, mais je crois qu'elle était assez proche d'Aaron Slater et de Julia Winter.

Charlie nota les noms dans son calepin.

— Mais ça ne va pas vous avancer.

Charlie releva les yeux, intriguée.

— Aaron Slater a engrossé une Américaine en dernière année et il a déménagé aux États-Unis. Et Julia est dans le coma.

Un instant, Charlie fut à court de mots. Nigella reprit :

— Enfin, je crois. Elle a raté ses examens de première année et elle a essayé de se suicider. Elle est sous assistance respiratoire à l'hôpital South Hants... Mais pour être honnête, je ne suis même pas sûre qu'elle soit encore en vie. Maintenant, si vous voulez bien, je dois vraiment y aller.

Charlie la laissa partir. Son petit garçon hurlait à pleins poumons maintenant. Elle en aurait bien fait autant. Elle suivait toujours les nouvelles pistes gonflée d'énergie et de détermination, mais ce matin il était difficile de rester positive. C'était peut-être le contrecoup de sa dispute avec Steve ou la nature opaque de cette affaire, mais son manque de progrès manifeste la déprimait au plus profond. Peut-être qu'elle dramatisait, peut-être que la fatigue ternissait son humeur, mais son incapacité à dénicher une connexion tangible entre Campbell et Scott lui laissait penser que la piste universitaire était une impasse.

Dans une enquête qui manquait déjà sérieusement d'indices, elle craignait que ce ne soit pas la dernière.

89

— Il va falloir vous décider à parler à un moment donné, Dean. Alors arrêtez votre cinéma et répondez à la question.

Dean Clarke dévisagea Helen sans un mot. Après une nuit en cellule, il avait été jugé apte à être interrogé par le médecin de service, qui avait confirmé que ses blessures étaient superficielles. Fort heureusement, celles de Joseph Hudson aussi. Helen lui avait tout de même ordonné de prendre sa matinée pour récupérer. Puisque Charlie suivait une autre piste, et qu'elle avait ses propres soucis, Helen avait demandé à McAndrew de la seconder. Jusque-là, Clarke refusait de parler à l'une ou l'autre, ou de s'expliquer sur sa présence dans l'appartement de Lauren Scott. En fait, il avait tout refusé : la présence d'un avocat, l'appel téléphonique, à boire. Il était décidé à faire obstruction par son silence.

— Écoutez, je serais ravie de vous inculper sans déclaration de votre part. Si vous voulez la jouer comme ça, très bien. Mais j'aimerais comprendre ce que vous faisiez dans cet appartement, Dean. Vous connaissiez Lauren Scott ?

Il secoua la tête lentement.

— Et Matteo Dominici ?

Idem.

— Et pourtant vous êtes allé chez eux. Il y avait d'autres logements plus accessibles dans cet immeuble ; la porte arrière du rez-de-chaussée n'est pas sécurisée. Mais vous êtes allé directement au troisième, vous avez forcé la fenêtre et vous avez passé une demi-heure à l'intérieur. Pourquoi ?

Aucune réaction cette fois. Seulement un regard impassible.

— Nous avons retrouvé ceci sur vous, intervint McAndrew en lui montrant un sac de scellés qui contenait des colliers et des bagues. Ce sont des bijoux sans valeur, alors pourquoi les avoir volés ? En quoi vous sont-ils précieux ?

Toujours pas de réaction.

— Je n'ai pas besoin de vous apprendre que Lauren Scott a été assassinée, reprit Helen. Abattue et pendue à un arbre, laissée à se vider de son sang. Que pouvez-vous nous dire là-dessus ? Pourquoi vous être attaqué à elle ?

Enfin, Clarke réagit. Il poussa un faible grognement tout en secouant la tête.

— Nous connaissons votre propension à ce genre de choses. Nous avons vu ce que vous faisiez en ligne, Dean, tant sur l'Internet classique que sur le dark web. Nous savons que vous publiez régulièrement des images explicites de violence sous les pseudos « A/RHelmand » et « Helmanned2008 ».

Un léger tressaillement. De peur ? D'hostilité ?

— Nous savons également que vous achetez et échangez des armes peu communes : des poignards, des masses d'armes, des arbalètes. Je pense pouvoir affirmer que c'est vous…

Helen lui présenta une capture d'écran de l'homme masqué, dont la taille et la corpulence correspondaient à celles de Clarke, qui regardait dans la lunette de visée d'une arbalète. Clarke passa la langue sur ses lèvres mais ne fit aucun commentaire. Pour la première fois, il détourna les yeux.

— Lauren Scott a été abattue de trois flèches, des carreaux tirés avec une arbalète. De même que Tom Campbell. Tous deux ont été enlevés puis transportés dans un Land

Rover Defender, semblable à celui que vous conduisiez hier soir pour vous rendre à Linacre Road. Nous procédons en ce moment même à l'analyse de votre véhicule, à la recherche de traces de sang, de salive, d'épiderme. Nous examinons également un rouleau de corde retrouvé dans votre coffre. Vous voyez où je veux en venir, n'est-ce pas, Dean ?

Clairement ; et il n'aimait pas ça.

— Simple curiosité, pourquoi les avoir pendus ? Quel était l'intérêt ? Vous nous laissez perplexes sur ce point.

Elle avait dit cela avec un sourire, comme une invitation à se confier à des amis. Mais la réponse fut pour le moins laconique.

— C'est des conneries.

— Ça m'intéresse, pour de vrai, insista Helen. J'ai vu pas mal de choses au cours de ma carrière, mais là... c'est spécial. J'aimerais que vous nous aidiez à comprendre de quoi il s'agit. Qu'est-ce que Lauren Scott vous avait fait ? Qu'est-ce que Tom Campbell vous avait fait ?

— Je connais pas ces gens.

— Mais si, Dean, et de façon très personnelle. À tel point que vous les avez enlevés et tués sans que personne remarque quoi que ce soit, même pas ceux qui dormaient à côté d'eux.

— Vous avez aucune preuve, affirma-t-il avec colère.

— Au contraire, nous en avons des tas. Pas seulement des preuves de votre nature violente et sadique, ou de votre passion pour les armes, nous savons aussi pour vos excursions nocturnes régulières...

Nouveau frémissement. Cette fois Helen perçut de la peur.

— Nous avons aussi votre moyen de transport, votre visite à l'appartement de Lauren pour y chercher... quoi ? Des trophées ? Des souvenirs ? Et nous avons la preuve que vous harceliez Tom Campbell les jours qui ont précédé son enlèvement et son meurtre.

Maintenant, Clarke paraissait effrayé.

— Après votre petite balade d'hier soir, nous avons vérifié les images de vidéo-surveillance dans les rues autour du domicile de Tom Campbell. Nous n'avons rien trouvé les soirs qui ont suivi sa mort mais regardez ces arrêts sur image...

McAndrew fit glisser sur la table une photo en noir et blanc du Land Rover Defender.

— Voyez la plaque d'immatriculation. Il s'agit de votre véhicule. Et là, sur celle-ci, on peut distinguer votre visage...

Un autre angle de vue montrait Clarke en train de regarder par la vitre côté conducteur. Bien que plongé dans l'obscurité, il était parfaitement reconnaissable.

— Nous avons des photos qui prouvent votre présence en deux occasions sur Madeley Road, lui apprit Helen. À moins de cent mètres du domicile de Tom Campbell.

Elle laissa à cette information le temps de faire son chemin dans l'esprit de Clarke.

— Vous le suiviez, n'est-ce pas ? Vous étudiiez peut-être sa routine ? Vous saviez peut-être déjà qu'il allait camper et vous attendiez le bon moment pour frapper.

— Non...

— Alors que faisiez-vous là-bas ? Qu'est-ce qui vous attirait tant chez Tom Campbell ? Ou peut-être que c'était sa fiancée, Melanie, qui vous plaisait ?

— Je les connais pas, je vous dis, insista Clarke.

— Et je ne vous crois pas, Dean. À moins qu'il y ait une autre raison à votre présence dans leur rue ? Et dans l'appartement de Lauren Scott ?

Dean Clarke baissa la tête tout en donnant des coups de pied répétés dans la table. Helen l'observa avec un sentiment de satisfaction grandissant. Il allait craquer.

— Qu'avaient-ils fait, Dean ? Pourquoi eux ? poursuivit-elle. Tom allait se marier, Lauren était enceinte...

Clarke se figea.

— Vous l'ignoriez ? Elle était enceinte de deux mois, un petit garçon. Elle avait l'avenir devant elle, une famille. Mais vous avez anéanti tout cela.

— Non...

— Aucun juge ne se montrera clément. Ce bébé avait autant le droit de vivre que Lauren et Tom. Vous encourrez trois peines de prison à perpétuité. Sans parler de ce dont vous écoperez pour tentative de meurtre sur un officier de police.

Clarke émit un petit son étranglé, entre le cri et le rugissement. Il avait la tête sur le billot à présent. Helen donna le coup de grâce.

— Mon équipe procède actuellement à la fouille de votre domicile. Je parie qu'ils vont trouver une arbalète. La même arbalète qui a servi à tuer Tom Campbell, Lauren Scott, l'enfant qu'elle portait.

— Arrêtez..., marmonna Clarke, en se prenant la tête entre les mains.

— Alors dites-moi pourquoi vous avez fait ça. Pourquoi avoir assassiné trois innocents ?

Clarke continua de marmonner dans sa barbe en secouant la tête. Helen répéta :

— Dites-moi pourquoi !

90

Joseph Hudson se regarda dans le miroir, écœuré par son reflet.

Son col montant couvrait à peine l'ecchymose sur son cou, qui s'étendait de son menton à sa pomme d'Adam, et les coupures et les égratignures qu'il avait sur la joue étaient impossibles à dissimuler. Une bonne couche de fond de teint – il en gardait toujours un tube dans sa trousse à pharmacie –, avait permis de les atténuer mais sans plus. Le pire étant que, même si sa trachée n'avait pas subi de dommages irrémédiables, sa gorge était enflammée et sa voix, rauque et éraillée, trahissait son traumatisme.

Malgré tout, les dégâts causés à sa réputation étaient plus douloureux encore. Les entailles et les bleus s'estomperaient mais son combat contre Clarke resterait dans les mémoires. Certes, son adversaire était un homme imposant, qui s'entraînait pour rester en excellente condition physique, mais Hudson aussi. En outre, il avait eu pour lui l'élément de surprise. Il avait alpagué Clarke, il le tenait... et il s'était quand même retrouvé plaqué au sol, étranglé avec sa propre matraque à lutter pour sa survie. Les policiers blessés par leur arme personnelle faisaient l'objet de moqueries particulières.

Bien sûr, il aurait pu ne pas survivre du tout sans l'intervention à point nommé de sa patronne. Lorsqu'elle avait reçu son signal, Helen avait gagné l'arrière de l'immeuble pour participer à l'arrestation de Clarke. Et elle avait dû franchir le muret et se précipiter pour lui sauver la vie à la place ! Si l'expérience l'avait secoué, elle le laissait surtout couvert de honte.

Non pas parce qu'il avait été sauvé par une femme – il n'était pas un vieux macho – mais parce qu'il voulait l'impressionner. La brigade qu'il venait d'intégrer était l'une des meilleures, Helen était un commandant exigeant, et il s'était préparé en conséquence, décidé à donner le meilleur de lui-même. Et depuis qu'il l'avait rencontrée, qu'il passait du temps auprès d'elle, il était encore plus résolu à faire ses preuves et à l'éblouir. Elle était impressionnante et admirable, certes, mais elle dégageait aussi une certaine vulnérabilité qu'il trouvait attirante. Ils avaient des expériences similaires, ils avaient tous les deux gravi seuls les échelons et étaient des loups solitaires. Il s'était laissé bercer par la douce illusion qu'elle pourrait être intéressée par lui, mais quelles seraient les chances que ça arrive maintenant qu'il s'était ridiculisé en se laissant dominer par un illuminé qui rêvait de notoriété et de bains de sang ? Quoi qu'il ait fait dans ces bois, Clarke n'était pas armé quand Hudson l'avait approché, et il avait quand même eu le dessus.

Ainsi, alors qu'il continuait à fixer son visage tuméfié dans le miroir, Hudson ne vit ni les contusions, ni les coupures. Seulement la honte.

91

Elle rit sous cape, savourant sa victoire. Les coordonnées s'affichaient sur l'écran devant elle : Dean Clarke, trente-huit ans, vivant à Woolston.

Elle avait un nom, enfin.

La nouvelle d'une arrestation était tombée ce matin. Depuis, Emilia essayait en vain de joindre ses contacts dans la police du Hampshire pour avoir des infos. Comme elle aurait eu besoin d'un informateur, d'une taupe au sein des forces de l'ordre ! Mais dernièrement, elle n'avait trouvé personne d'assez faible ou désespéré pour cela.

Elle méditait toujours là-dessus lorsqu'elle s'était garée devant les locaux du *Southampton Evening News*. Tandis qu'elle manœuvrait sa Corsa dans le minuscule emplacement, son attention avait été attirée par un véhicule remorqueur qui repartait chargé d'une voiture. Une idée lui était alors venue. Si la police avait un suspect, son domicile allait être fouillé, ainsi que son lieu de travail, en quête de pièces à conviction. Et, puisque les deux victimes avaient été transportées d'un camping à un lieu d'exécution dans les bois, le véhicule qu'il possédait serait lui aussi inspecté.

Emilia s'était précipitée dans le bâtiment pour récupérer le numéro de la fourrière de la police, qui se chargeait en général des voitures volées. Emilia y avait un contact, un chauffeur du nom de Jamie Mavers, qui lui avait déjà rendu service par le passé. Elle l'avait aussitôt appelé.

— Ouais.

Mavers n'était pas un homme à se confondre en politesse.

— Jamie, c'est Emilia Garanita. Comment ça va ?

— Bien. Et vous ?

— On ne peut mieux. J'aurais besoin d'une information. Vos services auraient-ils ramassé quelque chose d'intéressant ces dernières vingt-quatre heures ? Un 4 × 4 peut-être ? Un véhicule tout-terrain ?

— Oui. Pourquoi ça ?

— Qu'est-ce que vous pouvez me dire à son sujet ? Il y a cinquante livres à la clé pour vous.

— On a ramassé un Land Rover sur Linacre Road hier soir. Il a été apporté directement à Meredith Walker pour analyses.

— À qui il appartient ?

— Aucune idée.

— Vous pourriez me donner le numéro de la plaque d'immatriculation ?

Silence au bout de la ligne.

— Je sais pas si je devrais...

— Et si je double la récompense ?

— Ça marche.

Quelques minutes plus tard, Emilia était plongée dans la base de données des cartes grises. Très vite, elle avait trouvé le véhicule ainsi que le nom du propriétaire. Tout ce qu'il lui restait à faire, c'était creuser un peu ses antécédents et elle aurait son scoop. Qui avait besoin d'informateur quand une bonne dose de débrouillardise suffisait à obtenir tout ce qu'on voulait ? Lancée dans ses recherches, Emilia laissa son visage se fendre d'un large sourire.

Parfois, elle s'étonnait elle-même.

92

— C'est votre dernière chance, Dean. Dites-moi ce qu'il s'est passé.

Clarke n'avait pas prononcé un mot depuis dix minutes, il fixait le sol en se frottant le visage. Il semblait au bord de la catatonie. Helen craignait qu'il ne se renferme complètement sur lui-même ou bien qu'il n'explose de colère et de frustration. Elle devait le convaincre de parler, s'ils voulaient donner un sens à ces crimes.

— Si vous ne dites rien, je vais devoir en conclure que vous êtes coupable. Je n'aurai alors pas d'autre choix que de vous inculper – ici et maintenant – pour trois meurtres, une tentative de meurtre, l'agression d'un officier de police, résistance à une arrestation, effraction et intrusion, vol...

À chaque délit mentionné, Dean semblait se ratatiner un peu plus, comme si la réalité de la situation pénétrait enfin son esprit.

— Nous pouvons faire venir quelqu'un pour vous assister pendant que vous nous racontez votre histoire. Un avocat, un ami, votre père peut-être...

Helen laissa sa suggestion en suspens. Son père et lui avaient une relation compliquée mais il était tout ce qu'il restait à Dean.

— ... Mais je ne peux rien faire pour empêcher ça, poursuivit-elle. Une fois que vous aurez été inculpé, il y aura une audience de mise en liberté sous caution, mais avec des charges aussi graves…

Elle ne pouvait pas le menacer directement d'incarcération, mais le sous-entendu était clair. Clarke se passa la main dans les cheveux, les yeux toujours baissés, et marmonna entre ses dents, comme pris entre deux feux. Des gouttes de sueur perlaient sur son front, l'une d'elle roula sur sa joue droite.

— Si je vous parle, vous devrez m'aider…

— Bien sûr.

— Je peux pas aller en prison. Je peux pas être enfermé…

Son arrogance et son air bravache avaient soudain disparu. Il paraissait diminué, rabougri, recroquevillé comme un enfant.

— Ça, je ne peux pas le promettre, Dean. Mais je peux vous assurer que tout sera beaucoup plus simple pour vous si vous coopérez. Si vous reconnaissez votre culpabilité, vous pourrez…

— J'ai rien fait, rien du tout.

— Allons, Dean ! s'exclama Helen qui commençait à perdre patience. Vous étiez sur la bonne voie…

— Je dis pas que je suis totalement innocent. J'ai commis des délits, je le sais…

— Dites-m'en plus. Aidez-moi à comprendre.

— C'est moi, là. Dans Madeley Road, continua-t-il avec un geste du menton en direction des photos sur la table. Mais j'étais pas là pour lui. Pour Campbell…

— Pour quoi alors ?

— Je faisais du repérage.

Helen le dévisagea avec intensité pour tenter de le percer.

— J'ai cambriolé une maison dans la rue d'à côté. Depuis Madeley Road, je pouvais accéder au jardin de derrière sans être vu.

— Quelle était l'adresse ? s'enquit Helen, sceptique.

— Elm Road, numéro quatorze, non, seize.

— Quand avez-vous commis ce cambriolage ?

— Le jour de cette deuxième photo. Le 18, je crois.

Helen se tourna vers McAndrew qui, saisissant le message, se leva aussitôt et quitta la salle d'interrogatoire.

— Et Lauren Scott ? Pourquoi être allé chez elle ? Vous n'avez pas fait de repérage chez elle.

— J'ai vu les infos.

— Pardon ?

— Ils parlaient de cette fille assassinée et ils montraient son copain qui quittait leur appartement, chassé de chez lui par les journalistes, pour aller se planquer dans un hôtel.

Helen l'observa, une horrible pensée se formant dans son esprit.

— J'ai eu quelques problèmes sur des coups précédents. Je me suis fait surprendre une ou deux fois. Alors je me suis dit que là, c'était du gâteau. Personne dans l'appartement, entré et sorti ni vu ni connu…

— Vous espérez vraiment que je vais croire que vous avez ciblé un appartement à Thornhill ?

— C'est pas le quartier le plus huppé, c'est sûr, mais tout le monde possède quelque chose de valeur. Sauf qu'eux, non. Juste des bijoux de pacotille.

— Donc, vous me dites que vous avez cambriolé plusieurs maisons, volé du matériel de grande valeur et que vous continuez à vivre chez votre père et à travailler pour lui. Que faites-vous de votre argent, Dean ?

Mais alors même qu'elle posait la question, Helen comprit.

— Les armes, murmura-t-il. Chaque livre que j'ai gagnée, je l'ai dépensée pour les armes.

Il tremblait de tous ses membres à présent, submergé par le soulagement de la confession. Mais autre chose l'animait. La honte.

— Voyons si j'ai bien compris. Vous prétendez être un soldat des forces spéciales, avoir combattu pour protéger ce pays, abattu nos ennemis, libéré les opprimés. Mais en réalité, vous dévalisez les innocents, de pauvres gens vulnérables et sans méfiance, et vous vous nourrissez de leur détresse.

Helen s'efforçait de rester calme mais son sang bouillait. Elle exsudait la colère et la frustration et était prête à éviscérer Clarke pour ses mauvaises actions. Mais il était inutile d'en rajouter. La tête entre les mains, il se mit à sangloter. Des pleurs grossiers et déchirants.

La fureur d'Helen se dissipa aussitôt, remplacée par la stupeur et la résignation. Un coup frappé à la vitre lui fit lever les yeux et elle vit McAndrew, l'air grave et soucieux, qui hochait la tête d'un air entendu. Helen poussa un long soupir, laissant échapper toute sa déception.

Dean Clarke était coupable. Mais il n'était pas l'assassin qu'ils recherchaient. C'était le cambrioleur en série qui terrorisait les habitants de Southampton depuis des semaines.

93

— On en est sûrs ?

La question du lieutenant Edwards exprimait parfaitement le désespoir que ressentait toute l'équipe. Charlie et Hudson les avaient rejoints, ils venaient de vérifier les dernières informations ; Helen nota en revanche la réaction curieusement mitigée de ce dernier face à ce nouveau revers.

— Clarke nous a donné la liste des propriétés qu'il prétend avoir cambriolées. Elles correspondent aux plaintes de nos dossiers. Et comme seulement deux des adresses ciblées ont été divulguées au public, son implication paraît tout à fait crédible. De plus, les descriptions fournies par certains des témoins pendant les cambriolages concordent avec la taille, la corpulence et l'accent de Clarke. Dans son Land Rover, nous avons retrouvé les outils typiques pour ce genre de délit.

Les officiers étaient dépités mais Helen n'avait pas le choix : elle devait porter le coup final.

— Enfin, Meredith Walker vient de me confirmer que, si les pneus du véhicule de Clarke sont bien de vieux Avons, leur motif ne correspond pas aux traces relevées sur la scène de crime. Ils ont des rustines, un travail bâclé qui date un peu, ce qui contredit les indices retrouvés au camping...

— Retour à la case départ, alors, conclut Edward, affligé.

— Non, se hâta de répondre Helen pour ne pas laisser l'abattement les gagner. Nous disposons d'un large faisceau de preuves en rapport avec le mode opératoire du tueur, le véhicule qu'il conduit. Nous avons également une photo de lui à exploiter. Mais oui, nous devons nous orienter vers d'autres suspects potentiels, étudier l'affaire sous un nouvel angle. En attendant, notre travail n'est pas terminé.

Quelques hochements de tête résolus et approbateurs rassurèrent Helen.

— Bien, passons en revue les éléments à notre disposition. Lieutenant Osbourne, qu'en est-il de l'homme renvoyé du club de tir à l'arc ?

— Il est en vacances aux Philippines avec sa sœur. Ils sont partis il y a dix jours, donc on peut l'éliminer.

Helen réprima au mieux sa déception.

— Et pour les autres passionnés d'armes ? demanda-t-elle en se tournant vers Reid.

— Il reste encore quelques vérifications à faire, mais il n'y a aucun spécialiste des arbalètes. Ce sont surtout des amoureux des armes à feu, tous veulent jouer les gangsters.

— Et du côté du numéro de téléphone en commun, alors ? Celui qui apparaît dans le journal des appels de Campbell et de Scott ?

— On a retrouvé le correspondant, répondit Edwards aussitôt. Le numéro appartient à une certaine Mme Mavis Stemple, enseignante à la retraite à Freemantle. Elle souffre de sclérose en plaques et a un alibi. On peut donc supposer que sa carte SIM a été clonée.

Helen retint un juron. Chaque piste de cette affaire semblait mener à une impasse.

— Ça ne nous avance pas beaucoup, poursuivit Edwards, mais ce qui est intéressant, c'est qu'il y a eu plusieurs appels successifs, puis plus rien juste avant les meurtres.

— Très bien, il faut remonter la piste de ce numéro. Je m'occupe d'obtenir les autorisations nécessaires, vous lancez la machine, répondit Helen avant de reporter son attention sur Charlie. Capitaine Brooks, où en est-on avec Lauren Scott ?

— Eh bien, je creuse la possibilité d'un lien universitaire entre Scott et Campbell. Lauren Scott a étudié à l'université de Southampton pendant un peu plus d'un an avant de laisser tomber...

— Pourquoi n'avons-nous pas eu cette information plus tôt ? l'interrompit Helen avec étonnement.

— Elle n'a pas passé les examens et n'a pas été diplômée, alors rien n'est ressorti lors de nos recherches préliminaires. Quoi qu'il en soit, ses amis les plus proches à cette époque étaient Aaron Slater et Julia Winter. Le premier vit aux États-Unis, j'essaie de le contacter, et la deuxième se trouve à l'hôpital South Hants. Elle est dans le coma suite à une tentative de suicide et elle ne va pas pouvoir nous aider. Mais j'ai parlé avec son père, qui a accepté de nous rencontrer. Ce n'est peut-être rien, mais j'aimerais creuser la dépression de Scott. Sa toxicomanie s'est amplifiée au début de la vingtaine, ça vaut le coup de savoir pourquoi selon moi.

— Très bien, je vous accompagne, répondit Helen, heureuse de tenir une piste, aussi ténue soit-elle. En attendant, au travail ! Le capitaine Hudson prend les commandes ici, mais vous savez ce que vous avez à faire. Revoyez chaque indice, les dépositions des campeurs et des gérants des campings, trouvez ce qui a pu nous échapper. Élargissons également le champ des recherches pour le Land Rover. Contactez les garages et les carrossiers, voyez s'ils ont réparé ce genre de véhicule, s'ils ont noté quelque chose de particulier. Regardez du côté des véhicules volés aussi. Si les caméras de surveillance routière ont repéré des Land Rover déclarés volés, je veux le savoir. Cette voiture reste notre meilleur ticket pour coincer notre homme.

Helen mit fin à la réunion et rassembla ses affaires pour suivre Charlie à l'hôpital. Les autres officiers regagnèrent leurs bureaux pour relire les dossiers, passer des appels, suivre les pistes. Malgré le revers qu'ils venaient d'essuyer dans l'enquête, ce tableau redonna du courage à Helen. Sa brigade ne l'avait jamais déçue et elle pourrait compter sur elle aujourd'hui encore. Malgré toute cette bonne volonté, quelque chose la perturbait. Une inquiétude sourde la taraudait.

Pas une fois au cours de la réunion Joseph Hudson n'avait croisé son regard. Il avait gardé les yeux rivés au sol tout du long.

94

Emilia se dirigea vers le bureau de Gardiner en fredonnant joyeusement. Les bureaux dans la salle de rédaction étaient alignés de telle sorte qu'ils formaient une allée menant directement à sa porte. Aux yeux d'Emilia, c'était le défilé de la victoire, avec le vent dans le dos. Tout à fait la sensation qu'elle éprouvait ce matin : la satisfaction du travail bien fait. Elle gagna le bureau d'un pas assuré et la tête haute.

Elle pétait le feu ! Il n'y avait pas d'autre façon de le dire. Après avoir découvert l'identité du suspect, elle avait fait quelques recherches puis pondu deux mille mots sur le pauvre Clarke. De toute évidence, ce type n'avait rien pour lui : une éducation médiocre, aucune perspective, des antécédents de délits mineurs et des problèmes psychiatriques. Tout cela semblait l'avoir propulsé dans une sorte d'étrange monde imaginaire. D'aucuns pouvaient trouver dérangeantes les photos de lui en train de poser avec une arbalète ou des poignards, mais pour elle, elles étaient ridicules et Emilia était hilare devant ses tatouages militaires. Comme si les forces spéciales de l'armée pouvaient engager un guignol pareil.

Arrivée au seuil de la porte de Gardiner, elle passa la tête. Le rédacteur en chef était en conversation avec son bras droit, Sally Jones, mais il l'invita à entrer.

— Je t'ai envoyé mon papier sur Dean Clarke. J'imagine que tu n'as pas eu le temps d'y jeter un œil ?

Elle savait que si mais elle voulait savourer son triomphe.

— Oh, je l'ai lu. Et je l'ai retiré.

L'espace d'un instant, Emilia crut qu'elle n'avait pas bien entendu.

— Je ne comprends pas. Je peux tout prouver, j'ai vérifié tous les faits…

— Le problème, c'est que nous venons d'apprendre que Clarke n'est plus considéré comme suspect, déclara Jones avec un air satisfait.

— Il a écopé de six inculpations pour cambriolage, expliqua Gardiner. C'est lui qui braquait tous les riches de Southampton.

— Mais… Je…, bafouilla Emilia, abasourdie par le gâchis de ses efforts du matin.

— Tout n'est pas perdu, continua Jones. Puisque vous avez fait une bonne partie du travail de fond sur ces cambriolages, vous n'aurez aucun mal à bricoler une nouvelle une. Pour dans quarante-cinq minutes ?

Emilia regagna son poste avec raideur en jurant entre ses dents. Elle détestait avoir un train de retard et elle méprisait le ton sournois et triomphal de Jones. Elle s'effondra sur son siège et ouvrit ses notes concernant les cambriolages, avant de commencer à taper machinalement sur son clavier. Elle se fichait de la qualité, elle n'avait pas le temps de peaufiner, et elle n'avait pas le cœur à l'ouvrage. Ses pensées étaient tournées vers le tueur du parc, et sur ce qu'elle allait faire pour reprendre la main. Pour prouver à tout le monde ici qu'elle était vraiment la meilleure. Et alors qu'elle tapait sur les touches, son regard tomba sur son téléphone portable. Elle l'attrapa d'un geste vif et déroula la liste de ses contacts jusqu'à trouver le numéro de Graham Ross. Après une seconde d'hésitation, elle envoya un message.

« Vous êtes dispo maintenant ? »

95

— Je suis le commandant de police Helen Grace. Vous connaissez ma collègue, le capitaine Brooks, je crois ?

— Nous nous sommes parlé, répondit Oliver Winter en adressant un signe de tête à Charlie tandis qu'il serrait la main d'Helen. Vous avez des questions, m'a-t-elle dit.

— Si vous pouviez nous accorder un peu de temps, nous vous en serions reconnaissantes.

Tout en prononçant ces mots, Helen glissa un regard vers la vitre qui donnait sur le service des soins intensifs. De là, ils avaient une vue imprenable sur le lit de Julia Winter, allongée immobile et branchée de toutes parts.

— On peut aller prendre un café, rapidement. Je n'aime pas m'éloigner trop longtemps de Julia...

— Comme il vous convient, dit Helen en indiquant le bout du couloir.

Cinq minutes plus tard, ils étaient installés dans la cafétéria surchauffée, trois cafés au lait devant eux. Malgré la situation de sa fille qui le préoccupait, Winter se montrait ouvert et cordial. Il s'exprimait en choisissant ses mots, avec un léger accent suédois, encore perceptible après vingt-cinq ans passés dans le sud de l'Angleterre.

— Depuis combien de temps Julia est-elle ici ? demanda Helen d'un ton hésitant.

— Ça fait presque huit ans maintenant, répondit Winter avec calme. Elle a sauté du pont d'Itchen. Vous connaissez sûrement.

En effet. L'endroit était réputé pour le nombre de suicides qui s'y commettaient.

— Les médecins disaient qu'elle ne s'en sortirait pas. Elle a subi un grave traumatisme crânien, une hémorragie interne importante. Mais ma fille est une battante...

Il avait parlé avec fierté mais Helen lisait la tristesse dans ses yeux. Après huit ans passés au chevet de sa fille, l'homme avait le teint pâle et le visage ridé.

— Elle a survécu, même si en vérité ce sont les machines qui la maintiennent en vie. Au début, ils croyaient qu'elle resterait dans un état végétatif permanent, mais moi, j'étais convaincu qu'elle pouvait m'entendre, qu'elle comprenait ce qu'il se passait. Nous avons essayé différentes méthodes pour établir le contact et pendant un temps, nous avons pu communiquer.

Winter lut la surprise sur le visage des deux femmes et sourit.

— Nous pouvons lui poser des questions simples et lire ses réponses à travers une cartographie cérébrale. Selon qu'elle pense oui ou non, une partie différente de son cerveau s'illumine. C'était merveilleux de pouvoir lui parler à nouveau.

Son émotion était palpable, sa voix, enrouée.

— Et maintenant ? demanda Helen avec douceur.

— Elle a contracté une pneumonie il y a quelques semaines. Depuis c'est un combat permanent pour assurer son bien-être, pour éviter l'encombrement de ses bronches, alors nos conversations ont été mises de côté.

Il esquissa un sourire triste, sans pouvoir s'empêcher de jeter un nouveau regard vers le service où sa fille était étendue.

— Si vous le voulez bien, je souhaiterais vous poser quelques questions sur l'époque où Julia était à l'université. Je crois savoir qu'elle vivait en colocation avec Lauren Scott ?

— En effet. Elles partageaient une maison à Portswood. Après l'accident de Julia, Lauren est restée en contact quelque temps, elle lui rendait visite quand elle pouvait. C'était une gentille fille malgré tout.

— Vous avez sans doute vu les infos.

— Oui, ça m'a fait de la peine d'apprendre ça. J'étais triste mais pas étonné.

— Pour quelle raison ? s'enquit Helen qui ne s'attendait pas à cette réponse.

— Parce que je me doutais que ça finirait mal pour elle. Pas comme ça bien sûr, mais je me disais bien que les journaux parleraient d'elle un jour.

— Pourquoi dites-vous cela ?

— Parce qu'elle était fragile. Parce qu'elle attirait les ennuis.

— Même à cette époque ?

— Surtout à cette époque, répondit Winter avec fermeté. Je crois que c'est pour cela que Julia et elle étaient amies. La vie à la fac était dure pour toutes les deux. Julia souffrait de vivre loin de la maison et suffoquait sous la charge de travail. Lauren se préoccupait peu de ses études, elle n'était là que pour faire plaisir à ses parents. Et elle a rencontré les mauvaises personnes, elle a commencé à se droguer, s'est endettée…

Helen se pencha en avant, intriguée et impatiente d'en apprendre davantage sur la jeune Lauren.

— Aucune des deux n'aimait sa vie là-bas mais elles ont fait face, chacune à leur manière. Julia a tout intériorisé et Lauren a fait le contraire, elle s'est lâchée. Elle cherchait juste à se défoncer le plus vite possible. J'aimais bien Lauren, mais j'avais peur pour elle. C'était le genre de fille à ne jamais se sentir bien dans sa peau.

Une fois encore, l'esprit d'Helen se tourna vers les parents de Lauren. Se pouvait-il qu'il y ait eu négligence de leur part ? Voire maltraitance ?

— Julia vous a-t-elle fait part des causes du mal-être de Lauren ? demanda Charlie, comme si elle lisait dans les pensées d'Helen.

— Non, Julia était loyale, elle ne partageait pas les secrets des autres. Mais Lauren donnait l'impression de se sentir seule. Ses parents ne s'intéressaient pas à elle ou bien ils désapprouvaient ses choix, je ne sais pas. Et elle était fille unique, alors…

— Elle était seule et vulnérable, donc ?

— Je crois qu'elle recherchait l'approbation, l'affection, partout où elle pouvait la trouver. Et elle n'était pas très douée pour cerner les gens.

Helen accueillit cette remarque d'un hochement de tête.

— Vous disiez qu'elle avait de mauvaises fréquentations. Vous vous souvenez de quelqu'un en particulier ? Son dealer ? Ceux avec qui elle se droguait ?

— Pas vraiment. Ça remonte à neuf ans. Il y avait un Aaron quelque chose. Il habitait aussi avec elles.

— Aaron Slater.

— C'est ça. Quant aux autres… Julia et Lauren étaient proches mais elles semblaient changer d'amis aussi souvent que de tenues. Chaque fois que je lui rendais visite, il y avait de nouvelles têtes chez elle.

— Pensez-vous…, commença Helen sans savoir si elle devait poser la question. Pensez-vous qu'il soit possible que les parents de Lauren lui aient fait du mal, d'une manière ou d'une autre ? Quand elle était jeune, je veux dire.

— Je n'en ai aucune idée, répondit très vite Winter. Il faudra voir ça avec eux.

Helen acquiesça et Winter, conscient d'être sur la défensive, ajouta :

— Ce qui est sûr, c'est que je ne les ai pas appréciés, les quelques fois où je les ai croisés. Mais je ne peux rien dire sur leur vie de famille, ce ne serait pas correct.

— Évidemment.

Helen se tourna vers Charlie qui secoua lentement la tête. Elle n'avait pas d'autres questions.

— Une dernière chose, reprit Helen en ouvrant son dossier pour en sortir une photo. Je me demandais si à tout hasard vous reconnaissiez cet homme ?

Elle lui présenta le portrait de Tom Campbell. Sa dernière carte à abattre, une ultime tentative pour tirer quelque chose d'utile de cet entretien. Sauf que Winter anéantit ses espoirs.

— Désolé, non.

— Il était peut-être différent à l'époque. Les cheveux plus longs, une boucle d'oreille…

Elle lui montra une autre photo, celle de la carte d'étudiant de Campbell. Alors, à la surprise d'Helen, une ombre voila le visage de Winter. Troublé, il s'empara des deux clichés et les rapprocha pour les comparer.

— Mon Dieu, c'est Tommy.

— Pardon ?

— En tout cas, c'est comme ça qu'il se faisait appeler à l'époque. Jamais je ne l'aurais reconnu sur cette photo. Il leva les yeux vers Helen.

— Et c'est… ? Tommy a aussi été… ?

— Oui, Tom Campbell a été assassiné il y a cinq jours. Vous le connaissiez ?

— Je ne l'ai rencontré qu'une fois ou deux mais je suis sûr que c'est lui. Même si j'ignorais son nom de famille.

Il fixait Helen avec stupeur mais réussit à murmurer :

— C'était le petit ami de Lauren.

96

Helen s'éloigna de l'hôpital à vive allure, Charlie sur ses talons. Après le revers qu'elles avaient essuyé avec Clarke, elles se sentaient toutes les deux revigorées par leur entretien avec Winter. Si elles avaient redouté que ces homicides violents ne soient l'œuvre d'un déséquilibré ou d'un esprit malin qui s'attaquait aux vacanciers innocents, elles avaient désormais la certitude qu'il existait un lien concret entre les victimes et un mobile à ces meurtres.

— Pour commencer, je veux qu'on passe au peigne fin toutes leurs communications. E-mails, appels, textos, messageries privées, WhatsApp, messagerie professionnelle. Il faut découvrir si Campbell et Scott ont été en contact ces derniers mois.

— Tu penses qu'ils ont rallumé la flamme ? demanda Charlie.

— Pourquoi pas ? D'après Winter, ils étaient inséparables pendant la première année de Lauren. Elle vivait toujours ici et lui venait quotidiennement à Southampton pour le travail.

— On devrait vérifier auprès des hôtels ; les réservations de chambres, les reçus de cartes de crédit…

— Tout à fait. Nous devons absolument découvrir s'ils se voyaient encore, s'ils étaient toujours amoureux.

— Tu crois que l'un des conjoints est impliqué ? demanda Charlie. S'ils avaient une liaison…

— C'est possible mais ça m'étonnerait. Ils m'ont paru sincères tous les deux.

— Complètement d'accord.

— En plus, d'après les indices, le monoxyde de carbone a été introduit dans la tente pour endormir tous les occupants. Dominici ne faisait pas semblant, selon moi.

— Un rival alors ? Quelqu'un qui ne supportait pas leur relation ?

— Tout est possible mais nous ne savons pas s'ils se fréquentaient toujours. Nous devons garder l'esprit ouvert. Enquêtons aussi du côté de la drogue.

Surprise par ce changement de direction, Charlie interrogea Helen du regard.

— Lauren a des antécédents de consommation de stupéfiants mais sa toxicomanie s'est amplifiée à la fac. À l'époque où elle sortait avec Campbell. Nous savons que Tom Campbell a été inculpé pour possession quand il était adolescent, et qu'il aurait pu écoper d'une inculpation de possession avec intention de vendre. Il a étudié la biochimie à l'université, il a côtoyé le monde de la drogue…

— Tu crois qu'il dealait ?

— Peut-être. Il aurait tout à fait pu fabriquer de l'ecstasy ou de l'acide en laboratoire. Des drogues synthétiques aussi. Le cannabis de synthèse a pris son envol en 2008, quand il était déjà à la fac.

— Et il avait tout une clientèle à disposition.

— Exactement.

Elles avaient atteint la voiture de Charlie.

— Tu crois qu'il dealait encore ? Que ce serait pour ça qu'ils se seraient revus ?

— J'en doute. Ç'aurait été bien trop risqué. Il avait un bon boulot, une belle maison. Le jeu n'en aurait valu la chandelle que s'il avait joué gros. Nous devrions de nouveau examiner ses finances, au cas où.

— Mais peut-être qu'il consommait encore. En tout cas il aimait l'alcool et la bonne chère. Lauren essayait de décrocher mais il lui était déjà arrivé de replonger.

— Même s'ils n'étaient plus en contact, poursuivit Helen en réfléchissant à voix haute, il est possible que quelqu'un de leur passé étudiant soit impliqué dans leurs meurtres. Quelqu'un qui vit encore dans la région.

— On s'est focalisés sur Lauren, mais on devrait creuser la vie estudiantine de Tom Campbell. C'était lui la première victime, après tout.

Charlie dévisagea Helen, un léger sourire aux lèvres.

— Bien vu, répondit Helen. Retourne au poste.

Elle se dirigea vers sa moto, puis ralentit le pas et se retourna.

— Et bien joué, Charlie. C'est grâce à toi si nous en sommes là.

97

C'était un coup de poker. Et elle allait rafler la mise.

Il avait fallu dix minutes à Emilia pour se rendre chez Ross, dans le quartier de St Denys. En chemin, elle avait imaginé le déroulement de leur rencontre et s'était une nouvelle fois demandé si elle avait bien fait d'accepter son invitation. À son arrivée, elle avait envoyé un SMS à une collègue pour lui dire où elle se trouvait et laisser entendre ce qu'elle comptait retirer de son entretien officieux avec le photographe. Un procédé classique lorsqu'on rencontrait un indic et que la situation était incertaine. Et même si cela n'offrait aucune protection tangible, c'était au moins l'assurance de ne pas disparaître de la surface de la terre sans que personne ne soit au courant. Emilia n'était pas peureuse de nature, elle savait se défendre, mais le destin tragique de Kim Wall, la journaliste assassinée dans un sous-marin, était encore très vif dans son esprit. Disparaître complètement des radars n'avait rien de bon.

Ross lui avait réservé un accueil chaleureux et jouait les hôtes attentionnés tout en la complimentant sur son travail. Il semblait très intéressé par ses projets d'avenir et, au début, elle avait eu l'impression de passer un entretien d'embauche. Très vite, cependant, elle avait pris les rênes de la conversation ; après l'avoir laissé l'interroger le temps d'avaler une tasse de thé, elle avait reporté l'attention sur lui.

— Alors, vous travaillez dans l'équipe de Grace depuis longtemps ?

— Pas du tout. J'ai pratiqué partout au Royaume-Uni. À Belfast, Glasgow, Manchester, Leeds...

— Vous avez dû en voir, des choses...

— En effet, répondit-il de bon cœur en s'étirant. Et pourtant chaque scène de crime réserve ses surprises.

— Comment ça ?

— Eh bien, on me donne les grandes lignes avant mon arrivée – violence domestique, overdose, crime sexuel – et je visualise la scène. Et souvent, ce que j'ai imaginé est ressemblant, mais ce sont les petits détails qui interpellent. Ce que les victimes ont fait pour essayer de survivre, le souvenir qu'elles serrent encore entre leurs doigts, la façon dont le corps a été disposé après la mort. Chaque détail raconte une histoire.

Ross semblait fier de ses connaissances, de sa perspicacité, et Emilia orienta la discussion sur l'affaire actuelle. Avec étonnement, elle découvrit que Ross se montrait plutôt dédaigneux envers les efforts d'investigation de Grace jusqu'à présent. Emilia peinait depuis toujours à trouver des officiers au commissariat central de Southampton qui ne portaient pas le commandant aux nues.

— Ils sont allés droit dans le mur avec Dean Clarke, déclara Ross une fois qu'Emilia lui eut fait comprendre qu'elle savait qu'il n'était plus suspecté. Ce type est un voyou, un aspirant soldat sans cervelle qui ignore comment faire ça...

Il désigna d'un geste les photos explicites des cadavres qui étaient étalées sur la table basse, indécentes à côté du thé et des biscuits. Elles attendaient Emilia à son arrivée, comme si Ross avait exposé sa marchandise.

— Il serait peut-être capable d'enlever les victimes, de les traquer, mais je ne vois pas du tout ce qui a pu leur faire croire qu'il aurait l'idée de les disposer comme ça.

Emilia contempla les corps sans vie de Scott et de Campbell pendus à des arbres, puis se tourna vers Ross.

— Que voulez-vous dire ? demanda-t-elle comme si elle ne comprenait pas, pour l'inciter à se dévoiler.

— Voyez par vous-même. Les deux victimes n'ont pas seulement été assassinées, elles ont été humiliées, pendues haut et court. Celui qui a fait ça aime chasser, oui, mais c'est le résultat final qui compte. L'exposition.

— Qu'est-ce que ça signifie ?

— Qui sait ? répliqua Ross avec un petit rire. En tout cas, c'est intéressant, non ?

Il se pencha un peu plus près d'Emilia, posa l'index sur la photo.

— L'auteur cherchait peut-être à les couvrir de honte. Ou alors il espérait qu'ils serviraient de repas aux oiseaux et aux animaux de la forêt, que leurs corps se décomposeraient avec le temps. Peut-être qu'il voulait faire étalage de sa force et de son pouvoir, en les tuant et en les disposant ainsi. Ou si ça se trouve, ça lui plaît juste de nous embrouiller. Mais ce n'est même pas le plus intéressant…

Pour Emilia, ça l'était. Elle essayait encore de discerner un mobile à ces meurtres. Mais elle ne releva pas.

— … Ce qui est intéressant, c'est la mise en scène, poursuivit Ross presque d'une traite. Regardez l'encadrement, la façon dont les corps ressortent, enveloppés par la clairière. C'est épouvantable, bien sûr, mais c'est aussi artistique, beau même.

Il paraissait subjugué par la photo.

— C'est en cela que réside sa puissance.

Il se tourna vers Emilia.

— C'est une de mes meilleures photos et croyez-moi, j'en ai pris un paquet.

— Vous en avez d'autres de ce genre ? s'enquit Emilia, piquée par la curiosité.

Ross ne lui répondit pas tout de suite. Il se leva et l'invita d'un geste de la main à le suivre au fond de l'appartement.

98

— Il faut qu'on entre dans leurs têtes.

Joseph Hudson délivrait ses ordres à une équipe composée de jeunes officiers et de quelques analystes. Après sa visite à l'hôpital, Helen l'avait chargé de mener les recherches numériques sur les deux victimes. Elle l'avait laissé seul à bord, sa présence requise ailleurs, ce dont il était secrètement soulagé.

— Nous recherchons une connexion, un lien entre eux. Des preuves d'une relation romantique, sexuelle ou commerciale, d'un flirt innocent, d'animosité, de rancœur… N'importe quoi. S'ils ont été en contact, nous devons le découvrir.

Les policiers acquiescèrent, attendant la suite.

— Donc… On examine leurs dépenses, leurs déplacements, leurs loisirs. Nous savons que Campbell et Scott se fréquentaient à la fac. Voyons s'ils ont remis le couvert. Vous laissez tomber tout le reste, ceci est la priorité numéro un.

Tous le dévisagèrent, enthousiastes mais toujours immobiles.

— Eh bien ? Vous attendez quoi ? aboya-t-il en faisant sursauter une jeune analyste. Au boulot !

Ils se levèrent et partirent à la hâte accomplir leurs missions. La jeune informaticienne éberluée regagna son bureau, plongée dans une conversation animée avec sa collègue. Hudson s'en voulait de l'avoir effrayée. Peut-être était-elle seulement sous le choc, peut-être avait-elle eu l'impression que l'agacement de Hudson était dirigé contre elle. Quoi qu'il en soit, il n'aurait pas dû provoquer une telle réaction chez elle. Il irait lui parler plus tard, et s'excuserait.

De retour à son propre bureau, lui aussi s'attela à la tâche. Helen lui avait confié une mission spécifique, importante, et il comptait l'accomplir avec brio. Mais voilà qu'il semblait incapable de se concentrer, son attention revenant sans cesse sur la pauvre analyste, toujours en train de discuter. Hudson avait fait de son mieux pour faire bonne impression à l'équipe, en montrant l'exemple. Mais il ne les connaissait toujours pas et maintenant sa réputation était ternie.

Le pensaient-ils sous le coup de son affrontement avec Clarke ? Ou le trouvaient-ils brusque, incapable de gérer le stress d'une enquête criminelle ? Cette idée le fit bouillir de rage. Il avait déjà dirigé de nombreuses affaires. Aucune aussi déroutante que celle-ci, certes, mais quand même...

Il avait envie de crier, de leur ordonner d'arrêter de cancaner et de se mettre au travail, mais il refoula sa colère, se leva et s'approcha du tableau d'enquête. Planté devant, il observa les portraits de Campbell et de Scott ainsi que les notes manuscrites qui les entouraient. Aux yeux des autres, il examinait les indices et cherchait à établir des liens. En réalité, il tentait de se ressaisir.

Tout avait plutôt bien commencé pour lui à ce poste, le plus difficile mais le plus stimulant de sa carrière. Succéder à un officier mort en service était compliqué, l'équipe souffrait forcément de la disparition et du remplacement de leur collègue. Mais au sein d'une brigade soudée, dirigée par un commandant aussi exigeant, la tâche était encore plus ardue. Pourtant, ses débuts s'étaient bien passés. Il avait sympathisé avec Helen Grace et Charlie Brooks, et participé positivement à l'enquête avec des interventions judicieuses. Mais pour quel résultat ? Clarke était son suspect, mais il n'était au final qu'un simple cambrioleur. Un individu malveillant et violent, certes, mais rien qu'un voleur. Pire encore, Hudson était sorti vaincu et humilié de sa confrontation avec lui. Les autres se moquaient-ils de lui en ce moment ? Surtout, que pensait Helen Grace de lui ? Regrettait-elle de l'avoir intégré à sa brigade ? Était-ce la raison pour laquelle elle lui avait confié du travail de bureau, pendant qu'elle interrogeait les témoins avec Charlie ?

Une nouvelle fois, Hudson sentit la colère monter en lui. Et là encore, il s'efforça de la ravaler. Il devait se maîtriser. Cette rage affectait son travail, son jugement, et s'il ne faisait pas très attention, elle le consumerait.

C'était déjà arrivé.

99

Melanie Walton dévisageait Helen, abasourdie. L'horrible tragédie qu'elle vivait se transformait en effroyable cauchemar.

— Non, il n'a jamais mentionné son nom devant moi, finit-elle par répondre.

Helen la jaugea sans mot dire.

— Oui, Tom a eu d'autres copines avant moi, bien sûr. Mais il ne les voyait plus et il en parlait encore moins. Il y en a eu une, Louise, que j'ai rencontrée une fois. Ils sont sortis ensemble quand il avait vingt-cinq ans, mais à part ça...

— Vous ne l'avez jamais interrogé sur ses relations ? Son premier amour ? Sa première histoire sérieuse ? demanda Helen.

— J'ai dû le faire, au début. Mais il n'avait pas envie d'en parler. Il s'intéressait à nous, à notre avenir, et ça me plaisait.

Helen nota ces informations et se demanda pourquoi Campbell tenait tant à garder secrète sa relation avec Lauren Scott. Y avait-il une part en lui – l'ancien Tom – qu'il tenait à dissimuler ?

— Possède-t-il encore des affaires de cette époque ? Des photos ? Des albums universitaires ? Des journaux ?

— Peut-être mais dans ce cas, ce serait rangé dans le grenier.

— Vous seriez d'accord pour que nous y jetions un œil ?

Melanie n'avait pas l'air ravi. Un instant, Helen crut qu'elle allait exiger un mandat de perquisition, ce qui était son droit. Mais la jeune femme sembla abandonner le combat et elle marmonna :

— C'est par là.

Cinq minutes plus tard, elles se trouvaient dans le grenier poussiéreux. Une ampoule nue éclairait des cartons de vieilleries remisées et oubliées. Melanie s'excusa pour le bazar. Helen balaya son embarras d'un geste de la main et la recruta pour retrouver les souvenirs universitaires de Tom. Une tâche laborieuse et salissante, mais elles finirent par exhumer un carton qui contenait le programme d'un bal de printemps, une écharpe aux couleurs de l'université, des CDs, une coupe cabossée au nom d'une équipe de tennis, et plusieurs pochettes de photos. Helen s'intéressa aussitôt à ces dernières et les passa en revue.

C'était comme faire un saut dans le temps. La date était imprimée en caractères numériques vieillots en bas à droite de chaque cliché. Toute la période universitaire de Campbell était couverte. Helen s'intéressa aux photos de 2008/2009, quand il était en troisième année et Lauren en première année.

La plupart dataient du troisième trimestre, alors que la météo était plus agréable et que les fêtes d'après partiels battaient leur plein. Julia Winter apparaissait sur certaines, tout comme Aaron Slater – Helen connaissait leurs visages maintenant. Mais ce qui était surtout intéressant, c'était que Lauren Scott était présente sur quasiment toutes les photos. Lauren allongée sur le lit, Lauren qui riait, Lauren qui fumait un joint, Lauren qui flirtait avec l'objectif. À la voir ainsi, on devinait ce qui avait tant attiré Campbell chez elle : elle était si délicate, si belle, mais avec un côté intriguant, dangereux. Un charme séducteur naturel, une assurance, auxquels les hommes pouvaient difficilement résister.

— Serait-il possible…, commença Helen avec prudence, que Tom ait repris contact avec Lauren ?

Melanie se tenait tout près et examinait d'un œil inquiet les photos de la ravissante jeune femme.

— Non.

— Vous n'avez pas eu de raison de vous poser la question ? Des textos mystérieux ? Tom ne se montrait pas étrangement vague sur certains de ses déplacements ? Certaines de ses rencontres ?

— Absolument pas. J'ai toute confiance en lui. J'avais.

Helen hocha la tête mais Melanie perçut ses doutes car elle poursuivit, sur la défensive :

— Je sais qu'il m'était fidèle. Nous allions nous marier.

— Bien sûr. Je comprends. Mais les hommes peuvent être faibles parfois et les relations passées ont un pouvoir durable.

— Non, non, non… Tom ne m'aurait jamais trahie de la sorte.

Elle fixait Helen dans les yeux, l'hostilité et la fureur irradiant de tout son être.

— Jamais.

100

— Vous plaisantez ? Lauren ne ferait jamais ça. Elle m'aimait. Et je l'aimais…

Matteo Dominici faisait les cent pas dans le salon et se passait nerveusement la main dans les cheveux. Ces deux derniers jours l'avaient éprouvé, entre la mort de Lauren, l'identification de son corps et le harcèlement médiatique. Il semblait avoir vieilli ; les rides plus nombreuses, les tempes plus grisonnantes, il était à cran. Les questions indiscrètes de Charlie au sujet de Lauren Scott avaient exacerbé son angoisse, mais elle n'avait pas le choix.

— Vous n'avez jamais douté d'elle ? Rien de ce qu'elle faisait n'a jamais éveillé la moindre inquiétude chez vous ?

— Si vous connaissiez Lauren, si vous nous connaissiez ensemble, vous comprendriez le ridicule de votre question, rétorqua-t-il d'un ton cinglant.

— Parce que… ?

Matteo décocha un regard noir et appuyé à Charlie. Puis il s'assit sur le canapé. Enfin il cessait ses allers-retours ! Il s'était énervé mais paraissait se calmer un peu.

— Lauren et moi nous sommes rencontrés à une réunion des Alcooliques Anonymes. Elle avait décroché de la drogue et se battait pour arrêter aussi l'alcool. Moi aussi je buvais…

Il eut un moment d'hésitation, réfléchissant peut-être à ce qu'il pouvait partager, puis poursuivit.

— Mon mariage s'est terminé et au même moment j'ai connu des difficultés professionnelles. Je n'ai pas été le seul à en pâtir mais ce n'est pas pour ça que ça a été plus facile. J'ai dû retourner travailler dans le restaurant familial. Bref, après un an de déprime autodestructrice, j'ai décidé de reprendre ma vie en main. Et le premier jour, j'ai rencontré Lauren.

Il parut s'égayer un peu à ce souvenir.

— Notre attraction mutuelle était incontestable mais puisque les relations sont déconseillées entre membres, on a pris notre temps. On a appris à se connaître. Et j'ai aimé tout ce que j'ai découvert à son sujet. Elle était drôle, espiègle, mais aussi honnête et bienveillante, lucide. Elle ne se berçait pas d'illusions, elle savait qu'on survivait en dépit des épreuves de la vie, pas à cause d'elles.

— Pourquoi dites-vous cela ?

— Parce que ses parents étaient des ordures. Pardon, mais il n'y a pas d'autre façon de le dire. C'étaient des parents typiques de la haute bourgeoisie. Ils avaient l'esprit étroit, voulaient tout contrôler, ils la jugeaient. Ils ne démordaient pas de l'idée bien précise qu'ils avaient de Lauren et de ce qu'elle deviendrait, sauf qu'elle n'entrait pas dans le moule. Et ils ne le supportaient pas. Ils lui ont coupé les vivres, ils l'ont mise à la porte plusieurs fois…

— À cause de la drogue ? De la boisson ?

— Elle n'avait rien d'une sainte, croyez-moi, répliqua Matteo avec vigueur. Mais elle n'a jamais été cruelle. Ses parents n'acceptaient pas qu'elle soit différente, qu'elle veuille faire ses propres choix… Mais à vouloir la réprimer, ils l'ont enfoncée encore plus. Plus elle allait mal, pire ils étaient avec elle. Mais tout ça ne servait à rien, fit-il en tapant sur la table basse pour appuyer ses paroles. Parce que tout ce qu'il lui fallait c'était un peu d'amour. C'est ce que je lui ai donné ; je lui ai offert tout ce que j'avais, et j'en ai reçu encore plus en retour. Elle disait souvent que je l'avais sauvée, mais c'est faux. Je l'ai libérée. Et sa gratitude, son amour, étaient sans borne...

Il leva la tête et croisa le regard intrigué de Charlie.

— C'est pour cela que je sais avec une certitude absolue qu'elle n'a pas eu de liaison avec ce Tom Campbell, ni avec un autre ancien amant.

— Je comprends, Matteo, et je suis sûre que vous avez raison. Vous la connaissiez mieux que quiconque. Mais vous comprenez que je doive poser ces questions. Leur ancienne relation ne peut pas être une coïncidence.

Matteo haussa les épaules, approuvant à contrecœur.

— C'est pourquoi j'ai encore besoin d'une chose. Je sais que cela risque de vous contrarier mais, afin d'être absolument sûrs des faits, je dois vous demander de nous fournir un échantillon d'ADN. Pour un test de paternité.

L'expression du visage de Matteo était un mélange de surprise et d'horreur.

— J'ai un kit de prélèvement, ici avec moi. Ça ne prendra que quelques minutes.

Matteo Dominici ne semblait pas comprendre ce qu'elle disait. Deux jours auparavant, il ne savait même pas que Lauren était enceinte. À présent, il devait envisager la possibilité que l'enfant ne soit pas de lui.

— Faites ce que vous avez à faire, finit-il pas répondre dans un souffle. Et ensuite cassez-vous.

Les mots fusèrent et choquèrent Charlie. Sans attendre, elle sortit le kit stérile de son sac et enfila une paire de gants en latex. Elle déchira l'emballage en plastique et en extirpa le tube et le coton-tige.

— Si vous voulez bien ouvrir la bouche...

Lentement, il s'exécuta. Charlie procéda au prélèvement, pressée d'en finir. Le changement d'atmosphère dans la pièce était palpable. Elle préleva un échantillon de salive à l'intérieur des joues, sous le regard furibond de Matteo

Dominici, bouillonnant de haine. Le peu de confiance instaurée entre eux auparavant avait disparu. À compter de cet instant, pour lui, Charlie ne serait plus que l'oiseau de mauvais augure.

101

Elle était cernée par la mort.

S'il avait d'abord émis des réserves à montrer son travail, Graham Ross semblait maintenant impatient de le partager. Il ouvrait portfolio après portfolio, chacun débordant de nouvelles photos perturbantes. Cadavre après cadavre, scène de crime après scène de crime, chaque outrage et chaque barbarie qu'un être humain pouvait infliger à un autre se dissimulait dans sa chambre noire.

Leur rendez-vous était pour le moins curieux et intime. La pièce exiguë avait été convertie en chambre noire depuis un moment déjà et si elle remplissait parfaitement sa fonction, elle était trop étroite pour accueillir deux individus. Au final, c'était à la fois l'espace de travail privé de Ross et le lieu de stockage de tous ses dossiers ; il avait donc tout à portée de main même si y accéder n'était pas toujours aisé. Emilia avait dû reculer, se déplacer, se baisser à plusieurs reprises pour laisser Ross passer tandis qu'il déterrait toujours plus de trésors. Elle préféra supposer que les brefs contacts occasionnés étaient accidentels.

Quoi qu'il en soit, elle ne se sentait pas en danger, et ne cachait pas son engouement pour la collection d'images violentes étalées sur la table devant elle. Coups de couteau, plaies par balle, strangulation… Il y avait même un crime passionnel commis avec une bouteille de Perrier cassée. Tout cela exposé pour son seul plaisir. Emilia repéra aussi deux photos des scènes de crime du parc national de New Forest que Ross avait dû sortir des dossiers officiels. Elle décida de ne pas le lui faire remarquer et se focalisa sur le génie de son travail.

— Je n'ai jamais rien vu de tel, s'extasia-t-elle. Évidemment, vous êtes obligé de faire des gros plans et tout ça, mais il se dégage un truc de vos autres photos, celles qui englobent toute la scène. Une sorte d'élégance.

Ross se réjouit du compliment.

— N'importe qui peut prendre un indice en photo, déclara-t-il comme si ce n'était rien. Ce qui est intéressant, c'est ce que raconte l'ensemble. Parfois, l'auteur cherche à communiquer activement avec nous à travers sa mise en scène, parfois non ; mais quoi qu'il en soit, l'histoire s'y trouve, si l'on veut bien l'y chercher. Et si on la capture comme il faut, qu'on l'encadre correctement...

— Alors cette photo vaut des milliers de mots.

— Exactement. En observant la pièce, la position du corps, l'état du mobilier et des décorations, les miroirs, les tableaux, on peut la voir. Une fois, sur une scène de crime, le tueur avait retourné toutes les photos de famille, parce qu'il avait honte de ce qu'il avait fait, qu'il ne voulait pas que ses proches assistent aux actes d'une extrême brutalité qu'il se sentait contraint de commettre.

— J'ai lu un article à ce sujet, prétendit Emilia, d'un ton aussi ferme que possible.

— Il y a plus à voir qu'on ne le croit, répondit-il, enjoué, en lui montrant une autre photo de carnage.

— Ça fait partie du boulot, j'imagine.

Ross sourit mais ne répondit pas, il continua à feuilleter ses tirages.

— Combien de cadavres avez-vous vus, à votre avis ? s'enquit Emilia en s'emparant de la photo d'un adolescent tué par arme blanche.

— Deux cent, peut-être plus...

— Et ça ne vous touche jamais ?

— Pas vraiment, répondit-il d'un ton détaché. J'ai toujours fait la part des choses. C'est le boulot. Pour moi, ce sont des sujets. Je veux les immortaliser pour aider l'enquête, bien sûr, mais je veux aussi capturer leur essence comme ils le méritent. Je veux donner un sens à leur mort, la rendre belle. Il y a quelque chose dans l'immobilité de la mort qui leur confère une sérénité, une impression de paix, qui manquaient probablement à leurs vies.

— Je comprends, répondit Emilia par acquit de conscience.

En vérité, elle ne comprenait pas, ou pas vraiment en tout cas. Il y avait en effet une certaine élégance, un sens artistique dans ses photos, notamment celles du parc, mais dans d'autres, c'était moins perceptible. Un adolescent étendu face contre terre dans la rue, une jeune mère étranglée par son compagnon violent : tout ce qu'Emilia y voyait, c'était la brutalité et la laideur du monde. Elle fit cependant mine d'apprécier, au grand plaisir de son hôte.

— J'en ai d'autres, mais je devrais peut-être les garder pour une prochaine fois. Elles font partie de ma collection spéciale.

— J'aimerais beaucoup les voir, prétendit Emilia.

— C'est entendu, alors.

Elle partit peu après, méditant la signification de cette rencontre, qui n'aurait pas pu mieux se dérouler : plus Ross l'apprécierait, plus il serait disposé à partager ses théories sur les tueries de New Forest et à l'aider à en dérouler l'écheveau. Une question demeurait cependant : que voulait-il ? Il avait fait de gros efforts pour la charmer, l'impressionner. Et pourtant, il n'avait toujours pas tenté sa chance, professionnellement ou personnellement. Il cherchait à créer un lien avec elle, à l'attirer dans son monde, c'était indubitable.

Quant à savoir pourquoi, c'était un mystère.

102

La question la taraudait depuis un moment et maintenant elle voulait connaître la vérité.

— Capitaine Hudson, vous auriez une minute ?

Helen était rentrée de son entretien avec Melanie Walton les bras chargés de photos et avait trouvé à son arrivée les locaux de la brigade surpeuplés. La découverte d'un lien concret entre Campbell et Scott avait électrisé toute l'équipe qui travaillait d'arrache-pied à déterrer d'autres pistes. Hudson, qui se faisait habituellement un point d'honneur à partir le dernier, avait décidé de compter sur ses collègues pour s'éclipser de bonne heure.

Arrêté dans son élan, il se tourna vers Helen.

— Je vous ai envoyé un compte rendu sur nos dernières découvertes numériques…

— Il ne s'agit pas de ça, l'interrompit Helen avec douceur. Vous voulez bien ?

Elle fit un geste en direction de son bureau. Dissimulant au mieux sa gêne, Hudson la suivit. Elle referma la porte derrière eux tandis qu'il s'asseyait.

— Comment allez-vous ? demanda-t-elle en s'installant à son bureau.

— Bien, répondit-il à la hâte. Les ecchymoses ne sont pas belles à voir mais…

— On est tous passés par là. Ça s'estompera.

Hudson approuva d'un hochement de tête poli, sans un mot. Il n'allait de toute évidence pas lui faciliter la tâche, ce serait donc à elle de prendre le taureau par les cornes. Elle avait d'autres choses à faire, toute l'équipe était sous pression, mais elle ne pouvait pas y couper.

— Et comment vous sentez-vous ? Vous devez être un peu secoué.

— Pas plus que ça, répondit-il d'un air vague.

— Si vous avez besoin d'un jour de congé, ou de discuter avec le psy du service...

— Ce n'est pas nécessaire. Je veux être là, participer.

— C'est curieux, parce que j'ai l'impression que vous préféreriez être n'importe où plutôt qu'ici. Si c'est l'agression d'hier qui vous inquiète...

— Ce n'est pas ça.

— Quoi alors ?

Hudson ne répondit pas, il détourna les yeux une seconde pour regarder par la fenêtre avant de fixer de nouveau Helen.

— Vous savez, Joseph, certains hommes trouvent difficile d'avoir une femme pour patron. Des hommes qui pourraient être en colère ou gênés que leur supérieure vienne à leur secours dans une situation périlleuse.

— J'ai l'air d'un vieux dinosaure machiste selon vous ?

Non. Il ressemblait plutôt à un officier de police éduqué et moderne, séduisant qui plus est. Mais elle n'allait certainement pas le lui dire.

— C'est ce que certaines personnes ressentent malgré elles, poursuivit Helen sans se démonter. Et c'est bien dommage. Parce que tous ici, nous nous sommes retrouvés dos au mur à un moment ou à un autre. J'ai eu plusieurs fois la vie sauve grâce à l'intervention d'un collègue, et je ne m'en suis jamais sentie coupable. Nous sommes une brigade puissante et soudée parce que nous travaillons ensemble. Et sous aucun prétexte un officier ne devrait avoir le sentiment d'avoir laissé tomber les autres parce qu'il a écopé de quelques bleus. Nous réussissons ici parce que nous donnons de notre personne et jamais je ne blâmerai un policier qui fait preuve d'une telle bravoure et d'un tel dévouement.

Hudson s'apprêtait à répondre mais Helen n'en avait pas terminé.

— Alors rentrez chez vous, Joseph. Buvez un verre, fumez une cigarette, regardez une série, faites ce que vous voulez pour vous détendre. Et revenez demain, prêt à en découdre. Nous faisons enfin des progrès dans cette enquête et j'ai besoin de mes meilleurs hommes auprès de moi.

Hudson se leva, acquiesça. Elle constata avec joie qu'il paraissait un peu plus à l'aise, comme si un poids lui avait été ôté des épaules.

— À la première heure demain, donc.

Une pointe de fermeté perçait dans ses paroles maintenant, à la grande satisfaction d'Helen.

— À demain, capitaine Hudson.

Elle le regarda partir, avec le sentiment du travail bien fait. L'enquête progressait enfin mais il restait encore beaucoup à découvrir. Peu à peu, ils assemblaient les pièces du puzzle. Certaines énigmes restaient encore à résoudre, certains dangers à affronter, avant qu'ils ne démasquent ce tueur.

Le moment venu, Helen voulait ses deux capitaines à ses côtés.

103

Elle était seule, enveloppée par l'obscurité.

Sa conversation avec Matteo Dominici avait duré plus longtemps que prévu ; elle avait tenté de l'apaiser, en vain. Quand enfin elle l'avait quitté, il était trop tard pour retourner à la brigade. Elle avait donc roulé jusqu'au laboratoire de la police scientifique à Woolston pour y déposer le prélèvement de salive de Dominici. Normalement, ce n'était pas à elle mais à un coursier de se charger de la livraison. Pour obtenir rapidement les résultats, elle avait décidé de s'en occuper elle-même. Si Dominici n'était pas le père de l'enfant que portait Lauren Scott, un tout nouvel angle de recherche s'ouvrait à eux.

À présent cependant, elle regrettait son zèle. Retenue plus tard que d'habitude par le travail, elle n'avait pas pu rentrer chez elle avant vingt-et-une heure. Elle avait bien téléphoné dans l'espoir de souhaiter bonne nuit à Jessica, et accessoirement pour prendre la température avec Steve, mais il n'avait pas décroché. Cherchait-il à la punir ? À faire valoir son point de vue ? Ou n'était-ce qu'un acte manqué, Steve étant trop occupé avec leur fille pour entendre sonner son portable ? Charlie n'en savait rien et elle était soucieuse.

Passé le seuil de l'entrée, elle avait trouvé la maison plongée dans le silence. La lumière du couloir n'était pas allumée, celle de la cuisine ou du salon non plus. Leur cocon, habituellement si chaleureux et animé, était éteint. Toute la maison paraissait froide et peu accueillante.

Charlie commença à gravir l'escalier, la peur au ventre. Steve ne serait tout de même pas parti ? Il n'aurait pas emmené Jessica ? Non, c'était insensé. Sur le palier, elle fut rassurée en apercevant la lueur de la veilleuse de Jessica par l'entrebâillement de sa porte. Steve n'agirait jamais de manière aussi dramatique, aussi sournoise. Il pouvait se montrer difficile, mais il était ouvert et franc, même lorsqu'il était furieux contre elle. En outre, ils n'en étaient pas encore là, si ?

Elle passa devant la chambre de Jessica sur la pointe des pieds et entra sans bruit dans la leur. Steve était couché dans leur lit, à son grand soulagement. Les rideaux étaient tirés, la couette remontée sous son menton, son visage tourné de l'autre côté.

— Steve ?

Aucun mouvement. Pas même un changement de respiration.

— Steve, tu dors ? Je suis désolée de rentrer si tard…

Elle n'en dit pas plus, consciente qu'elle n'aurait pas de réponse. Soit il dormait, et elle gaspillait sa salive, soit il était trop fâché pour discuter. Quoi qu'il en soit, cette situation était déprimante. Il y avait tant de choses qu'elle voulait lui raconter. La joie intense que lui procurait leur nouvelle piste, son entretien pénible avec Matteo Dominici. Elle avait envie de savourer un verre de vin, de partager ses angoisses, de lui réclamer un câlin. Elle n'aurait rien de tout cela ce soir. Pour la première fois, elle ne se sentait pas la bienvenue chez elle.

Elle s'assit doucement sur le lit et retira une botte puis l'autre. Sa cheville, qui n'avait pas désenflé, l'élançait à nouveau, et elle était épuisée. Peut-être qu'elle se faisait vieille, mais jamais elle ne s'était sentie aussi abattue sur une affaire. Tout ce dont elle rêvait à cet instant, c'était dormir, se pelotonner dans son lit et prétendre pendant quelques heures merveilleuses que tout allait bien. Elle ôta son chemisier, son pantalon, ses sous-vêtements et enfila son pyjama, impatiente de sombrer. Mais alors qu'elle tirait la couette pour se glisser dessous, un hurlement de terreur s'éleva dans la chambre de Jessica.

Il n'y aurait pas de repos ce soir.

104

Il scruta les bois ténébreux, en quête d'un signe de vie. Les équipes de recherche de la police s'étaient démenées, elles fouillaient toujours plus en profondeur la forêt, pénétraient ses recoins cachés. Les policiers s'amélioraient. Ils se montraient plus circonspects, plus observateurs, plus distrayants dans leurs progrès. Et pourtant, ils ne risquaient toujours pas de l'attraper. Nathaniel Martin vivait dans la forêt depuis dix-huit mois et il en connaissait tous les sons, les cris, les craquements. Six policiers qui avançaient à l'unisson étaient faciles à repérer. Il pouvait les entendre à un kilomètre de distance, peut-être plus, et il avait décampé depuis longtemps quand ils tombaient par hasard sur sa dernière cachette.

Ils avaient des chiens maintenant, ce qui corsait les choses. Sûrement qu'ils utilisaient ses affaires retrouvées dans sa cabane pour suivre son odeur. Pour pallier ce nouveau défi, Martin avait recouvert ses vêtements de boue putride, de feuilles pourries, d'excréments de renards, mais même ces subterfuges répugnants ne parvenaient pas à dissimuler sa présence. Si les policiers avaient lâché les chiens, s'ils les avaient laissés courir à leur guise, ils l'auraient retrouvé et attrapé. Heureusement, ce n'était pas ainsi qu'on menait une battue policière. Ils gardaient leur bergers allemands en laisse et réfrénaient leur ardeur. Résultat : ils progressaient lentement, donnant à Martin le temps de s'évanouir dans la nature.

C'était sa vie maintenant. Rester sur le qui-vive du lever du soleil jusqu'à son coucher, jour après jour. Et cette existence itinérante, le temps que ses poursuivants se lassent et que la forêt redevienne sienne, aurait pu lui convenir. Sauf que la forêt n'était plus sienne et il craignait qu'elle ne le soit plus jamais. Pas tant que le mal rôderait.

Après un an et demi passé dans un magnifique isolement, à ne se manifester que pour chasser ceux qui menaçaient le bien-être de ces bois, Nathaniel Martin se sentait maintenant assailli de toutes parts. D'abord, ça avait été les ouvriers, les promoteurs immobiliers, les vacanciers. Puis la police, les journalistes, voire les adolescents plein d'entrain qui se défiaient de pénétrer la forêt interdite. Et autour d'eux, il y avait la proie que tous recherchaient, l'esprit malveillant insaisissable qui avait semé la mort et le chaos dans le sanctuaire de Nathaniel Martin. Ce dernier ne l'avait pas encore vu de ses propres yeux, mais il avait perçu sa présence maléfique. Et il avait vu son œuvre : deux poneys morts, massacrés et laissés à pourrir sur place. Le spectacle de ces somptueuses créatures ainsi profanées, encore superbes malgré la rigidité cadavérique, lui avait brisé le cœur.

Serait-il là ce soir ? Sa soif de sang souillerait-elle une nouvelle fois la forêt ? Martin demeura parfaitement immobile, seuls ses yeux bougeaient, regardant ici et là à la recherche de la silhouette lugubre dans les ronces, dans le feuillage, au milieu des ombres grandissantes. Il ne distinguait rien d'inquiétant, aucun signe de sa présence, mais ça ne voulait pas dire grand-chose. Il n'avait rien vu non plus les autres nuits, lorsque la vie de quatre êtres innocents leur avait été arrachée. Comment savoir s'il ne se trouvait pas là, juste à côté, à l'épier ?

Cette pensée mit Nathaniel Martin mal à l'aise. Autrefois maître de sa destinée, roi non officiel de cette vaste étendue sauvage, il se retrouvait à nouveau en position de faiblesse, à ne devoir sa survie qu'à son intelligence. Cette forêt était son amie, sa planche de salut, mais elle n'était plus sûre. Cela paraissait insensé, mais c'était vrai. Son nouvel éden était devenu le royaume des ombres.

105

Le soleil du matin perça la vitre crasseuse et illumina la silhouette immobile d'Helen Grace. Plantée devant le tableau d'enquête, elle fixait les portraits exposés. Tout en bas se trouvaient ceux de Nathaniel Martin et de Dean Clarke, au-dessus, ceux de Tom Campbell et de Lauren Scott flanqués de Melanie Walton et Matteo Dominici. Les yeux d'Helen passaient d'un couple à l'autre pour y trouver un lien caché, mais ils lui retournaient son regard d'un air mystérieux et éteint.

Elle pivota lentement pour s'intéresser aux personnes bien présentes. L'équipe était rassemblée autour d'elle en demi-cercle, curieuse de connaître la raison d'un briefing si matinal. Helen se tenait déjà devant le tableau quand les premiers étaient arrivés, se demandant sûrement si elle avait passé la nuit ici. En effet. Elle avait dormi deux heures sur le canapé dans son bureau avant de se rafraîchir et de changer de vêtements, prête pour une nouvelle journée.

Helen avait la conviction que les réponses se trouvaient sous son nez, mais elle ne parvenait toujours pas à avoir une vue d'ensemble cohérente. Et l'appel à l'aube du laboratoire de la police scientifique à Woolston ne l'avait pas aidée à mieux comprendre la situation.

— J'ai reçu les résultats des tests ADN ce matin, annonça-t-elle à son équipe. Matteo Dominici est bien le père de l'enfant que portait Lauren Scott.

Quelques murmures agitèrent l'assemblée.

— Ce qui ne signifie rien en soi. Elle aurait quand même pu avoir une liaison avec Campbell ou avoir amicalement repris contact avec lui. Où en sommes-nous du recoupement des infos ?

— Il n'y a pas grand-chose jusque-là, répondit Osbourne en s'efforçant de ne pas avoir l'air trop abattu.

— Ça veut dire quoi « pas grand-chose » ?

— Rien, en fait. Nous n'avons trouvé aucune preuve indiquant qu'ils aient été en contact par téléphone, mail, réseaux sociaux, ni qu'ils se soient rencontrés en personne. Nous avons vérifié leurs déplacements, d'après leurs agendas et les caméras de surveillance disponibles, et il n'y a aucune corrélation. Campbell s'aventurait rarement à Southampton, il effectuait le trajet entre Winchester et Lyndhurst, c'est tout. Lauren restait à Thornhill et allait à Woolston, où elle travaillait dans un magasin Boots. En dehors de ça, elle se rendait de temps en temps dans le centre-ville, mais elle restait peu de temps et d'après son relevé bancaire, elle faisait seulement quelques achats : à H&M, à Primark, à Tesco.

— Et du côté de leur historique Internet ? demanda Helen.

— Nous avons examiné les téléphones, les tablettes, les portables, répondit aussitôt Reid. Aucun des deux n'a fait de recherches sur l'autre. Ils n'étaient pas amis sur Facebook, et aucune demande d'ajout pour l'un ou l'autre n'a jamais été envoyée. Ils s'ignoraient complètement, en dépit de leur proximité géographique.

— Et les autres personnes qu'ils fréquentaient à l'époque ?

— Nous avons revérifié avec le lieutenant Edwards ce matin, répondit Charlie en étouffant un bâillement. Campbell a gardé le contact avec deux personnes de l'époque estudiantine ; un ami de l'équipe de tennis installé à Singapour, et un étudiant en histoire qui vit dans le comté des Midlands de l'Ouest. Les contacts sont occasionnels.

— Et Scott ?

— Rien, déclara Edwards. Aucun contact avec qui que ce soit de l'université.

— Qu'en est-il des appels passés depuis le téléphone cloné ? Pourraient-ils provenir d'une ancienne connaissance ?

— Possible, répondit Edwards. Mais il ne s'agit que d'appels entrants, ce qui laisse à penser que Scott et Campbell étaient mal disposés à l'égard de leur correspondant.

— Comment ça ?

— Eh bien, c'était toujours l'inconnu qui appelait, jamais eux. Les deux premières fois, Campbell a répondu, et ensuite, les appels ont directement atterri sur le répondeur, à en juger par la durée de la connexion. *Idem* pour Scott. Elle a répondu la première fois, et plus jamais ensuite. Il y a eu d'autres tentatives, restées sans réponse, et ni l'un ni l'autre n'a jamais rappelé.

— C'étaient donc des appels importuns ? Des menaces peut-être ?

— Ça se pourrait, confirma Edwards.

Des murmures d'excitation traversèrent l'assemblée.

— Est-ce qu'on a remonté la piste du téléphone ? insista Helen. La ligne est-elle toujours en service ?

— Il est toujours actif mais il n'est allumé qu'une ou deux fois par jour, et pour une minute ou deux à chaque fois, précisa Hudson. Il n'est lié ni à une adresse privée, ni à un hôtel. Le lieutenant Osbourne est en train de répertorier sur une carte l'origine des signaux pour voir si un profil de déplacement se dessine.

— Faites vite, s'il vous plaît, le pressa Helen. En attendant, on repasse tout en revue du côté de Scott et de Campbell, pour voir si on trouve quelque chose en rapport avec ces appels. Je veux connaître leur raison, leur but et de quelle manière ils ont influé sur Campbell et Scott. Surtout...

Helen marqua une pause puis conclut :

— ... Je veux savoir qui les appelait.

106

Il survola le texte du regard, s'arrêtant sur les détails. Il avait lu tout ce que la presse locale avait publié et s'était tourné vers les journaux nationaux en piquant un exemplaire oublié du *Daily Mirror* sur la table voisine. Sans surprise, le quotidien allouait quatre pages aux meurtres du parc national de New Forest, une resucée des faits déjà connus accompagnée du scoop sur les deux cadavres de poneys découverts dans la forêt. Les détails pullulaient sur les carreaux d'arbalète retrouvés sur eux, sans parler de l'état de décomposition avancé. Pas de publication en revanche des photos pourtant disponibles sur Internet, car « impropres à une parution dans un journal de bonne tenue ». En d'autres circonstances, ça l'aurait fait rire.

Il tourna la page et se retrouva face au visage de Lauren Scott, ses yeux bleus de fausse ingénue le fixant derrière sa frange. Il l'avait toujours trouvée fascinante et il ressentit une bouffée de désir familière, même si ce matin son beau visage était cerné de tragédie. Selon le journaliste horrifié, Lauren était enceinte, un fait qui semblait avoir radicalement transformé la façon dont son décès était relaté. Si les tabloïdes s'étaient concentrés au début sur ses problèmes de drogue et ses relations perturbées avec sa famille, ils s'efforçaient maintenant de faire d'elle une sainte. La seule personne à qui l'on ne peut pas toucher, c'est une femme enceinte.

Il passa à la page suivante et fut propulsé dans les chroniques mondaines – encore des coucheries dans un club de première ligue. Il revint en arrière, sur les poneys massacrés. Ce faisant, il leva les yeux, et trouva le propriétaire du café en train de le fixer. Un instant, il se figea, la page à moitié tournée, puis il baissa la tête et reprit sa lecture.

L'endroit était bondé à son arrivée ; il avait pu manger un repas décent et digérer ces informations dans un anonymat relatif. À présent que le café se vidait, il était plus exposé et attirait l'attention du propriétaire qui n'appréciait pas qu'il occupe seul une table de quatre depuis plus d'une heure. Il semblait sur le point de s'approcher, de venir le défier. Mais ça n'arriverait pas. S'attarder serait de la folie, attirer l'attention trop risqué. Alors, il glissa le journal sous son manteau, se leva et sortit rapidement du café, suivi du regard à chaque pas.

107

— Ça va signer notre arrêt de mort. À nous tous. Écrivez donc ça, dans votre journal.

Nigel Robinson agitait le doigt tout en parlant, obligeant Emilia à reculer. Le gérant de camping avait le sang qui bouillait ce matin et elle comprenait pourquoi. En revanche, elle n'allait pas se laisser malmener par son indignation vertueuse. Elle avait un peu plus d'estime pour elle que ça.

La vérité, c'était qu'elle ne voulait même pas être là, à ressasser du réchauffé avec le propriétaire du camping Woodland View. Mais l'enquête manquait sérieusement de rebondissements : pas de nouvelles arrestations, pas de nouvelles pistes, pas de nouveaux cadavres, rien pour alimenter l'intérêt bouillonnant qu'avait suscité cette affaire. La grossesse de Lauren Scott avait fait sensation la veille mais, pour une fois, Emilia n'avait pas été à l'origine du scoop. Spivack avait réservé cette petite pépite aux tabloïdes. Elle lui en toucherait deux mots plus tard.

Ils avaient besoin de trouver quelque chose à raconter. Seules quelques âmes aventurières se rendaient dans le parc ces jours-ci – pour des raisons évidentes – donc le public ne courait pas de grand danger, ce qui était décevant. Et ils avaient déjà dévoilé tout ce qu'ils pouvaient des vies privées des victimes, en dehors du bébé, mais Gardiner n'avait pas voulu approfondir ce sujet de peur d'offusquer ses lecteurs. À court d'angle d'attaque, ils avaient opté pour l'effet dévastateur de l'affaire sur les commerces locaux. Ce n'était ni très excitant ni original mais au moins c'était pertinent, et cela offrait un angle de vue sur le Hampshire que la presse nationale ne pourrait concurrencer.

— Plus cette affaire traîne en longueur, plus longtemps ils mettent à arrêter le coupable, pire ce sera pour les gens comme moi. Je ne pense pas qu'à mon propre avenir. J'ai des employés. Beaucoup. Si je coule, qu'adviendra-t-il d'eux ?

Emilia lui offrit un hochement de tête compatissant, n'écoutant que d'une oreille. D'ordinaire, elle aurait enregistré cette interview, mais elle savait exactement ce que Robinson allait dire avant que les mots ne franchissent ses lèvres. Son indignation était prévisible ; même si elle ne se rappelait pas exactement ses paroles, elle ressortirait quelque chose s'en approchant. Pendant qu'il déblatérait, elle rédigeait déjà son article dans sa tête. Cinq cents mots, un ton alarmiste et angoissé, pour peindre un tableau inquiétant de l'avenir des commerces locaux et du tourisme dans le parc national de New Forest. Qui voudrait se promener dans les bois quand on risquait de tomber sur un cadavre ? Les amoureux du macabre, sans doute, ainsi que ceux qui, incultes ou indifférents, ne regardaient pas les infos. Emilia soupçonnait les campeurs de préférer le Dorset désormais.

Robinson était en roue libre, il s'en prenait à la police, au conseil du comté, à l'office du tourisme et à toutes les autres entités locales auxquelles il pensait. Emilia feignit de noter ses remarques consciencieusement mais, en réalité, elle griffonnait des dessins. Elle avait déjà la structure de son article et ses pensées s'envolaient à présent vers Graham Ross.

Elle lui avait envoyé un message de remerciement ce matin en ajoutant qu'elle aimerait le revoir bientôt. Pour l'instant, elle n'avait pas reçu de réponse. Il devait travailler, bien sûr, mais son silence l'agaçait. Elle avait besoin de ses réflexions perspicaces, et peut-être même de ces photos qu'il détenait. Mais elle voyait plus grand aussi. Un livre sur l'affaire peut-être, voire une rétrospective de la vie de Ross au fil des crimes qu'il avait couverts, avec son incroyable fonds d'images. Les opportunités ne demandaient qu'à être saisies, s'il acceptait de jouer le jeu. Le ferait-il ? Voilà ce qui préoccupait Emilia pendant que Nigel Robinson discourait devant elle.

Ross voudrait-il s'exprimer officiellement sur les meurtres ? L'autoriserait-il à publier ses réflexions sur la mise en scène des crimes ? Envisagerait-il même une collaboration ? Cette perspective était plus qu'alléchante, mais irréalisable. Elle ne savait rien de cet homme et de ses motivations, ni de ce qu'il faudrait pour le séduire.

Qui était donc ce mystérieux Graham Ross ?

108

— Qu'est-ce qu'on a sur les déplacements de Campbell ?

Helen s'était retranchée dans son bureau avec Charlie. Pendant que Joseph Hudson tentait de localiser un signal du téléphone cloné, elles fouillaient les antécédents des victimes. Elles avaient déjà exploré de fond en comble leurs vies privées, leurs relations amoureuses passées et actuelles, leurs amis, leurs familles, et elles creusaient à présent la piste de leurs déplacements. Où Campbell et Scott étaient allés, qui ils avaient rencontrés, comment ils avaient réagi aux appels de ce mystérieux correspondant.

— Rien qui sorte de l'ordinaire après le premier appel, répondit Charlie en consultant la page imprimée de l'agenda de Campbell. Il avait une réunion le lendemain à Lyndhurst, à laquelle il a bien dû se rendre puisqu'il a envoyé par e-mail son rapport à son patron plus tard dans la journée. Il n'avait pas grand-chose de prévu dans l'après-midi ; c'est peut-être étonnant, mais pas forcément significatif. Nous devrons contacter son assistante pour en savoir plus.

— Et après le deuxième appel ?

— Pareil. Il a suivi une formation au siège social l'après-midi. Ce qui est confirmé par le reçu d'une station-service où il a fait le plein à l'heure du déjeuner. Et Scott ?

— *Idem*. Elle n'a répondu qu'au premier appel. Elle était à Woolston le lendemain, sans doute pour le travail. Reid essaie de joindre le directeur de Boots pour vérifier.

Après une seconde de réflexion, Helen reprit :

— Et Campbell n'a fait aucun trajet inhabituel après ces appels ?

— Pas à ce que je vois. Si ça l'a inquiété, il n'a en tout cas pas cherché à se faire la belle.

— Est-ce qu'il a téléphoné à Melanie après l'un des appels mystérieux ? insista Helen.

— Non. En fait, le journal de ses appels est plutôt léger sur cette période.

Charlie interrogea Helen du regard sur la signification de cet élément. Mais celle-ci l'avait devancée.

— Pareil chez Scott, aucun appel au petit ami. Peut-être que Scott et Campbell voulaient tous les deux garder l'affaire secrète. Même si ces appels les ont inquiétés, ils ne voulaient peut-être pas que ça se sache…

— Possible…

Une idée se formait à présent dans l'esprit d'Helen. Elle se dépêcha d'ouvrir le dossier contenant les relevés bancaires de Lauren Scott et parcourut la colonne jusqu'à trouver les dates correspondantes.

— Est-ce que Campbell a procédé à des paiements ou des retraits inhabituels après les appels ?

D'abord perplexe, Charlie fut ensuite piquée par la curiosité lorsqu'elle suivit la réflexion d'Helen. Elle feuilleta les pages puis examina la longue liste de transactions. Essence, sandwicherie, pharmacie, boutique de mode, caviste…

— Il y a peut-être quelque chose.

— Quoi donc ?

— Eh bien, le lendemain du premier coup de fil, il a retiré deux cents livres à un distributeur automatique. C'est un montant inhabituel pour lui parce qu'il utilise plutôt le paiement sans contact.

— Lauren Scott a fait la même chose. Un retrait de deux cents livres le lendemain de l'appel, d'un distributeur automatique aussi. Et c'est encore plus inhabituel pour elle. Elle était toujours fauchée. En fait, ce retrait l'a mise dans le rouge, ce qui a entraîné des frais de banque.

Charlie étudiait déjà une autre longue liste de données bancaires, son instinct aiguisé.

— Et là encore. Après le deuxième appel, Campbell a retiré deux cents livres.

Elle décocha un regard victorieux à Helen.

— Tu crois qu'on les faisait chanter ?

— Tout à fait. Lauren avait moins de moyens, alors elle n'a dû effectuer qu'un seul paiement. Campbell a payé deux fois mais les appels ont continué.

— Jusqu'au moment où ils ont été attaqués.

— Ils ont peut-être refusé de payer, envoyé paître leur maître-chanteur...

— Et ils en ont subi les conséquences.

C'était une idée déconcertante mais cohérente.

— Même si c'est ça, à quoi ça nous avance ? Nous ignorons où a eu lieu la remise de l'argent, et même s'il y a eu remise.

— Pour l'instant. Mais les adresses des distributeurs peuvent peut-être nous éclairer. S'il y avait des caméras de sécurité dans le secteur, nous pourrons suivre leurs déplacements.

— Campbell a retiré l'argent à une station-service les deux fois, alors à moins que l'échange n'ait eu lieu là-bas, ça ne va pas beaucoup nous aider.

— Scott a retiré l'argent à un distributeur de banque, la Santander sur Burgess Road. Il y aura des caméras là-bas et le coin est sous haute surveillance alors...

Helen se leva et conclut :

— C'est le parfait endroit pour commencer.

109

En quelques minutes, elles étaient en route. Laissant sa moto au poste, Helen réquisitionna un véhicule de police, décidant qu'il valait mieux faire le trajet ensemble jusqu'à la banque. Elles pourraient en profiter pour revoir les éléments de l'affaire. Mais pas seulement. Helen souhaitait aussi sonder l'état d'esprit de son amie. Elle s'inquiétait pour Charlie depuis leur discussion dans la cour des fumeurs.

— Comment se passent les nuits ? demanda-t-elle tandis qu'elles s'engageaient sur Onslow Road. Mieux ?

Charlie secoua la tête.

— Je dors encore moins maintenant que quand elle était bébé. On ne m'avait pas prévenue !

— Et tu ne sais pas du tout pour quelle raison elle se réveille ?

— Aucune idée. C'est peut-être normal, parce qu'elle grandit...

Charlie ne semblait pas d'humeur à s'appesantir, aussi Helen n'insista pas.

— Et avec Steve, comment ça va ?

— Encore pire. Pardon, Helen, je sais que j'ai l'air d'être déprimée en ce moment, dit Charlie avec un rire avant de retomber dans le silence.

— Tu crois que tu l'es ? Déprimée ? Parce que dans ce cas...

— Je crois que je suis fatiguée, inquiète et grognon. Un peu triste aussi. Mais à part ça, je suis un vrai rayon de soleil !

Elle offrit un sourire las à Helen, qui le lui rendit.

— Mais assez parlé de moi. C'est ennuyeux. Discutons de quelque chose de beaucoup plus excitant.

— Par exemple ?

— Joseph Hudson.

— Eh bien quoi ?

— Sérieusement ?

Helen lui décocha un regard en coin et vit que son amie la taquinait.

— Quoi ?

— Voyons, Helen. Tu as bien dû remarquer comment il te regarde.

Helen ne répondit pas, optant pour la discrétion.

— On dirait un loup dans la bergerie. Et je peux te dire qu'il a fait des recherches sur toi. J'ai regardé son ordinateur après son départ et il avait sorti toute ta carrière.

— Charlie, dit Helen sur le ton du reproche.

— Je sais. Mais ne m'en veux pas de veiller sur toi. Surtout après ce qu'il s'est passé avec Gardam.

— Il n'est pas comme Gardam. Il est bien trop naïf, trop direct.

— Il t'a fait part de ses sentiments, pas vrai ?

— Ne sois pas ridicule.

— Même si c'est inutile. Ça se voit comme le nez au milieu de la figure.

Helen secoua la tête, amusée. En son for intérieur cependant, savoir que l'attirance qu'il éprouvait pour elle était évidente lui faisait plaisir.

— Et si moi j'ai le droit de transgresser les règles de temps en temps... poursuivit Charlie, une lueur dans les yeux. Je ne vois pas pourquoi tu ne pourrais pas.

Helen fronça les sourcils avec humour sans quitter la route des yeux.

— Après tout, c'est un jeune homme séduisant, athlétique...

— C'est mon subalterne.

— Je ne te dis pas de l'épouser. Et je te promets que je n'en parlerai à personne.

Charlie se montrait volontairement provocatrice, s'amusait aux dépens de son amie. Helen se réjouit de voir qu'elle avait retrouvé un peu de couleurs.

— Je reconnais qu'il a l'air sympathique.

— Eh bien voilà !

— Et que ce serait chouette d'avoir un peu de compagnie.

— Donc ?

Charlie paraissait tout excitée à cette idée, mais Helen ne put s'empêcher de la taquiner à son tour.

— Mais ce n'est pas une chose que je pourrais envisager.

Elle avait prononcé ces mots avec un visage impénétrable mais son ton était enjoué. Charlie lui décocha un regard sceptique, ignorant si c'était du lard ou du cochon. Pour être honnête, Helen n'en savait rien non plus. Elle ignorait ce qu'elle ressentait pour Joseph Hudson, si elle pourrait même ressentir quelque chose. Mais si cette idée remontait le moral de Charlie, la détournait de ses problèmes, alors elle était ravie de jouer le jeu.

Des réflexions plus approfondies sur le sujet devraient attendre. Elles venaient d'arriver dans Burgess Road.

110

L'agence Santander était un curieux mélange d'ancien et de neuf. Située dans un élégant bâtiment victorien, elle aurait dû exhaler charme et prestige, mais les enseignes d'un rouge éclatant et les affiches de Jenson Button, pilote automobile et figure de proue du groupe financier, lui ôtaient tout éclat. Ce n'était pas comme les banques de la jeunesse d'Helen : austères, sinistres, aussi silencieuses qu'une bibliothèque. Les établissements bancaires d'aujourd'hui étaient lumineux, animés et tournés sans vergogne vers le client. La directrice adjointe Jane Harris se précipita à leur rencontre, flairant un nouveau compte.

— Puis-je savoir de quoi il s'agit ? demanda-t-elle, déçue, lorsque Helen lui eut expliqué la raison de leur visite.

— C'est en rapport avec une enquête criminelle que nous menons. Je crains de ne pouvoir vous en dire plus. Mais votre aide nous serait précieuse. Nous voudrions voir les vidéos de vos caméras de sécurité du 3 juin.

La demande était faite sur un ton jovial, assorti d'un sourire, mais pressant. Harris parut hésiter, elle regarda d'un air sceptique Helen puis Charlie, avant de répondre enfin :

— Venez avec moi.

Impatiente de les recevoir à leur arrivée, Harris semblait maintenant inquiète et nerveuse. Elle redoutait sans doute un crime financier au sein de son agence, un scandale qui entacherait sa réputation, ou alors elle était seulement déconcertée par leur présence. Quoi qu'il en soit, elle ne les quitta pas d'une semelle et suivit par-dessus leurs épaules le défilé saccadé d'images en noir et blanc sur l'écran.

Helen tenta de faire abstraction et se concentra sur la parade des clients qui allaient et venaient devant le distributeur automatique. Elle passait les images en accéléré, ce qui rendait les retraits des uns et des autres plutôt comiques : ils tapaient leur code d'un geste mécanique endiablé puis repartait en un éclair. C'était un spectacle quelque peu hypnotisant, les allées et venues des clients dans l'entrée de la banque ressemblaient au flux et au reflux du quotidien. Helen restait alerte, aux aguets de Lauren Scott.

Le défilé se poursuivit. Hommes, dames âgées, jeunes mères, petites frappes, et soudain elle apparut. Helen avait raté son arrivée, aussi revint-elle en arrière. Oui, c'était bien elle : elle portait un débardeur et un de ses tatouages distinctifs était bien visible. Plus intéressant cependant, elle n'était pas seule.

— C'est Campbell ? demanda Charlie tout bas pour exclure Harris de la conversation.

— Trop grand, répondit Helen dans un murmure.

Lauren Scott et son compagnon tournaient le dos à la caméra mais il était clair que l'homme était trop mince, trop sculptural et ses cheveux trop longs, trop bruns pour être Tom Campbell. Toute sa posture paraissait inadaptée. Il était voûté au-dessus de Scott, collé à elle sans raison apparente.

Helen fit défiler la vidéo au ralenti. Le couple semblait plongé dans une conversation animée avant que Scott ne se retourne et procède à son opération bancaire. Sans le son, c'était difficile à affirmer mais leur interaction paraissait artificielle. L'homme posa la main sur l'épaule de Lauren. Un geste d'affection ? Ou un avertissement, comme pour l'empêcher de fuir ?

Scott se retourna vers lui et, cette fois, son malaise était flagrant. Elle était inquiète, effrayée même. Elle lui tendit l'argent avec empressement, comme pour s'en débarrasser au plus vite. Helen observa avec attention Scott qui tentait de se dégager des griffes de l'homme mais celui-ci tenait bon. Il approcha son visage du sien. Scott voulut s'écarter et ils se disputèrent. Alors l'homme regarda les autres clients autour de lui et la relâcha. Sans se faire prier, Scott réajusta la bride de son sac à l'épaule et s'en alla.

Helen jeta un coup d'œil à Charlie qui lui répondit d'un hochement de tête. Reportant son attention sur l'écran, Helen examina l'homme dans le hall de la banque, étudia sa silhouette mince, sa présence menaçante. Il était en train de compter l'argent, qu'il fourra ensuite dans sa poche avant de partir. Il jeta un dernier regard autour de lui, vérifiant sans doute que personne n'avait remarqué son altercation avec Scott. Il leva les yeux : ils balayèrent les murs et le plafond avant de se poser sur la caméra. Un court instant, il regarda droit dans l'objectif. Helen fit un arrêt sur image.

— On le tient, souffla Charlie.

Mais Helen n'écoutait pas, elle fixait l'image avec intensité. Ce n'était pas le rictus déplaisant que l'homme esquissait qui l'avait réduite au silence.

C'était le fait qu'elle l'avait reconnu.

111

Les cris d'enfants résonnaient autour de lui mais il garda la tête baissée. Le terrain vague qu'il traversait était jonché de détritus qu'il devait éviter et, surtout, il ne voulait pas se faire remarquer. Il faisait partie du décor maintenant mais il espérait qu'en faisant profil bas, il passerait inaperçu.

C'était un vœu pieux, bien sûr. Les gens du voyage qui peuplaient ce site était un groupe très uni et la présence d'un étranger éveillait forcément leur intérêt. Il avait eu droit à des sifflets, à quelques questions, qu'il avait ignorées dans l'espoir de les voir se lasser et le laisser tranquille s'il restait indifférent. En général, il ne traversait le terrain que lorsque c'était vraiment indispensable. Loin des yeux, loin du cœur.

Aujourd'hui était l'exception, bien sûr. Il avait eu une envie irrésistible d'un bon repas chaud ; il se nourrissait de boîtes de conserve depuis trop longtemps. Et il voulait aussi le journal. Il avait donc opéré une sortie en plein jour. Ça n'avait pas été infructueux mais il regrettait son acte à mesure que les bavardages autour de lui s'amplifiaient sur le chemin qui le ramenait à sa caravane.

— Tu fais quoi, m'sieur ? T'as une fille là-dedans ?

La voix était féminine, jeune et railleuse, fière du caractère grivois de sa question.

— Ou un garçon ?

Des éclats de rire adolescent accompagnèrent cette dernière remarque. Il ne se retourna pas, donna un coup de pied dans une bouteille de bière en approchant de son habitation. Il aurait aimé renvoyer une flopée de jurons et d'insultes ; il n'avait jamais aimé les gitans. Mais il était hors de question de se mêler à eux. Un homme recherché est bien avisé de rester seul.

C'était le bon côté à sa situation actuelle. Et il avait choisi cet endroit en conséquence. Le site disposait d'une caravane abandonnée à laquelle il pouvait prétendre et surtout, il se situait loin de toute civilisation. On ne venait pas ici par hasard et si jamais ça devait arriver, les gens se dépêcheraient de rebrousser chemin ; le citoyen lambda nourrissant une suspicion invétérée envers les gens du voyage. De la même manière que ceux-ci ne risquaient pas de le dénoncer, leur mépris paranoïaque envers la police ne les incitant pas à moucharder, quel que soit le crime commis. La justice, ils la faisaient eux-mêmes, et tant qu'il ne provoquait pas leur colère, il éviterait les problèmes. Ce n'était pas la planque idéale mais c'était un endroit correct pour qui voulait se faire oublier.

Arrivé à la caravane, il glissa la clé dans le cadenas tout en jetant un regard par-dessus son épaule. La bande d'adolescents ne s'intéressait plus à lui, ils ricanaient en regardant leurs téléphones. Il en profita pour jauger leur chef de meute. C'était une fille bien charpentée, aux formes généreuses, qui ne devait pas avoir plus de quinze ans et qui revêtait la tenue de rigueur : haut court et short en jean. Celui-ci était un peu trop petit pour elle et il la boudinait. Elle était jeune, sans expérience, mais aussi bien en chair et appétissante, mûre à point. Il laissa son regard s'attarder sur elle, tandis que les derniers rayons du soleil couchant caressaient sa peau, et il imagina ce qu'il se passerait s'il pouvait la faire venir seule dans sa caravane.

Une seconde, il se perdit dans sa rêverie, mais tout à coup elle leva les yeux vers lui. Il détourna aussitôt le regard. Il avait beau être affamé, il n'allait pas l'encourager, pas tout de suite en tout cas. Il retira le cadenas et s'engouffra dans la caravane pourrie, avant de refermer derrière lui.

112

Graham Ross était un parasite qui se nourrissait du malheur des autres.

Emilia avait souvent ce sentiment à propos d'elle-même mais Ross était pire. Il avait passé quasiment toute sa vie professionnelle au milieu d'enfants massacrés, d'amoureux assassinés, d'épouses battues ; il s'était retrouvé face à eux, tandis qu'elle n'était qu'à proximité, et il en redemandait. Était-ce de la conscience professionnelle, ou autre chose ? Pour Emilia, cela ressemblait de plus en plus à une obsession.

Après avoir rédigé son article sur le camping, elle s'était de nouveau intéressée à Ross et s'était plongée dans sa carrière, en quête d'un élément qu'elle pourrait utiliser, voire exploiter. Mais plus elle en apprenait sur lui, plus sa curiosité et son inquiétude augmentaient ; la passion du photographe pour la mort était flagrante.

Ainsi que Ross l'avait laissé entendre, il avait beaucoup bougé. Il avait travaillé pour de nombreux commissariats dans tout le pays. Il était passé de Londres à Glasgow puis à Manchester et avait fini dans le Hampshire, sans jamais se sédentariser nulle part. Il aurait pu s'engager au sein d'une brigade particulière mais il avait préféré profiter de la privatisation des services relatifs aux scènes de crime afin de rester indépendant, de garder une distance avec les gens pour qui il travaillait. Par réserve ou par calcul ?

De par ses conversations avec lui, Emilia penchait pour la deuxième option. Ross semblait considérer les êtres humains de loin, comme s'ils étaient des sujets qu'il observait à travers la lentille de son appareil photo sans vouloir se mêler à eux. Trouvait-il les gens repoussants ? Serait-il un peu misanthrope ? Dans ce cas, que lui voulait-il ? Pourquoi se montrait-il aussi attentionné avec elle ?

Qu'il la désire, qu'il souhaite qu'elle diffuse son travail ou qu'il nourrisse un autre dessein obscur, elle était sans aucun doute l'exception à la règle. Ross envisageait la vie comme un art, quelque chose qui devait être capturé et préservé, plutôt que vécu. Elle comprenait l'attrait, le contrôle exercé sur ses sujets, sur le monde en général, mais quel impact ce genre d'existence avait-il sur une personne ? Toute sa vie était centrée sur la photographie : il donnait des cours sur le sujet et organisait des expos pour arrondir ses fins de mois. Cette obsession devait affecter sa capacité à se lier aux autres, à être un individu normal. Ajouté à cela que son travail exigeait qu'il se concentre sur les restes sanglants d'êtres humains, qu'il ne les côtoie que lorsque leurs espoirs et leurs rêves avaient été anéantis, c'était l'assurance d'un dysfonctionnement psychologique ou émotionnel, non ?

Emilia s'était déjà demandé s'il pouvait être dangereux, s'il pourrait lui faire du mal. Au début, elle avait repoussé ses appréhensions mais voilà qu'elles revenaient en force. Tout le monde – journalistes, citoyens, policiers – se creusait la tête pour deviner le mobile de ces meurtres. Mais Ross, volontairement ou pas, lui aurait-il soufflé la solution ? La mise en scène des crimes était significative, certes, mais pas forcément à cause d'un sens caché dans la disposition des corps. C'était peut-être la mise en scène elle-même qui importait au tueur, la beauté des sites accueillant ces tueries. Si c'était bien vrai, Ross était-il impliqué, d'une manière ou d'une autre ?

Ça paraissait peu probable, et pourtant cette pensée ne la quittait plus. Ravalant ses craintes, Emilia poursuivit sa descente dans le monde ténébreux d'un homme qui passait sa vie au milieu des cadavres.

113

C'était un visage sans nom.

À l'instant même où elle l'avait entrevu sur les images de sécurité granuleuses, Helen l'avait reconnu. Pas de leurs enquêtes approfondies dans le cadre des principales pistes, Nathaniel Martin et Dean Clarke, mais des recherches périphériques. Elle avait quitté la banque avec les enregistrements vidéo et était rentrée avec Charlie au commissariat central. Là, elles s'étaient enfermées dans son bureau, stores baissés, et avaient étalé devant elles des clichés pris une décennie plus tôt.

Lorsque Helen avait récupéré les photos de Tom Campbell cachées dans son grenier, elle s'était intéressée aux deux victimes pour confirmer leur relation. Au cours de cet examen, elle avait croisé d'autres personnages de cette époque : Aaron Slater et Julia Winter, de temps en temps, et d'autres qui apparaissaient plus souvent. L'un d'entre eux, cet homme, le mystérieux maître-chanteur, l'avait marquée.

Certaines photos étaient plutôt intimes : le couple formé par Scott et Campbell dans des moments de bonheur, à l'abri d'une chambre, mais la plupart étaient prises en extérieur. En train de fumer dans le parc, de danser au crépuscule, de bronzer, de nager… Des souvenirs d'une époque insouciante et festive où l'alcool coulait à flots. Le suspect était absent des photos plus personnelles et Helen se demanda à quel point il était proche d'eux. En revanche, il était toujours en bonne place lors des réjouissances, un joyeux drille, jeune, sarcastique et très certainement attirant. Helen avait supposé qu'il était un étudiant parmi les autres mais leurs recherches en ce sens n'avaient rien donné jusque-là.

— Et les photos de remise des diplômes ? Il a peut-être intégré la fac en retard et suivi les cours en accéléré ?

Charlie et elle avaient déjà examiné la photo de classe de Scott et celle de Campbell, ainsi que celles des élèves de deuxième année. Elles avaient reconnu nombre d'entre eux : les visages sérieux et guindés sur la photo officielle, grimaçants et avinés sur celles des fêtes. Mais aucune trace du suspect. Charlie s'empara de la photo de remise des diplômes de Campbell.

— Non, il n'est pas dessus.

— Laisse-moi regarder pendant que tu vérifies celle de Scott.

Helen passa les visages en revue tout en sachant que c'était peine perdue. Charlie n'aurait pas raté les traits particuliers de l'homme, son nez aquilin, son grand front, ses boucles châtaines. Charlie leva les yeux en même temps qu'elle et secoua la tête.

— Et si c'était leur dealer ? Les deux se droguaient.

— Possible, répondit Helen avec prudence. Mais je le trouve trop bien intégré au groupe. Il apparaît à de nombreuses reprises, il boit, il danse, il chante avec eux. Je vois mal Tom le pragmatique prendre dans ses bras son revendeur avec autant d'enthousiasme.

— En plus, Campbell pouvait lui-même fabriquer sa drogue, répondit Charlie, en torpillant sa propre théorie. C'était peut-être l'ami d'un des autres alors ? Ou un proche ? Le cousin, le frère ?

— Peut-être mais je ne lui trouve un air de ressemblance avec personne. Et si c'était un ami, on va avoir du mal à découvrir de qui. Il a l'air de bien s'entendre avec tout le monde et à moins de passer les historiques Facebook du groupe au peigne fin...

— On va peut-être y être obligées, soupira Charlie que cette idée n'enthousiasmait pas. Nous pourrions commencer par la fin du lycée car je trouve que ce type fait plus âgé. Plus vieux que Lauren, c'est sûr, mais sûrement plus vieux que Tom aussi.

— On pourrait, mais je crois que le lien date de la fac. Campbell et Scott ne se connaissaient pas avant d'intégrer l'université de Southampton. Je pense que ce type gravitait autour d'eux à cette époque, sinon pourquoi les aurait-il fait chanter tous les deux ?

— Ou c'est un gars ordinaire qui partageait un appartement avec un des...

— Ou alors il appartenait au corps enseignant.

Charlie la dévisagea avec curiosité.

— Il y a plein de vieux dinosaures à la fac, des types qui s'accrochent à leur poste comme une moule à son rocher. Mais il y a aussi de jeunes assistants, des doctorants... Des individus matures et charismatiques pour les jeunes étudiants impressionnables.

Alors même qu'elle formulait sa pensée, Helen la trouvait de plus en plus cohérente, compte tenu de la différence d'âge.

— Pourrait-on obtenir un trombinoscope du personnel universitaire de l'époque ?

— Bien entendu, sur leur site, répondit Charlie. L'université de Southampton vante depuis toujours son équipe enseignante pour ses qualifications.

— Commençons par 2008, quand Campbell s'est inscrit.

Helen fit le tour du bureau et vint se placer derrière Charlie qui se connecta au site. Les armoiries familières apparurent à l'écran, avec en dessous des vignettes aussi étranges que merveilleuses qui présentaient les esprits les plus brillants du pays, spécialistes de sujets allant de l'histoire de l'art à la zoologie.

— Commence par le département de chimie, la matière principale de Campbell.

Charlie fit défiler les portraits mais aucun ne rappelait celui qu'elles recherchaient.

— Essayons en géographie. C'est peut-être Scott le lien.

Charlie passa en revue les enseignants du département de géographie et après le troisième…

— Là !

Elle faillit crier mais se retint. Elle cliqua sur une photo, l'agrandit. Helen se pencha en avant, étudia les traits, puis se tourna vers sa collègue, un sourire triomphal aux lèvres. Voilà. Elles avaient trouvé le lien.

Et plus important encore : elles avaient son nom.

114

— Le suspect s'appelle Caleb Morgan.

Certains s'empressèrent de noter le nom avant de reporter leur attention sur le grand écran où s'affichait un arrêt sur image de la vidéo de la caméra de sécurité ainsi qu'une des photos de Campbell datant de 2009. Avec l'agrandissement, c'était indubitablement le même homme.

— Il a enseigné pendant quatre ans à l'université de Southampton, entre 2006 et 2010, reprit Helen. Avant de partir à l'université de Bournemouth. Il y a passé trois ans, puis il a quitté le cycle supérieur pour enseigner dans plusieurs lycées. À noter qu'il a été suspendu de son dernier poste suite à la plainte d'une étudiante.

— Ça s'est passé l'année dernière, expliqua Charlie. Au moment où la campagne #metoo battait son plein. Suite à cette première allégation, trois autres étudiantes se sont manifestées, dans d'autres lycées. Il a désormais trois mandats d'arrêt à son nom pour agression sexuelle et harcèlement sexuel, mais il a disparu avant d'être appréhendé.

— Classique, grommela Edwards. Depuis combien de temps il est introuvable ?

— Presque deux mois.

— Ce qui explique sans doute pourquoi il a rançonné ses anciens « copains », ajouta McAndrew. Plus personne ne veut l'embaucher, il est recherché par la police, sans doute fauché, alors il s'adresse à Campbell, à Scott. Campbell paie deux fois, Scott, une seule. Puis tous les deux ignorent ses demandes. Maintenant il est seul au monde.

— Peut-être qu'il a fait payer sa frustration à ses vieux amis, intervint Bentham. Il aura voulu les détruire, les humilier.

— C'est une théorie, approuva Helen. Que j'ai bien l'intention de lui soumettre. La priorité numéro un est de le retrouver et de l'amener au poste. Où en sommes-nous avec le téléphone ?

Ce fut au tour d'Osbourne de prendre la parole.

— Deux appels ont été passés depuis le centre-ville, rien de bien intéressant là-dedans. Mais la plupart des communications proviennent de l'est de la ville, près de Horton Heath.

Il s'avança vers l'écran. Helen lui céda la place et rejoignit les autres pendant qu'Osbourne affichait une carte de Google.

— Les appels ont été passés à différents endroits le long de Burnett's Lane. Il n'y a pas grand-chose dans ce coin, mais un bus pour le centre de Southampton s'y arrête. Il se pourrait qu'il vienne à pied de sa cachette jusqu'à Burnett's Lane et y téléphone à l'abri des oreilles indiscrètes.

— Si on voulait rester incognito dans ce coin, on irait où ? demanda Helen.

— Difficile à dire. Il y a Knowle Park… et des terrains de sport. Mais tous sont fréquentés par les écoliers et les clubs sportifs, alors ce n'est pas idéal pour se cacher.

— Il y a des maisons à l'abandon ? Des immeubles désaffectés ?

— Pas à notre connaissance. Il y a surtout des champs et des routes de campagne. Peu de résidences et pas de zone industrielle.

— Des bois ? Des marais ? Quelque chose ?

Osbourne secoua la tête.

— C'est plutôt bucolique comme coin.

Un silence frustré s'abattit sur la salle. Puis une voix s'éleva.

— Il y a un endroit où il pourrait aller. Qui n'apparaîtrait pas sur Google Maps.

Toutes les têtes se tournèrent vers Joseph Hudson.

— Quelques gens du coin connaissent peut-être mais ce n'est pas déclaré officiellement alors ça n'apparaît pas, poursuivit le capitaine en s'approchant de l'écran. C'est un camp de gens du voyage, à environ un kilomètre et demi de Burnett's Lane.

Hudson passa la carte en vue satellite et zooma sur un regroupement de formes au milieu d'une étendue de vert. L'image se dépixélisa lentement. D'abord les bordures d'un camp, puis des caravanes éparpillées, enfin des gens minuscules qui se déplaçaient.

— Je vis ici depuis des années et je n'ai jamais entendu parler de ça ! Comment c'est possible ? s'étonna Osbourne.

— Parce que c'est ce qu'ils veulent. C'est un campement clandestin, hors des sentiers battus ; les hommes et les femmes qui y vivent n'apprécient pas l'attention des étrangers.

Plusieurs des officiers le dévisageaient, curieux de savoir comment un nouveau venu pouvait en savoir autant sur un camp d'itinérants. Hudson ignora leurs regards scrutateurs et se tourna vers Helen.

— Si je voulais disparaître de la surface de la terre, c'est là que j'irais.

115

Ils cahotèrent sur la route poussiéreuse, se cognant le crâne contre le plafond au gré des embardées de la voiture. Helen était au volant cette fois, Hudson silencieux à côté d'elle, et elle conduisait vite et avec détermination. La nuit tombait et elle comptait bien cueillir Morgan avant que l'obscurité ne les engloutisse.

Ils roulaient sans échanger un mot, les sirènes coupées et le gyrophare éteint. Un nuage de poussière les suivait, preuve de leur vitesse, clé du succès pour Helen. Un cortège de cinq véhicules filait sur cette route et s'ils parvenaient à encercler le camp avant que Morgan ne réagisse, ils le tiendraient.

— Vous êtes déjà venu ici ?

— Non, j'en ai entendu parler, c'est tout. J'ai encore des amis dans la communauté itinérante, alors…

— Une chance pour nous.

— D'ailleurs, il vaudrait sans doute mieux que vous me laissiez prendre la parole une fois sur place. On obtiendra des résultats plus vite.

— Pas de problème. Je suis ravie de m'incliner devant vos connaissances du terrain.

Hudson lui glissa un regard, sans rien dire. Helen nota avec plaisir qu'il avait retrouvé un peu de son entrain. La gêne qui s'était immiscée entre eux s'était peut-être dissipée.

Concentrée sur la route, Helen repéra le camp. Malgré son enthousiasme, elle éprouva une surprenante pointe de nervosité.

— Prévenez les autres par radio, dit-elle. On y est.

Quelques instants plus tard, les voitures entrèrent dans le camp en rugissant. Deux d'entre elles bifurquèrent pour barrer les sorties à l'arrière pendant que Charlie et McAndrew s'arrêtaient à l'entrée. Helen s'immobilisa à quelques mètres des caravanes. Hudson et elle bondirent du véhicule. Le gyrophare tournait à présent et quelques coups de sirène annoncèrent leur arrivée.

L'effet fut immédiat : le troupeau d'enfants et d'adolescents se dispersa, remplacé par un groupe d'hommes. Ils se dirigèrent droit sur eux, l'air méfiant, voire hostile. En temps normal, Helen les aurait affrontés mais elle s'effaça devant Hudson qui approcha seul. C'était son monde, pas le sien.

Elle n'entendait pas ce qu'il se disait mais la conversation était animée. Hudson faisait de son mieux pour mettre les nomades à l'aise et montrait une photo de Morgan, comme pour insister sur le fait que c'était lui qu'ils voulaient, pas eux. Au début, ils parurent indifférents, comme si tout ce que Hudson pouvait bien leur raconter tombait dans l'oreille d'un sourd ; mais à son grand mérite, le jeune capitaine de police persévéra et finit par obtenir une réaction. L'un des hommes haussa les épaules et désigna une caravane à la limite du camp.

Hudson se tourna vers Helen et lui fit un signe de tête. Elle s'approcha à la hâte. Aussitôt les hommes se dispersèrent, comme par peur d'être contaminés.

— Il se planque ici depuis six semaines. La troisième caravane au fond.

Ils s'étaient déjà mis en marche. Helen sortit sa radio, appela les renforts. Ils réagirent aussitôt : elle les vit émerger des rangées entre les caravanes et se resserrer en cercle autour de la roulotte déglinguée.

En moins d'une minute, Hudson et Helen se tenaient devant la planque de Morgan. L'endroit était crasseux et délabré, le toit percé. À part ça, il était difficile d'en voir plus : des draps tachés couvraient les fenêtres, dissimulant l'intérieur aux regards.

— Inutile de jouer aux héros, déclara Helen en sortant sa matraque. Je veux ce type en état d'être interrogé.

Avec un hochement de tête Hudson brandit lui aussi sa matraque. Helen compta à rebours puis fit un pas en avant et enfonça la porte d'un coup de pied. Aussitôt, le verrou explosa et la porte s'ouvrit en grand. Helen n'hésita pas une seconde et fonça à l'intérieur, Hudson sur ses talons, surpris par une telle rapidité. Helen scruta la pénombre à la recherche de leur suspect. Elle sentit quelque chose lui effleurer le crâne et plongea en avant, mais ce n'était qu'une ampoule qui se balançait au gré du vent. Le cœur battant, elle se tourna vers la pièce principale de la caravane, s'attendant à voir Morgan se ruer sur elle.

Mais l'habitation était vide. Il n'y avait aucun signe du suspect, juste quelques affaires personnelles et un amas de conserves vides dans l'évier. En fait, il n'y avait rien d'intéressant ici en dehors de coupures de presse : des gros titres de journaux, soigneusement découpés et étalés sur la table poisseuse en Formica, qui annonçaient les meurtres effroyables de Tom Campbell et de Lauren Scott.

116

La tente illuminée était comme un phare dans la nuit.

L'obscurité était tombée sur le camping et les tentes éparses paraissaient solitaires. Plus tôt, les campeurs intrépides qui s'étaient aventurés dans ce coin perdu avaient échangé quelques mots, mais à présent chacun avait regagné ses pénates pour profiter d'une nuit en pleine nature.

Le silence enveloppait le camping assombri, percé seulement par les stridulations des grillons et, à l'occasion, le hululement d'une chouette. Tapi dans l'ombre, Caleb Morgan, immobile, observait de loin. C'était si tranquille, si calme. Qui se douterait que le mal rôdait ?

Il avait quitté la caravane peu avant le crépuscule, empruntant les routes secondaires pour rejoindre la forêt. Il s'était préparé mais son cœur battait à toute allure tandis que, agrippé au volant, il jetait des coups d'œil nerveux dans le rétroviseur. En réalité, rien ne lui avait fait obstacle. Ce soir, tout était sous son contrôle.

À l'approche du camping, il s'était garé en lisière de forêt et avait pris soin de dissimuler son véhicule sous des branches. Son matériel récupéré, il avait continué à pied. Il avait atteint le camping à temps pour s'installer. Une heure plus tard, le soleil était couché et lui déjà en position, caché dans les ombres en bordure de camp.

Il avait regardé avec satisfaction les feux se consumer, les lumières s'éteindre, les tentes se fermer. Tout était en place et à chaque seconde qui passait, son excitation grandissait. Il caressa son arme, pressé de s'en servir, mais se retint. Hors de question de se précipiter, de se trahir. La prudence était le mot d'ordre ce soir.

Il reporta son attention sur la tente une fois de plus, et sourit devant ce décor. La toile illuminée était belle, presque magique sur le ciel noir d'encre. Une lanterne en éclairait l'intérieur, la flamme qui projetait des ombres s'affaiblissait. Bientôt elle s'éteindrait et l'obscurité règnerait.

En attendant, il resterait en position, à contenir au mieux son excitation, à attendre le bon moment pour frapper.

117

Elle balaya la poussière avec ses doigts, trouva enfin quelque chose. La fouille préliminaire de la caravane n'avait rien donné : les placards étaient vides, la penderie inutilisée, même le frigo cassé ne contenait rien. Ils avaient ensuite entrepris de soulever les assises et de démonter les équipements. Helen avait repéré quelque chose sous la couchette.

À genoux, les mains gantées de latex, elle avait cherché à tâtons l'objet caché. Voilà, elle le tenait. Elle le fit doucement glisser vers elle. Un vieux sac abîmé émergea. Les coupures de presse avaient déjà été emballées et emportées pour analyse, aussi Helen le posa sur la table et tira la fermeture Éclair. Un visage apparut.

Un hoquet de stupeur lui échappa avant qu'elle ne comprenne qu'il s'agissait d'un masque. Elle ouvrit le sac plus grand et le sortit pour le tenir dans le faisceau de sa lampe-torche. La surface en cuir lisse luisit tandis que scintillait la fermeture métallique de la bouche. Un accessoire de BDSM, une simple cagoule de soumis, qui ce soir faisait froid dans le dos.

Elle la tendit à McAndrew, qui fit la grimace, puis reprit son inspection du sac. Il contenait d'autres journaux, quelques fripes et, dessous, un ordinateur portable et un téléphone. Helen les sortit et les alluma avant de s'asseoir sur une caisse retournée. L'écran du téléphone, d'un gris terne, demandait un code à quatre chiffres. Elle s'intéressa plutôt à l'ordinateur. Le service informatique débloquerait le portable plus tard.

L'examen de l'ordinateur se révéla plus payant. Là aussi il fallait un mot de passe mais dans le cadre métallique autour de l'écran quelque chose était gravé : « Pompey75 ». Helen avait déjà vu ça : des ordinateurs volés revendus sur des étals de marché ou des aires de repos, mot de passe de l'ancien propriétaire fourni par commodité. Celui-ci provenait sûrement de Portsmouth, à en juger par le surnom de la ville portuaire choisi en guise de mot de passe. Sans surprise, l'ordinateur se déverrouilla lorsque Helen le tapa.

Sur le bureau, quelques dossiers seulement et les applications de base en bas de l'écran. Le regard d'Helen fut attiré par le coin en haut à droite. L'ordinateur était en train de se connecter à l'iPhone posé sur la table pour utiliser son réseau 4G. Voilà donc comment Morgan gardait contact avec le monde extérieur.

Helen afficha l'historique de navigation. Sans attente particulière, elle fut choquée par l'opulence de dépravation qui apparut. En dehors de deux sites d'informations, le reste n'était que de la pornographie. Viols collectifs, simulés, ados prépubères et toutes sortes de brutalités et de coercition. La plupart des femmes et des filles dans les vidéos étaient contraintes, que ce soit feint ou réel. Ces sites s'adressaient sans conteste à des personnes excitées par la souffrance et la peur des autres.

Helen se leva, invita Hudson à jeter un œil puis sortit de la caravane. Dehors, le regard posé sur les habitants du camp qui s'étaient rassemblés, curieux, elle laissa son esprit réfléchir à leurs découvertes. Morgan donnait dans l'extorsion, sans doute dans le chantage, mais dans quoi d'autre trempait-il ? Il avait été accusé d'agression sexuelle et de harcèlement, mais serait-il allé encore plus loin ? À première vue, c'était un sadique sexuel versé dans la domination et la torture, mais jusqu'où avait-il poussé ses fantasmes ? Était-il maintenant dangereux et incontrôlable ? S'attaquait-il à ceux qui contrecarraient ses plans, se délectait-il de leur souffrance ?

Le regard perçant la nuit, Helen se demanda où était Morgan à cet instant. Seuls quelques vacanciers téméraires s'aventuraient dans le parc désormais, la plupart ayant tenu compte de la mise en garde, mais Helen n'était pas rassurée pour autant. Morgan était-il parti ce soir par hasard ou pour une raison plus sinistre ? Scott et Campbell étaient morts, et il n'avait appelé régulièrement aucun autre numéro. Pourtant, il n'était pas là. Pas plus que l'arbalète, ou la Jeep Cherokee que ses voisins du camp l'avaient vu conduire. Helen s'interrogea : allait-il frapper à nouveau cette nuit ?

Et dans ce cas, qui se trouverait dans son viseur ?

118

— Désolée, mais je ne veux pas parler de lui. Je ne veux plus jamais prononcer le nom de cet homme.

— Je comprends, affirma Charlie avec douceur pour tenter de la calmer. Mais j'ai besoin d'informations sur Caleb Morgan, c'est vital, et tout ce que vous pourrez nous dire sur lui...

— J'ai déjà donné. J'ai raconté ça six ou sept fois, répliqua Alice Walker avec colère. Et qu'est-ce que ça m'a apporté ? Il n'a pas été arrêté. La police ignore où il se trouve, pas vrai ?

La jeune femme était en pleurs, la peur se mêlant à son désarroi. Charlie voulut la réconforter mais avant qu'elle ne puisse le faire, une voix masculine et bourrue s'éleva à l'autre bout de la ligne.

— Je suis le père d'Alice. Elle a dit tout ce qu'elle avait à dire, ça suffit maintenant. Arrêtez de la tourmenter et ne rappelez pas avant d'avoir fait votre boulot.

Charlie s'apprêtait à répondre mais il raccrocha. Elle poussa un long soupir. Helen et Hudson poursuivant les recherches au campement, Charlie et les autres étaient rentrés au commissariat pour reprendre l'enquête sur Caleb Morgan ; sa vie personnelle, ses antécédents familiaux, ses délits passés. Mais les progrès se faisaient attendre : ses victimes et accusatrices se montraient hostiles envers la police ou refusaient de revivre leur traumatisme. En vérité, entre leur descente ratée et le manque d'informations concrètes sur Morgan, ses habitudes et ses déplacements, ils n'avançaient pas.

— On travaille tard ?

Charlie sursauta puis vit avec étonnement la commissaire Simmons qui approchait. Celle-ci mettait rarement les pieds dans le bureau des enquêteurs, préférant qu'on vienne à elle. Au début, Charlie s'était demandé si c'était par manque d'intérêt mais elle comprenait désormais que c'était tout le contraire : Simmons suivait de près les enquêtes de la brigade criminelle mais elle lui accordait aussi toute sa confiance. Rien à voir avec ses prédécesseurs. Charlie se réjouissait de ce changement.

— Oui, mais ça ne nous aide pas beaucoup.

— Je ne dirais pas ça, la rassura Simmons. Nous savons où Morgan se planque maintenant. Il y reviendra peut-être, auquel cas, nous l'y attendrons. Sinon, nous pourrons diffuser son portrait à la presse demain. Il aura beaucoup plus de mal à rester caché.

— Espérons.

— Je n'ai aucun doute là-dessus. Rentrez donc chez vous, reposez votre cheville. Il se fait tard.

— Oui, dans une vingtaine de minutes…

— Allez-y, capitaine Brooks. Vous avez l'air fatigué.

Charlie la remercia d'un sourire, le cœur serré. Elle s'était remaquillée pour tenter de se donner une mine moins hagarde mais visiblement, ses efforts étaient vains.

— Je vais partir, alors, concéda-t-elle sans bouger.

— Est-ce que tout va bien ? Vous semblez un peu abattue ces temps-ci.

Maintenant Charlie était gênée qu'un officier supérieur s'inquiète de son bien-être.

— Je vais bien, répondit-elle d'un ton aussi enjoué que possible.

Simmons hocha la tête, mais ne parut pas convaincue. Et son expression chaleureuse mais soucieuse prouvait qu'elle attendait des explications.

— Mon compagnon et moi traversons une mauvaise passe…

— Je suis désolée de l'entendre. Ça n'a rien d'inhabituel dans notre métier, vous savez.

— Ça va s'arranger, j'en suis sûre. Il faut juste que l'on prenne le temps de discuter, mais avec Jessica, ce n'est pas facile.

— Votre petite fille ?

— Elle ne dort pas bien. Elle a des terreurs nocturnes.

— Je vois, répondit-elle simplement du ton de celle qui parlait d'expérience.

— Nous avons essayé de découvrir ce qui pouvait les provoquer, mais c'est un mystère. Et nous aurions bien besoin d'une bonne nuit de sommeil.

— Vous avez essayé de lui chanter une berceuse ?

Ce conseil surprit tant Charlie qu'elle crut avoir mal entendu.

— Je sais que ça paraît idiot, poursuivit Simmons, mais ça a marché avec mon aîné.

— Ah…

— Il a souffert de terreurs nocturnes pendant quatre semaines. C'était à l'époque où j'ai été promue commandant et les choses étaient un peu tendues à la maison. J'étais dans un état de stress permanent et quelqu'un m'a suggéré de lui chanter une berceuse au moment du coucher. Les cauchemars ont cessé.

Charlie était étonnée, mais aussi intriguée.

— Chanter une berceuse a vraiment un effet bénéfique sur l'enfant ?

— Bien sûr. Mais ce qui compte surtout, c'est l'effet bénéfique sur la maman.

Charlie la dévisagea, prise de court.

— Bref, je ne veux pas vous retenir. Je rentre chez moi, vous devriez en faire autant.

Sur ces mots, Simmons s'en alla. Charlie la regarda partir, cherchant encore à saisir le sens de son conseil. Elle le lui avait donné avec générosité et conviction, comme si elle connaissait la cause du malheur de Charlie. Toute aide était la bienvenue et pourtant les paroles de Simmons la perturbaient. Elle croyait depuis le début que le problème venait de Jessica, que quelque chose l'inquiétait, mais une autre possibilité désormais s'imposait à elle. Charlie était sur les nerfs, dévorée par la culpabilité, un peu paranoïaque même, depuis la mort de Sanderson et son état d'esprit avait certainement joué sur l'ambiance familiale. Se pouvait-il qu'elle soit la cause de tout cela ? Que Jessica ait intégré ses angoisses ?

Était-ce elle, le problème ?

119

Helen leva les yeux vers le septième étage où une lueur perçait à travers les stores. Elle était certaine que Charlie s'y trouvait encore – celle-ci venait de lui envoyer par e-mail un rapport sur les progrès de l'enquête – et la tentation était grande de monter pour discuter avec son amie, s'assurer qu'elle allait bien. Mais ce soir, Helen avait envie de s'éloigner du commissariat, de s'accorder un peu de temps et d'espace pour réfléchir. Elle tourna les talons et enfourcha sa moto.

Hudson s'était proposé pour ramener la voiture de patrouille au garage et, profitant de sa générosité, Helen pouvait partir. Elle enfila son casque. Aussitôt les bruits ambiants s'estompèrent et sa perception du monde se teinta et s'adoucit. C'était vraiment curieux, et peut-être un peu inquiétant, ce calme qui l'envahissait quand elle se détachait ainsi du monde. Relevant la béquille, elle démarra et fit rugir le moteur pour quitter le parking, laissant derrière elle ses frustrations.

Morgan était quelque part dans la nature et continuait à leur échapper. Helen avait la conviction qu'il était la clé : la seule personne qui faisait le lien entre Campbell et Scott, la seule qui avait une raison de leur faire du mal, sans parler de l'imagination et du degré de dépravation nécessaires pour concevoir une telle forme de torture. Où était-il ? Morgan était originaire de Macclesfield, mais il n'était plus en contact avec ses parents, qui y vivaient toujours. Il avait peu d'amis dans la région, aucun qui l'ait soutenu depuis qu'il s'était révélé être un délinquant sexuel. Et son existence pitoyable au camp des gens du voyage laissait penser qu'il était à court d'options. Il vivait seul et modestement, subsistant grâce au peu d'argent qu'il lui restait pour acheter des conserves périmées. Elle espérait vraiment qu'il retournerait au camp. McAndrew, Bentham et d'autres agents y étaient postés, en planque dans la caravane voisine. Mais s'il ne se montrait pas, s'il repérait leur présence et s'enfuyait, que se passerait-il ? Il faudrait lancer une alerte générale et un avis de recherche dans la presse pour le débusquer et, en attendant, leur seule alternative serait de reprendre l'analyse de son téléphone, de repérer ses déplacements grâce au signal du réseau. Ce qui reviendrait à chercher une aiguille dans une botte de foin.

Elle ressassait encore ces sombres pensées quand quelque chose attira son attention. Elle roulait sur le périphérique, le trajet habituel pour rentrer chez elle et, une fois encore, un motard apparut dans son rétroviseur, la suivant de près.

Elle ralentit, l'étudia, s'assura que c'était bien Hudson. Son culot l'étonnait et elle ne savait pas si elle était agacée ou impressionnée par sa poursuite acharnée et son manque de réserve. Quoi qu'il en soit, elle n'allait pas lui faciliter la tâche.

Elle ralentit encore, le laissa s'approcher. Puis, tout à coup, elle tourna de nouveau l'accélérateur, le distançant dans un rugissement. Hudson réagit aussitôt mais Helen avait une longueur d'avance et s'éloignait.

La course était lancée. Il était tard, le périphérique était dégagé. La moto de Hudson était plus puissante que celle d'Helen mais celle-ci était plus expérimentée et elle connaissait chaque bosse sur cette route. Elle prenait les virages serrés et couchée, se redressait quand elle doublait les rares camions, les dépassant comme s'ils n'existaient pas. Elle se fichait des radars et des éventuelles voitures de patrouille, elle se délectait de la vitesse et de la course-poursuite.

Ils jouaient au chat et à la souris maintenant. Hudson se rapprochait, arrivait presque à sa hauteur, et Helen remettait les gaz. Il revenait en force et Helen feintait, elle ralentissait comme pour tourner puis accélérait de nouveau quand Hudson baissait la garde. Ils continuèrent ce petit jeu un moment, savourant leur duel, jouant l'un avec l'autre : deux motards dans leur élément, sans aucune contrainte.

Au bout d'un moment cependant, Helen décida d'abréger ses souffrances. Hudson s'était bien défendu, mais il ne l'avait pas attrapée. Magnanime, elle roula jusqu'à une aire de repos et mit fin à la course-poursuite. Hudson s'arrêta derrière elle et ôta son casque, un immense sourire aux lèvres. Helen l'observa un moment puis, soulevant sa visière, elle déclara en le regardant droit dans les yeux :

— Si on fait ça, on le fait à ma manière.

— D'accord.

— On n'en parle à personne et quand il est temps d'arrêter, on arrête.

— Entendu.

— Bien. Suivez-moi.

Elle rabaissa sa visière et démarra en trombe. Hudson l'imita et les deux motards solitaires s'enfoncèrent dans la nuit, droit vers son appartement.

120

Le bâtiment délabré était plongé dans un silence de mort. La fille qui avait ouvert à Emilia était surprise de recevoir une visite si tôt et ne s'exprimait que par monosyllabes. Elle répondait aux questions avec un incroyable manque de courtoisie et d'intérêt. Il était clair qu'elle n'était pas du matin.

— C'est sur Internet.

— Pas les informations que je cherche, la contredit Emilia.

— Si vous souhaitez suivre un cours, poursuivit la fille d'une voix traînante, vous devriez aller sur le site…

— En fait, je suis journaliste. Je m'appelle Emilia Garanita ; vous avez peut-être lu mes articles sur le tueur du parc.

Voilà qui réduisit la fille au silence, au grand plaisir d'Emilia. Elle était allée au bout de ses recherches en ligne sur Graham Ross la veille au soir et elle avait pris le chemin de son école de photographie aux premières lueurs du jour. « École » était un bien grand mot pour désigner l'enfilade de petits ateliers dans lesquels ses confrères et lui enseignaient l'art de la photographie, mais ça rendait mieux sur la brochure. Situé dans une ancienne salle de sport qui avait déménagé dans une zone plus huppée, l'établissement proposait un espace d'exposition pour les artistes locaux ou les œuvres en lien avec le Hampshire.

— Ce que j'aimerais que vous me donniez, insista-t-elle auprès de la fille maintenant intimidée, c'est une simple information. Est-ce que cet homme...

Elle lui tendit une feuille de papier sur laquelle était écrit le nom de Tom Campbell.

— ... Est-ce qu'il a un jour suivi un cours dispensé par Graham Ross ?

La fille marqua une hésitation.

— Je ne sais pas si je dois vous le dire. Je n'ai que votre parole comme preuve que vous êtes bien celle que vous prétendez.

— Voilà ma carte, fit Emilia en lui tendant le petit carton. Et il y a vingt livres à la clé si vous répondez vite.

La récompense sembla décider la fille : une soirée à boire à l'œil valait bien une tâche qui ne lui prendrait que quelques minutes. Elle s'éloigna à petits pas hâtifs, laissant Emilia s'interroger sur la sagesse de sa venue ici. C'était tiré par les cheveux mais elle s'était torturé les méninges en quête d'un lien possible entre Ross et les deux victimes du tueur du parc, et la seule chose qui lui était apparue était la photographie. Campbell était un passionné ; d'ailleurs, le journal avait publié plusieurs des photos qu'il avait prises de sa petite amie ainsi que, dans un registre plus sinistre, du parc national de New Forest. Elle savait grâce à ses recherches que Campbell avait suivi des cours de photographie dans la région. Assise à son bureau face à un diagramme qui établissait les relations logiques possibles, elle avait décidé que c'était une conjoncture valable. À présent, en revanche, elle avait des doutes et craignait d'être partie en chasse à l'aube pour rien.

Afin de calmer ses angoisses, elle s'avança dans la salle d'exposition. Elle était déserte, un respect feutré imprégnait l'espace. Emilia se promena au milieu des œuvres exposées, s'absorba dans la contemplation des images autour d'elle.

Les photographies semblaient toutes avoir la criminalité pour thème principal, ce qui n'avait sans doute rien d'étonnant compte tenu de la profession officielle de Ross. L'expo était intitulée « Crime et châtiment » ; de ce qu'en comprit Emilia, les portraits étaient ceux de criminels condamnés accompagnés d'un court résumé de leur vie et de la sanction que le gouvernement leur avait attribuée. Elle en lut quelques-uns : les légendes n'étaient ni critiques ni accablantes, et laissaient au spectateur le soin de formuler son propre jugement sur le sujet.

Elle poursuivit ses déambulations. Certains avaient vraiment des têtes d'escrocs, de ceux qu'on n'aimerait pas croiser le soir dans une ruelle. D'autres paraissaient plus vulnérables, plaintifs même, en particulier les femmes, et Emilia se retrouva à les observer de plus près. Elle savait depuis l'enfance que les gens maltraitaient et exploitaient systématiquement ceux qu'ils considéraient comme plus faibles.

Il y avait une femme condamnée pour trafic humain, un adolescent emprisonné pour agression aggravée, et même un retraité derrière les barreaux pour fraudes multiples. Certaines photos étaient amusantes, d'autres tragiques : des femmes au visage contusionné et au regard désespéré. Emilia avançait parmi elles, laissant ces histoires et ces visages la pénétrer ; et soudain, elle se figea.

Au début, elle ne comprit pas. Puis un frisson remonta le long de sa colonne vertébrale. Face à elle, plus jeune et plus naïve, affichant pourtant un air de défi, se trouvait Lauren Scott.

121

Helen le regarda et contempla le soleil matinal qui caressait son visage. Elle était étendue depuis plusieurs minutes à profiter d'un bref instant de plénitude, rejouant dans son esprit leur nuit ensemble. Mais Hudson commençait à se réveiller, la chaleur des rayons printaniers exerçant leur magie, et Helen devrait bientôt affronter les conséquences de ses actes.

En temps normal, elle aurait détalé et fui une telle situation, mais elle se sentait curieusement à son aise. La conversation avait été réduite à son strict minimum à leur arrivée chez elle mais leurs rapports avaient été détendus et passionnés, et n'avaient pris fin qu'aux petites heures du jour. Helen s'était endormie peu après, dans les bras de Joseph, et elle s'était réveillée juste avant 8 heures, étonnamment fraîche et dispose.

Elle avait convoqué l'équipe plus tard que d'habitude pour compenser leurs longues heures de travail ces derniers jours. Elle ne manquait donc pas à son devoir, même si 9 heures venaient de sonner. Elle savait qu'elle devrait s'activer d'ici peu mais elle avait tout à coup envie de profiter jusqu'au bout de ce qui s'était révélé une rencontre aussi surprenante que plaisante.

Hudson s'étira, marmonna des paroles incompréhensibles dans un demi-sommeil, puis se tourna de l'autre côté, remonta les couvertures sur lui. Il avait sûrement oublié où il se trouvait et se croyait dans son propre lit. Ce qui soulignait encore plus l'étrangeté de sa présence ici. Cet appartement avait toujours été le refuge d'Helen, sa retraite en période de troubles : quand elle devait panser ses plaies, récupérer de ses blessures, quand elle avait besoin de se cacher du monde, le jour de Noël quand son sentiment d'isolement était à son paroxysme. Et elle n'y invitait jamais personne.

Son bureau au commissariat central de Southampton était volontairement dépouillé ; toute sa vie jusqu'à présent se trouvait ici. Les livres de son enfance, les quelques photos qu'il lui restait de Marianne, le bijou que Grace Simmons lui avait offert pour ses dix-huit ans, son premier uniforme de police, repassé et suspendu dans l'armoire. Il en était certains qui avaient tenté de pénétrer ce sanctuaire auparavant et ils s'étaient fait débouter. Mais Joseph, elle l'avait invité de bon gré et elle ne le regrettait pas. Au lit, le rang hiérarchique, la différence d'âge et même leurs personnalités divergentes disparaissaient ; tous deux ne recherchaient plus qu'excitation, tendresse, affection et réconfort. Et ce qui frappait Helen à cet instant alors qu'elle contemplait son compagnon, ce n'était pas que sa présence lui paraissait étrange, mais naturelle.

Elle méditait cette curiosité quand son téléphone se mit à sonner. Helen se couchait rarement sans programmer une alarme et elle était habituée à sa sonnerie grêle et mélodique, mais elle la maudit ce matin. Elle signifiait un retour à la réalité, à l'enquête, à l'angoisse, à la peur et à la mort. Elle coupa l'alarme et se glissa hors du lit pour se préparer à l'action.

Aujourd'hui était un jour comme les autres et pourtant tout paraissait différent. Tandis qu'elle gagnait d'un pas léger la salle de bains, Helen murmura une prière de remerciement pour le bref instant de bonheur qui lui avait été offert. Elle n'était peut-être pas une cause perdue en fin de compte.

122

Jacquetta faisait de son mieux pour se montrer courageuse, endurer sa peine, mais nul ne pouvait ignorer sa souffrance. Une dizaine de signes infimes la trahissait : les cernes sous ses yeux, les ongles rongés jusqu'au sang, les doigts jaunis par la nicotine. Charlie avait abordé l'interrogatoire le cœur lourd ; les affaires d'agression sexuelle étaient toujours éprouvantes et elle n'était pas sûre de ce qu'elle tirerait de cette conversation. Et maintenant, elle se sentait profondément coupable. Ce que cette femme avait enduré était affreux et elle méritait toute la compassion, l'attention et le soutien que Charlie pourrait lui apporter. Ses propres problèmes n'étaient rien comparés à ceux de Jacquetta.

— Il était tout à fait charmant au début. Passionnant, même. Je n'avais jamais eu de professeur comme lui.

Jacquetta avait d'abord refusé de rencontrer Charlie lorsqu'elle avait pris contact avec elle par téléphone la veille. Mais ce matin le capitaine de police avait reçu un message d'excuse de la jeune femme qui, par acquit de conscience, avait finalement accepté de lui parler. Elles se trouvaient à présent dans un café au bout de la rue où habitait Jacquetta. Elle ne voulait pas trop s'éloigner de chez elle et, après avoir entendu son histoire, Charlie comprit pourquoi.

— Quel âge aviez-vous quand il était votre professeur ?

— Dix-neuf ans. Je redoublais la dernière année de lycée et il a vraiment tout changé. J'avais échoué en géographie la première fois, et là je pouvais prétendre à la mention.

— Qu'est-ce qui le rendait différent ?

— Il était étonnant, intelligent, drôle. Il ressemblait plus à un ami qu'à un prof. Il aimait la même musique que nous, il regardait les mêmes séries.

— À quel moment la limite entre enseignant et ami a-t-elle été franchie ?

— Assez vite. Mais ça s'est accéléré au troisième trimestre. Il envoyait des messages, il appelait. Pas seulement moi. Les autres aussi.

— Vous vous êtes vus en dehors du lycée ?

— Oui. Lorsqu'il a commencé à faire beau, on se retrouvait dans les pubs, sur la plage, on allait se promener.

— Vous rendiez-vous compte que son intérêt pour vous avait une portée sexuelle ?

Jacquetta baissa les yeux, un peu honteuse.

— Bien sûr. Mais ça me plaisait...

— Vous n'avez aucune raison d'avoir honte, Jacquetta. Vous n'avez rien fait de mal.

— Je suppose... Je crois que j'étais flattée. Il était plus âgé, plus intelligent, plus cultivé...

Elle se tut, se mit à se ronger les ongles.

— Et l'événement en question ? Pouvez-vous m'en parler ?

Un long silence précéda un lourd soupir hésitant.

— C'était l'été dernier. On était toute une bande à s'être retrouvés à la plage de Tanners Lane. C'était la pleine lune et on avait prévu de faire la fête là-bas toute la nuit, un peu comme ils font en Thaïlande. C'était son idée, celle de Morgan je veux dire. Mais nous étions tous partants. Les examens étaient terminés et nous voulions nous amuser...

Charlie observa Jacquetta avec attention. Chaque mot qu'elle prononçait était une épreuve qui lui faisait revivre son traumatisme.

— Caleb racontait des histoires, il jouait de la guitare, plaisantait. Il était très attentif, à moi surtout, et je me souviens que j'étais sur un petit nuage. Oui, il y avait de l'alcool, quelques cachetons aussi, mais ce n'était pas ça qui me rendait euphorique. C'était le lieu, l'ambiance, le soleil. Ça faisait tellement de bien après tous ces mois à étudier.

Un sourire bref et amer s'étira sur ses lèvres.

— On a dû aller se coucher vers 3 ou 4 heures, je ne sais plus. J'avais une tente pour moi toute seule et je me suis effondrée dedans.

Elle marqua une pause ; sa respiration se fit plus forte, saccadée, l'émotion la gagnait. Mais elle persévéra.

— Tout ce que je me rappelle, c'est que tout à coup il était dans ma tente. Sur moi. Il m'embrassait. Je lui ai dit de s'en aller, que je ne voulais pas que ça se passe comme ça, mais il ne m'a pas écoutée. Il m'a dit qu'il savait ce dont j'avais envie. Ce n'était pas vrai…

Jacquetta tremblait et Charlie tenta de lui prendre la main pour la réconforter, mais la jeune femme s'était rencognée dans son siège, les bras serrés autour d'elle.

— J'ai essayé de le repousser, puis de crier, mais il… Il a mis son poing dans ma bouche. J'ai cru que j'allais vomir, mais il n'a pas bougé. Il l'a laissé là tout le temps…

Elle fixait la pointe de ses chaussures, comme si elle n'arrivait toujours pas à croire qu'une telle chose lui soit arrivée.

— Après, il m'a embrassée dans les cheveux et il a dit « bonne nuit ». Comme si tout était normal. Le lendemain, c'était comme si rien ne s'était passé. Il se montrait amical, il bavardait, il était détendu. Je croyais presque avoir rêvé, sauf qu'il m'avait fait mal et que je saignais encore.

— Vous n'en avez parlé à personne ? À votre famille ? À vos amis ?

Jacquetta secoua la tête avec vigueur, l'air affligé.

— Je voulais le dire à quelqu'un… mais plus j'attendais, plus c'était difficile.

— Je comprends.

— Et puis finalement, une autre des filles qu'il avait agressées a porté plainte. Et je me suis dit que je n'avais plus le choix. Je regrette de ne pas avoir parlé plus tôt. Vraiment. Si je l'avais fait, certaines de ces filles…

Les larmes roulaient sur ses joues. Charlie se pencha et lui prit la main. Cette fois, Jacquetta se laissa faire. Tant d'émotions se lisaient sur son visage : la honte, le désarroi, l'angoisse, la peur, le regret. Charlie quant à elle n'en éprouvait qu'une : la colère. Car elle savait désormais sans l'ombre d'un doute que Caleb Morgan était tout ce qu'ils craignaient. Il n'était pas la victime d'une chasse aux sorcières, ni un délinquant sexuel opportuniste.

C'était un prédateur aguerri.

123

Alexander Newton jouait avec le coupe-papier, qu'il faisait tourner entre ses doigts. Il aurait pu passer pour le méchant d'un film noir, la fine lame tournoyant dans sa main, s'il n'avait pas sué à grosses gouttes.

— Caleb Morgan était donc enseignant ici de mai 2006 à janvier 2010 ? demanda Helen, son regard passant de son calepin au doyen de la faculté.

— C'est exact, répondit Newton d'un ton prudent. Nous avions un corps enseignant plus large à l'époque, mais depuis la crise…

— C'est pour ça qu'il est parti ? Pour des raisons budgétaires ?

— Entre autres.

— Et pour le reste ?

— Puis-je savoir de quoi il s'agit ?

La lame s'immobilisa dans sa main. Newton paraissait encore plus nerveux, ce qui n'était pas peu dire. Helen s'était présentée au département de géographie de l'université de Southampton en quête d'informations sur le passif de Morgan, sur sa relation avec Scott et Campbell et les autres étudiants sous sa responsabilité, mais dès qu'elle avait rencontré le directeur, elle avait senti un malaise. Sous ses réponses volontairement évasives, Newton cachait quelque chose.

— Vous savez sans doute que Caleb Morgan est recherché pour trois accusations d'agression et de harcèlement sexuels ?

Newton hocha lentement la tête.

— Nous travaillons activement à son arrestation. Mais nous essayons aussi d'avoir une vue plus globale de son comportement à partir du milieu des années 2000, afin d'étudier sa possible implication dans d'autres crimes. Je vous repose donc la question : pourquoi l'avez-vous licencié ?

— Comme je l'ai dit, c'était surtout pour des raisons financières.

— Vous avez mis fin à son contrat en milieu d'année scolaire, monsieur Newton. Le budget n'a rien à voir là-dedans.

Helen le fixait sans ciller. Elle aurait pu continuer à le harceler mais elle laissa le silence pesant faire son œuvre. Newton remua, mal à l'aise, sur son siège. Enfin il répondit :

— Je devrais peut-être requérir l'assistance de notre avocat…

— Je vous en prie, faites donc. Mais dans ce cas, il me faudra rendre cet entretien officiel. Tous les interrogatoires devront être menés au commissariat central, je devrais vous lire vos droits…

— Très bien, très bien, répliqua avec nervosité Newton, que la perspective d'être traité en criminel n'enchantait pas.

— Alors racontez-moi, insista Helen avec fermeté.

Le coupe-papier retrouva sa place sur le bureau. Le directeur se passa la main dans les cheveux et finit par se lancer.

— Nous avons reçu des plaintes. De la part d'étudiantes. Rien de sérieux, dois-je dire, ajouta-t-il à la hâte, mais assez pour causer des remous.

— Des plaintes de quel genre ?

— Il aurait formulé des avances, des propositions indécentes, franchi des limites.

— A-t-il agressé sexuellement une de ces étudiantes ?

— Seigneur, non… Mais il y a eu des contacts physiques non consensuels…

— Quel âge avaient les femmes qui ont porté plainte ?

— Dix-huit, dix-neuf ans.

— Et quelle action avez-vous prise ?

Newton garda le silence.

— Alors ?

— Nous lui en avons parlé, évidemment. Je lui ai adressé un avertissement verbal. Mais cela n'a pas suffi. D'autres plaintes ont suivi, alors nous avons été contraints de prendre des mesures.

— Telles que ?

— Nous avons mis fin à son contrat.

— A-t-il nié les agissements qui lui étaient reprochés ?

— Pas vraiment, répondit Newton d'un ton évasif.

— Vous l'avez interrogé sur ces autres plaintes ?

Newton détourna le regard, le posa de nouveau sur le coupe-papier.

— Vous n'avez rien fait, n'est-ce pas ? insista Helen, horrifiée. Vous vous êtes contenté de le renvoyer.

— Écoutez, de toute évidence discuter ne servait à rien. Il se fichait de ce que nous pouvions lui dire…

— Alors vous vous êtes juste débarrassé du problème. Moins on en parle, mieux on se porte.

Newton ne la contredit pas.

— Il a intégré l'université de Bournemouth ensuite. Les avez-vous prévenus ? Leur avez-vous fait part de vos inquiétudes ?

— Je le voulais… Mais le conseil d'administration ne préférait pas.

— Honte à vous.

Helen se leva, secoua la tête d'incrédulité.

— Vous devriez avoir honte d'avoir laissé l'université se soucier davantage de sa réputation que du bien-être de ses étudiants.

— J'ai fait ce que je pouvais...

— Foutaises ! Vous avez fait ce qui était facile.

Helen savait qu'elle dépassait les bornes mais son sang bouillait.

— Voilà ce qu'il va se passer maintenant. Vous allez me fournir tout ce que vous avez sur Caleb Morgan. Ses relations avec ses amis, ses collègues, ses anciennes adresses, la liste complète de ses étudiants et, surtout, le détail de chaque plainte déposée contre lui. Nous pourrons peut-être éviter que d'autres ne souffrent mais ça ne vous dédouanera en aucun cas. Vos supérieurs et vous allez entendre parler de nous.

Newton voulut répondre, implorer l'indulgence peut-être, mais Helen franchissait déjà la porte. Elle se précipita au-dehors, pressée de retrouver son équipe pour l'informer. Au beau milieu du couloir au parquet poli, son téléphone se mit à vibrer. C'était McAndrew, qui annonça simplement :

— On l'a trouvé.

124

Charlie parcourait la rue à vive allure, son portable serré dans la main. Elle avait dû se garer un peu loin du café choisi par Jacquetta, ce qui lui laissait maintenant du temps pour réfléchir. Sur le traumatisme vécu par la jeune femme, sur ce que sa description de l'agression leur apprenait de la façon d'opérer de Caleb Morgan, mais aussi sur sa propre situation. Elle se trouvait soudain ridicule : ses problèmes étaient minimes en comparaison et elle, faible, par rapport à la jeune femme qui luttait pour reconstruire sa vie.

Charlie avait souffert, certes. Mais comme tout le monde : Helen, Ellie, chaque membre de la brigade qui avait travaillé aux côtés de Joanne. Et eux au moins avaient des amis, des familles pour les soutenir, contrairement à Nicole, la mère de Joanne, qui devait affronter son chagrin toute seule. Charlie avait tenté au mieux de faire son deuil, de gérer ses angoisses, mais au bout du compte elle avait repoussé son adorable compagnon et perturbé sa fille. De quel droit se complaisait-elle dans son malheur alors que d'autres souffraient vraiment ?

Arrivée à sa voiture, elle se massa la jambe puis ouvrit WhatsApp sur son téléphone et sa conversation avec Steve. C'était par cette application qu'ils s'envoyaient des messages futiles d'affection ; elle était inutilisée depuis quelque temps, constata Charlie avec peine. Leur relation facile et décontractée était depuis toujours le fondement de son bonheur. Sans une hésitation elle tapa avec fébrilité.

« Pardon d'être aussi nulle. Je t'aime très fort et je veux qu'on soit heureux. »

C'était peu, mais c'était un début. Et Charlie ne pouvait pas faire mieux pour le moment. L'expérience lui avait appris que les choses les plus importantes dans la vie sont les plus difficiles à exprimer.

125

— Je ne suis pas sûr de saisir ce que vous sous-entendez, Emilia.

Le ton de Ross était neutre mais tranchant. Ils étaient reclus dans un coin de Carluccio, un restaurant italien qu'Emilia avait choisi comme cadre pour leur entrevue : c'était assez fréquenté pour s'y sentir en sécurité et pas suffisamment pour y être écouté.

— Je ne sous-entends rien. Je dis juste que j'ai été surprise de voir que Lauren Scott faisait partie de votre exposition.

— Ce n'est pas mon exposition.

— C'est votre école.

— Des dizaines de photographes participent à cette expo. Ils ont sélectionné les sujets, les gens qui avaient des casiers judiciaires ou...

— Mais c'est vous qui avez choisi quelles photos exposer ?

— En effet. Mais je ne vois toujours pas où est le problème.

Ross commençait à s'agiter. Il avait peut-être cru que l'invitation d'Emilia était le prélude à une charmante conversation. Eh bien, sacrée déception ! Emilia avait ouvert le feu des questions dès la fin des civilités.

— Le problème, c'est que vous n'avez pas été honnête avec moi. Vous n'avez jamais mentionné le fait que vous connaissiez Lauren Scott.

— Qu'est-ce qui vous fait croire que je la connaissais ?

— Cette expo est en place depuis plus d'un mois. Vous avez dû la rencontrer quelques semaines avant...

— Avant quoi ?

— Avant sa mort, termina Emilia avec défi.

Ross secoua la tête avec colère.

— Elle était un sujet parmi cent. Je n'ai même pas fait attention à son nom quand j'ai monté l'expo. C'est seulement ces derniers jours que j'ai fait le rapprochement.

— Et pour Tom Campbell ?

— Quoi, Tom Campbell ? Ne me dites pas que son portrait fait aussi partie de l'expo ?

Ross se voulait cinglant mais son malaise transparaissait derrière son hostilité.

— Vous ne m'avez pas dit que vous le connaissiez, lui aussi.

— Je ne le connais pas.

— Il s'est inscrit à votre atelier il y a quatre mois. Il a fait douze sessions.

— Non, pas avec moi.

— Il a été avec vous tous les vendredi après-midi pendant presque trois mois.

— Plusieurs enseignants me remplacent, moi je donne rarement des cours. Je n'ai pas le temps.

— Est-ce que vous notez qui anime quel atelier ?

— Pas vraiment. Les profs sont payés en espèces. Ils me disent combien de personnes ont assisté à l'atelier et sont rémunérés en fonction. Je leur fais confiance.

— Il n'y a aucun moyen de savoir avec qui Campbell a suivi ces séances, alors ?

— Je pourrais vérifier mes notes pour vous le dire.

— Mais on a que votre parole ?

— Nom de Dieu, Emilia, qu'est-ce que vous me faites ?

Enfin, sa colère éclata. Il la fusillait du regard. Un serveur qui passait par là se retourna, surpris par le haussement de ton soudain, mais Ross ne le remarqua pas.

— J'essaie juste d'aller au bout de votre lien avec...
— Il n'y a pas de lien.
— C'est une simple coïncidence alors ?
— Oui.
— Eh bien désolée, mais je n'y crois pas.
Elle lui rendit son regard, refusant de plier devant sa colère manifeste.
— Dans ce cas, cette conversation est terminée.
Il se leva en secouant la tête de dépit.
— C'est bon, lança-t-elle à son tour. J'ai tout ce qu'il me faut.
Ross s'était dirigé vers la sortie. Il s'arrêta, saisi d'une affreuse pensée.
— Vous ne nous avez pas enregistrés, tout de même ?
Il baissa les yeux sur son téléphone. Emilia se pencha pour l'attraper mais elle ne fut pas assez rapide. Ross s'en empara juste avant elle. Il examina rapidement les applications puis, n'y trouvant rien de compromettant, il jeta l'appareil sur la table. Emilia le laissa faire sans sourciller, bien résolue à feindre l'insouciance. Agacé par son calme étudié, Ross jeta un œil sur son sac, puis rejetant cette idée, il balaya la table du regard. Alors il comprit et se baissa pour regarder dessous. Cette fois, Emilia le devança, arracha le petit magnétophone qui y était collé et le fourra dans la poche de son manteau.
— Je ne m'y risquerais pas à votre place...
Ross avait fait un pas vers elle, mais la mise en garde d'Emilia l'arrêta dans son élan.
— Il y a des témoins...
Il semblait prêt à lui sauter à la gorge, sa fureur était à vif, mais au dernier moment, il se ravisa. Il tourna les talons et quitta le restaurant sans un regard en arrière.
Emilia ne le retint pas. Elle fit signe au serveur de lui apporter l'addition. Elle s'efforçait au mieux de paraître calme et sereine mais son cœur battait à tout rompre.

Le rendez-vous ne s'était pas déroulé exactement comme prévu, mais elle en sortait indemne et avec de la matière pour travailler. D'accord, il n'avait pas avoué, ni même admis qu'il connaissait les victimes personnellement. Mais son incapacité à réfuter les affirmations d'Emilia et son attitude tendue et défensive étaient révélatrices. Elle ne l'avait pas encore épinglé mais Emilia avait la conviction d'être sur la piste du principal suspect.

126

Helen observa le corps sans y croire.

Un homme qui promenait son chien avait prévenu les secours juste avant 9 heures ce matin ; peu après, le cadavre de Caleb Morgan avait été retrouvé par les policiers. Comme les autres, il était pendu aux branches d'un chêne majestueux, dans une petite clairière au nord-est du parc national de New Forest. Helen avait eu la conviction que Morgan était leur assassin, la clé pour comprendre cette affaire déroutante. En réalité, il était la troisième victime.

De nature stoïque, Helen ne doutait pas une seconde qu'un travail d'enquêteur appliqué apporterait la solution, pourtant, même elle ressentit un frisson de panique ce matin. Toutes ses théories, toutes ses idées préconçues sur le mobile derrière cette folie meurtrière étaient parties en fumée maintenant que ce prédateur sexuel sadique et sans scrupules avait connu le même sort que Lauren Scott et Tom Campbell. Ça n'avait aucun sens. Rien de tout ça n'était logique.

— On a retrouvé sa Jeep à un kilomètre et demi, cachée sous des branches.

Hudson l'avait rejointe. Helen ne prit pas la peine de se retourner, son regard rivé sur Morgan.

— Alors on y va.

La végétation dense projetait une ombre épaisse sur la vieille voiture, triste et solitaire. Helen et Hudson approchèrent en silence. Ils avaient à peine prononcé un mot pendant le trajet. En d'autres circonstances, ils auraient certainement échangé des allusions prudentes sur leur nuit ensemble, mais l'humeur de la journée ne s'y prêtait pas. Le meurtre inattendu de Morgan avait mis tout le reste en suspens.

Helen enfila ses gants et ouvrit la portière du conducteur. Elle n'était pas verrouillée. Plus étrange encore, les clés étaient sur le contact. Était-ce volontaire ? Morgan les y avait-il laissées pour s'enfuir au plus vite ? Ou cette négligence s'expliquait-elle autrement ? Helen se pencha dans l'habitacle : il y avait une batte de baseball sur le siège passager. Morgan la gardait-il toujours dans la voiture ou l'avait-il prise par précaution ?

Helen passa la main sur le tissu du siège tout en examinant la banquette arrière ; rien d'intéressant. Elle reporta son attention vers l'avant. Elle y découvrit une petite goutte de sang sur le bord du volant. Avec précaution, elle la tapota de son petit doigt. Elle s'étala facilement : le sang était frais.

Ses méninges tournaient à vive allure. Elle observa le tableau de bord, le pare-brise, la vitre côté conducteur. Elle y repéra des signes de lutte : de fines traces translucides, comme des doigts qui auraient voulu traverser la vitre, trouver une prise. Plus intéressant encore, du sang à la jointure de la vitre et de la portière. Avec quelques cheveux collés dedans, des cheveux d'un brun foncé qui correspondait à la couleur de Morgan. Alors, Helen eut une vision très nette de ce qu'il s'était passé. Morgan avait été attaqué dans son véhicule, possiblement alors qu'il s'apprêtait à partir.

— Il y a des campings dans le coin ?

— Le plus proche est Alder's Edge. C'est à moins d'un kilomètre.

Helen répondit d'un hochement de tête et quitta le siège conducteur pour se rendre à l'arrière de la Jeep. Elle ouvrit le coffre : vide. Si Morgan était venu avec du matériel de camping, il se trouvait ailleurs.

Helen et Hudson se mirent en route à travers bois. Ellie McAndrew, qui les avait devancés au terrain de camping, leur indiqua une petite tente plantée un peu à l'écart, en lisière de forêt.

— D'après le gérant, il n'y avait que quatre tentes hier soir. Tous les autres campeurs ont été retrouvés.

Helen s'approcha d'un pas rapide et se pencha pour ouvrir le battant. Rien à l'intérieur. L'abri était vide en dehors d'une lanterne éteinte posée au milieu du tapis de sol.

— Il doit aimer voyager léger...

Hudson regardait par-dessus son épaule, la mine confuse. Pour sa part, Helen entrevoyait déjà l'explication. Si Morgan avait été tué de la même manière que Campbell et Scott, le mode opératoire de son enlèvement différait. Il n'avait eu aucune intention de camper ici : il n'y avait pas de sac de couchage, pas de provisions, pas de vêtements de rechange. Et pour quelle raison l'aurait-il fait, alors qu'il avait une planque au camp des gens du voyage ? Non, il était venu armé d'une batte de baseball et d'une lanterne, qui avait sans doute illuminé l'intérieur de la tente pendant un temps, avant de s'éteindre d'elle-même. Ajouté à cela son 4 × 4 soigneusement dissimulé, et Helen fut persuadée que Morgan n'était pas venu dormir à la belle étoile mais tendre un piège.

D'où la question : s'attendait-il à être la prochaine victime ?

127

— Vous pensez qu'il connaissait son meurtrier ?

La question de la commissaire Simmons était sensée. Helen se l'était posée sur le trajet du retour au poste.

— C'est une possibilité. Il était acculé – sans argent, des mandats d'arrêt à son encontre, pas d'amis vers qui se tourner – et pourtant sa première préoccupation a été de vouloir piéger le tueur. Surtout, on dirait qu'il savait que ce type allait frapper à nouveau.

— Ils auraient été de mèche tous les deux ? Son complice se serait retourné contre lui ? Ça expliquerait pourquoi ils étaient ensemble dans la voiture.

— Peut-être, concéda Helen. Mais d'après les infos récoltées au camp des gens du voyage, il ne recevait jamais de visite. Et il n'y a aucun appel régulier à quiconque sur son téléphone. De plus, si l'on en croit les indices dans la Jeep, on dirait qu'il a été attaqué par derrière.

— Le tueur l'y attendait en embuscade.

— C'est ce que je pense. Selon moi, Morgan a voulu tendre un piège au meurtrier mais celui-ci l'a pris à son propre jeu.

— Mais comment Morgan pouvait-il savoir que le tueur agirait au camping d'Alder's Edge ? S'il n'était pas son complice ?

— Morgan se doutait peut-être seulement que l'assassin viendrait à lui. Il se sentait peut-être suivi, espionné.

— Morgan avait disparu de la circulation depuis deux mois. Comment l'autre l'aurait-il retrouvé ?

— Il est sorti de son trou ces dernières semaines. Pour rencontrer Campbell, deux fois, et Scott, une fois. Si le tueur les suivait, eux, alors il a pu repérer Morgan, le filer jusqu'à la caravane.

— Et vous pensez que Morgan l'aurait remarqué, qu'il aurait compris qu'il courait un danger ?

— En tout cas, il était sur ses gardes. On a retrouvé chez lui des coupures de presse de plusieurs journaux concernant les meurtres de Lauren Scott et de Tom Campbell.

— Ça l'aurait inquiété, selon vous ? Même s'il ne fréquentait plus ces personnes depuis qu'il avait quitté l'université de Southampton ?

— On dirait bien.

— Mais pourquoi ? Pourquoi s'en prendrait-on à eux maintenant ?

— Je ne sais pas, répondit Helen en toute honnêteté.

Pour la première fois depuis qu'elles retravaillaient ensemble, Simmons parut abattue. Le tueur ne semblait pas plus près d'être arrêté qu'il ne l'était au début de l'enquête. Helen devait dire, et faire, quelque chose pour relancer la machine.

— J'ai la conviction que la réponse réside dans le passé. Quelque chose, nous ignorons quoi encore pour le moment, relie ces trois individus. Une chose que Morgan s'est senti en droit d'exploiter lorsque ça a mal tourné pour lui. Nous devons creuser davantage, fouiller le passé et découvrir ce mobile. Alors je suis sûre que nous trouverons le coupable.

Elle paraissait plus confiante qu'elle ne l'était en réalité, mais l'illusion fonctionna. Simmons retrouva le sourire.

— J'ai toute confiance en vous, répondit celle-ci, magnanime.

Helen partit peu après. Elle parcourut le couloir jusqu'au bureau des enquêteurs d'un pas assuré, bien déterminée à revoir les indices encore une fois, à trouver une piste quelque part. Mais alors qu'elle allait franchir la porte, une voix l'interpella. Elle pivota et vit avec surprise Jerry Taylor, l'agent d'accueil, qui s'approchait d'elle en se dandinant.

— Pardon de vous déranger, commandant. Vous avez de la visite.

128

— Je suis désolée, Emilia. Je n'y crois pas une seconde.

Pour la première fois depuis qu'elles se connaissaient, la journaliste parut énervée et réagit avec colère au rejet d'Helen.

— Comment pouvez-vous dire ça ? protesta Emilia. Tout le monde cherche un lien entre Tom Campbell et Lauren Scott et je vous le livre sur un plateau. Graham Ross les connaissait tous les deux.

— Vous pensez qu'il les connaissait.

— Je suis sûre qu'il les a rencontrés dans son école et que quelque chose chez eux, dans leur histoire, l'a poussé à…

— Vous n'avez aucune preuve de ce que vous avancez. De plus, il dit peut-être la vérité. Les coïncidences existent.

— Pourquoi êtes-vous si sûre qu'il n'est pas impliqué ?

— Je ne le suis pas. Et si vous m'apportez des preuves concrètes de son implication, bien sûr que nous agirons en conséquence. Mais Ross ne m'a jamais paru être un homme violent. Il est bizarre, c'est sûr, mais pas méchant. En plus, il est droitier.

— Ça ne veut rien dire.

Sauf que si, mais Helen se garda bien de le lui préciser. Elle poursuivit :

— Et surtout, quel serait son mobile ?

— Il a perdu la tête, affirma Emilia sans hésitation.

— Pardon, Emilia, mais il va falloir développer un peu.

— Il passe beaucoup trop de temps au milieu des cadavres.

— Tout comme vous et moi. Ça ne fait pas de nous des meurtrières.

— Mais lui c'est différent. Son métier, son art… Ça nécessite qu'il soit obsédé par les corps, les détails infimes de ce qu'ils ont subi, la torture exquise de leur mort. Je crois qu'il a perdu tout sentiment pour eux en tant qu'êtres humains ; ils ne sont plus que des sujets pour lui, qui doivent être photographiés, admirés, préservés pour… son plaisir personnel, pour la postérité peut-être.

— Et comment savez-vous tout cela ?

— Je suis allée chez lui.

— Emilia, répliqua Helen, sincèrement choquée.

— J'ai vu ses piles de photos. C'est comme un musée du macabre, le testament de sa vocation. Pour lui, il ne s'agit pas de l'histoire d'une personne, d'une tragédie, mais de la beauté de son travail. Le meurtre est devenu sa forme d'art, sa raison d'être…

— Tout ce que vous me dites est peut-être vrai mais ça ne fait pas de lui un assassin. Il n'est peut-être que le spectateur passif du malheur des autres…

— Mais pensez à la mise en scène, insista Emilia avec fougue. À la façon dont ces corps sont exposés. Ils ne sont pas… tués puis abandonnés. Ils sont présentés avec soin, artistiquement. C'est un message, un appel ; ça veut forcément dire quelque chose.

Helen se tut. Emilia avait raison sur ce point mais ça ne signifiait pas que son explication était la bonne.

— Je ne dis pas le contraire, concéda Helen avec prudence. Mais je ne vois pas de mobile. Il y aurait des façons bien plus simples pour Ross d'accomplir ce que vous suggérez sans traquer des gens dans la forêt. Selon moi, il n'a ni le talent, ni la force, ni la vaillance pour commettre ces meurtres. En outre, je pense que l'explication de ces crimes réside dans le passé, bien avant l'arrivée de Ross dans le Hampshire…

— Vous ne comprenez pas.

— Non, Emilia, c'est vous qui ne comprenez pas. Vous êtes journaliste, pas enquêtrice. Merci pour l'information que vous nous avez donnée, mais vous allez devoir me laisser travailler à partir de maintenant. Faites votre boulot, Emilia. Et laissez-moi faire le mien.

La journaliste partit en maugréant. Helen se rendit dans la salle des opérations, les paroles d'Emilia résonnant dans sa tête. Helen était persuadée qu'elle se trompait au sujet de Ross, en revanche sa théorie sur la mise en scène des meurtres était pertinente : il y avait forcément une signification.

Le tout était de découvrir laquelle.

129

Les photos s'étalaient devant eux : le kaléidoscope d'une jeunesse joyeuse au comportement débridé. Le reste de l'équipe examinait les indices concrets concernant le meurtre de Caleb Morgan, retraçait les déplacements de son véhicule les jours précédant sa mort. Helen avait convoqué Charlie et Joseph Hudson dans son bureau pour une réunion privée.

Elle avait prévenu McAndrew de ne la déranger qu'en cas d'urgence. Elle voulait que tous trois se concentrent uniquement sur les victimes : Lauren Scott, Tom Campbell et Caleb Morgan, dont les visages insouciants les observaient depuis son bureau. Grâce à la passion de Campbell pour la photographie, ils disposaient d'innombrables moments volés de l'époque universitaire où ils se fréquentaient, et Helen et ses capitaines les examinaient à présent en quête d'indices pour comprendre leur relation.

— On part donc de l'hypothèse que Campbell et Scott gravitaient dans le cercle de Morgan ? demanda Charlie.

— C'est logique, approuva Hudson. Nous savons qu'il aimait s'entourer de jeunes étudiants, être le centre de l'attention, l'instigateur…

— Campbell était plus vieux que Scott, mais Morgan était plus âgé que lui, intervint Helen en suivant la même idée. Morgan devait être un modèle charismatique, un peu rebelle, aux yeux de Campbell.

— Lauren Scott aussi devait être sous le charme. Peut-être que Morgan la visait, elle, avança Charlie. D'après moi, c'était lui le moteur derrière ces soirées de débauche. Il les organisait dans le but de s'attaquer à ses proies. Nous savons que Lauren Scott n'aimait pas camper. Peut-être qu'il existait une origine à son aversion.

— Possible, mais regardez les dates, fit remarquer Hudson. Scott est présente à plusieurs de ces fêtes. Et elle a plutôt l'air de s'amuser. Pourquoi aurait-elle continué à y participer si elle avait été agressée ?

— Et pourquoi l'aurait-elle revu il y a quelques semaines ? ajouta Helen. Pourquoi lui aurait-elle donné de l'argent ?

— Il l'a peut-être menacée de tout révéler pour lui faire honte ? Il avait besoin d'argent, il n'avait nulle part où aller. Il n'avait plus rien à perdre puisqu'il était déjà recherché par la police. Il aurait même pu révéler qu'il l'avait violée, en ligne, en gardant l'anonymat...

— Nous n'avons aucune preuve qu'elle ait été agressée. Et puis Morgan a aussi contacté Campbell. Je vois mal Campbell payer Morgan s'il s'en était pris à sa copine.

— Ou alors il a été témoin de quelque chose, avança Charlie.

— Ça paraît plus plausible, approuva Hudson. Ils ont pu assister à quelque chose tous les deux. Ou ils ont été complices malgré eux. Ça expliquerait que Morgan leur ait soutiré de l'argent. S'ils étaient liés à un crime ou à un autre acte immoral dont il pouvait se servir pour les humilier, menacer leur carrière, leur vie de famille...

Cette idée les convainquit tous les trois. Ils reportèrent leur attention sur les photos. Le regard d'Helen s'arrêtait sur Caleb Morgan, Tom Campbell, Julia Winter, Aaron Slater et les nombreux autres figés dans ces scènes de débauche.

— Julia..., murmura Helen.

Charlie releva la tête.

— Quoi ?

— Elle était proche de Lauren Scott. Elles étaient colocataires, en fait. Et pourtant, on la voit rarement sur les photos.

Charlie et Hudson passèrent les clichés en revue : Helen avait raison. Il y avait d'innombrables photos de Campbell, de Morgan, de Scott et des autres, y compris Slater, mais seulement quelques-unes de la belle et charmante Julia Winter. Après les avoir extraites du tas, Helen les posa les unes à côté des autres. Il y en avait cinq. La jeune fille paraissait heureuse, ivre, et aussi insouciante que les autres. Rien dans ces photos ne suggérait un problème.

— La date.

Charlie et Hudson se concentrèrent sur les dates tamponnées au bas des clichés.

— C'est la même à chaque fois, murmura Charlie. Les photos de Julia ont toutes été prises le même jour.

— Exactement, confirma Helen. Ça ne m'a pas interpellée parce qu'elle porte une tenue différente mais en fait, c'est juste que sur certaines elle a retiré son sweat à capuche.

— En plus, au début elle a une queue-de-cheval, et elle a détaché ses cheveux ensuite, ajouta Hudson.

— 9 avril 2009, lut Helen à voix haute. Cette date est peut-être significative.

Hudson la tapait déjà dans le moteur de recherche.

— En 2009, la pleine lune de printemps était… le 9 avril.

Il se tourna vers Helen, l'air à la fois grave et excité.

— Julia n'est sur aucune des photos de fête après ça, mais les autres oui, dit Helen en réfléchissant tout haut.

— Et on sait que Julia a tenté de se suicider presque deux mois plus tard, après les examens. Son père prétend que c'était à cause de la pression, mais…

— Peut-être que c'était parce que Morgan l'avait violée.

Les paroles de Hudson planèrent un instant dans le bureau, prenant tout leur sens.

— Si son père l'a découvert, il avait un mobile sérieux de vouloir se venger de Morgan, d'eux tous en fait. Imaginez ce que ça a pu lui faire, de savoir que sa petite fille avait été victime de ce prédateur récidiviste.

— Il a peut-être pris les choses en main. Au final…, fit Helen en regardant ses collègues pour conclure. Le chasseur est peut-être devenu la proie.

130

— *Baldur var en av de mest älskade av alla gudar. Odins son, gudstjänstemannen och den välvilliga trollkarlsgudinnan Frigg, Baldur var en generös…*

Sa langue glissait sur les mots, goûtant leur cadence familière. Oliver Winter vivait dans le sud de l'Angleterre depuis vingt-cinq ans mais il n'avait jamais perdu son accent, ni l'amour de sa langue maternelle. Souvent, quand il était avec sa fille, il lui lisait en suédois les vieux mythes et les anciennes légendes de son pays d'origine, et lui parlait dans un langage qu'eux seuls comprenaient.

Il savait que les infirmières le trouvaient bizarre. Certaines le croyaient même fou, il en était sûr, à lire et à parler à une jeune femme figée qui ne réagissait jamais à ses bavardages incessants. Mais lui savait qu'elle pouvait l'entendre, qu'elle écoutait ce qu'il disait, et c'était tout ce qui comptait. Peu importait que sa santé décline, qu'elle lutte en vain contre la pneumonie. Elle était là, avec lui, suspendue à chacun de ses mots.

Aujourd'hui cependant, cette idylle paisible allait être troublée car, alors qu'il tournait la page, Oliver fut interrompu par la sonnerie de son téléphone. Aussitôt, les infirmières lui décochèrent un regard réprobateur.

— Pardon, pardon, marmonna-t-il en posant le livre sur le lit avant de se précipiter vers la sortie.

Il regarda l'écran pour voir qui appelait. C'était un numéro étranger, qu'il ne connaissait pas. Il hésita une seconde avant de répondre.

— Allô ?

— Oliver, c'est Alice.

Son cœur se serra.

— Oliver, tu m'entends ?

— Oui, répondit-il sans enthousiasme.

— J'essaie de te joindre depuis un moment. Tu n'as pas eu mes messages ?

— Si, reconnut-il.

— Pourquoi tu ne m'as pas rappelée alors ?

— Parce qu'il n'y a rien à dire.

Il était tenté de raccrocher mais quelque chose le retint ; un reste de politesse ou le simple désir d'entendre encore un peu la colère et le désespoir de son ex-femme.

— Tu n'as aucun droit de me tenir ainsi à l'écart.

— J'ai tous les droits.

— C'est ma fille aussi…

— Non, Alice. C'était ta fille. C'est la mienne maintenant.

— Quoi qu'il se soit passé, elle reste ma chair et mon sang.

— C'est pratique de t'en souvenir maintenant. Ça ne comptait pas autant quand tu l'as abandonnée.

— Oliver, je t'en prie, ne sois pas comme ça.

Le ton angoissé le fit sourire. Il se réjouit de pouvoir encore la blesser.

— De toute façon, je t'ai déjà dit qu'elle était trop malade pour recevoir de la visite. Encore moins celle de gens qu'elle connaît à peine.

— C'est pour cela que je dois la voir. S'il y a le moindre risque qu'elle…

— Les personnes dont elle a besoin sont déjà auprès d'elle.

— Je ne vais pas t'implorer, Oliver.

— Tant mieux. Économise ton énergie, retourne à ta nouvelle vie. Ton mari, ton enfant. Comment vont-ils au fait ?

— Je leur manque.

Son ton sarcastique l'inquiéta aussitôt.

— Comment ça ?

— Je suis en Angleterre. En fait, je suis juste devant chez toi en ce moment même. Tu gardes toujours une clé de secours sous le pot de fleurs ?

— Va-t'en, siffla Oliver, soudain furieux. Reste loin de moi, de nous...

— Désolée, Oliver. C'est trop tard. Je suis là, avec un courrier de mes avocats, et je ne rentrerai pas en Suède tant que je n'aurai pas ce que je veux.

Elle marqua une pause, savourant son avantage, avant d'assener :

— Et je veux voir ma fille.

131

C'était un homme recherché, un violeur et un délinquant sexuel du nom de Caleb Morgan. Même ses imbéciles de collègues n'avaient eu aucun mal à soutirer cette information aux flics, trop heureux de se vanter d'avoir retrouvé le fugitif.

Après son entretien décevant avec Helen Grace, Emilia, d'une humeur noire, était rentrée au journal et avait appris l'évolution de l'enquête en son absence. Un troisième cadavre avait été retrouvé dans les bois. Elle s'était maudite, elle avait maudit la vie, et s'était résignée à abandonner la prochaine une à ses collègues. À la place, elle s'était attaquée à une tâche plus importante : identifier le tueur.

Grace avait refroidi son enthousiasme au sujet de ses soupçons sur Graham Ross et rejeté avec désinvolture sa théorie, ce qui avait énervé Emilia. Mais celle-ci n'était pas prête à baisser les bras. Elle s'était donc mise en quête de tous les liens possibles entre Ross et la troisième victime, Caleb Morgan. Jusque-là, elle n'avait rien trouvé. Elle avait appelé la fille de l'école de photographie, avait vérifié deux fois les identités des sujets de l'exposition « Crime et châtiment », et conduit une recherche minutieuse sur Internet pour relier le photographe de scène de crime écossais à un enseignant délinquant sexuel de Macclesfield. Elle avait fait chou blanc. Son instinct lui faisait-il défaut ? Se trompait-elle depuis le début ?

Si c'était le cas, elle s'était tiré une balle dans le pied, plantée en beauté. Ross lui avait proposé une vision interne de l'enquête, dans l'espoir peut-être d'une future collaboration. Et elle avait laissé passer sa chance avec ses allégations apparemment infondées.

Repensant à sa collection de photos sordides, elle se mit à nouveau en quête d'informations. Il n'y avait pas grand-chose à sauver du naufrage des dernières vingt-quatre heures. En revanche, Helen Grace lui avait accordé un point : la signification de la mise en scène. Emilia avait la conviction de son importance et Grace semblait bien en peine de l'expliquer. Emilia décida de s'y atteler. Si elle parvenait à trouver la raison de la théâtralité de ces meurtres, elle reprendrait l'avantage sur ses collègues, et sur Grace elle-même.

Au début, elle resta bredouille : les mots-clés qu'elle entrait dans le moteur de recherche ne lui donnaient pour résultats que d'effroyables images de torture par pendaison. Elle se détourna des terroristes et autres atrocités militaires pour faire un bond dans le passé et étudier le sens octroyé à ces morts publiques en pleine nature. Elle fut transportée dans un monde de supplices médiévaux, à une époque où le châtiment d'un crime était rendu de manière plus imaginative. Mais là encore rien ne correspondait vraiment. Emilia se demanda alors s'il y avait un précédent ou si le tueur était juste un détraqué.

Frustrée et agacée, elle allait abandonner quand soudain une image retint son attention. Elle cliqua dessus, plus par dépit que par espoir. Que lui apprendrait un site sur les croyances et rituels vikings ? Mais elle ne fut pas déçue. L'image était cruelle, perturbante et elle fit battre à tout rompre le cœur d'Emilia.

Car c'était la copie conforme des photos prises par Ross.

132

— « Oliver Winter nous a rejoints en 1991 après avoir travaillé comme expert qualité dans notre filiale de Stockholm. »

Helen était sur le site Internet officiel de Bahcon.

— « Il dirige actuellement le service qualité au Royaume-Uni, ses attributions en ingénierie s'étendent à tous les aspects technologiques de notre réseau de… »

— Ils parlent de sa famille ? interrompit Charlie.

— Il est juste mentionné qu'il habite la région.

— Je vais vérifier les archives nationales, proposa Hudson en pianotant sur son clavier. S'il a divorcé ici, il y aura un dossier.

Helen reporta son attention sur le portrait professionnel affiché sur le site de l'entreprise. Dessus, Winter semblait déterminé et heureux, bien loin de l'homme rongé par les soucis qu'elle avait rencontré à l'hôpital.

— Voilà. Une demande de divorce a été enregistrée en 1993 et rapidement accordée. Winter et sa femme Alice sont arrivés ici au début des années 1990. Julia devait déjà être née.

— Elle avait un an, répondit Charlie en feuilletant ses notes.

— Le mariage battait peut-être déjà de l'aile, ou alors Alice n'a pas aimé vivre dans un pays étranger.

— Elle a dû se sentir très seule, ajouta Helen. Si elle restait à la maison pour élever son enfant. Que dit sa page Facebook ?

Hudson était déjà dessus : une adorable photo d'Alice, de son mari et de leur fille adolescente emplit l'écran.

— Elle vit à Stockholm avec son mari Peter et leur fille Lilly. Il est écrit qu'elle y habite depuis toujours.

— Elle a complètement rayé de sa vie son passage ici, comme si elle n'était jamais venue. Donc, le déménagement en Angleterre, le mariage, était une erreur…

— Et quand elle rentre chez elle en Suède, elle laisse son bébé ici, termina Charlie.

Helen considéra ses collègues. C'était leur découverte la plus fascinante jusque-là. Alice Winter avait-elle volontairement abandonné son enfant ? Ou y avait-elle été contrainte ? Son désir d'effacer le passé découlait-il de la culpabilité, de la honte, d'autre chose ?

— Ça a dû faire des vagues à l'époque, une mère qui choisit de ne pas vivre avec son enfant…

— Ça en ferait encore aujourd'hui, même si personne ne le dirait en face, commenta Charlie, amère. Voyons ce que lui raconte.

Elle ouvrit la page Facebook d'Oliver Winter. Aussitôt une image de profil envahit l'écran : une magnifique photo de Julia à quinze ou seize ans, sur la plage, en train de rire.

— C'était une jolie fille, dit Helen avec une pointe de tristesse dans la voix.

— Et l'amour de son père pour elle est flagrant.

C'était vrai. Les publications de Winter étaient sporadiques mais tournaient toutes autour du même thème. C'était un déroulé détaillé des réussites et des accomplissements de Julia : le premier prix d'un concours de nouvelles, son niveau 5 en violoncelle, ses victoires aux compétitions de natation, son investissement dans la collecte de fonds pour la recherche contre le cancer.

— Il n'écrit jamais rien à propos de lui, fit remarquer Helen.

— Non, toujours sur elle…

— Qu'est-ce qu'il a publié aux alentours de sa tentative de suicide ?

Charlie remonta le fil et découvrit une brusque ellipse temporelle.

— Pas grand-chose, répondit-elle en lisant les détails. Il a publié un peu à son entrée à l'université. Il y a une photo d'eux à son inscription.

Ils découvrirent l'image d'un père heureux et fier au côté de sa fille.

— Puis plus rien pendant presque un an. Après ça, il évoque son accident – il a utilisé le même terme quand nous l'avons rencontré – et il donne des nouvelles de ses progrès.

Charlie passa les publications en revue. Au début, le ton était grave et incrédule, puis il devenait de plus en plus positif. Winter évoquait ses progrès de manière dithyrambique, il mentionnait même sa capacité à communiquer avec lui, avant de s'assombrir de nouveau quand son état s'était soudain détérioré.

— Il est plutôt remonté, murmura Charlie presque pour elle-même en lisant les publications les plus récentes.

— Contre qui ? demanda Helen.

— Le monde entier. Au début, il donne juste les faits : pneumonie nosocomiale. Puis il commence à incendier tout le monde : les médecins, les infirmières, la vie, Dieu, son ex-femme évidemment.

— « J'espère que cette garce sans cœur est heureuse dans sa nouvelle vie », lut Hudson par-dessus son épaule. Sympa…

— Il n'est fait aucune mention de Campbell, Scott et Morgan en revanche.

— C'était peu probable. Soit ça n'a aucun rapport et ils sont hors de propos, soit il a bien eu l'intention de leur faire du mal mais a préféré ne pas les alerter.

— Quoi qu'il en soit, nous devons lui parler, déclara Helen en se levant. Restez ici, recherchez tout ce que vous pouvez sur la tentative de suicide de Julia. Je vais voir Winter.

Helen attrapa ses clés et s'apprêtait à partir quand son téléphone vibra. Elle le sortit de sa poche et découvrit avec étonnement un message d'Emilia Garanita. Bref et courtois : « Les meurtres sont des sacrifices vikings. Cherchez Uppsala. »

Helen revint à son bureau et, s'emparant du clavier, elle tapa « sacrifice Uppsala » dans le moteur de recherche. Aussitôt des dizaines de vignettes s'affichèrent à l'écran. Elle cliqua sur la première, impatiente de voir ce qu'Emilia voulait dire avec son message cryptique. Hudson et Charlie s'approchèrent, perplexes et curieux.

Un instant, le temps sembla se figer. Le dessin au crayon à l'écran montrait un homme torse-nu pendu tête en bas à un arbre. Une petite foule était rassemblée autour de lui, certains impliqués dans son exécution, d'autres simples spectateurs, le regard baissé sur la mare de sang qui maculait le sol de la forêt.

— Ça s'appelle le « sacrifice du sang », murmura Helen en lisant la légende. C'est la forme ultime de rédemption pour ceux qui ont péché. « Uppsala est le lieu où un marchand ambulant a assisté à un tel sacrifice. » Où est-ce ?

Hudson ouvrit Google Maps.

— En Suède, au nord de Stockholm. À quelques kilomètres de Haga...

— D'où est originaire Winter, termina Charlie en suivant son idée.

— Il connaît sûrement ces mythes, alors. On a dû lui raconter les légendes quand il était enfant.

Et tandis qu'Helen prononçait ces mots, une autre pensée lui vint. Elle pianota sur le clavier et agrandit l'image qui s'afficha pour la montrer à Charlie et Hudson. C'était la photo d'un casque viking, parfaitement conservé au musée de Stockholm. Sa vue les réduisit tous au silence. Il n'y avait pas de cornes sur ce casque, comme on en voyait dans les BD, rien qu'un crâne lisse en métal avec une traverse pour protéger les joues et le nez, et au-dessus, deux énormes orbites noires.

133

Helen fit irruption dans l'atrium qu'elle traversa sans un regard pour la femme à l'accueil de l'hôpital, qui la dévisageait, perplexe. Elle se dirigea droit vers l'ascenseur. Elle s'était déjà rendue aux soins intensifs et savait où se situait le service.

Moins d'une minute plus tard, elle longeait le couloir au linoléum gris terne qui y menait. Les gens se retournaient sur son passage, curieux de la voir si pressée, mais elle ne leur accordait aucune attention. Au moment où elle arrivait près de l'entrée, une dame âgée sortit du service et lui tint la porte ouverte en la gratifiant d'un sourire bienveillant. Helen le lui rendit et disparut dans l'unité de soins.

Il n'y avait que quelques lits ici. En raison de la gravité de l'état des patients, la réglementation des visites y était stricte mais la plage horaire élargie. Oliver Winter était posté au chevet de sa fille quand elles étaient venues le voir en début de semaine. Étonnamment, il n'y était pas aujourd'hui. Julia était allongée, seule et inconsciente, avec pour unique compagnie le bruit régulier des machines qui la maintenaient en vie.

— Vous venez de le rater.

Helen se tourna et vit une jeune infirmière qui approchait.

— Vous êtes de la famille ? Si oui, je vais vous demander de signer le registre...

— Commandant Helen Grace, police du Hampshire, annonça-t-elle à l'infirmière en brandissant sa carte.

— Oh, d'accord...

— Je dois parler à M. Winter. Savez-vous s'il va revenir ?

— En général, il ne part pas pendant les heures de visite en journée, répondit-elle en retrouvant le sourire. En tout cas, pas tant qu'on ne le met pas à la porte. Je ne sais pas où il est. D'après une de mes collègues, il a reçu un appel téléphonique et a prévenu qu'il devait rentrer chez lui de toute urgence, que nous devions l'avertir s'il y avait quoi que ce soit...

— Il n'a pas dit qu'il revenait, alors ? l'interrompit Helen.

— Pas à ma connaissance, désolée, répondit-elle en haussant les épaules d'un air contrit. Excusez-moi, je dois me remettre au travail.

Helen la laissa partir, frustrée de l'absence de Winter et intriguée par les propos de l'infirmière. Comment Winter conciliait-il son travail et sa présence permanente auprès de sa fille ? Il était cadre supérieur mais passait ses journées entières, chaque jour de la semaine, à l'hôpital. Était-il en congé pour raisons familiales ? Avait-il démissionné ? Et surtout, l'infirmière venait-elle malgré elle de leur fournir un indice essentiel sur le minutage des meurtres ?

Helen était de plus en plus convaincue qu'Oliver Winter était à l'initiative de ces crimes, peut-être même qu'il les avait commis lui-même. Il connaissait bien la région, il y vivait depuis vingt-cinq ans, et avec sa formation d'ingénieur, il était sûrement capable de concevoir et de fabriquer des armes artisanales. Si leur théorie était correcte, il possédait également un mobile solide pour s'attaquer aux victimes. S'ils avaient raison, si Winter était le meurtrier, les attaques nocturnes prenaient tout leur sens ; ils avaient supposé que l'assassin agissait de nuit par facilité ou parce qu'il travaillait en journée. Mais une autre raison toute simple pouvait expliquer que ces meurtres aient eu lieu la nuit.

L'amour occupait les journées du meurtrier.

134

Elle faisait les cent pas en tirant sur sa cigarette. Alice Winter savait que ce moment allait arriver, qu'elle devrait l'affronter, mais elle redoutait ses retrouvailles imminentes avec son ex-mari.

Leur mariage n'avait pas duré, il avait été une erreur. Elle n'avait que vingt ans, elle était encore une enfant, lorsqu'elle avait rencontré Oliver dans un bar de Stockholm. Originaire de la campagne, elle avait succombé à son charme raffiné, à son assurance, à tel point qu'elle s'était laissée emporter dans le tourbillon de la romance et l'avait épousé six mois après leur rencontre.

Tant qu'ils habitaient en Suède, tout allait bien. Oliver était exigeant et pouvait se mettre en colère, mais ils étaient heureux. Puis elle était tombée enceinte et peu après, alors qu'elle souffrait de baby-blues, ils avaient déménagé en Angleterre. Sans en discuter, sans y réfléchir, ils étaient partis pour assouvir l'ambition professionnelle d'Oliver. Soudain, elle s'était retrouvée à Southampton avec un bébé. Elle ne voyait personne la journée, et le soir, Oliver, de mauvaise humeur, l'ignorait. Son nouveau travail était plus stressant que prévu. Alice ne parlait pas anglais, et à l'époque les réseaux sociaux n'étaient pas aussi présents et développés ; garder le contact avec la famille et les amis restés au pays n'était pas facile. En vérité, elle avait été malheureuse comme les pierres dès leur arrivée.

Oliver n'avait pas compris, au début, quand elle avait évoqué son désir de rentrer en Suède et il avait réagi comme à son habitude, avec autorité. Elle pouvait s'en aller si elle voulait, mais lui resterait en Angleterre avec Julia. Sa réaction l'avait stupéfaite : il se montrait si froid, si précis dans la destruction de leur mariage ; mais au fond d'elle-même, elle était soulagée. Elle n'avait jamais envisagé de devenir maman si jeune ; elle se sentait prise au piège, impuissante, dépassée. Et même si son cœur se serrait quand Julia la regardait, les yeux débordant d'amour, leur séparation lui offrait l'occasion inattendue de tout recommencer à zéro. Bien sûr, le moment venu, elle avait hésité, tenté de négocier des visites mais Oliver s'était montré intraitable. Il obtiendrait la garde exclusive de leur fille et Alice aurait sa liberté. Penaude, elle était rentrée en Suède et avait retrouvé sa famille. Depuis, elle vivait avec cette culpabilité.

— Fous le camp de chez moi.

La voix de son ex-mari l'arracha à ses réminiscences. Elle jeta sa cigarette dans le caniveau et se tourna vers lui.

— Crois-moi, je n'ai aucune envie d'être ici, Oliver. Mais tu ne m'as pas laissé le choix.

— N'importe quoi.

— Je t'ai envoyé des dizaines de messages pour te demander comment allait Julia, où elle était soignée, mais tu n'as jamais répondu.

— Nous avions passé un accord, Alice. Je croyais que tu en avais compris les termes.

Elle le dévisagea. Il avait vieilli et perdu du poids, mais il s'était aussi endurci. Avant, une lueur brillait dans son regard ; elle avait disparu, remplacée par quelque chose de plus sombre et inquiétant. Il ne s'était jamais montré violent durant leur mariage, même s'il s'emportait de temps en temps, mais il lui parut bien plus intimidant que dans son souvenir.

— Les choses changent, Oliver, répondit-elle avec bravoure. J'ai commis des erreurs, beaucoup, mais j'ai grandi, je suis plus mature maintenant. Et si Julia, notre fille, n'en a plus pour longtemps, je veux la voir.

— Pour faire la paix avec elle ? rétorqua-t-il sarcastique.

— Pour lui dire que je l'aime, oui.

Elle sentit les larmes lui monter aux yeux mais les retint ; elle ne voulait pas lui faire ce plaisir.

— Eh bien, désolé, mais ça n'arrivera pas.

— J'ai une lettre de mon avocat, un avocat britannique, pour une demande aux services sociaux d'un droit de visite exceptionnel.

Elle lui tendit le courrier.

— Tu peux t'y opposer si tu veux, mais tu perdras. Et dans ce cas, ils pourraient décider de réviser notre arrangement concernant la garde.

Oliver se contenta de secouer la tête et déchira la lettre en deux avant de faire un pas pour ouvrir la porte d'entrée.

— Tu ne la verras pas.

— Si, le défia-t-elle en haussant la voix.

— Pas tant que je serai en vie.

— Je suis venue de Suède pour voir ma fille, s'écria-t-elle en lui attrapant le bras. Et je ne rentrerai pas chez moi tant que je ne l'aurai pas vue. Alors reste ici et parle-moi, Oliver. Nous n'avons pas fini notre conversation…

Elle criait maintenant et pour la première fois, son ex-mari parut hésiter. Il regarda autour de lui, repéra deux voisins de l'autre côté de la rue qui les espionnaient sans vergogne.

— Entre, aboya-t-il.

Il la saisit par le bras et la poussa à l'intérieur de la maison avant de claquer la porte derrière eux.

135

— Il est impossible de vous autoriser l'accès.

Baines, le conseiller juridique de l'hôpital, était planté devant elle et lui bloquait le passage.

— Son état est stable mais c'est tout ce qu'on peut dire de positif à son sujet. Elle souffre de pneumonie aiguë depuis plusieurs semaines, ses poumons sont enflammés, son système immunitaire est compromis.

— Mais son père lui rend visite tous les jours.

— Sous une surveillance stricte et…

— Quand bien même, il est là tous les jours, à lui parler. Et il jure qu'elle est capable de comprendre et même de répondre.

— Il est vrai que le docteur Ellis a réussi avec succès à communiquer avec elle à quelques reprises…

— Exactement.

— Mais c'était lorsque l'état de Julia était moins grave.

— Et vous pensez que si je lui parle, je vais mettre sa vie en danger ?

Baines ne répondit pas tout de suite.

— Non, je ne peux pas l'affirmer. Mais essayez de comprendre que son corps est en train de la lâcher. Nous la maintenons en vie dans l'espoir qu'il y ait une amélioration mais en toute franchise, ce serait un miracle. En réalité, nous administrons des soins palliatifs de phase terminale.

— C'est pour cela qu'il est d'autant plus important que je lui parle. Je crois qu'elle a été victime d'un crime très grave il y a presque dix ans ; un crime dont elle reste le seul témoin.

— Je suis désolé mais je ne peux pas l'autoriser, persista Baines en secouant la tête. Le stress d'un interrogatoire par un officier de police, de revivre un traumatisme… Nous n'avons aucune idée de la manière dont cela pourrait l'affecter. Et son père n'est pas présent actuellement…

— Raison de plus pour que je l'interroge maintenant.

Le conseiller juridique se tut, ébranlé par les implications des propos d'Helen. Il ignorait quel crime Oliver Winter pouvait, ou pas, avoir commis mais son imagination s'envolait. Helen remarqua les perles de sueur à son front.

— Écoutez, je ferai aussi vite que possible, poursuivit-elle. Et je ferai de mon mieux pour ne pas la stresser. Mais je dois lui parler.

Helen plongea son regard dans celui de Baines et enfin, après un long duel, celui-ci sembla céder.

— Je vous en prie, appelez le docteur Ellis. Faites ce qu'il faut, mais je dois lui parler maintenant.

136

— Comment ça marche ?

Helen se trouvait dans l'unité de soins intensifs avec le docteur Louise Ellis. Tous les autres visiteurs étaient partis et elles étaient seules avec Julia, allongée sur son lit, hors de portée de voix. La jeune femme, les bras piqués par des tubes, avait maintenant des électrodes branchées sur le front et les tempes.

— Ce système était en test aux États-Unis auprès des victimes d'accidents de la route souffrant de traumatisme cérébral grave. Ces malades se trouvaient dans un état végétatif permanent ; ils n'avaient aucune réaction, les équipes médicales envisageaient l'arrêt des soins, mais les tests ont prouvé que beaucoup d'entre eux pouvaient encore entendre ce qu'on leur disait. Encore mieux, ils comprenaient et pouvaient répondre.

— Mais vous, comment comprenez-vous ce qu'ils disent ? Comment peuvent-ils répondre en termes compréhensibles ?

— Ils ne peuvent pas. En tout cas, pas avec des phrases complètes, mais ils peuvent répondre par « oui » ou « non ». Pour faire simple, différentes parties du cerveau sont sollicitées selon le genre de choses auxquelles vous pensez. Si par exemple, vous pensez à une activité physique, comme courir ou danser, le lobe frontal s'active. Si vous pensez à quelque chose de visuel, comme un beau coucher de soleil, alors c'est le lobe occipital qui s'anime.

— Donc vous posez une question, répéta Helen pour être sûre d'avoir compris, et si elle veut répondre « oui », elle pense à courir et si elle veut dire « non », elle visualise un coucher de soleil ?

Le docteur Ellis acquiesça en indiquant d'un geste un écran haute résolution près du lit de Julia.

— Sur l'écran s'allume la partie du cerveau qu'elle utilise. Ce n'est pas fiable à cent pour cent mais c'est plutôt efficace. Son père et elle ont entretenu de longues conversations ainsi dans le passé. Ces derniers temps, c'est à sens unique évidemment. Il lui parle, ce qui n'est pas forcément une bonne idée selon moi. Un malade aussi faible a besoin de toute l'aide et de tous les encouragements qu'on peut lui apporter sans être constamment bombardé d'informations sur lesquelles il n'a aucune prise ; ça peut être très stressant.

Helen contempla la jeune femme, qui paraissait si paisible dans son lit d'hôpital. La déranger était cruel mais Helen n'avait pas le choix. Elle se tourna vers le docteur Ellis et annonça :

— Je suis prête.

Helen se percha sur le rebord du lit, près de Julia. Le docteur Ellis se tenait de l'autre côté, tout en discrétion. Helen s'éclaircit la voix et commença.

— Bonjour Julia. Je m'appelle Helen Grace. Je suis officier de police et je suis ici pour vous aider.

Helen regarda le médecin qui l'invita à continuer d'un hochement de tête.

— Si vous ne voulez pas me parler, je comprendrai. Pensez non et je vous laisserai tranquille. Mais je sais que vous avez souffert dans le passé, que vous souffrez encore, et je crois que vous auriez beaucoup de choses à me raconter si vous le pouviez.

Le moniteur, ombre fantomatique du cerveau de Julia, resta éteint. Helen persévéra.

— J'enquête en ce moment sur une série de crimes très graves. Trois personnes ont été tuées. Trois personnes que vous connaissez. Tom Campbell, Lauren Scott, Caleb Morgan. Je comprends que ce soit surprenant, peut-être même troublant d'entendre à nouveau ces noms, mais je voudrais vous poser des questions à leur sujet, si vous voulez bien ?

Toujours rien. Inquiète, Helen décocha un regard interrogateur au docteur Ellis. Celle-ci hochait la tête devant l'écran. Helen reporta son attention sur le moniteur et vit que le lobe frontal de Julia s'était brièvement illuminé avant de redevenir gris. C'était d'une étrange beauté – cet éclair de vert avant le retour au noir.

— Merci Julia. Nous savons que vous étiez amie avec eux, que vous avez habité un temps avec Lauren. Et je crois qu'ils vous ont fait du mal...

Helen hésita avant de continuer :

— Environ deux mois avant votre accident au pont, vous êtes allée à une soirée. Une fête de la pleine lune dans le parc national de New Forest. Nous pensons que l'idée venait de Caleb Morgan et qu'il avait un plan bien précis en tête. Julia, je voudrais savoir si Caleb Morgan vous a agressée cette nuit-là ?

Une longue pause puis l'avant du cerveau de Julia s'illumina de nouveau. Helen sentit une vague d'émotions déferler en elle ; une décharge d'excitation à l'idée de faire enfin des progrès, atténuée par une profonde tristesse pour Julia. Elle n'était qu'une adolescente au moment des faits.

— Est-ce qu'il vous a violée ?

Nouvelle réponse affirmative. Helen sentit la colère monter en elle mais elle la ravala.

— Lauren et Tom ont-ils assisté à l'agression ?

Cette fois, le lobe occipital s'alluma. Helen hésita, un instant déstabilisée, puis reprit en suivant une intuition.

— Vous êtes-vous confiée à quelqu'un ? Vous habitiez avec Lauren. Lui en avez-vous parlé ?

Un bref moment d'attente puis le lobe frontal s'illumina.

— L'avez-vous dit à la police ?

Voyant Julia répondre « non », Helen réfléchit à sa question suivante avant de demander :

— Lauren vous a-t-elle dit de ne pas le faire ?

Un « oui » éclatant. Helen commençait à avoir une idée précise de ce qu'il s'était passé : le viol, le sentiment de dévastation, puis la tentative de s'en sortir en se confiant à Lauren Scott, à Tom Campbell aussi peut-être. Étaient-ils sous l'emprise de Morgan ? Celui-ci savait-il quelque chose à leur sujet ? Toujours est-il qu'ils s'étaient rangés de son côté et avaient tourné le dos à Julia quand ils auraient dû l'aider.

— Est-ce que… est-ce que votre père est au courant ? Qu'on vous a violée ? Qu'on vous a réduite au silence ?

Un autre « oui ».

— Je sais que ça peut être difficile pour vous de répondre honnêtement mais nous devons connaître la vérité. Est-ce que votre père… a réagi ? Quand il a découvert ce qui vous était arrivé ?

Pour une fois, l'écran ne s'anima pas.

— Vous avez été la victime d'une injustice épouvantable, Julia. Caleb Morgan aurait dû être arrêté et jugé. Lauren Scott et Tom Campbell aussi peut-être. Mais il ne faut pas confondre vengeance et justice. Parce que des innocents en ont payé le prix. Lauren Scott était enceinte, elle avait un compagnon qui l'aimait. Tom Campbell aussi. Des gens portent leur deuil et souffrent autant que vous maintenant. Alors, s'il vous plaît, si vous savez, dites-moi. Est-ce que votre père a assassiné Caleb Morgan, Lauren Scott et Tom Campbell ?

Un long moment d'attente insoutenable puis le lobe frontal s'alluma. Helen poussa un soupir de soulagement. Enfin ils avaient leur réponse au mystère qui les obsédait.

Après s'être interrogée sur ce qu'Oliver Winter pouvait bien raconter à sa fille pendant des journées entières, elle avait commencé à se demander s'il avait pu impliquer Julia dans son projet. S'il lui avait raconté ce qu'il faisait, dans l'espoir de soulager sa culpabilité, de lui apporter un sentiment de justice. Mais c'était une conversation à sens unique puisque Julia n'avait pas eu l'occasion de lui répondre. Helen posa donc une ultime question.

— Vous voudriez que ça s'arrête, Julia ?

Le regard d'Helen passa de la jeune fille à l'écran. Une seconde plus tard, l'avant de son cerveau s'illuminait de vert.

137

— Assez !

Il cracha le mot comme du venin.

— Tu as dit ce que tu étais venue dire. Et je t'ai donné ma réponse. Tu n'as plus rien à faire ici, alors va-t'en.

Il lui attrapa le bras mais Alice se libéra. Ils se disputaient depuis presque une heure mais elle n'en avait pas encore terminé.

— Écoute, Oliver. Je comprends que me voir te fasse de la peine, que ce que je te demande te mette en colère. Et si tu veux que je te dise que j'ai foiré, que je lui ai fait du mal, alors je le dirai. J'ai eu tort d'agir comme je l'ai fait.

Elle avait essayé de le menacer d'une action en justice, elle en avait appelé à son sens moral indéfectible, en invoquant son droit de voir sa propre fille, mais rien n'avait entaillé son armure et elle commençait à en avoir marre de se répéter. Sa seule chance était maintenant d'entrer dans son jeu, de se rabaisser dans l'espoir de l'amadouer.

— Qu'une mère abandonne son enfant... Je pourrais invoquer l'excuse de la jeunesse, de mon état d'esprit, mais rien de tout cela n'arrangerait les choses.

Elle ne croyait pas un mot de ce qu'elle disait. Elle était effectivement jeune mais la décision lui avait été imposée. Elle devinait cependant que c'était là ce qu'il voulait entendre.

— Et crois-moi, Oliver, je le regrette depuis.

— À tel point que tu t'es trouvé une nouvelle famille.

— Qu'est-ce que j'étais censée faire d'autre ? Il n'y avait rien pour moi ici ; tu avais été très clair. Et j'avais encore toute ma vie devant moi.

— Pourquoi ? Pourquoi maintenant ? Pourquoi revenir, alors que tu as cette nouvelle famille ?

— On en a déjà parlé, soupira Alice sans pouvoir dissimuler son exaspération. J'ai une fille, une fille qui ignorait jusqu'à il y a peu qu'elle avait une demi-sœur. Pour son bien, je devais venir…

— Tu n'avais qu'à pas lui dire.

— Mais comment le lui cacher ? Julia est ma chair et mon sang. C'est mon enfant.

— Non, c'est mon enfant ! Tu as perdu tes droits sur elle le jour où tu es partie.

Ses paroles se plantèrent dans son cœur comme un poignard. Alice voulait lui répondre, se justifier mais il la devança.

— C'est moi qui l'ai élevée, qui l'ai vue grandir. Je l'ai emmenée à ses cours de danse, à l'équitation. Je lui ai parlé des règles, je l'ai réconfortée quand elle s'est faite larguer. C'est moi qui ai été là pour ça, pas toi !

— Oliver, je t'en prie…

— Je l'ai soutenue pendant ses examens, je l'ai aidée à entrer à l'université et quand… quand elle a eu son accident, c'est moi qui me suis occupé d'elle. Je veille sur elle depuis neuf ans, Alice.

— Je ne savais pas pour son accident, je ne savais rien du tout.

— Parce que tu n'as pas demandé. Parce que tu t'en fichais.

— Tu m'aurais envoyé balader.

— Et j'en aurais eu le droit. Tu es faible, Alice. Et égoïste. Elle était bien mieux sans toi.

Les larmes perlaient aux yeux d'Alice. Les paroles d'Oliver la blessaient, sans doute parce qu'il y avait une part de vérité. Mais elle refusait de plier, il y avait trop en jeu.

— Si tu m'avais dit qu'elle souffrait, si tu m'avais prévenue de ce qu'il s'était passé, je serais revenue, évidemment. Mais tu me l'as caché, volontairement.

Oliver laissa échapper un long rire amer.

— Tu me l'as caché pour me faire du mal. Tout comme tu cherches à me faire du mal maintenant.

— Tu n'as aucune idée de ce que c'est que souffrir, répliqua-t-il d'un ton cinglant. Avec ta belle maison et ta belle famille.

Il la fixait avec une intensité qui la mettait mal à l'aise. Après avoir été furieux contre elle, il semblait maintenant s'amuser de sa tristesse.

— Je passe chaque moment de libre au chevet de Julia. Je m'occupe d'elle, je lui parle, je communique avec elle. Je lui donne une raison de se battre. J'ai sacrifié mon propre bonheur pour elle. Mes chances d'une nouvelle relation, ma carrière. Et tu sais quoi ? Je l'ai fait de bon cœur, avec plaisir, parce que j'aime ma fille et qu'elle a besoin de moi.

— Je le sais bien, Oliver, et je t'en suis reconnaissante…

— Et tu sais pourquoi elle avait besoin de moi ? Pourquoi elle souffrait autant ?

— Parce qu'elle se débattait avec les études, tu l'as dit. Elle avait raté ses examens…

— Parce qu'elle a été violée.

Alice le dévisagea, sous le choc, le souffle coupé. Elle avait l'impression d'avoir reçu un coup à l'estomac.

— Violée par un animal qui a exploité sa naïveté, sa jeunesse.

— Non, Oliver…

— C'était ma fille, ma petite fille, qui avait toute sa vie devant elle. Elle était brillante, douce, drôle, magnifique… Et il a détruit tout ça.

— Je ne te crois pas, je ne…

Sauf que si, elle le croyait. La fureur noire qui brillait dans ses yeux n'était pas feinte.

— Je n'ai rien su au début, elle ne m'en a jamais parlé. Mais un jour en rentrant à la maison, j'ai trouvé son mot d'adieu, à côté de son journal intime. Tout était écrit dedans, et je n'ai lu que quelques mots avant de me précipiter dehors. Je pressentais où elle était allée mais je ne suis pas arrivé à temps.

Sa respiration était lourde, comme si l'émotion allait le faire exploser à tout instant.

— Je l'ai vue… Je l'ai vue en haut du pont. Je l'ai appelée, mais c'était trop tard.

En dépit de tout, Alice s'approcha et lui serra le bras dans un geste de réconfort. Ce qu'Oliver était en train de lui raconter était effroyable et lui brisait le cœur.

— Je l'ai tenue contre moi en attendant l'ambulance, là au bord de la route. J'ai cru que j'allais la perdre.

— Mais tu ne l'as pas perdue. Tu l'as aidée à survivre.

— Et peut-être que je n'aurais pas dû.

— Ne dis pas cela. Tu as fait ce qu'il fallait.

— Vraiment ? Neuf ans qu'elle est allongée dans ce lit. À subir toutes sortes d'outrages et de procédures. Et dans quel but ? Elle est dans le coma, les poumons remplis de mucus, à se noyer dans son propre corps.

— Arrête, je t'en prie, s'écria Alice incapable d'en entendre davantage.

Et à sa grande surprise, il se tut, comme si la colère et la souffrance s'étaient soudain taries.

— Tu n'aurais pas dû affronter cela tout seul.

— Et qui m'aurait aidé ? Toi ?

Le ton était sarcastique mais elle l'ignora.

— La police. Tu aurais dû prévenir la police.

— Ah oui ? Alors qu'elle était dans le coma, incapable de s'exprimer, incapable de confirmer ce qu'il s'était passé ?

— Tu avais son journal.

— Et lui il avait deux amis, deux complices, qui étaient disposés à affirmer que ce n'était jamais arrivé, que Julia inventait. Tu penses que nous aurions obtenu justice ?

— Mais c'est le travail de la police de...

— De protéger les violeurs et les menteurs. Je n'allais pas mettre son destin entre leurs mains. Julia est ma fille.

Pour la première fois, Alice prit peur. Quelque chose dans son impétuosité l'effrayait.

— Et si nous allions les voir maintenant ? Tu as le journal, nous pourrions faire ça ensemble.

Oliver secoua la tête.

— Je suis sérieuse, Oliver. Je peux rester aussi longtemps que nécessaire. Veiller à ce que cet homme soit interrogé et inculpé.

— Tu perds ton temps.

— Comment peux-tu dire ça ?

— C'est trop tard.

Son ton définitif la fit hésiter.

— Je ne comprends pas.

— Tu n'as jamais compris.

— Où est cet homme ? Que lui est-il arrivé ?

— Il est mort.

Il avait répondu avec un tel calme qu'un instant Alice resta sans voix, puis elle se ressaisit.

— Et les autres alors ? Ses complices ? Ils doivent bien...

— Ils sont morts aussi.

Elle se pétrifia. Il y avait une note de triomphe dans la voix d'Oliver, mais non, ce n'était pas possible...

— Comment sont-ils morts, Oliver ?

Son ex-mari se contenta de la fixer.

— Qu'est-ce que tu as fait ?

Toujours rien.

— Je t'en prie, Oliver, tu me fais peur. Dis-moi ce qu'il s'est passé.

Il continua de la fixer, savourant son malaise. Tout l'air semblait avoir été aspiré de la pièce, l'atmosphère était étouffante, tendue, fébrile. Le silence pesant fut alors brisé par le son strident et insistant des sirènes.

Aussitôt, Oliver se mit en mouvement. Il se précipita à la fenêtre et regarda au-dehors. Les sirènes se rapprochaient de plus en plus. Il fit volte-face et fonça vers la porte, mais Alice le retint par le blouson.

— Dis-moi. Dis-moi ce que tu as fait.

Il lui donna un coup de coude qui l'atteignit dans les côtes. Mais elle s'accrocha malgré la douleur qui fusait. Il se débattit pour se libérer, lui tira les cheveux pour la faire lâcher. Mais c'était une bataille qu'elle était déterminée à ne pas perdre.

Soudain, il fallait qu'elle sache ce que son ex-mari était devenu.

138

Elle fit rugir son moteur et roula à hauteur du véhicule de Hudson. Au pas de course dans le couloir de l'hôpital, elle avait téléphoné à Charlie et lui avait répété le témoignage accablant de Julia. Son amie s'était aussitôt mise en route et le temps qu'Helen regagne sa moto, l'équipe se déployait.

Helen avait traversé la ville jusqu'à Upper Shirley en un rien de temps. Les sirènes se faisaient de plus en plus fortes à mesure qu'elle approchait du domicile de Winter. Elle avait repéré la voiture de Hudson et s'était glissée juste derrière lui. Son gyrophare leur ouvrait la route à tous les deux et ils avançaient vite. À l'approche de la maison, elle fit signe à Hudson de passer par devant et s'écarta pour tourner à l'angle et prendre par l'arrière.

Dans la rue parallèle, elle compta les maisons pour s'arrêter derrière celle d'Oliver Winter. Elle coupa son moteur et sauta de sa moto, puis s'avança vers le portail du jardin, qu'elle tenta d'ouvrir. Il était verrouillé. Sans une hésitation, elle posa le pied sur la poignée en fer forgé et se hissa par-dessus la grille.

Elle atterrit avec agilité de l'autre côté et se remit aussitôt en marche tout en sortant sa matraque qu'elle déploya d'un seul mouvement. Son instinct lui soufflait que Winter ne se laisserait pas arrêter dans le calme.

Près de l'entrée de derrière, elle tendit la main pour attraper la poignée. La porte s'ouvrit alors à la volée. Par réflexe, elle leva le bras. Une forme massive fonçait sur elle.

C'était Joseph Hudson. Son air énervé et contrarié lui apprit tout ce qu'elle devait savoir.

Ils arrivaient trop tard.

139

— Je ne savais pas ce qu'il faisait. Je ne savais rien de tout ça.

Helen voulait bien la croire. En dehors du sang séché sur sa lèvre et sa joue, Alice Winter était livide. Les meubles renversés prouvaient qu'il y avait eu lutte, tout comme le mouchoir taché de rouge qu'elle tenait contre son nez.

— Je suis venue voir ma fille, insista la femme en état de choc. Je savais qu'elle était à l'hôpital, qu'elle se trouvait dans un état grave… Mais j'ignorais qu'elle avait été violée, encore moins qu'Oliver…

Elle se tut, incapable de comprendre ce qu'elle venait de découvrir.

— Vous n'avez eu aucun contact avec votre mari depuis que vous avez quitté l'Angleterre ?

— Non. Je l'ai appelé. Mes avocats ont tenté de le contacter…

— Et il ne vous a jamais rien dit pour Julia ?

Elle secoua la tête avec tristesse.

— Il voulait la garder pour lui seul. Et aussi me punir.

C'était cruel et méchant, mais logique.

— A-t-il déjà été violent avec vous ?

— C'est arrivé, mais rien de bien terrible.

— Il n'a jamais fait une chose pareille avant ?

— Bien sûr que non. Il a fait son service national en Suède, tous les hommes y étaient obligés à l'époque ; il sait donc se battre et connaît les techniques de camouflage.

— Je vois. Est-ce qu'il lui arrivait de chasser quand vous étiez mariés ? Ou de s'entraîner au tir ?

— Non, mais ça lui arrivait en Suède. Quand il était petit, son grand-père l'emmenait. C'est illégal aujourd'hui mais à l'époque...

— Il sait donc se servir d'un arc ? l'interrompit Helen. D'une arbalète plus spécifiquement ?

— Bien sûr, répondit Alice avec détachement. Son grand-père en possédait plusieurs, il ne jurait que par elles. Et lorsqu'ils avaient terminé, il lui montrait comment nettoyer son arme. Oliver adorait l'arbalète...

Helen la fixa tandis qu'elle concluait :

— ... Il la connaissait par cœur.

140

Il marchait et s'enfonçait dans l'abri de la forêt. Il savait que ce moment viendrait et, bien que déstabilisé par l'arrivée d'Alice qui avait fait s'effondrer ses plans, il se sentait envahi d'un calme étrange. Il avait imaginé depuis longtemps comment ça se déroulerait. Il était prêt.

Winter s'arrêta et posa le lourd sac à dos à ses pieds. Il contempla un instant les bois paisibles et silencieux, empli d'un sentiment de plénitude face à ces paysages. Il ouvrit le sac et en sortit son contenu. Le soleil disparaissait derrière l'horizon, ses derniers rayons rougeoyant à travers les branches les plus basses. Le moment était venu.

Depuis neuf ans, sa vie n'était que souffrance. Un désespoir déchirant, absolu, ponctué d'accès de fureur et de moments de complète lassitude. Ses journées, il les consacrait à Julia. Passées au chevet de sa fille comateuse, elles étaient merveilleuses et affreuses à la fois. Mais ce n'était rien comparé à l'angoisse qui habitait ses nuits, quand la solitude accablante s'abattait sur lui, qu'il n'avait pour seule compagnie que ses regrets, son dégoût et son désespoir. Il avait essayé de se lier à Julia, il avait passé des heures avec elle à tenter de s'approprier sa bonté, son optimisme, sa grâce, mais les années défilaient et il avait de plus en plus de mal à faire taire les voix de la colère.

Alors il avait recherché celui qui l'avait violée, ceux qui l'avaient trahie. Sur Internet et les réseaux sociaux, il s'était plongé dans les détails de leurs vies. Il avait suivi leurs déboires et leurs revers de fortune, mais aussi leurs réussites et petits bonheurs : la nouvelle maison, les voitures, les vacances, les fiançailles de Campbell. Au début, l'amertume de savoir qu'ils avaient continué leur vie, qu'ils étaient heureux, l'avait consumé. Puis la rage avait pris le dessus lorsqu'il avait lu dans un journal local que Morgan avait encore frappé et gâché d'autres vies. L'obscurité était tombée, les démons tenaces l'avaient harcelé : ils réclamaient vengeance, exigeaient un acte de rédemption. Au final, il avait obéi à leur appel et accueilli le changement en lui.

Après quoi il avait consacré ses nuits à ses préparatifs : la conception de son arbalète, réplique exacte de celle qu'il avait enfant, et de son armure. Il s'était senti mal à l'aise, gêné, au début, quand il avait enfilé le cuir sombre qui lui recouvrait le torse, les bras, les jambes. Mais au fil du temps, il avait appris à apprécier la sensation de puissance et d'invulnérabilité qu'il lui procurait. La cagoule aussi l'avait réconforté, elle le dissimulait aux regards indiscrets, le protégeait de ce qu'il croiserait dans la forêt obscure ; mais c'était le casque, façonné de ses mains dans son atelier, qui achevait la métamorphose. Simple mais résistant, lui seul avait le pouvoir de bannir Oliver Winter et de le remplacer par quelque chose de plus grand, de plus fort, de plus puissant. En tenue de combat, il n'avait plus de doute, plus de peur, plus de remords. L'homme attentionné qui remerciait poliment les soignants de sa fille, même lorsqu'ils conspiraient pour la débrancher, cette mauviette, disparaissait quand il enfilait le casque.

Alors il devenait autre chose. Il devenait l'enfant de la nuit.

141

Elle avalait le bitume, les yeux rivés sur la route. De temps à autre, Helen jetait un regard dans le rétroviseur mais Hudson n'était déjà plus qu'un point au loin, seul le bleu de son gyrophare encore visible. Elle enfreignait le protocole en ne l'attendant pas mais chaque seconde comptait maintenant qu'ils savaient que Winter avait regagné la forêt.

Un véhicule Land Rover avait été repéré à la sortie ouest de la ville, où il avait disparu sur les routes de campagne. Le 4 × 4, volé trois semaines auparavant sur un parking à Woolston, était sur la liste que l'équipe avait établie et une patrouille routière avait été dépêchée pour l'intercepter. Une demi-heure plus tard, un agent aux yeux de lynx l'avait remarqué caché sous des feuillages près de Burgate, en lisière de forêt. La voiture n'était pas verrouillée, les clés étaient sur le contact et dans le coffre se trouvait un tuyau en caoutchouc de 2,50 mètres. Pour Helen cela ne faisait aucun doute, Winter ne comptait pas en réchapper.

Avait-il l'intention de se suicider ? Ou de mener une dernière attaque ? Quoi qu'il en soit, ils devaient le retrouver, et vite. Malgré toutes les mises en garde, des campeurs et des randonneurs continuaient de s'aventurer dans le parc, que ce soit par ignorance ou par audace. Sans parler de ceux qui habitaient près des bois. Winter était dans la nature, et il fallait l'arrêter. Il n'y avait aucune trace de l'arbalète dans la maison, son atelier ou sa voiture. La conclusion s'imposait : l'homme était armé et dangereux.

Deux unités tactiques étaient en route. Helen priait pour que leur intervention ne soit pas nécessaire mais elle craignait le contraire. Winter avait franchi une ligne, il avait pris goût à la mort, et l'appréhender de manière conventionnelle allait être difficile, surtout sur un terrain qui leur était aussi peu familier.

Helen éprouva une pointe d'excitation alors même que la tension lui tordait les entrailles. Elle fonçait vers leur suspect, vers une conclusion incertaine et potentiellement brutale à cette affaire. Mais ils avaient le tueur dans leur ligne de mire.

La fin était proche.

142

Il avançait dans la forêt en prenant soin de ne pas faire de bruit. Il avait souvent foulé ces sentiers, d'abord avec Alice et leur fille, puis plus tard avec Julia, et il les connaissait par cœur. Désormais cependant, ils revêtaient une autre signification pour lui. Avant les bois était une distraction, une pause dans les soucis du quotidien. Maintenant, c'était son sanctuaire, son cocon.

Certains trouvaient les grosses branches qui s'étiraient au-dessus de leurs têtes intimidantes, mais pour lui elles étaient comme des bras de géants qui l'accueillaient en leur sein. La forêt était son amie ; non, elle était son alliée. L'endroit où il pouvait être celui qu'il avait besoin d'être.

S'il avait rencontré Caleb Morgan dans la vie de tous les jours, aurait-il eu le courage de frapper ? Et Campbell ? Et Scott ? La journée, pris au piège des aléas du quotidien, il se sentait frustré, hésitant, impuissant. Dans les bois, c'était différent. Ici, il pouvait se débarrasser de ses instincts miséricordieux et s'abandonner à la colère et à la haine. Tuer les poneys lui avait coûté, mais c'était nécessaire ; une étape importante dans son voyage, visant à aiguiser ses talents et à embrasser sa nouvelle identité. Endosser le rôle du chasseur lui donnait le sentiment d'être plus grand, plus fort, intouchable, mais pas seulement. La nature même du temps semblait se modifier sous la canopée des branches centenaires. Ici, le temps était de son côté.

Quand il fondait sur sa proie, que celle-ci était à bout de forces et de courage, le temps semblait se ralentir. Il pouvait discerner chaque détail : l'angoisse dans ses yeux, le sang sur sa peau, la terre sous ses ongles quand elle l'implorait de l'épargner. Les secondes s'étiraient : c'était comme s'il voyait au ralenti les carreaux se libérer de leur entrave, fendre l'air pour se planter dans la chair. Il savourait ces moments : l'expression de stupeur sur le visage de sa victime tandis que la vie s'échappait d'elle.

Il avait vécu quelque chose de similaire une fois, mais l'expérience avait été bien moins plaisante, la pire de sa vie en fait. Quand il avait trouvé la lettre de suicide de Julia, il s'était précipité au pont d'Itchen, convaincu qu'elle s'y trouvait, comme tant d'autres avant elle. Si la circulation avait été moins dense, s'il était rentré chez lui quelques minutes plus tôt, il aurait peut-être pu la retenir. Là, il était arrivé au pont au moment où elle enjambait le garde-fou. Il l'avait appelée, il avait crié et hurlé, mais elle ne l'avait pas entendu. Il l'avait vu faire un pas prudent sur le bord, puis un autre. Il avait couru, mais pas assez vite ; ses jambes avançaient au ralenti. Il criait. Elle allait bien l'entendre et s'arrêter ? Au lieu de quoi, elle s'était laissée aller ; elle s'était penchée au-dessus du vide pendant ce qui avait paru une éternité avant d'écarter les bras et de prendre son envol.

Il n'avait jamais expérimenté une telle distorsion du temps, une telle provocation ; la possibilité de l'atteindre réduite en cendres. Depuis, il avait revécu cette étrange expérience plusieurs fois, ici, sur son terrain de jeu nocturne.

Les gens le jugeraient. Le traiteraient de détraqué, de psychopathe. Mais ces morts étaient justes. C'était un règlement de comptes, le devoir d'un père. Il ne s'en excuserait pas et ne se laisserait pas non plus arrêter. Il n'envisageait pas de fuir la justice, d'éviter ce foutu Jugement dernier, mais il comptait le vivre à sa façon.

Cette histoire abominable puisait son origine dans ces bois, une décennie auparavant. Ce soir, elle y trouverait sa conclusion.

143

Malgré la douleur dans sa jambe, Charlie traversa le tarmac en courant, courbée pour éviter les pales. Helen était arrivée au parc et, accompagnée des unités tactiques dépêchées sur place, elle commençait la fouille des bois. Dans le même temps, elle avait chargé Charlie de rejoindre l'héliport. La nuit tombait et la zone de recherches était vaste : la surveillance aérienne serait nécessaire pour débusquer Winter.

Le pilote lui ouvrit la porte et Charlie grimpa à bord, boucla sa ceinture. C'était seulement la deuxième fois qu'elle montait dans un hélicoptère de la police et le bruit, l'énergie et la puissance de l'appareil étaient grisants. En moins de cinq minutes, ils seraient au-dessus de New Forest et fendraient l'obscurité. Le projecteur de l'hélicoptère était puissant, il perturberait les habitants de la forêt. Prendrait-il Winter dans ses filets ? Une fois qu'ils l'auraient repéré, ils suivraient ses déplacements depuis les airs et il ne pourrait plus leur échapper.

— Prête ?

Charlie acquiesça et adressa un pouce levé au pilote. Aussitôt, il mit les gaz, les pales tournoyèrent avec fureur et l'appareil s'éleva tranquillement. Il tangua un peu puis s'envola dans la nuit.

144

Sa voiture cahota sur l'herbe, dérapa et s'arrêta juste en bordure de forêt.

La Kawasaki d'Helen était garée tout près, flanquée des fourgons des unités tactiques venues en renfort. Mais il ne voyait son commandant nulle part. Hudson claqua sa portière avec un juron et s'avança vers la moto. Il avait fait son possible pour tenir la distance mais le combat était inégal et il l'avait perdue de vue sur le périphérique. Il avait accéléré dans l'espoir de la retrouver avant le début de la chasse à l'homme, pour participer à la capture de Winter avec elle, mais elle ne l'avait pas attendu. Comme il regrettait de n'avoir pu prendre sa moto plutôt qu'une voiture de patrouille qui se traînait.

Un autre véhicule venait d'arriver et Hudson vit le lieutenant McAndrew en sortir, suivie d'Osbourne. Les autres se trouvaient juste derrière, et bientôt toute l'équipe se déploierait et pénétrerait la dense forêt. Leur suspect était quelque part à l'intérieur, ce qui rendait Hudson nerveux. Winter s'était replié ici car il savait qu'il aurait moins de chances d'y être capturé qu'en ville, où les moyens pour le traquer étaient nombreux et variés. La forêt était son domaine. Dans ses confins, il aurait l'avantage. Même les tireurs d'élite expérimentés étaient en terrain inconnu, ils ne maîtrisaient pas ses sentiers dérobés et ignoraient ses cachettes secrètes. Qu'est-ce que ça impliquait pour eux ? Et pour Helen ?

— Comment voulez-vous procéder ?

McAndrew et Osbourne l'avaient rejoint.

— On attend ou… ?

Hudson considéra McAndrew, puis derrière elle les autres voitures qui arrivaient. La décision était difficile : toute la brigade était présente, mais aucun d'eux n'était armé. Dans l'idéal, ils devraient attendre l'hélico, la troisième unité d'intervention armée. Mais celle-ci venait de Bournemouth et n'arriverait pas avant une heure. Hudson lança :

— On y va.

Il fit signe aux autres de le suivre et partit en tête, McAndrew et Osbourne sur ses talons. C'était risqué, sans doute téméraire, mais Hudson ne voyait pas d'alternative.

Helen était dans la forêt, elle affrontait un danger invisible et il était hors de question qu'il l'abandonne à son sort.

145

— Ne vous éloignez pas.

Son ordre lancé tout bas eut un effet instantané, les hommes armés resserrèrent les rangs et avancèrent en formation, Helen en tête. Dans des circonstances normales, ils auraient pris les devants puisqu'ils étaient les mieux équipés pour neutraliser une menace immédiate, mais ce soir c'était différent. Elle se félicitait de leur présence, cependant les jeunes officiers étaient tendus, déconcertés par cette obscurité pénétrante et les mouvements feutrés mais constants autour d'eux. Elle aurait besoin d'eux face à Winter, mais elle ne voulait pas qu'ils effraient un randonneur égaré. Voilà pourquoi pour l'instant, elle marchait devant, en éclaireur dans leur traque d'un dangereux tueur.

Ils étaient partis de Burgate, en lisière ouest de la forêt et progressaient vers l'intérieur. Marchant vers l'est, ils étaient restés sur les sentiers, se dispersant à l'occasion, avant de se remettre en formation, tous les sens aux aguets. Il était possible que Winter suive la bordure du parc, pour rester hors de vue et pouvoir fuir si nécessaire, mais Helen avait le sentiment qu'il allait s'enfoncer dans les profondeurs de la forêt, trouver refuge dans son cœur sombre.

Ils avançaient avec détermination, enjambaient les branches mortes, évitaient les terriers. Le faisceau de leur lampe-torche pointé vers le bas, ils pouvaient voir où ils mettaient les pieds sans signaler leur présence. Ces minuscules points lumineux qui dansaient dans la vaste obscurité étaient la preuve qu'ils cherchaient une aiguille dans une botte de foin. Mais trop tard pour reculer maintenant : ils avaient établi un plan d'attaque et devaient aller jusqu'au bout.

Helen décrocha sa radio de son ceinturon et en baissa le volume. Au loin, elle entendait le faible ronronnement de l'hélico. Bientôt elle devrait faire le point avec Charlie, coordonner le quadrillage, mais le moment n'était pas encore venu. Le moindre bruit pouvait alerter Winter de leur arrivée et elle ne voulait pas courir ce risque, pas alors qu'il avait déjà un énorme avantage sur eux.

Ils marchaient en silence, ravalant des jurons quand ils butaient contre une racine et scrutant la nuit à la recherche de leur proie. Les bois, opaques et suffocants parfois, parurent se clairsemer. Avec surprise, Helen crut apercevoir une lumière au loin.

Elle allongea le pas et s'en approcha mais ce n'était que le clair de lune qui tombait sur une petite clairière. La lune était pleine ce soir et elle illuminait la zone dégagée d'une lueur féerique qui rendait les alentours encore plus inquiétants.

— Doucement.

Helen leva une main et l'équipe ralentit. Avec précaution, elle s'avança dans la clairière. Aucun bruit, aucun mouvement ; le reste de l'équipe la rejoignit. Ils tenaient leur position, sur le qui-vive. Ne percevant aucune menace, ils émergèrent à découvert.

L'instinct d'Helen l'enjoignit à progresser rapidement : ils étaient des cibles faciles dans cette clairière. Elle se précipita de l'autre côté pour se réfugier sous la couverture des arbres et poussa un soupir de soulagement. Alors, levant sa torche vers les épais buissons, elle découvrit une paire d'yeux fixée sur elle.

— Ici !

Aussitôt, les hommes pointèrent leurs armes dans la direction indiquée et capturèrent leur proie de leurs faisceaux.

— Police ! Lâchez votre...

Mais avant même la fin de la mise en garde, le hibou effrayé quitta son perchoir et s'envola en battant furieusement des ailes. Les hommes se tournèrent vers Helen qui s'excusa d'un sourire contrit et leur fit signe de se remettre en route. Ils s'exécutèrent sans un murmure, concentrés sur leur mission.

Helen se réjouit de leur professionnalisme et de leur détermination. Pourtant, malgré son apparente assurance, l'incident avait un peu plus entaillé ses espoirs. Son cœur battait à tout rompre, ses nerfs étaient à vif et elle se sentait extrêmement vulnérable. La forêt était immense, pleine de vie, noyée dans l'obscurité et le mystère. Elle eut soudain l'impression que le danger la guettait à chaque pas. Winter les observait peut-être à l'instant même, se préparant à frapper. Il n'y aurait ni avertissement, ni coup de feu, juste la pénétration du carreau dans la chair. Jamais Helen ne s'était sentie aussi à nu, exposée, sans défense, craignant à chaque pas que ce ne soit le dernier.

Mais ils n'avaient pas le choix et ils continuèrent d'avancer, cherchant sans relâche un tueur fantôme qui refusait de se montrer.

146

Il tendit la main puis la retira. Encore maintenant, alors qu'il avait fait tout ce chemin, pris autant de risques, il n'était pas sûr de pouvoir aller jusqu'au bout. C'était lamentable : un homme adulte qui hésitait à entrer dans une vieille cabine téléphonique. Pourtant, ça lui paraissait mal, comme si le simple fait de la toucher était une trahison.

Nathaniel Martin rassembla son courage et fit un pas en avant pour tirer la lourde porte en fer. Elle s'ouvrit sans difficulté et révéla un intérieur qui empestait l'urine. Quelques rares touristes s'arrêtaient pour utiliser cette relique d'avant l'avènement des téléphones portables – il en avait vu plusieurs fois – mais c'étaient surtout les fermiers ou les adolescents ivres qui s'y soulageaient et marquaient leur territoire.

Martin entra et laissa la porte se refermer. L'odeur était encore plus forte et il fut aussitôt assailli par une vague de nausée et un sentiment de claustrophobie. S'il hésitait maintenant, il perdrait courage, il retournerait dans la forêt. Il approcha encore un peu et décrocha le combiné en plastique.

Il entendit le bourdonnement léger de la tonalité. Un instant, il fut projeté dans son adolescence, lorsqu'il s'éclipsait de chez lui pour appeler sa petite amie. Ces souvenirs agréables contrastaient avec l'amertume du présent. Il se concentra sur sa tâche.

Il avait longuement débattu avec lui-même sur ce qu'il convenait de faire. Il s'était juré de ne plus se mêler au monde et n'aurait certainement pas envisagé qu'il utiliserait de nouveau, volontairement, la moindre technologie. Mais quelle était l'alternative ? Il savait depuis un moment maintenant qu'un esprit malin rôdait dans la forêt. Mais jusqu'à ce soir, il ne savait pas qui il était.

Il avait quitté son campement pour la soirée, profitant de la nuit pour vérifier ses pièges. La forêt se montrait étrangement silencieuse ce soir et en d'autres circonstances il ne l'aurait peut-être pas entendu, tant son pas était léger. Mais ses sens étaient aiguisés et il était sur ses gardes à cause des battues. Il avait tendu l'oreille et perçu le bruit léger de quelqu'un qui approchait. Aussitôt, il s'était caché dans le creux d'un if. Pour une raison qu'il ne s'expliquait pas, son cœur s'était soudain mis à battre plus fort, la peur l'avait saisi, mais il était resté immobile, et un monstre était passé devant lui. Nathaniel n'avait pas bien vu son visage : il semblait porter un masque, mais il avait remarqué l'arbalète qu'il tenait. Osant à peine respirer, il avait regardé la forme marcher pendant une quinzaine de mètres avant de s'asseoir au bord de Cooper's Lake.

Nathaniel s'était aussitôt mis en mouvement. L'autre lui tournait le dos, il en avait profité et était reparti dans les bois. Il avait marché pendant un kilomètre ou plus, se déplaçant vite, puis avait tourné vers la lisière de la forêt. De là, il avait marché encore un peu pour atteindre la cabine téléphonique.

Il expira et porta le combiné crasseux à son oreille. Il avait espéré ne jamais avoir à refaire ça, mais le mal qui rôdait dans les bois ne pouvait être ignoré. Il sortit la carte froissée du capitaine Brooks et composa le numéro.

147

Elle aurait dû se prendre pour la reine du monde ; en fait elle avait juste envie de vomir. L'hélicoptère tournoyait au-dessus de la forêt, décrivait de grands cercles en projetant son puissant faisceau lumineux sur les bois. À l'avant de l'appareil, Charlie avait une vue imprenable sur le parc national mais elle n'était pas d'humeur à profiter du paysage. Dans l'obscurité, l'étendue de nature était lugubre et invitait à s'interroger sur les menaces qui y étaient tapies. Ajoutant à la tension, pour elle en tout cas, la violence du vent qui secouait et faisait tanguer leur petit appareil. Charlie n'avait pas le mal de l'air en général mais la bile ne cessait de remonter dans sa gorge.

Elle s'accrocha à la poignée de plafond en priant pour tenir la nuit sans vomir. Un tel manquement ne serait pas seulement embarrassant, ce serait aussi extrêmement désagréable pour elle et le pilote, piégés dans l'étroit cockpit. Elle ravala donc sa nausée et tenta de se concentrer sur leur mission, scrutant les bois en contrebas en quête de leur suspect.

La tâche s'avérait plus ardue qu'elle n'avait cru. La dernière fois qu'elle avait fait ça, ils pourchassaient un suspect en fuite sur des routes de banlieue. Il avait été facile de le repérer : la voiture bleu électrique qu'il conduisait ne passait pas inaperçue dans la cité. En outre, ses déplacements étaient prévisibles quand la vue d'en haut donnait l'impression qu'il roulait dans un décor de constructions en Lego.

Les bois, la nuit, c'était une autre paire de manches. Trop haut, ils ne voyaient rien. Trop bas, la forêt s'animait brusquement, les cimes des arbres s'agitant follement sous la puissance des pales. Même lorsqu'ils étaient pile à la bonne hauteur, ce qui n'était pas évident avec le vent violent, le projecteur ne leur montrait pas tout. Son puissant faisceau illuminait les bois mais créait aussi des ombres. Plus d'une fois, Charlie avait cru distinguer une silhouette en fuite, mais celle-ci s'évaporait comme un mirage dès qu'elle braquait le projecteur dessus. Elle se demandait si son esprit ne commençait pas à lui jouer des tours, tant elle était nerveuse ce soir.

— On refait un tour ?

Ils avaient survolé toute la zone nord et le pilote attendait de nouvelles instructions. Charlie s'interrogeait : devaient-ils prendre vers le sud en direction d'Helen ou couper à l'est ? Soudain son téléphone se mit à sonner. Elle le sortit de sa poche et consulta l'écran. L'appel provenait d'un numéro local qu'elle ne connaissait pas ; elle le rejeta et se tourna vers le pilote :

— Je crois que nous devrions aller…

Son téléphone se remit à sonner. Cette fois elle répondit, à contrecœur.

— Oui ?

— Capitaine Brooks, c'est Nathaniel Martin.

Charlie n'était pas sûre d'avoir bien entendu avec le bruit des pales.

— Pardon, qui ça ?

— Nathaniel Martin. On s'est rencontrés il y a quelques jours.

— Heu… Bien sûr, balbutia Charlie sans savoir quoi répondre.

— Je suis désolé de vous déranger…

Il s'exprimait avec lenteur et avec une politesse exagérée, comme si parler à un autre être humain était dangereux, ou inhabituel, ou les deux. Il y avait aussi une note d'urgence dans sa voix, surtout lorsqu'il conclut :

— J'ai des informations qui pourraient vous intéresser.

148

— Tu es sûre que c'était lui ?

Helen avait plusieurs fois demandé à Charlie de répéter son histoire mais elle peinait toujours à y croire.

— Oui, absolument. Il a évoqué notre rencontre, il savait qui j'étais. Et c'est parce qu'il avait ma carte que c'est moi qu'il a appelée.

— Tu le crois ?

— Je n'ai pas de raison du contraire. Sa colère et son inquiétude m'ont paru sincères. Il aime la forêt et les poneys.

— Où a-t-il dit que Winter se trouvait ?

— Il l'a vu près de Cooper's Lake. C'est un petit lac alimenté par Latchmere Brook.

Helen déplaça le faisceau de sa lampe sur la carte.

— Je l'ai.

Ça se trouvait dans la zone la plus isolée de la forêt, là où elle menait justement son équipe. Le premier meurtre y avait eu lieu. C'était peut-être là que Winter se sentait le plus en sécurité. Qu'il y retourne était logique.

— Je suis à cinq minutes. Reste en position à l'est, attends mes instructions. Je ne veux pas l'effrayer et le faire fuir maintenant qu'on a l'avantage.

— Entendu.

Helen raccrocha, informa Hudson par radio, avant de s'adresser aux hommes armés.

— Ok. Cooper's Lake. Vite et dans le calme, s'il vous plaît.

Ils se remirent en route à la hâte. Les lampes éclairaient au plus près du sol, mais ils voyaient parfaitement grâce à la pleine lune. Les étoiles semblaient s'être alignées pour les guider.

Helen, en tête, avançait d'un pas rapide, donnant la cadence. Depuis le début de cette enquête, elle s'était sentie en déséquilibre, à suivre de fausses pistes et à se retrouver dans des impasses. À présent elle se sentait investie d'une énergie nouvelle. Winter leur avait échappé pendant des jours mais ils étaient enfin sur sa trace. Ils avaient une chance d'arrêter ce tueur sadique et impitoyable. Helen espérait qu'il n'avait pas changé de position ou qu'il ne se déplaçait pas trop vite. S'il leur échappait maintenant, il faudrait des heures, voire des jours, pour retrouver sa piste. Il avait déjà prouvé son talent pour se fondre dans la forêt.

Helen avançait et vit avec étonnement la forêt s'ouvrir devant elle. Peu avant encore, les ronces accrochaient ses vêtements, écorchaient sa peau, la végétation dense lui dissimulait les sentiers. Maintenant, le chemin s'ouvrait et la forêt lui présentait des voies dégagées et bien éclairées. Elle progressait vite, sans se fatiguer, le pas assuré. Elle se rendit compte tout à coup qu'elle avait distancé le reste de l'équipe. Elle ralentit, leva sa lampe-torche pour leur indiquer sa position puis reprit sa marche au pas de charge dans les bois ténébreux.

Son pied buta contre quelque chose. Elle partit tout à coup en avant, déséquilibrée. Alors qu'elle pensait s'écraser au sol, elle se sentit en fait chuter dans le vide. Elle agita les mains, tentant désespérément de s'accrocher quelque part mais elle n'attrapait que de l'air. Un instant plus tard, son épaule percuta quelque chose et elle fit un tour sur elle-même. Elle avait touché terre mais sa descente n'était pas terminée. Elle dévalait une pente. Les ronces la griffaient, les branches la fouettaient, mais elle continuait de prendre de la vitesse plutôt que d'être ralentie. Et soudain, elle s'arrêta, l'arrière de son crâne cognant contre une surface dure.

Elle resta un moment sans bouger, étourdie. Elle était au bord de l'évanouissement, la douleur dans sa tête insoutenable, mais elle s'obligea à rester consciente. S'évanouir ici serait fatal.

Elle tenta de se relever, retomba aussitôt, prise de nausées. Elle porta la main derrière sa tête. Du sang gluant. Était-elle blessée ailleurs ? Sonnée, elle fit tourner ses poignets, puis ses chevilles et enfin elle palpa ses côtes. Rien de cassé, apparemment, et pourtant chaque partie de son corps était douloureuse et elle n'était pas sûre de pouvoir bouger. L'appréhension la gagna.

Au-dessus d'elle, elle perçut du mouvement. De minuscules points lumineux s'agitaient en hauteur. Les lampes-torches de ses collègues, sans doute, songea-t-elle paniquée. Elles paraissaient tellement loin, perchées dans le ciel. Les yeux plissés, elle scruta l'obscurité qui lui faisait face pour déterminer la hauteur de laquelle elle était tombée. Une trentaine de mètres au moins, depuis le bord de la pente à pic qu'elle n'avait pas vue. Ses coéquipiers se trouvaient tout en haut, ils la cherchaient frénétiquement, pendant qu'elle était affalée tout en bas, enveloppée d'obscurité.

L'avaient-ils vue tomber au moins ? Savaient-ils qu'elle était ici ?

— Au secours.

Sa voix était faible et rauque.

— Au secours !

Elle essaya de crier mais elle n'avait aucun souffle. Au-dessus d'elle, les lumières dansaient follement.

— Je suis là !

Le désespoir lui avait fait hausser le ton. L'espace d'un instant merveilleux, elle crut qu'ils l'avaient entendue, les lumières s'immobilisant soudain. Puis elle les vit avec horreur changer de direction et s'éloigner.

— Attendez... !

Trop tard, ils étaient partis. Un instant, Helen resta figée, incrédule, puis elle pensa à sa radio. Avec un sursaut d'espoir, elle rassembla ses forces pour se redresser et la décrocher de son ceinturon. Rien. Ni radio, ni matraque. Affolée, elle fouilla ses poches. Plus de carte non plus. Et sa lampe ? Sans doute perdue ou cassée le long de la pente. Elle n'en voyait pas le faisceau en tout cas.

Helen se mit debout tant bien que mal et regarda autour d'elle. Elle ne distinguait rien en dehors des arbres qui oscillaient et du sifflement du vent. Le cuir épais de ses vêtements l'avaient protégée de blessures graves ; c'était le seul point positif de sa situation désespérée.

Elle était choquée. Elle était seule. Et perdue dans l'immensité de la forêt.

149

Il était immobile, seuls ses yeux bougeaient. Ils la suivaient pendant qu'elle avançait dans le sous-bois. De toute évidence, elle était désorientée : elle changeait sans cesse de direction en essayant de se repérer. À un moment donné, elle était venue droit sur lui, ce qui l'avait obligé à reculer encore dans les ténèbres. Puis elle avait changé d'avis et trouvé un sentier plus praticable ailleurs.

S'il avait de la chance, elle retrouverait ses collègues et repartirait. Sauf qu'elle s'attardait, comme déchirée par l'indécision. Elle ne connaissait pas ces bois aussi bien que lui, pourtant c'était à lui que son ignorance pouvait coûter cher. Si elle restait où elle était jusqu'à ce que ses collègues la retrouvent, il serait pris au piège, la lune trop lumineuse pour lui permettre de s'enfuir discrètement.

Comment avaient-ils retrouvé sa trace aussi vite ? C'était incompréhensible. Il s'était replié dans la forêt des heures plus tôt, s'était enfoncé dans ses profondeurs, à l'écart des sentiers battus. Il avait gardé une allure soutenue, ne s'arrêtant que pour une courte pause à Cooper's Lake. De là, il avait dû marcher encore presque un kilomètre avant de repérer les lampes-torches sur sa gauche, au sommet de la corniche. Au début, il n'y en avait eu qu'une, vacillante puis tombant à pic. Et d'autres étaient apparues, six ou sept, peut-être huit points lumineux avaient dansé en haut de l'escarpement. Eux s'étaient montrés plus prudents et avaient fini par s'en aller, laissant leur malheureuse collègue seule.

De sa cachette dans l'ombre d'un arbre, Oliver Winter la regarda se remettre debout tant bien que mal. Aux cris rauques qu'elle poussait, il avait compris que c'était une femme mais il ne l'avait reconnue que lorsqu'elle s'était retournée. Helen Grace. Elle l'avait impressionné à l'hôpital, lorsqu'ils s'étaient rencontrés. Son esprit, sa détermination. Surtout, elle était immédiatement reconnaissable à sa tenue en cuir, même dans la pénombre ambiante.

Elle avait remonté sa piste. Comment ? Cela paraissait impossible, d'autant que lui-même ne savait pas qu'il finirait ici ; mais elle avait réussi. Ils avaient peut-être retrouvé le 4 × 4 et supposé qu'il gagnerait le coin le plus reculé de la forêt. Ils avaient eu de la chance, alors. Ils devaient ignorer que c'était là que sa fille bien-aimée avait été violée des années plus tôt.

Elle ne bougeait toujours pas. En fait, elle était immobile, l'oreille tendue, espérant sans doute entendre ses collègues dans le vent pour décider dans quelle direction partir. Lui crut les entendre. Un léger grondement, comme des dizaines de pieds qui piétinaient. C'était insensé, on aurait dit une armée…

Le son se rapprochait et il comprit qu'il venait d'en haut. Ce n'était pas un bruit naturel mais mécanique. Il perçut le bourdonnement des pales et finit par apercevoir dans le lointain une puissante lumière blanche.

Cela le poussa à agir. Il pouvait éviter une troupe de policiers désorientés, mais il ne pourrait pas se cacher de l'hélicoptère. Tout doucement, il attrapa un carreau dans son carquois et sans un bruit le glissa dans la gorge de l'arbalète qu'il pointa sur Grace.

Il s'était méfié d'elle dès leur rencontre. Il ne doutait pas qu'elle était un adversaire dangereux et elle le lui avait prouvé. D'elle-même ou avec l'intervention d'Alice, elle avait deviné qu'il était l'auteur des meurtres. Ensuite, elle l'avait suivi ici, l'avait acculé dans ces bois ancestraux, le privant de ses adieux à Julia. Il avait prévu de confirmer à sa fille que justice avait été rendue, puis de se vouer entièrement à son bien-être durant ses derniers jours sur terre. Mais Helen Grace allait se mettre en travers de son chemin. Il fallait donc qu'elle meure, ainsi que ses collègues qui tenteraient d'intervenir.

Il baissa les yeux sur la tige du carreau. Helen Grace se trouvait pile dans sa ligne de mire, inconsciente de la menace qui planait sur elle. Il prit son temps, ralentit sa respiration, abaissant légèrement le cran de visée pour que le fer l'atteigne dans le dos. Il perforerait ses poumons, peut-être son cœur, et la mettrait à terre. Alors il ne resterait plus qu'à l'achever avant de s'occuper des autres.

Grace bougea un peu, elle fit un pas sur la gauche et tout à coup, il ne l'eut plus dans sa visée. Un frisson de panique le traversa mais elle refit un pas de l'autre côté, le cou tendu vers le ciel. Il n'hésita pas.

Il mit son poids en avant, ajusta son tir et décliqua.

150

Par réflexe, Helen se jeta sur le côté. Au même moment, quelque chose siffla à son oreille et se planta avec un bruit sourd dans l'arbre en face. À terre, Helen roula sur le flanc puis se releva d'un bond. Avant tout, elle voulut voir ce qu'elle venait d'éviter : elle jeta un regard par-dessus son épaule et aperçut la flèche plantée dans le tronc. Puis elle scruta l'obscurité devant elle, face à son agresseur invisible.

Elle fonça derrière un arbre et se plaqua contre son tronc. Sans le savoir, elle avait échappé de quelques secondes à une mort certaine. Distraite par les lumières brillant dans le ciel, c'était seulement le faible craquement d'une brindille, sans doute quand Winter s'était préparé à tirer, qui l'avait alertée. Elle n'avait aucune certitude qu'il s'agissait de lui mais tous ses sens étaient aux aguets ce soir, ses muscles bandés pour parer au danger. Et machinalement, elle s'était mise à l'abri. Elle se félicitait de sa réactivité ; une seconde de plus et elle mordrait la poussière à cet instant.

Comment Winter l'avait-il trouvée ? On n'était pas tout près de Cooper's Lake. Était-il tombé sur elle par hasard ? Avait-il assisté à sa chute ? Ou bien l'avait-il suivie jusqu'ici ? Quoi qu'il en soit, il l'avait coincée. Le carreau s'était enfoncé profondément dans le tronc d'arbre, ce qui laissait penser qu'il avait été tiré à bout portant. Derrière elle, il y avait d'épais buissons peu engageants et quelques ifs, ce qui situait Winter à une petite dizaine de mètres.

Ça ne présageait rien de bon pour elle qui n'avait ni arme ni refuge.

À tout petits pas, elle fit le tour de l'arbre et tendit l'oreille. La forêt paraissait vivante, elle gémissait, sifflait, riait même. Avec le bourdonnement de l'hélicoptère de plus en plus fort, il était quasiment impossible de percevoir le bruissement des feuilles ou les déplacements feutrés d'un chasseur. Elle tenta sa chance et continua son tour pour jeter un coup d'œil vers la dernière position de Winter.

Un halètement tout près. Helen baissa aussitôt la tête, le carreau lui frôla les cheveux et disparut dans la nuit. Le cœur battant, elle s'adossa à l'arbre, se mettant à l'abri. Il la tenait prise au piège. Elle ne pouvait qu'attendre et espérer que l'hélicoptère le ferait fuir avant qu'il ne tire le coup fatal. Mais alors qu'elle glissait un regard vers le ciel, elle vit que l'appareil s'éloignait.

— Non, non, non…

L'hélicoptère volait en direction de Cooper's Lake pour rechercher Winter, au grand dam d'Helen. Elle regarda son dernier espoir disparaître au loin, lentement envahie par la peur. Quelle chance avait-elle, seule contre un tueur sans merci ?

Une chose était sûre : il ne servait à rien de rester sans bouger à attendre la mort. Si elle devait périr dans cette partie reculée de la forêt, ce ne serait pas sans se battre. À ses pieds, elle trouva une petite branche qu'elle ramassa sans bruit. Puis, après avoir inspiré un grand coup, elle la lança sur la droite et fonça dans la direction opposée.

À découvert, elle courut de toutes ses forces pour sauver sa peau. L'espace d'une seconde ou deux, le calme régna. Puis elle entendit un frôlement d'air. Un autre carreau l'effleura, se planta dans les broussailles plus loin. Ce coup manqué revigora Helen qui accéléra et plongea derrière un buisson pour s'abriter avant de repartir de plus belle. Devant elle, elle apercevait un semblant de sentier qui tournait pour disparaître derrière un bosquet. Si elle y parvenait, elle serait hors de vue de Winter et alors...

L'impact la fit tomber à la renverse. Percutée par l'avant, elle vola sur le côté et s'écroula sur le tapis de la forêt. Un instant, elle eut le souffle coupé, la vision brouillée, puis la douleur fusa. Elle tourna la tête et vit l'affreuse plaie sanguinolente à son épaule d'où sortait la tige d'un carreau.

Elle entendit des pas précipités derrière elle. Elle tenta de se mettre debout. Il fallait s'enfuir. Elle pouvait encore courir et si elle parvenait à se mettre à couvert...

Sa jambe droite se déroba sous elle, un deuxième carreau venait de se planter dans sa cuisse. Elle perdit l'équilibre, culbuta en avant et atterrit face contre terre. Haletant et crachotant, Helen essaya de se relever mais un coup de botte dans le visage la retourna sur le dos.

Étendue là, sans défense et se vidant de son sang, elle vit son assaillant se pencher au-dessus d'elle. Oliver Winter portait une armure en cuir, un casque en fer dissimulait son visage et ne laissait apparaître que deux énormes trous effrayants à la place des yeux. Il ne prononça pas un mot, il se contenta d'insérer un dernier carreau dans son arbalète qu'il pointa sur sa gorge.

151

Il dévala le sentier, le faisceau de sa lampe perçant l'obscurité par intermittence. Il voyait des formes, des branches, parfois une paire d'yeux jaunes qui cillaient, mais aucune trace d'Helen ni de Winter.

— Helen ?

Hudson s'arrêta dans un dérapage, l'appela.

— Helen, vous m'entendez ?

Pas de réponse en dehors du rugissement du vent. Le temps se gâtait, l'orage menaçait, à l'image de son humeur. McAndrew et lui étaient partis d'un côté pendant qu'Osbourne et Edwards prenaient l'autre, Bentham et Lucas dans une troisième direction. Suivant les indications de Charlie, ils étaient descendus vers Cooper's Lake chacun depuis leur position. Ils pensaient y retrouver Helen et son équipe, peut-être même Winter, les menottes aux poignets. Mais les officiers de l'unité tactique les avaient rejoints sans Helen. Ils l'avaient perdue.

Ni une ni deux, Hudson s'était précipité sur le sentier par lequel ils étaient arrivés, McAndrew s'efforçant de rester à hauteur. Hudson ne l'avait pas épargnée, il gardait une allure soutenue, cherchant désespérément la trace de leur commandant. Helen était seule dans les bois où rôdait un tueur impitoyable ; Hudson avait la ferme intention de la retrouver. Elle lui avait sauvé la vie, il comptait bien lui rendre la pareille.

— Helen ? Helen, est-ce que vous m'entendez ?

Il criait à présent, sans se préoccuper de signaler sa présence. S'il trouvait Helen, tant mieux. S'il faisait fuir Winter, encore mieux. Il se fichait de sa propre sécurité. Tant qu'Helen était en danger, le reste importait peu.

Mais aucune trace d'elle. Hudson ralentit et décocha un regard angoissé à McAndrew. Celle-ci se contenta de secouer la tête, aussi affligée que lui.

— Helen, je vous en prie, répondez...

Il se sentit soudain complètement abattu. Il ne savait pas du tout dans quelle direction la chercher ni ce qui avait pu lui arriver. Et s'il ne la trouvait pas à temps ? Et si elle était une nouvelle victime de Winter ?

Cette pensée était trop effroyable pour s'y attarder. Avec un signe à McAndrew, Hudson se remit en chasse et plongea de nouveau dans l'obscurité.

152

— Je vous en prie, Oliver. Vous n'êtes pas obligé de faire ça.

Le visage masqué la contempla sans un mot, inexpressif.

— Je ne suis pas votre ennemie...

Winter se pencha sur son arbalète, la mit en joue.

— Vous avez souffert, je le sais. Julia aussi a souffert. Mais c'est terminé maintenant. Ceux qui ont gâché sa vie sont partis. Il est inutile de verser davantage de sang.

Le doigt sur la détente se contracta.

— Oliver, je vous en prie. Retirez votre masque pour que nous puissions discuter...

Helen perçut un léger gloussement derrière le métal.

— Ça vous plairait, hein ?

— Oui, j'aimerais qu'on parle.

— Pour gagner un peu de temps. Mais ça ne changera rien. Soit je vous achève, soit vous vous videz de votre sang.

Helen le fixa du regard en essayant de maîtriser sa peur. Elle savait qu'elle saignait abondamment de ses blessures, le sang collait et imprégnait le cuir de ses vêtements ; la douleur lui donnait des vertiges.

— Je veux seulement discuter, c'est tout, répondit-elle dans un souffle. Je comprends que vous ayez ressenti le besoin d'agir ainsi, pourquoi Morgan et les autres méritaient d'être punis...

— Ah oui ? rétorqua-t-il d'un ton cinglant. Et comment vous le savez ?

— Parce que je sais ce qui est arrivé à Julia. Je lui ai parlé tout à l'heure.

Winter parut hésiter.

— Comment ça, vous lui avez parlé ? L'hôpital n'aurait jamais autorisé...

— Je ne leur ai pas laissé le choix.

— Foutaises.

— Le docteur Ellis m'a aidée. J'ai interrogé Julia à votre propos, au sujet des meurtres. Elle n'a jamais voulu tout ça, elle veut que ça s'arrête.

Winter ne répondit pas, il secouait la tête avec vigueur.

— Elle ne voudrait pas de nouveau bain de sang. Et c'est elle qui compte dans cette histoire, n'est-ce pas ?

— Évidemment. Et vous savez pourquoi ?

Helen fixa son assaillant qui se penchait à présent sur elle.

— Parce que c'est elle qui a souffert. Vous savez ce que c'est la souffrance ?

Tout en parlant, il posa la pointe de sa botte sur le carreau enfoncé dans la jambe d'Helen et appuya avec force. Helen étouffa un cri, la douleur fusant dans tout son corps, la bile lui montant à la gorge. C'était insoutenable, elle tenta de repousser son pied avec sa main mais il appuya plus fort. Et soudain il relâcha la pression. Helen poussa un soupir de soulagement, plaqua sa main sur la plaie béante. Mais Winter n'en avait pas terminé.

— Vous ne savez pas ce qu'elle a traversé. Ce que cet animal lui a fait.

— Il l'a violée. Il l'a...

— Il l'a détruite.

Il exsudait l'amertume et la haine maintenant.

— Elle tenait un journal, vous le saviez ?

Helen voulut répondre mais la douleur dans sa jambe lui coupait le souffle.

— Elle me l'a laissé en même temps que son mot d'adieu. Je le garde près de mon cœur depuis.

Elle vit avec étonnement Winter lever son arbalète et récupérer dans la poche intérieure de son blouson le journal en question.

— Lisez.

Il le lui jeta. Elle l'attrapa de la main gauche et interrogea Winter du regard. Était-il sérieux ? Il leva son arbalète en guise de réponse. Helen posa le cahier sur son ventre et feuilleta les premières pages, s'efforçant de lire à la lueur de la lune. Datées d'octobre, novembre et décembre 2008, elles relataient l'excitation et l'appréhension de Julia de commencer la fac.

— Vous connaissez la date. Allez-y, dit-il tout bas.

Il balaya les alentours d'un regard, à la recherche de l'hélicoptère, des secours, mais il n'y avait personne. Ils étaient seuls. Helen tourna les pages jusqu'au 9 avril et se mit à lire. Sa vue se brouillait, mais elle se concentra sur les lignes qui dansaient pour en saisir le sens.

— « Suis allée dans la forêt. Fête de la pleine lune. »

Contrairement aux autres notes rédigées dans une prose soignée et dithyrambique, celle-ci avait un ton haché et froid. Helen imaginait bien pourquoi : la jeune femme était encore sous le choc de ce qu'elle venait de vivre. Elle tourna la page.

— « Caleb m'a reluquée toute la soirée. Après minuit, il a proposé une partie de cache-cache, juste lui et moi. J'ai accepté. Je lui ai dit "attrape-moi" et j'ai couru dans les bois… »

Helen sauta quelques lignes. Elle avait la tête qui tournait et la nausée, et aucune envie de s'attarder sur les détails sordides.

— « Je lui ai dit que je ne voulais pas. Je l'ai repoussé. Mais il m'a donné un coup dans le ventre. Ensuite, j'étais étendue au sol, de la terre dans la bouche, le goût des feuilles pourries... »

Helen laissa retomber le cahier, elle ne voulait pas en lire plus.

— Lisez ! rugit Winter.

— C'est inutile. Je suis sûre que Morgan a nié. Que les autres l'ont couvert...

— Elle s'est confiée à son amie...

Il prononça ce mot avec une telle colère qu'Helen tressaillit.

— Elle a dit à Lauren ce qu'il s'était passé. Et devinez quoi ? Elle l'a répété à son petit copain.

— Qui avait fourni la drogue pour la fête de la pleine lune...

— Qui avait fourni la drogue pour la soirée, confirma Winter plein de fiel.

Ce n'était qu'une supposition de la part d'Helen mais tout s'expliquait soudain. Campbell redoutait ce qui serait sorti d'une enquête pour viol, ainsi que Scott, qui avait juré à ses parents autoritaires qu'elle avait décroché.

— Le lendemain, Lauren a dit à Julia qu'elle ne la croyait pas. Que si elle portait plainte, ils prétendraient qu'elle l'avait cherché, que c'était consensuel, qu'elle n'arrêtait pas de le draguer.

Winter criait presque maintenant. Avec surprise, Helen le vit alors ôter son masque et le jeter par terre. Elle prit peur en découvrant ce qu'il y avait derrière : un visage déformé par la rage, des années de colère contenue.

— Ils l'ont trahie..., dit-il avec force.

C'était vrai. Ils l'avaient trahie. Mais ils en avaient payé le prix : Helen était maintenant convaincue que la haine de soi qu'éprouvait Lauren, sa toxicomanie, découlaient de sa culpabilité. Mais Winter n'était pas prêt à entendre ça maintenant.

— Ils l'ont trahie de la pire des manières, poursuivit-il.

— Oui.

— Tout comme vous.

— Ce n'est pas vrai, Oliver.

— Comment vais-je pouvoir lui dire au revoir maintenant ? Comment vais-je lui dire que je l'aime ?

Son visage était toujours ravagé par la colère mais la tristesse pointait. Il avait l'air vidé.

— Écoutez, Oliver, si vous coopérez, nous pourrons nous arranger…

— Mensonges ! C'est la fin.

Ça en avait tout l'air en tout cas. La vision d'Helen s'obscurcissait, ses forces l'abandonnaient, elle allait s'évanouir d'un instant à l'autre. Mais Winter n'eut aucune pitié, il reposa le doigt sur la gâchette.

— C'est terminé. Pour nous deux.

Il baissa les yeux sur la visée. Helen luttait pour garder les paupières ouvertes, pour se concentrer, chercher une échappatoire. Et elle vit sa main droite toujours posée sur sa cuisse, enroulée autour du carreau. Sa prise se resserra.

— Adieu, Helen Grace. On se reverra dans l'autre monde, conclut Winter en avançant d'un pas.

La douleur avait toujours été l'alliée d'Helen, une sensation qu'elle pouvait canaliser. Les dents serrées, elle retira le carreau de sa jambe. Le sang gicla aussitôt, les aspergeant tous les deux. Un instant, Winter resta paralysé, pas Helen. Elle se jeta en avant et lui planta le carreau dans la cuisse.

Winter hurla, il poussa un long rugissement à glacer le sang. Il chancela, baissa les yeux sur sa blessure puis, enragé, releva son arbalète. Mais Helen fut plus rapide. Elle arracha le carreau de son épaule et le planta dans le genou de Winter.

Le cri d'agonie qu'il poussa fut assourdissant. Winter tomba à la renverse, lâcha son arme et plaqua les mains sur son genou. Helen se redressa, s'approcha de son adversaire en titubant. L'entendant, Winter essaya de se ressaisir mais elle s'empara du carreau restant et en abattit le fût sur le menton de Winter. Un horrible craquement retentit, comme si la mâchoire s'était brisée net. Il tomba par terre, inerte.

Helen vacilla au-dessus de lui, éprouvée mais victorieuse. Puis elle mit les mains en coupe pour appeler à l'aide. Alors tout se mit à tourner autour d'elle et elle s'effondra au sol.

153

— Elle va s'en sortir ? Qu'est-ce qui va lui arriver ?

Les questions s'insinuèrent dans la conscience d'Helen, étouffées. La voix lui parvenait de très loin, comme de l'extrémité d'un long tunnel.

— Je sais que vous ne pouvez rien promettre, mais je veux savoir à quoi on doit s'attendre…

La voix était douce et familière. Au prix d'un énorme effort, Helen tenta d'ouvrir les yeux. La lumière était aveuglante mais elle persévéra. Elle pensait se retrouver allongée sur le tapis de la forêt mais elle se découvrit en train de filer le long d'un couloir, Charlie à ses côtés.

— Charlie ? croassa-t-elle.

Son amie posa aussitôt sur elle un regard à la fois affligé et empli d'espoir.

— Oui, Helen, c'est moi. Nous sommes à l'hôpital South Hants. Tu as été grièvement blessée mais tu vas t'en sortir.

Elle ne paraissait pas convaincue. Des images revinrent danser dans l'esprit d'Helen : Winter, l'arbalète, ses plaies béantes. Elle savait qu'elle avait perdu beaucoup de sang, la question était de savoir s'il lui restait suffisamment d'énergie, si son corps était assez solide pour supporter les opérations qu'elle s'apprêtait à subir.

— Ça va bien se passer. Tu seras sur pied en un rien de temps.

La voix de Charlie vacilla, la nervosité ébranlant ses tentatives de faire bonne figure. Mais Helen n'avait plus la force de s'inquiéter. Advienne que pourra.

— Winter ? murmura-t-elle.

— En garde à vue, la rassura Charlie. Mais il va avoir besoin d'un bon dentiste. Tu as dû lui casser au moins dix dents.

Helen allait répondre mais une autre voix la devança. Une jeune femme, l'air bienveillant mais sérieux, se pencha au-dessus d'elle.

— Nous allons vous emmener au bloc opératoire maintenant. Dites au revoir à votre amie. Vous devez garder des forces…

Helen leva la main, trop fatiguée pour parler. Tandis qu'elle franchissait les portes sur le brancard, elle jeta un dernier regard à Charlie, qui affichait un masque d'angoisse. Ça n'avait rien de nouveau, toutes les deux s'étaient déjà retrouvées dans cette situation à de nombreuses reprises, et Helen reconnut l'affection et l'inquiétude sur le visage de son amie qu'elle aimait tant. Elle la contempla une dernière fois, s'abreuvant de son émotion. Les portes se refermèrent et elle disparut de son champ de vision.

154

Il tira d'un coup sec la porte qui s'ouvrit sur l'obscurité. Oliver Winter hésita, se tourna vers Hudson comme s'il attendait une invitation officielle, mais ce dernier n'était pas d'humeur à jouer. Il attrapa le prisonnier par le col et le poussa à l'arrière du fourgon avant de l'y suivre. Quelques instants plus tard, la portière refermée et verrouillée, le véhicule se mit en route.

Alors qu'il courait à travers bois, Hudson avait entendu un cri à glacer le sang résonner dans la nuit. Son cœur avait raté un battement. Il était parti en direction du hurlement et avait débouché dans une clairière où deux silhouettes étaient avachies. Sans se préoccuper de Winter, il s'était agenouillé auprès d'Helen et avait cherché un pouls. Elle était en vie. Peu après elle était à bord de l'hélicoptère médical qui la conduisait à l'hôpital South Hants.

Les blessures de Winter étaient moins graves. Examiné par le médecin de service, il avait reçu des soins dentaires d'urgence avant d'être déclaré apte à être emmené au commissariat central de Southampton pour interrogatoire. Hudson s'était porté volontaire pour l'accompagner, déterminé à garder à l'œil le meurtrier jusqu'à ce qu'il soit derrière les barreaux. Il avait causé tant d'horreur, versé tant de sang. Ils ne courraient aucun risque.

Le lieutenant McAndrew se trouvait à l'avant avec le chauffeur, Hudson et Winter seuls à l'arrière. Si Hudson pensait voyager avec un meurtrier abattu ou contrit, c'était en fait un homme massif loin de s'avouer vaincu qui lui faisait face. Il refusait de parler et le fixait avec un mélange de mépris et d'amusement. Comme s'il avait basculé, franchi le point de non-retour ; comme si le père aimant s'était définitivement transformé en un être sombre et effrayant.

Hudson sentit le poids de son regard sur lui et leva la tête. Winter était affalé sur le banc opposé, son corps tanguait au gré des secousses du fourgon, et il toisait Hudson. Ce dernier ne détourna pas les yeux et releva le défi. Winter était en piteux état, son visage était contusionné, du sang séché maculait sa barbe.

— Comment va votre amie ?

Sa voix rauque fit sursauter Hudson. Il avait à peine parlé depuis deux heures.

— Elle va s'en sortir ?

— Fermez-la.

Aucun doute, Winter s'amusait. Hudson bouillait mais il contint sa colère.

— Elle m'a étonné, vous savez.

— Taisez-vous, Winter.

— Elle était plus forte que les autres, plus résistante.

Winter regardait Hudson avec attention, s'amusant de sa gêne.

— Je croyais qu'elle allait mourir comme les autres. À genoux, en implorant la pitié.

— Si vous voulez faire des aveux, Winter, attendez d'être au poste.

Mais l'autre agita la main, comme pour dire qu'ils n'en étaient plus là.

— Mais Grace... Elle voulait se battre. C'était idiot, elle était seule et sans arme.

— Je ne le répéterai pas.

Winter s'esclaffa, dévoilant ses nouvelles prothèses à Hudson.

— Je lui ai planté deux carreaux. J'en aurais tiré un troisième. Je voulais en tirer un troisième.

Hudson le fusilla du regard, sans un mot.

— Mais bon, les deux premiers auront peut-être suffi. Elle a perdu beaucoup de sang, elle était salement amochée... On ne sait jamais, avec de la chance, vous serez en lice pour une promotion avant la fin de la nuit.

Winter n'eut pas le temps de réagir, Hudson fondit sur lui sans prévenir et lui enfonça le poing dans l'estomac.

— Nom de Dieu...

La peur brilla soudain dans les yeux de Winter mais c'était trop tard. Hudson le tira et le jeta au sol. Il lui grimpa dessus, l'immobilisa et le frappa de nouveau au ventre. Une fois, deux fois, trois fois.

— Qu'est-ce que... ? haleta Winter.

Mais il n'eut pas le loisir de finir sa phrase. Hudson l'attrapa, le souleva et le rassit sur le banc. Son dos s'écrasa contre la paroi. Alors Joseph Hudson s'approcha tout près et, tenant Winter par le col, il le mit en garde :

— S'il lui arrive quoi que ce soit, je m'occuperai de vous personnellement...

Ils étaient presque collés l'un à l'autre. Hudson vit une goutte de sueur rouler sur la tempe de Winter.

— Pour de bon.

Hudson maintint sa prise un moment, appréciant le malaise de Winter, puis il le relâcha tout à coup et revint s'asseoir de son côté. Son cœur battait à tout rompre, sa tête l'élançait. Il avait envie de hurler et de tout casser. Mais il n'allait pas mettre sa carrière en péril ni accorder ce petit plaisir à Winter. À la place, il s'assit sur le banc et regarda droit devant lui.

Winter avait l'air nerveux et effrayé, redoutant peut-être une nouvelle attaque. Mais le meurtrier quittait déjà l'esprit de Hudson. Celui-ci n'avait pas de temps à consacrer à ce pitoyable vermisseau.

Toutes ses pensées étaient tournées vers Helen.

155

Elle poussa la porte et posa la tête contre la paroi fraîche. La nuit avait été épouvantable et Charlie était éreintée.

Elle voulait rester avec Helen à l'hôpital mais la commissaire Simmons était arrivée et l'avait congédiée. Elle veillerait elle-même sur Helen cette nuit. Elle savait combien Charlie et Helen étaient proches mais elle aussi partageait un lien spécial avec sa protégée. À contrecœur, Charlie s'était laissé convaincre. Elle venait de vivre des heures éprouvantes ; dans les airs avec l'hélicoptère, à combattre ses haut-le-cœur tout en cherchant Winter dans la forêt. Une grande fatigue s'abattait sur elle ; elle se sentait au bout du rouleau. Elle avait pu s'attarder suffisamment longtemps cependant pour avoir des nouvelles du bloc : Helen était dans un état stable et allait s'en sortir. Elle était rentrée chez elle plus sereine.

À présent, alors qu'elle regardait autour d'elle son environnement familier, elle éprouvait un profond soulagement. Steve et elle avaient discuté après son message d'excuses et ils semblaient sur la bonne voie. Jessie aussi allait un peu mieux, elle avait dormi d'une traite la veille. Charlie pourrait peut-être bien se reposer aussi, ce dont elle avait grand besoin.

Alors qu'elle montait l'escalier, elle se retrouva face à face avec la minuscule silhouette de sa fille qui l'attendait.

— Hé ! Qu'est-ce que tu fais debout ? demanda-t-elle, inquiète, en consultant sa montre. Il est presque minuit.

Elle redoutait la réponse et se demandait pourquoi Steve n'était pas déjà sur le pont, mais Jessica répondit simplement :

— Je n'arrive pas à dormir.

— Et pourquoi cela ?

— J'ai chaud...

— Eh bien, on va arranger ça tout de suite, fit Charlie en ramenant sa fille dans sa chambre.

Elle l'aida à se remettre au lit puis remonta le drap jusqu'à sa taille avant de brancher le petit ventilateur. Sa fille parut apprécier le souffle frais et elle se pelotonna avec ses peluches avant de fermer les yeux. Suivant le conseil de Grace Simmons, Charlie s'assit au bord du lit et, tout en lui caressant les cheveux, elle se mit à lui chanter une berceuse.

En moins d'une minute, Jessica dormait, l'image même de l'innocence et de la sérénité. Charlie se tut et contempla sa fille, les larmes aux yeux. Elle ne pleurait pas de tristesse ni même d'angoisse. Elle pleurait de joie.

Il n'y avait peut-être aucune raison d'avoir peur, après tout.

Épilogue

156

— Alors, comment vous sentez-vous ?

Helen Grace réfléchit un instant avant de répondre :

— Je me sens… bien.

— Je me réjouis de l'entendre. Vous nous avez fait une belle frayeur.

Grace Simmons avait accompagné ses paroles d'un sourire mais Helen savait que l'inquiétude de son mentor était sincère et profonde. Elle lui avait rendu visite tous les jours jusqu'à ce qu'elle soit enfin autorisée à quitter l'hôpital. Helen avait perdu beaucoup de sang dans la forêt et subi deux lourdes opérations pour réparer les dégâts causés par les carreaux de Winter. Heureusement, tout s'était déroulé avec succès et bien qu'elle souffre de lésions musculaires, les médecins lui avaient assuré qu'elle récupérerait complètement. Elle était donc déjà de retour au travail, même si c'était pour se cantonner à des tâches administratives.

Un mois avait passé depuis cette sombre nuit dans le parc national de New Forest. Et malgré les souvenirs de son combat avec Winter qui hantaient encore ses rêves, Helen se sentait bien. En partie parce qu'elle était de nature résiliente, mais surtout grâce à la bienveillance et à la sollicitude de son équipe. Simmons continuait de la materner, elle venait la voir chez elle régulièrement. Ellie McAndrew lui avait rendu visite, les bras chargés de cadeaux de la part de l'équipe, tout comme le capitaine Hudson, avec un énorme bouquet. Mais bien entendu, Charlie était son plus grand soutien. Elle lui avait apporté de bons petits plats maison, des magazines, une carte de prompt rétablissement de la part de Jessica. Helen avait versé une larme.

La convalescence n'était pas difficile quand on était ainsi soutenu. Et d'ailleurs, le plus dur avait été d'empêcher Helen de reprendre le travail ; elle n'avait jamais été douée pour rester les bras croisés. Charlie avait réussi à la convaincre de laisser à son corps le temps de se remettre, pour une fois. N'empêche, Helen appréciait de revenir au commissariat central de Southampton, fraîche et dispose pour travailler.

— N'en faites pas trop. C'est plutôt calme en ce moment, alors profitez-en pour faire un peu de paperasse.

Helen arqua un sourcil.

— Je suis sérieuse Helen, continua Simmons d'un ton ferme. Si vous vous jetez dans tous les sens, que vous pourchassez les méchants, vous finirez par causer des dommages irrémédiables à votre épaule. Et je n'ai aucune envie d'envoyer mon meilleur officier à l'équarrissage.

— Je vais faire de mon mieux. Je pourrais peut-être me pencher sur une affaire non classée. Même si ce n'est pas mon genre…

— Je suis sûre que vous trouverez quelque chose d'intéressant. Mais ne travaillez pas trop.

Ce n'était pas la première fois qu'elle lui disait cela et Helen savait qu'il ne servait à rien de protester.

— Vous dirigez vos équipes en montrant l'exemple, mais un jour vous vous mettrez dans la ligne de tir et vous n'aurez pas autant de chance. Je ne peux pas vous empêcher de faire ce pour quoi vous êtes douée, mais je vous en prie, ne faites pas de cet endroit, de vos enquêtes, votre seul héritage. Il n'y a pas que le travail dans la vie.

Simmons glissa un regard sur la photo de son mari, décédé depuis, avec leurs deux fils, qui trônait sur son bureau. Helen la contempla aussi. Cette photo lui mettait toujours du baume au cœur.

— Je sais, concéda-t-elle. J'y travaille...

— Tant mieux.

Simmons se tut une seconde, observa Helen, la jaugea.

— Vous, plus que quiconque, méritez un peu de bonheur, Helen. Alors ne le fuyez pas. Accueillez-le à bras ouverts.

Tandis qu'Helen repartait du bureau de Simmons, elle fut saisie d'une bouffée d'optimisme et d'une détermination nouvelle, qu'elle n'avait pas ressentie depuis des lustres. Les peurs et les doutes qui l'assaillaient depuis des années semblaient se dissiper, preuve de l'insignifiance des fantômes du passé, en fin de compte. Elle suivrait le conseil avisé de Simmons. Elle profiterait de chaque instant et essaierait d'être heureuse.

Mais elle avait une chose à faire avant.

157

Tout était calme ce matin. D'ordinaire, les couloirs de l'hôpital South Hants bourdonnaient d'activité, du bavardage des infirmières et des brancardiers. Aujourd'hui, en revanche, les services étaient paisibles, enveloppés d'un silence respectueux.

Helen avançait à pas feutrés au sixième étage, perdue dans ses pensées. Pendant sa convalescence, elle s'était tenue informée de l'état de santé de Julia Winter, voulant croire contre toute attente qu'il s'améliorerait, que la jeune fille vaincrait la pneumonie qui l'attaquait. Mais, à sa grande tristesse, Helen avait appris qu'il s'était détérioré. Les médecins ne pouvaient plus communiquer avec elle, il n'y avait plus aucune activité cérébrale et seules les machines auxquelles elle était reliée la maintenaient en vie. Le personnel médical avait pressé Alice Winter d'envisager l'arrêt des soins et après une longue réflexion, celle-ci avait donné son accord. Voilà pourquoi Helen approchait du service des soins intensifs. Ce n'était pas une tâche qu'elle se réjouissait d'accomplir mais elle tenait à l'honorer.

Charlie se trouvait déjà sur place, elle observait la mère et la fille à travers la vitre. Elle se tourna brièvement vers Helen à son arrivée avant de reporter son attention sur Julia et Alice.

— Pauvre fille. Quelle tristesse de finir comme ça...

Helen acquiesça. Elle caressa le bras de son amie avec affection.

— C'est si cruel, si injuste, que certains vivent et que d'autres, qui ont mené une existence exemplaire...

— Je sais, approuva Helen. Quel gâchis.

Elles les observèrent encore un moment, Alice qui écartait une mèche de cheveux du front de sa fille, puis échangeait quelques mots avec le médecin de garde. À cet instant, elle nota la présence d'Helen et lui adressa un signe de tête entendu. Helen vit avec émotion les larmes perler dans les yeux de la mère éplorée.

— Je ne suis pas sûre de pouvoir regarder, murmura Charlie, la voix tremblante.

— Nous le ferons ensemble, la rassura Helen. Alice aura besoin de notre soutien après.

Charlie hocha la tête, sans rien dire. C'était vrai : aussi difficile que ce soit, leur présence était nécessaire. Le mari et la fille d'Alice avaient fait le voyage depuis la Suède pour être auprès d'elle ; Lilly avait pu rencontrer sa demi-sœur. En revanche, ils avaient décidé ne pas venir aujourd'hui, les parents considérant l'événement comme traumatisant pour la jeune enfant. Alice serait submergée par les émotions contradictoires au moment fatidique – le chagrin, le vide, la culpabilité. Elle aurait besoin de soutien.

De l'autre côté de la vitre, tous s'étaient tus et Helen devinait à l'expression solennelle de leur visage que l'heure était venue. Alice glissa un autre regard à Helen et Charlie avant de contempler sa fille.

Helen s'efforça au mieux de rester maîtresse de ses émotions lorsqu'elle la vit prendre la main de Julia pour l'embrasser. La mère éplorée serra la main de sa fille dans la sienne, la caressa, les larmes roulant sur ses joues. Par réflexe, Helen posa la main sur l'épaule de Charlie et l'attira près d'elle. Elles restèrent là, à contempler ce tableau déchirant, à méditer sur une vie brisée par la tragédie et à pleurer sur tous les espoirs perdus.

158

Elles s'éloignèrent en silence, profondément remuées par la scène à laquelle elles venaient d'assister.

Julia était morte paisiblement dans les bras de sa mère, baignée d'amour et de tendresse. La jeune femme était maintenant en paix. Mais sa disparition ne laissait pas moins un vide derrière elle.

Contenant leur chagrin, elles avaient fait de leur mieux pour réconforter Alice, qui tenait remarquablement le coup, compte tenu des circonstances. Elle était dévastée et rongée par les regrets, évidemment, mais elle chérissait aussi les moments qu'elle avait pu passer avec sa fille et se réjouissait d'avoir pu être auprès d'elle à la fin. Dans un acte d'une incroyable bonté, elle avait pris contact avec son ex-mari en prison, pour lui proposer de demander une mise en liberté exceptionnelle afin d'être au chevet de sa fille, ce dernier jour. Il avait refusé, peut-être trop honteux pour l'affronter.

Alice avait quitté le service ; elle était au téléphone avec son mari et discutait des arrangements à prendre. La scène était touchante : la femme cherchait clairement à se rattraper pour sa négligence passée en veillant à ce que Julia ait tout ce qu'elle mérite. Leur présence n'étant plus nécessaire, elles s'étaient éloignées discrètement.

Elles avaient regagné la moto d'Helen dans un silence complice. Ce genre d'événement était toujours bouleversant, néanmoins il donnait un sens à ce qu'elles faisaient, il leur rappelait que les gens comptaient, que la vie de chacun signifiait quelque chose et qu'elle méritait qu'on la protège. Helen aurait aimé rencontrer Julia plus tôt, quand elle aurait pu l'aider. Elle savait que Charlie ressentait la même chose.

— Tu retournes au poste ? finit par demander Charlie quand elles approchèrent de la Kawasaki.

— Il vaut mieux, répondit Helen d'un air las. Je dois recruter un nouveau photographe de scène de crime maintenant que Graham Ross a décidé de partir.

— Il ne peut s'en prendre qu'à lui-même, répliqua Charlie en secouant la tête. À traîner avec la vermine...

— Tu m'ôtes les mots de la bouche. J'ai aussi un mois de paperasse à rattraper, alors...

— N'en fais pas trop.

— Je vais bien, vraiment. Je mange correctement, je dors bien, tout est d'une ennuyeuse normalité.

— Je suis contente de l'entendre, répondit Charlie en souriant. Un peu de normalité ne te fera pas de mal.

— Et toi, comment vas-tu ? demanda Helen pour changer de sujet. Comment va Jessica ?

— Bien mieux, merci. Nous avons eu trois semaines de nuits complètes, alors on croise les doigts...

— Et Steve ? Tout va bien entre vous ?

Charlie ne répondit pas tout de suite, comme si elle ne savait pas quoi dire, ce qui inquiéta Helen. Mais à sa grande surprise, elle vit un immense sourire s'épanouir aux lèvres de son amie.

— En fait, tout va pour le mieux. Je suis enceinte.

— Ah, fit Helen, déconcertée. Je ne savais pas que tu...

— Je ne l'avais pas prévu. Je n'étais pas prête, mais les accidents, ça arrive.

— Dans ce cas, je suis ravie pour toi.

— Merci. Nous sommes tous les deux aux anges, s'exclama Charlie en riant. Il faut croire que c'était écrit.

Helen la serra dans ses bras avec chaleur et lui planta un baiser sur la joue avant de la relâcher. Elle la regarda partir, à la fois excitée et émue. Charlie avait traversé tant d'épreuves, Steve et Jessica aussi dernièrement, et ils méritaient un peu de bonheur dans leur vie. Penser qu'il y aurait bientôt un quatrième membre dans cette merveilleuse famille gonflait de joie le cœur d'Helen. Les derniers mois avaient été sombres et difficiles, éprouvants, mais enfin le soleil revenait et avec lui la promesse d'un avenir radieux.

Un rappel opportun qu'au milieu de la mort et de la souffrance, il y a toujours la vie.

Dernières parutions

Domaine étranger

Jeffrey Archer
Qui ne tente rien

M. J. Arlidge
À la folie, pas du tout

Fatima Bhutto
Comme des lions

Jennifer Cody Epstein
Les Lueurs du lendemain

Lesley Kara
Qui le sait ?

Kiese Laymon
Balèze

Gilly Macmillan
La Nanny

Rebecca Makkai
Cent ans de Laurelfield

Aimee Molloy
Bonne nuit mon ange

Alice Nelson
La Consolation des inconnus

Kate Elizabeth Russell
Ma sombre Vanessa

Renia Spiegel
Le Journal de Renia

Rosa Ventrella
La Liberté au pied des oliviers

Joost de Vries
Leurs ailes de géants

Elizabeth Wetmore
Glory

DOMAINE FRANÇAIS

Catherine Bardon
Et la vie reprit son cours

Fabienne Betting
La Théorie des poignées de main

Nicole Giroud
Par la fenêtre

Caroline Laurent
Rivage de la colère

Ivan Nabokov et Philippe Aronson
La Vie, les gens & autres effets secondaires

Anne de Rochas
La Femme qui reste

Achevé d'imprimer en janvier 2021
par Normandie Roto Impression s.a.s.
N° d'impression : 2100140
Imprimé en France

Pour en savoir plus sur l'actualité des Escales,
vous pouvez nous suivre sur les réseaux sociaux

Editions Les Escales

@LesEscales

@LesEscales

MIXTE
Papier issu de sources responsables
FSC® C003309
FSC www.fsc.org

L'éditeur de cet ouvrage s'engage dans une démarche de certification FSC® qui contribue à la préservation des forêts pour les générations futures.

Pour en savoir plus :
www.editis.com/engagement-rse/